3,50 M
22.10
D1995764

KNAUR

Von Petra Busch sind bereits folgende Titel erschienen:
Schweig still, mein Kind
Mein wirst du bleiben
Zeig mir den Tod
Das Lächeln des Bösen

Über die Autorin:
Petra Busch, geboren 1967 in Meersburg, arbeitet als freie Texterin und Journalistin für internationale Kunden aus Wissenschaft, Technik und Kultur. Sie studierte Mathematik, Informatik, Literaturgeschichte und Musikwissenschaften und promovierte in Mediävistik. Für ihren Kriminalroman *Schweig still, mein Kind* erhielt sie 2010 den renommierten Friedrich-Glauser-Preis für das beste Debüt des Jahres. Sie lebt im Nordschwarzwald.
Weitere Infos unter: www.petra-busch.de

Petra Busch

DEINE SEELE SO SCHWARZ

KRIMINALROMAN

KNAUR

Besuchen Sie uns im Internet:
www.knaur.de

FSC
www.fsc.org
MIX
Papier aus verantwortungsvollen Quellen
FSC® C083411

Originalausgabe November 2017
Knaur Taschenbuch
© 2017 Knaur Verlag
Ein Imprint der Verlagsgruppe
Droemer Knaur GmbH & Co. KG, München
Alle Rechte vorbehalten. Das Werk darf – auch teilweise – nur mit Genehmigung des Verlags wiedergegeben werden.
Redaktion: Ilse Wagner
Covergestaltung: ZERO Werbeagentur, München
Coverabbildung: FinePic/shutterstock
Satz: Adobe InDesign im Verlag
Druck und Bindung: CPI books GmbH, Leck
ISBN 978-3-426-52130-4

2 4 5 3 1

DEINE SEELE SO SCHWARZ

PROLOG

14. September 1989

Die Nacht war heiß wie im Juli. Aus dem Autoradio dröhnte Rick Astley, *Take me to your heart*. Sie streckte den Kopf zum offenen Beifahrerfenster hinaus, der Fahrtwind traf hart ihre Wangen, fast schmerzhaft, und sie stellte sich vor, dass es seine Hände waren, die ihr über das Gesicht strichen. Sie jauchzte. Noch nie zuvor hatte sie im Auto vorn sitzen dürfen.

Er gab Gas.

Es war großartig. Die großartigste Nacht in ihrem Leben.

Verboten.

Neu.

Das beste Geschenk zu ihrem elften Geburtstag.

Sie fühlte sich erwachsen. Ihre Mutter hatte ja schon immer gesagt, dass sie frühreif sei. »Yeah«, schrie sie den schwarzen Silhouetten der Bäume entgegen, deren Stämme einer nach dem anderen für den Bruchteil einer Sekunde im Scheinwerferlicht aufblitzten. Doch das Röhren des alten Motors und die Weite der Landschaft verschluckten ihre Stimme.

»Willst du …?«, hörte sie ihn schreien, verstand aber den Rest nicht. Sie zog den Kopf ins Innere des Wagens zurück. »Was?«

»Lenken! Ob du mal lenken willst.« An seiner Stimme erkannte sie, dass er lächelte.

Sie blickte zu ihm, und sogar in der fast vollständigen Finsternis konnte sie sehen, wie sein linker Arm lässig im Rahmen des heruntergekurbelten Fensters hing.

Sie griff ins Lenkrad. »Klar!« Das Leder war warm. Warm von seiner Wärme. Seinen Händen. Er ließ das Lenkrad los. »Du

musst aber Gas geben und bremsen«, rief sie gegen den Motor, den Wind und Rick Astley an.
»Keine Sorge.«
Das Auto jagte den Berg hinauf.
Dasselbe hatte sie auch betont cool zu ihrer Mutter gesagt, als diese sie beim Abendbrot ermahnt hatte, nicht mehr so lang zu lesen. »Um halb neun Uhr ist das Licht aus.« Morgen stand ihr dieses blöde Diktat in Deutsch bevor. Da müsse sie ausgeschlafen sein, hatte die Mutter gesagt, damit es eine gute Note würde. Gute Noten seien wichtig. Fürs Leben. Und die Familie.
»Aber ich hab heute Geburtstag!«
»Wir feiern am Wochenende nach. Das haben wir doch alles schon besprochen. Heute wird geschlafen.«
»Aber der Papa hat gesagt …«
»Der Papa ist nicht da. Ab ins Bett jetzt! Und Licht aus, ja?«
»Jaaa, jaaa.« Sie hatte die Augen verdreht, war rasch in den Flur zu dem Schlüsselkästchen geschlichen und dann in ihr Zimmer hinaufgegangen. Perfekt gelaufen! Sie löste die Verriegelung ihrer Balkontür, putzte sich die Zähne, wusch Gesicht und Hände und zog das neue Kleid an. Sie hasste den Pfefferminzgeschmack der Zahnpasta, und das Kleid war wahrscheinlich viel zu dünn. Doch sie wollte schön sein für die Nacht und gut riechen. Sie hatte es ihm versprochen.
Dann legte sie sich ins Bett, den Wecker im Blick, und betrachtete das Bild mit dem Streichorchester über ihrem Schreibtisch. Typen mit schwarzen Klamotten und doofen Spießerfrisuren. Völlig bescheuert. Falco und Nena hatten viel besser hier hereingepasst. Die waren echt cool. Und auch die Poster mit den Pet Shop Boys und Robin Beck hatte sie geliebt. Am liebsten hätte sie ein riesengroßes Bild von *ihm* über ihr Bett gehängt. Doch das wagte sie nicht.

Gleich konnte sie ihn ohnehin unentwegt ansehen. Ihr wurde warm, und gleichzeitig kribbelte es ihr im Bauch, als liefen Ameisen in ihr herum. Sie fragte sich, was das in den letzten Wochen für ein eigenartiges Gefühl war.
Punkt zweiundzwanzig Uhr war er gekommen. Wie verabredet.
»Mein Engel«, sagte er und gab erneut Gas.
»Ras nicht so! Ich kann sonst nicht lenken.« Rechts und links der Straße lagen freie Wiesen, nur vom Mond in ein fahles Licht getaucht.
»Wir drehen jetzt um.« Er schob ihre Hand vom Lenkrad herunter. »Du musst nach Hause. Deine Mutter wird dich suchen.«
»Wird sie nicht!«
Er lachte, bremste ab und bog auf einen Feldweg ein, der zu dem kleinen Waldstück mit dem schattigen Weiher führte. In den letzten Wochen waren sie oft mit den Fahrrädern dorthin gefahren und hatten gebadet, zusammen mit den anderen Jugendlichen aus dem Dorf. Oben angekommen, waren sie verschwitzt von der Steigung gewesen und voller Freude in das kühle Wasser gesprungen. Er hatte sie immer verstohlen angesehen in ihrem Badeanzug, fast als schäme er sich. War sie zu dick? Die Mutter ermahnte sie ständig, nicht so viel zu essen. Dabei hatte die selbst einen richtig fetten Arsch und Bauch.
Am Rand der Wiese, die direkt in das Kiesufer überging, hielt er an, schaltete Motor, Radio und Licht aus. Der Mond reflektierte auf der stillen, spiegelglatten Oberfläche wie eine silberne Scheibe. Kein Windhauch störte die Ruhe, kein Rascheln war aus dem Wald zu hören. Nur ein Vogel rief in die Dunkelheit.
»Was ist? Du wolltest mich heimfahren. Wegen meiner Mutter.«

»Gleich.« Seine Hand berührte ihren Oberschenkel. Sie war warm. Irgendwo schrie ein zweiter Vogel. Papa wüsste bestimmt, was es für einer ist. Ein Uhu oder ein Kauz oder so was. Es roch nach Algen und Tannen. Im Herbst, wenn es nass war, roch es nach Erde und Moos. Jetzt war alles trocken.
»Du darfst niemandem erzählen, was wir hier machen, hast du das verstanden!« Seine Stimme klang plötzlich rauh, und sie roch das Bier in seinem Atem.
Sie lachte. »Nein, *du* darfst es niemandem erzählen.« Wenn ihre Mutter wüsste, dass sie nicht im Bett lag und dass sie den Autoschlüssel … Kurz wurde ihr übel.
Er lachte ebenfalls, und sie fragte: »Hast du Bier dabei?«
»Du bist zu jung für Alkohol.«
»Aber ich bin schon elf! Wenn wir uns eine Dose teilen, dann …«
»Du willst also Dinge tun, die nur Erwachsene machen, hm?« Seine Hand glitt auf ihrem Oberschenkel ein wenig nach oben, dann noch ein Stückchen weiter unter dem Sicherheitsgurt hindurch, und sie spürte seine Finger unter ihrem Slip.
Sofort verkrampfte sie sich und richtete ihren Blick starr auf das Wasser. »Fahr jetzt!« Sie hatte sich das anders vorgestellt. Händchen halten, über die Haare streicheln. Ein bisschen Bier trinken. Aber nicht an … dieser Stelle da anfassen. »Hör auf!«
Seine Hand erstarrte.
»Fahr!«, kreischte sie und fürchtete, er könne ihren rasenden Herzschlag hören.
Sofort zog er seine Hand zurück. »Entschuldige«, flüsterte er und schaltete das Radio wieder ein. *If you knew what I'm feeling, you would not say no,* sang Rick Astley fröhlich, und aus dem Augenwinkel sah sie, wie er den Kopf senkte.
»Ich will nach Hause!« Nicht weinen, sagte sie sich. Sie war doch schon fast erwachsen!

Er startete den Motor, wendete und gab Gas, jagte den Wagen über den dunklen Waldweg zurück. Erde spritzte auf und prasselte laut gegen die Windschutzscheibe und Karosserie.
Sie umklammerte den Türgriff, schwieg, den Blick starr auf ihren Schoß gerichtet, auf den Rocksaum des roten Kleides, das sie heute Mittag nach der Schule aus einem raschelnden Seidenpapier ausgepackt hatte. Papa hatte sich so gefreut, dass sie es gleich angezogen und sich singend im Kreis gedreht hatte.
Auf der schmalen Asphaltstraße ins Dorf hinab beschleunigte er noch mehr. *Don't worry, be happy,* sang Bobby McFerrin, *In every life we have some trouble,* und im Scheinwerferlicht flogen die Straßenpfosten im Sekundentakt vorbei. Als sie sich dem Gasthaus am Dorfeingang näherten, nahm sie all ihren Mut zusammen und rief: »Du musst langsam fahren!«
Er reagierte nicht. Auch nicht, als sie an der Gaststätte vorbeischossen und die ersten Häuser passierten, zwischen denen die Straße im gelben Licht der Laternen lag.
»Bitte, ich hab Angst!« Sie sah zu ihm. Er presste die Lippen aufeinander, und die Knöchel seiner Hände, die das Lenkrad umklammerten, traten weiß hervor. Er war ihr plötzlich unheimlich und fremd.
Rechts tauchte die Kirche auf, dann die langgestreckte Backsteinmauer, die den stillgelegten alten Friedhof umgab. In dem Efeu, der alles überwucherte, brüteten Vögel, und zwischen den Gräbern wohnten Igel.
Sie wollte jetzt an die Igel denken. Damit sie nicht auf die Straße sehen musste, die schnell wie in einem Actionfilm auf sie zuraste und unter ihnen verschwand. Scharf zog der Fahrtwind durch den Wagen. Vorhin hatte sie ihn genossen. Jetzt schmerzte er sie.
Die Scheinwerfer auf der Gegenfahrbahn tauchten wie aus

dem Nichts auf. Hell und unruhig näherten sie sich, schnell, viel zu schnell.
»Brems!«, schrie sie. Die Scheinwerfer rasten direkt auf sie zu, kamen auf ihre Fahrbahn herüber, wechselten kurz zurück, schossen wieder frontal auf sie zu. Sie wimmerte.
Er riss den Wagen scharf nach rechts.
Später hätte sie nicht sagen können, was sie zuerst wahrgenommen hatte. Die Gestalt draußen auf dem Gehweg, den dumpfen Aufprall, den Knall und das Splittern der Windschutzscheibe, die Steine, die ihr in den Schoß fielen, oder McFerrins Stimme in der blutigen Stille. *Somebody came and took your bed. Don't worry, be happy.*
Blut, überall Blut. Rotgolden im Licht der Straßenlaternen. Rotgolden auf den Glassplittern, auf dem Armaturenbrett, in ihrem Schoß. Sie wusste nicht, wo der rote Saum des Kleides endete und wo das Blut begann. Und etwas anderes lag noch auf ihrem Schoß. Sein Arm. Fast sein ganzer Körper lastete auf ihr, gerade so, als habe er sich zu ihr gebeugt und wolle ihr wieder unter den Slip greifen. Doch er bewegte sich nicht. Und jetzt sah sie, woher das viele Blut kam. Das Blut, das sich über ihre Oberschenkel und den Sitz ergoss. Sehnen. Knochen. Fleisch. Sie wollte schreien, laut bis in den Himmel. Doch aus ihrem Mund kam nur ein Krächzen.
Eine kleine Ewigkeit später, als das Blut nur noch träge und in kleinen Stößen über ihre Beine floss, rüttelte sie an der Tür, die klemmte. Sie kletterte aus dem Fenster, stürzte auf den Asphalt und kroch auf allen vieren los, *Don't worry, be happy* im Ohr, um sie herum alles verschwommen wegen der Tränen. Sie spürte ihre offenen Knie nicht, roch das Blut nicht mehr, sah nichts von der Umgebung. Sie war nur Angst. Ein Bündel Angst, das über den Asphalt kroch. Bis ihr etwas den Weg versperrte. Mit der Hand wischte sie Tränen und Rotz weg. Sah

in zwei Scheinwerfer. Hob schützend den Unterarm vor die Augen, beobachtete, wie die Tür des Autos aufging, sah zwei Beine, die auf sie zukamen.

Da endlich konnte sie schreien. Schreien, bis sie glaubte, ihre Lunge würde zerreißen, und bis die Beine direkt vor ihr stehen blieben und sie in der erlösenden Finsternis versank.

1

Samstag, 9. Juli 2016

Der Regen schlug wie Schrotkugeln gegen die geschlossenen Fensterläden, und aus der lecken Dachrinne hörte sie das Wasser auf den Asphaltweg platschen. Edith griff nach der Fernbedienung des Fernsehers, erhöhte die Lautstärke von sechs auf zehn und trank einen großen Schluck Schafbuttermilch. Ohne den Nachrichten wirklich zu folgen, starrte sie auf den Bildschirm. Lächelte vor sich hin und strich fast liebevoll über das Glas mit der cremigen weißen Flüssigkeit.

Seit über einem Jahr hatte sie experimentiert, um eine bessere Konsistenz zu erreichen. Erst war die Milch zu sauer und dickflüssig gewesen, dann zu wässrig. Jetzt war sie perfekt: sämig weich und glatt auf der Zunge, leicht säuerlich, und der Geschmack nach Schaf dominierte nicht.

Der Sommer konnte kommen. Ihr Dorfladen und der Wochenmarkt warteten auf eine Neuheit. Seit Jahren verkaufte sie gut. Marmeladen, Kräuter- und Teemischungen – und Buttermilch. Die neue Milch würde dieses Jahr der Renner werden. Edith glaubte fest daran. Genauso wie daran, dass der halbe Liter, den sie täglich trank, sie noch mindestens zwanzig Jahre gesund halten würde.

Bilder von überfluteten Häusern flimmerten über den Bildschirm, Menschen in Schlauchbooten und Autos, die wie Papierschiffchen auf einem Bach durch die überschwemmten Straßen trieben. Edith hatte es sich in ihrem Lieblingssessel bequem gemacht, einer riesigen Halbkugel aus Holz, in der ein dickes Polster und darüber ein Schaffell lagen. Seit Georgs Tod liebte sie das Möbelstück noch mehr. Sie konnte sich hin-

einkuscheln und an ihren Mann denken, an seine Wärme und Berührungen. Und daran, wie er diesen Sessel in einem sonnigen Herbst gefertigt hatte.
Draußen krachte etwas. Sie rutschte in dem Sessel nach vorn. Nicht, dass die Unwetter sie beunruhigten, die seit Tagen in ganz Deutschland wüteten und zahlreiche Tote forderten. Die Toten zählte sie schon lang nicht mehr. Vater, Mutter, Ehemann, Tochter … und was interessierten sie diese Betonmoloche in den Tälern. Millionen fremder Menschen. Hektik. Gifte. Hier oben war sie sicher, hier auf halber Höhe des *Schauinsland,* zu dessen Fuß sich Freiburg ausbreitete. Kam zu viel Wasser vom Berg, so schoss es geradewegs Richtung Stadt hinab, vorbei an ihrem alten Bauernhaus mit dem Dorfladen im Erdgeschoss, vorbei an dem Stall mit ihren Schafen, der auf der hinteren Weide am Wald lag, und vorbei an der Werkstatt, die genau gegenüber, auf der anderen Straßenseite, an den Hang gebaut war.
Angst kannte Edith nicht. Nicht vor derlei banalen Dingen. Starkregen und Gewitter würden wieder aufhören. Sie hatte hier in fast siebzig Jahren Fluten von Tauwasser, einen Erdrutsch, kleine Lawinen, Trockenperioden und Orkane erlebt, dazu ein abgedecktes Dach, ein Stück weggeschwemmte Straße und Tage, in denen meterhoher Schnee sie von der Versorgung abgeschnitten hatte. Darüber konnte sie nur lächeln. Es war noch immer alles gutgegangen. Und auch jetzt würde alles ohne größere Schäden ablaufen. Obwohl die Männer vom Technischen Hilfswerk, die gestern irgendwelche Stäbe in den Hang hinter der Werkstatt getrieben und dazwischen Matten aufgespannt hatten, ihr geraten hatten, einige Tage zu ihren Kindern zu ziehen. »Das ist ein Jahrhundertunwetter! Wenn der Hang vollends durchweicht und herunterbricht«, hatte ein stämmiger Kerl mit gelbem Helm zu ihr gesagt, »können Sie

hier alles dichtmachen. Die Werkstatt, den Dorfladen und wahrscheinlich auch Ihre Wohnung.«

Edith stellte das Glas mit der Buttermilch auf dem Couchtisch ab. Was wusste der Typ schon! Kommt alle Schaltjahre mal aus dem Tal hier herauf und denkt, er müsse das ganze Dorf evakuieren und auch noch Straßensperren errichten! Nicht mit ihr! Als die Nachbarn gemeinsam aufbrachen, hatte sie behauptet, ihr Sohn hole sie gleich ab. Wozu flüchten? Hier war noch nie etwas Schlimmes passiert. Außer damals, an dem Tag vor siebenundzwanzig Jahren. Aber das war keine Naturgewalt gewesen.

Im Fernsehen wechselte der Ton. Die Nachrichten waren zu Ende. In einer finsteren Häuserschlucht jagten sich jetzt zwei Typen, ballerten mit Pistolen herum und schrien. Sie schaltete um. Krimis mochte sie nicht. Ein Konzert mit klassischer Musik, das wäre jetzt gut gewesen. All die Menschen in ihren schönen dunklen Anzügen und Kleidern. Doch nirgends spielte ein Sinfonieorchester. Bei einer Reportage über Wüsten blieb sie hängen. Ein gutes Omen, dachte sie und freute sich über die Bilder von trockenem Sand. Fast glaubte sie, die Sonne und die heißen Sandkörner auf ihrer Haut zu spüren. Ein paar Tage noch, dann würde hier oben endlich ein richtiger Juli herrschen. Mit Sonne, dem Duft der Wiesenkräuter und den Schafen auf den Weiden, die jetzt geschützt im Stall standen.

Und falls es doch Probleme geben sollte, war ja schon Hilfe unterwegs. Bereits am Nachmittag hatte Edith angerufen. Straßensperren hin oder her. Denn der Werkstatt durfte keinesfalls etwas passieren. Georgs Werkstatt. Die sie in den letzten siebenundzwanzig Jahren nur drei Mal betreten hatte. Einmal am Tag nach seinem Tod, mit dem auch ein Stückchen von ihr selbst gestorben war. Vier Jahre später, als sie Genugtuung

erfahren und die Figur des Liebespaares dort verwahrt hatte. Und vor einer Woche. Zusammen mit Sarah. Als sie alles geplant hatten. Die Werkstatt und was sich darin befand, würde sie bis zum letzten Atemzug beschützen.
Edith blickte auf die Wanduhr. Halb zwölf nachts. Konnte es tatsächlich so lang dauern, von Freiburg hier heraufzufahren? Wegen des bisschen Regens? Waren wirklich alle Wege überschwemmt oder unterspült? Oder war das letzte Stück vor dem Dorf nur zu Fuß passierbar, und deswegen brauchte man so viel wertvolle Zeit? Niemals! Sie war doch heute früh noch auf dem Markt gewesen und hatte ihre Johannisbeermarmelade und den Feldsalat verkauft.
Sie spürte die vertraute Mischung aus Zorn und Enttäuschung in sich aufsteigen. Heiß, schnell wie ein Skorpion, der sich aus einem Sandloch nach oben gräbt.
Rasch konzentrierte sie sich auf den Wüstenfilm. Sanfte Dünen, stahlblauer Himmel, Menschen in langen, blauen Gewändern, die auf Kamelen in die ockerfarbene Weite ritten. So gern wäre auch sie einmal verreist. Aber weiter als bis zur Ostsee hatte sie es nie geschafft. Georg hatte ihr die Tage dort geschenkt. Einzelzimmer in einem Romantikhotel zwischen den Dünen. Zur Erholung nach der schwierigen Geburt des zweiten Kindes. Sie hatte den Sand und die Möwen geliebt, und vor allem hatte sie es genossen, umsorgt zu werden. Es war die Ausnahme gewesen und auch geblieben. Harte Hofarbeit schon als Jugendliche, Schule, Lehre als Köchin, Ehe, Hilfe in der Werkstatt, Schwangerschaft, Kinder, Pflege der Eltern … Sie war pausenlos für das Überleben anderer da gewesen. Nur nie für sich selbst.
Jetzt war Edith achtundsechzig Jahre alt, und seit Georgs Tod hatte sie alles allein geschafft. Die Kinder großgezogen, die Ausbildung des Ältesten finanziert, aus dem Verkaufsladen

für Georgs Schnitzereien den Dorfladen gemacht und für die Stadt ihren Marktstand etabliert.
Draußen krachte es erneut, der Sturm riss an den Klappläden, und für ein paar Sekunden verstand sie den Kommentator im Fernsehen nicht. Dann flogen die Fensterläden auf. Edith stemmte sich aus dem Sessel hoch und trat ans Fenster. Die Läden schlugen gegen die Außenwand und dann wieder gegen den Fensterrahmen. Außer schwarzer Nacht konnte sie nichts erkennen, die Straßenlaternen waren ausgegangen, und die Sicht reichte nicht einmal bis auf die gegenüberliegende Straßenseite. Dorthin, wo sie noch immer Georg hinter der Werkbank stehen sah und ihm in Gedanken zuwinkte.
Wieder das Krachen, es kam von oben, vom Dachstuhl. Dann ein Blitz, und in den wenigen Sekunden, in denen er die Szene in silbernes Licht tauchte, erkannte Edith die Dachziegel, die in den Vorgarten fielen und zu Scherben zerbrachen. Nur einen Augenblick später neigte sich mit einem lauten Knirschen die riesige Weißtanne an der Hofeinfahrt Richtung Straße.
Jetzt schluckte sie doch. Sie sollte noch einmal anrufen. Die Hilfe noch eindringlicher anfordern. Zu den Nachbarn konnte sie nicht, die waren alle bei Verwandten und Freunden untergekommen. Wenigstens war der Stall mit den Schafen sicher. Er lag leicht erhöht, schräg hinter dem Haus am Waldrand. Das Wasser floss sicher um ihn herum. Aber die Werkstatt? Sie presste die Lippen aufeinander.
Vielleicht hätte sie nicht so stur sein und der Anordnung des Technischen Hilfswerks folgen sollen. Jetzt war sie mit ihren Tieren ganz allein hier oben. Umgeben von dunklen Häusersilhouetten, tiefem, dunklem Wald, tosenden Regenbächen, Gewitter, Sturm und Nacht.
Eine Bö riss mehrere Dachziegel herunter, und zeitgleich zu einem Blitz, der vom Gipfel des *Schauinsland* bis zu ihr zu

zucken schien, ließ ein ohrenbetäubender Donner sie vom Fenster zurücktreten. Monotone, quäkende Musik begleitete die schaukelnden Kamele im Fernseher.
Edith schaltete ihn aus.
Da hörte sie es … dumpf und ohrenbetäubend, als setze sich der halbe *Schauinsland* in Bewegung. Augenblicklich erinnerte sie sich an das Gesicht unter dem gelben THW-Helm. *Jahrhundertunwetter. Wenn der Hang vollends durchweicht und herunterbricht. Alles dichtmachen.* Mit angehaltenem Atem trat sie wieder ans Fenster. Spürte ihren Herzschlag hart unter der Baumwollbluse.
Der nächste Blitz brachte Gewissheit. Wie in Zeitlupe lösten sich vom Hang hinter der Werkstatt riesige Erdschollen und rutschten träge auf das Dach herab. Massen an schwerem Geröll schoben nach.
Das konnte nicht sein! Durfte nicht sein! Nicht die Werkstatt! Sie schnappte nach Luft, eilte los, die knarrenden Holzstufen ins Erdgeschoss hinunter. Das Liebespaar! Sie musste die Figur retten! Wenigstens die! Warum hatte sie sie nicht letzte Woche schon mit ins Wohnhaus genommen?
Sie klammerte sich am Geländer fest, um nicht zu stürzen.
In der Figur lebte Georg weiter. Lebte ihre Liebe. Für immer. Und sie barg ihre Existenz.
Unten angekommen, riss sie die Werkstattschlüssel vom Haken und öffnete die Haustür – die der Sturm ihr augenblicklich aus der Hand schlug. Wind und Regen peitschten ihr kalt ins Gesicht, zerrten an Rock und Bluse, Wasser lief in ihre Pantoffeln, umspülte ihre Knöchel und tropfte ihr aus dem Haar über den Rücken. Es war ihr egal. Sie eilte durch den Vorgarten, stieg über die Weißtanne, die quer über der Straße lag, und verletzte sich dabei an der Wade. Sie verlor einen Schuh, fiel, verlor den zweiten Schuh, richtete sich auf und

kämpfte sich weiter, den Arm schützend vor das Gesicht gehoben.
Nur noch wenige Schritte! Die Silhouette der weißgetünchten, einstöckigen Werkstatt mit dem Flachdach zeichnete sich schwach vor ihr ab.
Etwas riss ihr den Kopf nach hinten, Sturm, herumfliegendes Geäst, die Plane von dem Holzstoß nebenan – sie wusste es nicht.
Nur noch wenige Schritte.
Warum war die Hilfe nicht gekommen? Warum?
Schon berührte sie den glatten Türknauf, da ging rechts über der Werkstatt eine Schlammlawine ab und riss Äste und einen kleinen Baum mit. Edith erstarrte, kam aber gleich wieder zu sich und versuchte zitternd, den Schlüssel in das Schloss zu stecken. Schließlich traf sie das Schlüsselloch und drehte den Schlüssel mit klammen Fingern um.
Gleich darauf atmete sie in der Dunkelheit den vertrauten Geruch nach Holz und Eisen ein. Sie schloss die Tür. Siebenundzwanzig Jahre hatte der Duft sich gehalten. Schon letzte Woche hatte sie ihn kaum ertragen, und auch jetzt fröstelte sie wieder, vor Nässe und Kälte, vor Angst, vor Trauer und weil Georg ihr noch immer schrecklich fehlte.
Sie tastete nach dem Lichtschalter, drückte darauf – doch es blieb finster. »Verdammt«, stieß sie hervor und bemerkte, dass ihr Tränen warm übers Gesicht liefen.
Über dem Dach vernahm sie die Geräusche, noch viel dumpfer und lauter, ein Schlag sagte ihr, dass eine neue Geröllawine abgegangen war und das Dach getroffen hatte. Sie zitterte am ganzen Körper, tastete sich rasch durch den Raum, und Steinchen und irgendwelcher Dreck drückten sich schmerzhaft in ihre nackten Fußsohlen. Sie ignorierte das Rumpeln über sich.
Dahinten, wo bis vor wenigen Tagen Georgs Stechbeitel und

Messer gehangen hatten, musste die Truhe in der Nische stehen.
Ein Klirren ließ sie kurz innehalten. Prasseln und Tosen wurden lauter. Ein Fenster war zu Bruch gegangen, Scherben trafen sie an den Beinen. Jetzt peitschte der Regen direkt in die Werkstatt herein. *O Gott, nein,* flüsterte sie. Sie musste das Liebespaar herausholen.
Endlich! Da! Sie ertastete die große glatte Holztruhe, öffnete sie und schlug das Seidenpapier zur Seite. Fest drückte sie die kleinkindgroße Figur an ihre Brust, als es über ihr krachte und sich fast gleichzeitig Schlamm über sie ergoss, schwer und eiskalt.
Edith fiel, schob sich mit einem Arm unter dem Matsch hervor, mit dem anderen schützte sie die Figur. Sie stand mühsam auf, bis zu den Waden im Schlamm, schleppte sich Schritt für Schritt zur Tür, schluchzte »Georg, Georg«, während hinter ihr die nasse Erde in den Raum kroch und ihn langsam füllte. Schon glaubte sie, es nicht zu schaffen – da erreichte sie die Tür. Hier war der Matsch erst knöchelhoch. »Danke«, flüsterte sie und griff nach der Klinke – doch die Tür ließ sich nicht öffnen.
Sie hämmerte mit der Faust dagegen. »Hilfe!« Sie rüttelte an der Klinke. Wieso klemmte die Tür? Der Schlamm konnte es nicht sein, er war hier zu niedrig. »Hilfe!«
Der Schlüssel! Sie hatte den Schlüssel von außen stecken lassen.
Im Bruchteil einer Sekunde begriff sie.
»Hört mich denn keiner! Bitte, bitte lasst mich raus!«
Um ihre Waden stieg der zähe Schlamm unerbittlich an.
Rotz und Tränen liefen ihr über das Gesicht, ihre Faust schmerzte vom Hämmern gegen die Tür. Edith schrie, der Schlamm stieg bis zu ihren Knien.

Die Fenster! Mit letzter Kraft drehte sie sich um, wandte sich dem zerborstenen Fenster zu, doch sie kam kaum voran. Ihre Beine waren wie einzementiert, zum Stehen verdammt. Ihr Herz raste, ihr Arm krampfte sich um das hölzerne Liebespaar, sie schrie Georgs Namen.
Beim nächsten Blitz, als ihr der Schlamm schon bis zur Hüfte reichte, sah sie die spitzen Scherbenreste, die in dem Fensterrahmen steckten. Ganz nah waren sie, zum Greifen nah. Die Rettung! Sie streckte den freien Arm aus und griff in den Rahmen, mit dem anderen Arm presste sie noch immer die Figur an ihre Brust, kämpfte sich durch den Schlamm Richtung Fenster, obwohl die Scherben ihr tief in die Hand schnitten. Sie spürte den Schmerz kaum, kam der rettenden Öffnung näher, doch der Schlamm zog sie wie eine riesige Saugglocke zurück. Die Scherben, an denen sie sich mit der zerschnittenen Hand festzuhalten versuchte, brachen ab, und Edith wurde wie ein Spielball vom Fenster weggerissen. Da wusste sie: *Ich sterbe,* und ihr einziger Wunsch war, dass es schnell gehen würde.
Ich sterbe.
Sie atmete zum letzten Mal Luft ein, erdig und vertraut, streckte den freien Arm ein letztes Mal Richtung Fenster, und in dem silberblauen Zucken sah sie das Gesicht, das wie die Scheibe eines blassen Mondes zu ihr hereinschaute.

2

Dienstag, 12. Juli 2016

Thomas Kramer bezweifelte, dass noch irgendetwas zu retten war. Fast zehn Jahre hatte er für das geschuftet, was er war. Hätte er weitergemacht, wäre er in wenigen Jahren Teilhaber von Eckert & Tritsch geworden. Sarah zuliebe hatte er alles aufgegeben. Und jetzt das!

Er ließ die schwere Aktentasche im Flur stehen, band sich in der Küche die Krawatte ab und warf sie zusammen mit dem Jackett auf den Tisch, neben den Computerausdruck der Bestellliste. *Bandschleifer, Biegewelle, Benzin-Kettensäge, Nassschärfmaschine, Imprägnieröl, Antikwachs.* Seine Frau hatte die Sachen für Mitte der nächsten Woche geordert.

Normalerweise hätte er jetzt nach Sarah gerufen, ihr einen Kuss zur Begrüßung gegeben. Hätte sie angesehen und sich wie an ihrem ersten Tag über ihre Berührung gefreut. Stattdessen goss er sich einen Wodka ein, gab Eiswürfel dazu, setzte sich und trank einen großen Schluck. Der Alkohol brannte ihm in der Kehle. Gut so. Am besten gleich einen zweiten Wodka hinterher. Und einen dritten. Dann müsste er nichts mehr denken. Doch er hatte bereits zwei Gläser Champagner getrunken. Hatte mit den Kollegen, nein: Ex-Kollegen seinen Ausstand gefeiert. Noch einmal zahlreiche Glückwünsche für sein neues Leben entgegengenommen. Bis die Polizei in sein Büro gekommen war. Zwei Männer. In Zivil.

Thomas schenkte sich ein halbes Glas Wodka nach. Das musste genügen. Wenn seine Kinder nach Hause kamen und ihn betrunken hier fänden … Thomas Kramer war schließlich ein Vorbild.

Das war er auch in der Rechtsanwaltskanzlei gewesen. Und als Ehemann. Sein Chef hatte ihm beste Referenzen mit auf den Weg gegeben, als er vor einem halben Jahr angekündigt hatte, die Kanzlei zu verlassen. Deswegen hatte er so schnell die neue Stelle gefunden. Teil- statt Vollzeit, nur zwei Drittel seines letzten Gehalts, keine Aufstiegsmöglichkeiten, der Weg ins Büro dreimal so weit. Doch für Sarah und die Familie hatte er seine eigenen Wünsche zurückgestellt. Finanziell würden sie auch mit dem neuen Gehalt einen hohen Lebensstandard halten können. Sie standen so dicht vor dem großen Glück. Vor Sarahs – und damit vor seinem Glück. Zumindest redete er sich das ein.

»Wo waren Sie am Abend des neunten Juli, Herr Doktor Kramer? Letzten Samstag?«, hatte ein auf leger getrimmter Kommissar ihn trotz der Ausstandsfeier im gläsernen Foyer gefragt. Ringsum blauschwarzer Himmel, und an den bodentiefen Fensterscheiben lief der Regen wie an einer Duschwand herunter. Thomas hatte nicht verstanden. Wie konnte der Mann es wagen, ihn vor allen Kollegen so zu behandeln! Nur, weil Thomas zunächst gesagt hatte, er habe nichts zu verbergen und sie könnten hier im Foyer der Kanzlei offen reden? Und dann die Todesnachricht! Zusammen mit der wiederholten Frage, wo er am Abend vor drei Tagen gewesen sei. Als wäre er in einem Tötungsdelikt der Verdächtige! Er, Rechtsanwalt Dr. Thomas Kramer. Dem Gerechtigkeit und Empathie tatsächlich noch etwas bedeuteten. Sogar nach so vielen Berufsjahren. Manche Kollegen lachten darüber. Thomas interessierte das nicht. Als er nach dem Gespräch mit den beiden Beamten, das sie dann doch in seinem Büro unter sechs Augen geführt hatten, die Kanzlei verlassen hatte, waren ihm betroffene Blicke gefolgt. Die Geschke vom Empfang tuschelte mit der neuen Buchhalterin, sein Nachfolger, seit einer Woche zur

Übergabe im Haus, senkte den Kopf. Keiner sprach ihn noch einmal an. Als habe er sich in der letzten Stunde mit Pest und Cholera gleichzeitig infiziert. Jemand raunte: »Tschüss, alles Gute!«, und sein Chef sagte: »Wenn du mich brauchst, Thomas, als Freund und Anwalt, du weißt ja …« Thomas hatte genickt, war in seinen Porsche Cayenne gestiegen und ziellos und viel zu schnell durch die Stadt gefahren, hatte nichts als das monotone Knacken der Scheibenwischer wahrgenommen und versucht, seine Gedanken zu sortieren. Das Gerede der Ex-Kollegen war ihm egal. Die würde er im besten Fall nie wiedersehen. Aber wie sollte er das Sarah beibringen? Und wieso hatte sie die Beamten nicht in die Wohnung gelassen, so dass diese zu ihm ins Büro gekommen waren?

Sarahs Welt würde zusammenbrechen. Und sie wären wieder da, wo sie vor drei Jahren gestanden hatten. Oder schlimmer. Die Kinder durften davon nichts mitbekommen – falls seine Frau jetzt zusammenbrach. Andererseits waren sie schon sieben und zehn Jahre alt. Neugierig. Klug. Offen fürs Leben. Das genaue Gegenteil von Sarah. Sie war so labil. So zerbrechlich. Immer noch. Eine Frau, die er stets nur beschützen wollte. Ihr Neuanfang mit dem, was sie so liebte, hätte sie alle gerettet.

Sarah hatte unbedingt umziehen wollen. Weg von Freiburg. Nach Irland oder Südfrankreich. Dort ein Künstlerleben anfangen. Doch solche Extreme waren nicht sein Ding. Und seine großzügige Maisonettewohnung hier im Freiburger Stadtteil Herdern, sein Eigentum, wollte er auch nicht aufgeben. So hatten sie gemeinsam ein Jahr an einer Lösung für beide gearbeitet. Er hatte gekämpft. Für die Familie. Thomas sollte nur noch sechs Stunden am Tag arbeiten und den Rest der Zeit Sarah unterstützen und die Kinder betreuen. Sarah bekam ihre Werkstatt, er wechselte in eine Teilzeitstelle, die

sein alter Arbeitgeber ihm nicht anbieten wollte. »Einen wie dich beschäftigt man ganz oder gar nicht. Verschwende dein Talent nicht!« Sein Chef hatte nichts verstanden, und so war Thomas gegangen. Alles hätte gut werden können.
Er hörte Schritte näher kommen. Sarah kam die Treppe vom Obergeschoss herunter. Rasch stellte er die Wodkaflasche zurück in den Kühlschrank und das Glas in die Spülmaschine.
»Hallo, Tom.« Sarah hielt eine Pappschachtel in den Händen. Tom nannte sie ihn immer, wenn sie gut gelaunt war. »Ich hab dich gar nicht kommen hören. Wie war der Abschied? Sehr schlimm?«
»Hey.«
Sie legte die Schachtel auf den Tisch und öffnete sie. »Schau mal, was ich im Schlafzimmer gefunden habe. Habe ich als Achtjährige zusammen mit Papa geschnitzt. Ich …« Sie verstummte und schaute ihren Mann an.
Er schloss die Augen. Fand keine Worte für das, was er ihr jetzt sagen musste.
»Thomas?«
Er sah sie an. »Wo warst du heute Nachmittag?« Er klang ungewollt schroff. Er hatte sie zu Hause beim Sortieren ihrer neuen Schnitzmesser und beim Surfen im Web vermutet, wo sie die letzten fehlenden Werkzeuge und Arbeitsmaterialien bestellen konnte.
Sie hob die Augenbrauen, und ihre blaugrünen Augen musterten ihn – von seinem garantiert viel zu roten Gesicht bis zu den dunklen Lackschuhen, die er nicht ausgezogen hatte. »Bei Doktor Eickhoff. Das weißt du doch. Letzte Therapiesitzung. Wir hatten erst gestern noch darüber gesprochen, dass heute zwei Abschiede …«
Er senkte den Kopf, hörte nicht mehr zu, und als er die weißen Fliesen sah, dachte er darüber nach, dass Sarah genauso gut

hätte in der Psychiatrie enden können und er dankbar sein musste, dass alles gut geworden war. Bis jetzt. Er blickte auf und flüsterte: »Wo sind die Kinder?«

»Drüben bei den Jakobs. Sie bleiben auch zum Abendessen dort.« Sie trat vor ihn und strich ihm eine Haarsträhne aus dem Gesicht. Seine Frau duftete frisch, ein wenig nach der Sanddornseife, die sie so mochte. »Damit wir heute den Abend für uns haben.« Sie machte eine Pause. »Was ist los, Tom? Hast du etwa geglaubt, ich wäre bei einem Liebhaber gewesen?« Sie begann zu lachen.

»Hör auf!«, fuhr er sie an. Und sagte dann versöhnlich: »Ich hatte es vergessen. Verzeih.«

»Schon gut. Dann können wir ja jetzt auf deinen letzten Tag bei Eckert und Tritsch anstoßen.« Sie wirbelte zum Kühlschrank, doch er hielt sie am Arm fest.

»Sarah, bitte setz dich.«

Sie drehte sich um. »Es ist etwas passiert, nicht wahr?«

Er ließ sie los. Nickte.

»O Gott, ist etwas mit Jonas oder Emma? Sie sind gar nicht bei den Jakobs, sie …«

»Nein, nein.«

»Was dann? Entlassen bist du nicht worden. Die Handwerker sind bestellt und beginnen am Montag. Wir fangen neu an. Wir sind beide gesund. Was kann denn noch sein?«

»Deine Mutter ist tot.«

Sarah starrte ihn an.

»Es tut mir so leid.«

Sie stützte sich auf der Arbeitsplatte ab. Sah Thomas wortlos an und flüsterte schließlich: »Mama?«

Er nahm ihre Hände. Sie waren weich und warm. Sarah liebte ihre Mutter sehr. Fast zu sehr.

Sarahs Unterlippe zuckte, ein sicheres Anzeichen dafür, dass

sie gleich haltlos weinen würde. »Aber wir wollten doch morgen … Was ist passiert?«
»Das Unwetter. Sie war in der Werkstatt. Ein Erdrutsch hat das Dach zerstört, eine Schlammlawine hat sie … unter sich begraben.« Er sehnte sich nach einem weiteren Wodka.
»Was? Werkstatt? Warum war sie denn dort? Und weshalb war sie nicht bei meinem Bruder? Sie hat mir doch gesagt, sie würde … weil das Dorf … Ich habe geglaubt, sie sei in Sicherheit.« Sie schluchzte. Leise, dann lauter, und schließlich stieß sie einen langgezogenen Schrei aus, der Thomas fast das Herz zerriss. Dabei wusste sie noch gar nicht alles.
»Du musst morgen früh um acht Uhr ins Polizeipräsidium. Die möchten mit dir sprechen«, sagte er, als sie auf einen Stuhl sank und vor- und zurückschaukelte.
»Polizei? Warum?«
Er setzte sich neben sie und nahm sie fest in die Arme. Dann weinte er mit ihr.

3

Mittwoch, 13. Juli 2016

Kriminalhauptkommissar Moritz Ehrlinspiel schloss sein Mountainbike an dem Stahlring im Carport fest und streifte Regencape und -hose ab. Es war noch dunkel, und obwohl er Frühaufsteher war, kam er nur selten vor sechs Uhr morgens ins Polizeipräsidium – so wie heute.

Hanna hatte ihn vorhin, die Hände um die kleine Espressotasse gelegt, zum bestimmt fünfzigsten Mal in diesem Sommer als »grünen Sturkopf« bezeichnet. Bei strömendem Regen mit dem Fahrrad ins Büro! Und das bei einstelligen Temperaturen! Obwohl er jederzeit seinen Wagen nehmen oder sie ihn fahren könnte. Jetzt, da sie genug Zeit hatte. Ehrlinspiel hatte nichts erwidert. Nur bedauert, dass es wieder nicht geklappt hatte, in Frieden einen gemeinsamen Kaffee zu trinken und loszuradeln. So hatte er seine Tasse stehenlassen und war mit einem resignierten »Bis heute Abend« gegangen.

Er nahm seine Umhängetasche aus der wasserdichten Fahrradtasche und rannte die paar Meter zum Hintereingang des Polizeipräsidiums. Die Streitereien mit Hanna machten ihn mürbe. Genauso wie ihre Dauerfrustration, die sie seit Monaten an ihm ausließ. Dabei hatte Moritz zum ersten Mal in seinem Leben über mehrere Jahre eine erfüllte Partnerschaft gelebt. Noch an Silvester hatte er seine Lebensgefährtin und sich in der sommerlichen Bretagne gesehen, barfuß im warmen Sand, hinter ihnen ein Leuchtturm und vor ihnen das endlos scheinende Meer; der salzige Wind, der Hanna durch die langen braunen Haare strich. Am Abend hätten sie in einem kleinen Restaurant Austern und gegrillten Hummer gegessen und aus Steingut-Tassen herben Cidre getrunken. Später hätte er in der kleinen Ferienwohnung Kerzen in silbernen Haltern angezündet, all seinen Mut zusammengenommen und sie gefragt, ob sie seine Frau werden wolle.

Sein Glück war ein Trugbild gewesen. Die Reise, als Überraschung für Hanna geplant, hatte er storniert.

Noch auf der Treppe ins erste Obergeschoss versuchte Ehrlinspiel zum dritten Mal an diesem Morgen, Lukas auf dem Mobiltelefon anzurufen. Der Leiter der Kriminaltechnik hatte Urlaub. Die Mailbox sprang an. Ehrlinspiel drückte die Ansage weg. Gestern am späten Abend, nachdem er vom *Schauinsland* und aus dem überschwemmten Dorf zurückgekommen war, war er bei Lukas zu Hause vorbeigefahren. Niemand hatte geöffnet. Auch der alte Hund hatte nicht angeschlagen. Vermutlich war der Kollege verreist.

Auf dem Flur, in dem die Kriminalpolizeidirektion mit den acht Inspektionen beheimatet war, begegnete ihm außer der dunkelhäutigen Putzfrau niemand. Ihr Kittel und die Schuhe hatten fast dieselbe Farbe wie der blaue Linoleumboden, und der Geruch in den langen Fluren erinnerte den Hauptkommissar immer an seine Grundschule: Paraffin, Zitronenreiniger und Staub. Er wünschte der Putzfrau einen guten Morgen und fragte: »Sind Sie mit Zimmer 334 fertig?« Er wollte in der nächsten Stunde nicht gestört werden.

Sie hob eine durchsichtige Plastikflasche und einen Lappen hoch, lächelte und nickte.

Ehrlinspiel hatte die Frau noch nie zuvor gesehen. Die Polizei wird mittlerweile jedem Klischee gerecht, dachte er angesichts ihrer Hautfarbe. Seit der großen Strukturreform der baden-württembergischen Polizei Anfang 2014 war nichts besser geworden. Weder seine eigenen und sicher erst recht nicht die Arbeitsbedingungen für das Reinigungspersonal.

Im Büro hängte er die Regenkleidung hinter dem Waschbecken auf, schob auf dem Schreibtisch ein paar Ordner zur Seite und fuhr den Rechner hoch. Als Erstes kontrollierte er sein E-Mail-Postfach. Keine Antwort von Lukas. »Mist!«

Er wählte Lukas' private Festnetznummer. Den Hörer in der Hand, stellte er sich ans Fenster und blickte in den Innenhof hinab, auf das Flachdach des Carports und die riesige Blutbuche. *Tuuut, tuuut.* Ihre rotvioletten Blätter hingen träge und tropfend herab.

Fast hoffte er, dass Lukas nie ans Telefon gehen würde. Die Rolle des Hiobsboten war Moritz Ehrlinspiel zuwider. Als der Anrufbeantworter ansprang, atmete er auf – und schämte sich fast dafür.

Im Intranet überflog er rasch die internen News und konzentrierte sich dann wieder auf Lukas. Das Chaos aus Akten, Papierausdrucken, Zetteln und Stiften ignorierte er. Genauso wie die Schmerzen im linken Arm, die ihn besonders bei nasskaltem Wetter plagten. Auch sein Nacken war verspannt, und hinter den Schläfen begann das vertraute Pochen. Die Quittung dafür, dass er Stunden in der kühlen Nässe im Dorf und anschließend die Nacht auf dem Sofa verbracht hatte, um nicht neben Hanna schlafen zu müssen.

Lukas. Was wusste Ehrlinspiel eigentlich über ihn? Der Kollege von der Kriminalinspektion 8 und Erster Kriminalhauptkommissar war achtundvierzig Jahre alt, ein kantiger Typ, akribisch, hundertfünfzigprozentig im Job und ein verschlossener Eigenbrötler. Von Sabine war er seit vier Jahren geschieden. Er hatte einen uralten Schäferhund, Jagger, den Lukas nach dem Mord an seinem Besitzer aufgenommen hatte. Seither waren die beiden unzertrennlich. Genauso, wie Ehrlinspiel und seine beiden Siamkater Bentley und Bugatti es gewesen waren. Auch die waren nach einem Mord allein zurückgeblieben, schon damals alt. Moritz hatte für sie Rezepte ausgetüftelt und gekocht. In den letzten Monaten trauerte Ehrlinspiel nicht nur um Bugatti, den er nach Bentley nun ebenfalls hatte begraben müssen. Sondern auch um die Zeit, vor der er Hanna kennengelernt und mit seinen Katern allein gelebt hatte. Dass sie keine Katzen mehr wollte, machte es nicht besser. Ein Punkt, in dem er Lukas gut verstand. Der nämlich hatte erst einen Hund bei sich aufnehmen können, nachdem Sabine gegangen war.

Akribischer Eigenbrötler. Gescheiterte, kinderlose Ehe. Hund. Das war alles, was Ehrlinspiel über Lukas gewusst hatte. Bis gestern, als er zwischen schlammbedeckten Straßen, zerstörten Gärten und einem zusammengefallenen Gebäude neben der Leiche von Edith Felber gestanden hatte.

Er rief in der Rechtsmedizin an. Professor Reinhard Larsson war persönlich nicht zu sprechen und ließ ausrichten, er melde sich nach der Obduktion. Und er ließ fragen, ob der Herr Kommissar nicht dabei sein wolle? Zum allgemeinen Vergnügen?

Ehrlinspiel verdrehte die Augen. »Bitte richten Sie Reinhard aus«, sagte er zu der Sekretärin, »dass der Kollege Wenner anwesend sein wird. Er ist bereits auf dem Weg ins Institut.«

Um Viertel vor acht kam Paul Freitag ins Büro.

»Hey«, sagte Ehrlinspiel nur, als sein Freund das Jackett auf einen Bügel hängte, darüberstrich und sich dann in obligatorischer Bundfaltenhose und blauem Hemd ihm gegenübersetzte. Ihre Schreibtische bildeten zusammen ein großes Oval. Daran schloss ein kleiner runder Besprechungstisch an.

»Du siehst verdammt mies aus.« Freitag faltete die Hände zwischen akkurat sortierten Akten, Stiften und den Fotos einer molligen Blondine – Freitags Frau Lilian – und zweier Mädchen. »Was ist los? Ist es wegen Lukas? Immer noch unauffindbar?«

Ehrlinspiel zuckte die Schultern. Wegen Lukas und Edith Fel

ber, dachte er, wegen Hanna und wegen Bentley und Bugatti, die er schrecklich vermisste. »Ja.«
»Reimer hat eine Soko angefordert.«
»Hoffentlich!« Ehrlinspiel war noch immer skeptisch gegenüber dem neuen Leiter der Kriminalinspektion 1, der mit der Reform ihr neuer Chef geworden war.
Freitag grinste. »Immer noch am Hadern mit der Strukturreform?«
»Du bist offenbar der Einzige, der sie so gelassen sieht.«
»Wir müssen noch ein paar Jährchen hier ausharren. Willst du sie dir zusätzlich schwermachen?«
»Ich bin nicht so tolerant wie du. Vielleicht werde ich doch noch Tierarzt.«
»Mit dreiundvierzig?«
»Mit fünfzig. Ich muss noch studieren.« Ehrlinspiel grinste.
»Dann blieben fünfzehn glückliche Berufsjahre.«
»Du weißt nie, was die Zukunft bereithält. Und als Polizist gehst du nach heutigem Stand immerhin mit sechzig oder knapp drüber regulär in Rente.«
»Noch siebzehn Jahre unter diesen Bedingungen? Nein, Freitag.«
Kaum ein Kollege hatte die Reform befürwortet. Aus der ehemaligen Polizeidirektion Freiburg war ein Präsidium mit drei Direktionen geworden: Verkehrspolizei, Schutzpolizei und Kriminalpolizei. Statt Dezernaten gab es jetzt Inspektionen, acht davon gehörten zur Kriminalpolizeidirektion, kurz: KPDir. Alle Führungspositionen waren neu besetzt worden, mit Kollegen, die Ehrlinspiel vorher nur vom Namen her gekannt hatte – wenn überhaupt. Kriminaloberrat Hannes Reimer leitete seit zweieinhalb Jahren die Inspektion 1 für Kapitaldelikte.
»Es wird besser werden. Es muss sich nur einspielen.« Freitag fuhr sich mit der Hand durch das schwarze Haar, das wie im-

mer etwas zu lang war und fast bis zu seiner charakteristisch gebogenen Nase reichte.
»Wenn es nach zweieinhalb Jahren nicht eingespielt ist, kannst du das vergessen. Unser Super-Ex-Innenminister Gall hat die Polizei pulverisiert. Was willst du mit zwölf regionalen Präsidien in Baden-Württemberg plus den paar Kriminalkommissariaten? Das reicht doch hinten und vorn nicht. Wir hier sind zuständig vom nördlichen Kaiserstuhl bis fast nach Schaffhausen. Wir brauchen aber *Mann*deckung zur Kriminalitätsbekämpfung. Keine *Raum*deckung! Wir sind viel zu weit weg vom Geschehen! Schau dir doch mal die gestiegenen Krankmeldungen seit der Reform an und die …«
»Momentan sind wir eher zu nah dran.«
Moritz Ehrlinspiel seufzte. Freitag hatte recht. »Ich mache uns erst mal einen Kaffee«, sagte er, als auch schon die Kollegin von der Pforte anrief und Freitag das Zimmer verließ, um Sarah Kramer zur Befragung abzuholen.
Ehrlinspiel nahm drei Kaffeebecher vom Fenstersims und füllte frische Bohnen in die Kaffeemaschine, als hinter ihm jemand sagte: »Du kannst vier Becher nehmen.«
Er drehte sich um. »Lukas!«
»Platz!« Der Kriminaltechniker löste die Hundeleine, tätschelte Jagger den Kopf, und sofort legte das große Tier sich neben den Tischen auf den Boden. »Dringend, hm?« Lukas tippte auf seinem Smartphone herum. »Ich habe hier … sieben Anrufe seit gestern.«
»Komm, setz dich.« Ehrlinspiel lächelte Lukas schief an. Ein unsicheres Lächeln angesichts dessen, was er nun tun musste.
»Ich steh ganz gern.«
»Lukas, wir hatten gestern ein Tötungsdelikt. Das weibliche Opfer wird zur Stunde obduziert, die Identität ist bekannt.« Er schluckte. War viel zu förmlich. »Die Tote ist …«

Paul Freitag und eine Frau traten in das Büro. Eine Elfe, schoss es Ehrlinspiel durch den Kopf. Blass, schmal, langes helles Haar. Sie blieb abrupt stehen, als sie die Männer erblickte.
»Sarah?« Lukas ging einen Schritt auf Frau Kramer zu.
Freitag schloss von innen die Tür. »Hallo, Lukas!«
»Hör mal« – Ehrlinspiel legte dem Kriminaltechniker eine Hand auf den Unterarm –, »das Opfer ist … deine Mutter. Eure Mutter.«
Lukas reagierte nicht. Starrte seine Schwester an. Er schien in sich hineinzuhören. Zu prüfen, ob das stimmen konnte, was Ehrlinspiel zum ersten Mal in seinem Job hatte tun müssen: einem Kollegen mitteilen, dass ein naher Angehöriger Opfer eines Gewaltverbrechens geworden war.
»Wann, wie und wo? Fundort? Tatort? Wo sind die Fotos? Ich werde sofort …« Lukas war mit wenigen Schritten bei der Tür, doch Ehrlinspiel hielt ihn am Arm fest.
Jagger hob den Kopf. Knurrte. »Den Teufel wirst du tun! Marco Wenner ist mit den besten Leuten vor Ort gewesen. Einige sind noch im Dorf. Du hast Urlaub. Du bist Angehöriger! Du hältst dich von dort fern! Wir brauchen dich hier nur als Zeugen. Du kennst die Vorschriften, Lukas!«
»Lass mich los!«
»Opfer? Tatort?« Sarah Kramer war jetzt noch blasser. Und da schüttelte Lukas Ehrlinspiels Arm ab und schloss seine Schwester in die Arme.
Ehrlinspiel dachte, Lukas wolle die zierliche Frau zerquetschen, so heftig umklammerte der große Mann Sarah Kramer. Ihr Körper bebte. »Aber mein Mann hat gesagt«, flüsterte sie, »Mama sei … von einer Schlammlawine verschüttet worden, als das Dach der Werkstatt …« Sie befreite sich aus Lukas' Umarmung. »Stimmt das nicht?«
Ehrlinspiel führte sie zu einem Stuhl. »Setzt euch bitte auch«,

sagte er zu Freitag und Lukas. Und zu Frau Kramer: »Ihr Mann hat recht.« Er stellte die vier Tassen dampfenden Kaffees auf den Tisch, doch Sarah bat um ein Glas Wasser. Er holte es ihr und setzte sich zu der Gruppe. »Ich lasse das Aufnahmegerät mitlaufen. Ist das für Sie in Ordnung, Frau Kramer? Lukas?« Beide nickten, und der Kriminalhauptkommissar sprach Datum, Uhrzeit, Ort, Anlass der Befragung und die Namen der Anwesenden auf das Band. »Wir wissen laut erster Untersuchung Folgendes«, begann er dann. »Ihre oder eure Mutter ist im Schlamm umgekommen. Am Samstagabend. Während des Unwetters. Aber sie ist nur deswegen ums Leben gekommen, weil sie, als die Decke der Werkstatt eingebrochen ist und der Schlamm eindrang, nicht mehr zur Tür hinauskonnte. Die war verschlossen.«

»Von außen?« Lukas' Blick ging zwischen Ehrlinspiel und seiner Schwester hin und her.

»Ja.«

»Das kann alles sowieso gar nicht sein«, sagte Sarah. »Sie verwechseln das Opfer. Das Dorf war evakuiert. Mama hat mir am Telefon noch gesagt, dass sie« – sie sah zu Lukas – »für ein paar Tage bei dir sei. Weil das Technische Hilfswerk … weil …« Tränen liefen ihr über die Wangen. Sie wischte sie nicht ab.

»Sie war nicht bei mir. Ich war ja nicht mal zu Hause. Jagger und ich sind mit dem Wohnmobil unterwegs gewesen.«

»Wann hast du deine Mutter zum letzten Mal gesehen oder gesprochen?«, fragte Ehrlinspiel.

»Habt ihr schon irgendwas? Was sagt Marco?«

»Marco Wenner ist gerade bei der Obduktion. Wir wissen bisher nichts. Aber ich werde dich informieren, versprochen.«

»Wo genau wurde sie gefunden? Und von wem?«

»Eine junge Nachbarin hatte gestern früh, als sie ins Dorf zurückkam, Probleme, zu ihrem Haus zu fahren. Sie war mit dem Motorrad unterwegs. Sie ließ die Maschine stehen und wollte zu Fuß gehen, dabei musste sie über den Hof eurer Werkstatt. Dort lag die Tür im Schlamm, sie war herausgebrochen. Und in dem leeren Türrahmen der Werkstatt lag eure Mutter. Ihr Rock hatte sich in den Scharnieren verfangen. Der Schlüssel der Tür steckte noch an der Außenseite. Marco hat bestätigt, dass die Tür von außen verschlossen war.«

»Wie heißt die Nachbarin?«

»Lukas, wir ...«

»Behandle mich nicht wie einen Idioten. Ich bin Polizist. Seit Jahren ein Team mit dir!«

»Jennifer Peters. Sie hat die Polizei verständigt. Von Frau Peters wissen wir auch Ihren Namen, Frau Kramer. Und den Ihres Mannes und seines Arbeitsplatzes. Daher konnten wir ihn gestern gleich aufsuchen, nachdem wir weder Lukas noch Sie erreicht haben.« Leise fügte er hinzu: »Es tut mir leid, Lukas. Wirklich.«

Der Kriminaltechniker nickte.

»Trotzdem. Wann hast du zuletzt mit deiner Mutter gesprochen oder sie gesehen?«

»Am Tag, an dem Jagger und ich losgefahren sind. Das war am Samstag vor eineinhalb Wochen. Zweiter Juli. Welches Arschloch hat meine Mutter eingeschlossen? Was soll das Ganze? Ich ...« Jagger legte den Kopf auf Lukas' Knie. »Und um deine Fragen vorwegzunehmen: Sie war wie immer. Hat keinerlei Andeutungen gemacht über eventuelle Sorgen oder eine Bedrohung. Dass sie Feinde hatte, wäre mir auch nicht bekannt. Dir, Sarah?«

»Wer sollte Mama gehasst haben?«

»Ich habe Mum am Samstagmorgen angerufen und ihr erzählt, dass Jagger und ich ein paar Tage in den Süden fahren. Sie war schon in Freiburg auf dem Wochenmarkt. Sie hat samstags einen Stand dort. Sie hat gelacht und meinte, dass es im Süden auch regnet. Und dass wir gesund zurückkommen sollen.«

»Und Sie?« Ehrlinspiel wandte sich an Sarah Kramer. »Wann haben Sie sie zuletzt gesprochen oder gesehen?«

»Vergangenen Samstag. An dem Tag, als sie … sie hat mich am Nachmittag angerufen. Nach dem Wochenmarkt, gegen halb drei. Sie war gut drauf, weil sie ein neues Rezept für Schafbuttermilch erfunden hatte. Sie ist da sehr eigen, nur das Beste für den Dorfladen.« Sarah Kramer legte ihre Hände in den Schoß. Das Wasserglas stand unangetastet vor ihr. »Sie war sicher, dass das der Renner des Sommers werden würde.«

»Über die bedrohliche Wetterlage haben Sie sich nicht weiter unterhalten?«

»Nein, wozu? Ich ging davon aus, sie sei schon bei Lukas. Also, dass sie direkt vom Markt zu ihm gefahren sei. Warum hat sie mich angelogen?« Sie sah Ehrlinspiel an, dann Lukas. »Sie hat mich doch angelogen?«

»Wussten Sie denn nicht, dass Ihr Bruder im Urlaub war?«

»Ich bin spontan weggefahren«, antwortete Lukas. »Ich mache das öfter so. Nur Mum sage ich Bescheid. Sie war immer gleich in großer Sorge, wenn sie mich mal nicht erreichte.«

Ehrlinspiel nickte. »Ihre Mutter hat Sie also angerufen. Vom Handy aus?«

»Sicher. Wenn ich die Festnetznummer gesehen hätte, hätte ich ja gewusst, dass sie nicht bei Lukas ist.«

»Wo waren Sie am Samstagabend, Frau Kramer?«

»Zu Hause.«

»Allein?«

»Mit meinem Mann Thomas und den Kindern. Thomas kennen Sie ja. Und Sie haben ihn bereits dasselbe gefragt.«

»Am Samstag war längst abzusehen, dass das Unwetter das Dorf bedroht«, sagte Ehrlinspiel zu Sarah. »Das THW hatte bereits am Freitag alle aufgefordert, ihre Häuser zu verlassen. Ihre Mutter hat gewusst, in welcher Gefahr sie sich befindet. Vielleicht wollte sie nicht, dass Sie sich Sorgen machen, und gab deshalb vor, bei Lukas zu sein?«

»Das wage ich zu bezweifeln.« Lukas zog eine Packung Marlboro aus der Brusttasche seines Hemdes. Sie beherbergte einen schier unerschöpflichen Fundus an Utensilien, und Ehrlinspiel fragte sich nicht zum ersten Mal, ob hinter den beiden Taschen noch größere eingenäht waren, in denen Handy, Zigaretten, Feuerzeuge und Stifte verschwanden. Lukas Felber klopfte eine Zigarette aus der Packung. »Ausnahme?«

»Okay, aber wirklich nur die eine.« Ehrlinspiel öffnete das Fenster. Es roch nach Regen und nassem Asphalt.

»Mum hatte vor nichts Angst.« Er zündete sich eine Zigarette an und inhalierte lang und tief. »Vor gar nichts. Sie hat garantiert nicht vorgehabt, ihr Haus zu verlassen.«

»Aber sie hat mir am Telefon gesagt, dass sie bei dir sei, Lukas, und war in Wirklichkeit zu Hause? Ich dachte tatsächlich, sie sei ausnahmsweise einmal vernünftig.« Sarah Kramers Stimme war nur ein Flüstern.

»Über was genau haben Sie am Telefon gesprochen?«

»Sie fragte, ob ich mit den Handwerkern alles geklärt hätte. Und ob die neue Nassschleifmaschine lieferbar sei. Ich wollte die Werkstatt neu eröffnen. Sie gehörte meinem Vater.« Sie konnte kaum weitersprechen, schluckte immer wieder. »Papa ist schon lang tot. Es war nicht einfach für meine Mutter und mich, jetzt diesen Schritt zu gehen. Aber ich muss wieder arbeiten. Und ich habe meinen Vater und seine Schnitzereien sehr geliebt. Er war der Beste. Ich möchte das in seinem Sinn fortführen.«

»War Mum deswegen in Dads Werkstatt? Wollte sie etwas vorbereiten?« Lukas nahm einen tiefen Zug an der Zigarette.

»Aber bei dem Wetter? Und wer wusste, dass sie in der Werkstatt war?«
»Eure Mutter hielt eine große Holzstatue im Arm. Zwei Leute mit Blumenranken außen herum. Sie hielt sie fest umklammert, noch in der Totenstarre, die sich gestern noch nicht wieder gelöst hatte. Können Sie sich oder kannst du dir das erklären?«
Lukas stand auf und trat ans Fenster, den Rücken der Gruppe zugewandt. »*Das Liebespaar*. Mann und Frau in inniger Umarmung von Rosen umwunden.« Er drehte sich zu Ehrlinspiel, Freitag und seiner Schwester. »Dad war Krippenschnitzer. Er hat die schönsten Figuren im Südschwarzwald gemacht. Er war genial. Nicht einfach nur ein Schnitzer. Die Figur, von der wir sprechen, war das Hochzeitsgeschenk für Mum. ›Das Liebespaar‹. Hat immer im Wohnzimmer gestanden. Bis einige Jahre nach Dads Tod.«
»Im Herbst 1989.«
Lukas' Augen funkelten. »Du hast deine Hausaufgaben schnell gemacht.«
Ehrlinspiel ignorierte Lukas' sarkastischen Ton und wandte sich Sarah Kramer zu. »Sie sind also auch Holzschnitzerin?«
»Ich habe es als Kind bei Papa gelernt. Später war ich in der Lehre im Münstertal. Habe aber mehr pausiert als gearbeitet. Der Kinder wegen. Und mitten in der Stadt ohne Werkstatt kann man diesen Beruf nicht ausüben. Aber jetzt sollte es so weit sein.«
»Hätten Sie nicht schon in den letzten Jahren die Werkstatt Ihres Vaters nutzen können? Warum gerade jetzt?« Ehrlinspiel versuchte, sich die schmale Frau hinter der Werkbank vorzustellen. Sein eigener Vater war Schreiner. Mittlerweile in Rente. Moritz hatte immer einen riesigen Respekt vor den Sägen, Fräsmaschinen und Spalthämmern gehabt. Ganz im Ge-

gensatz zu seiner Zwillingsschwester Finnja, die die geborene Heimwerkerin und ein richtig verrücktes Huhn war.

»Erstens waren die Kinder zu klein. Und außerdem war Mama noch nicht so weit. Ich hätte das Gefühl gehabt, meinen Vater zu verdrängen. Er hat dort gelebt, auch als er schon tot war. Er war überall. Sein Geist. Sein Wesen. Verstehen Sie?«

»Ja«, sagte Ehrlinspiel und dachte: nein. Warum sollte die Tochter den Geist des Vaters stören, wenn sich die beiden gut verstanden und sogar den gleichen Beruf hatten? »Ihr Vater starb bei einem Verkehrsunfall. Lukas, meinst du, es könnte ein Zusammenhang zum Tod deiner Mutter bestehen?«

»Wohl kaum.« Lukas klang professionell und ruhig wie immer. Als ginge es um ein fremdes Opfer. »Dad hat sich in den Tod gefahren, nachdem er bis spät in die Nacht gearbeitet und die großen Krippenfiguren ausgeliefert hatte, die fürs Weihnachtsgeschäft in der Stadt verlangt wurden. Einfach so, ganz ohne Gegenverkehr und ohne betrunken zu sein.« Er stand auf und nahm Jagger an die Leine.

»Möchtest du deinen Urlaub verlängern, Lukas? Ich könnte dem Chef …«

»Ich bin ab sofort wieder im Dienst. Ich werde es Reimer selbst mitteilen.«

»Lukas, das musst du nicht! Das darfst du nicht. Erst recht kannst du nicht in die Soko.«

»Komm, Junge.« Lukas tätschelte Jaggers Kopf, ging mit ihm zur Tür und drehte sich dort noch einmal um. »Ich bin lang genug hier, um die Regeln zu kennen. Und du bist nicht mein Boss, Moritz. Außerdem hat die Führungsgruppe die Soko noch nicht mal zusammengestellt.« Er ging hinaus, schloss die Tür, und ganz leise war noch das Klacken von Jaggers Krallen im Flur zu hören.

4

Alles war genauso eingetreten, wie sie befürchtet hatte. Sie schnitt die Preisschild-Anhänger an dem schwarzen Glitzertop und dem dazu passenden Minirock ab und warf sie in den Tretmülleimer. Auf den Fliesen stand noch zentimeterhoch das Wasser. Das ganze Erdgeschoss war nass. Die Teppiche waren durchweicht, im Flur hatte sich sogar der Holzboden aufgeworfen. Wie sie den retten sollte, war ihr ein Rätsel. Zwar war der Schlamm des gegenüberliegenden Hanges nur bis auf die Straße und nicht bis zu ihrem Haus vorgedrungen. Dennoch war der Schaden erheblich und ihr Tag ohnehin gelaufen. Aufräumen und putzen, putzen und aufräumen. Aber gestern war sie dazu nicht mehr fähig gewesen.
Vier Tage München hatte Jenny hinter sich. Und hundert schnippische Bemerkungen über David ertragen. Nie wieder würde sie bei Vera wohnen, wenn sie ein paar Tage Unterschlupf brauchte, wie jetzt während des Unwetters. Seit Jenny David kennengelernt und dann im März hierhergezogen war, ließ ihre einst beste Freundin keine Gelegenheit aus, ihren Freund schlechtzumachen. Dabei hatte Vera ihn erst ein einziges Mal gesehen. »Was willst du mit dem alten Kerl?« – »Ekelst du dich nicht vor seinen Berührungen?« – »Du könntest doch jeden jungen Knackarsch haben! Dieser Typ ist ein Aufschneider und Lügner. Der will nur ins Bett mit dir!« Jenny unterdrückte Tränen der Wut. Das einzig Gute an dem Kurztrip war das Shoppen gewesen. Endlich Großstadt. Endlich Glitzer. Endlich Überfluss. Und zwischen Cut-out-Overknees, Picard-Schultertaschen und Tanga-Bikinis hatte auch Vera

endlich einmal die Klappe gehalten. Hippe Street Styles lenkten sie von allem ab. Schon immer. Bepackt mit Einkaufstaschen, waren im Café ihre Lästereien nach dem Shoppen aber sofort erneut losgegangen. David wird dir hier nicht gerecht, David hat dir jenes nicht zu bieten, David ist ein Schwindler und so weiter. Wütend hatte Jenny schließlich ihren Rucksack gepackt, war auf ihr Motorrad gestiegen und in den Schwarzwald zurückgefahren.
Eigentlich war das Dorf bis heute früh gesperrt gewesen, doch genau in diesem Moment räumten draußen die Arbeiter die Straßen frei. Jenny hörte die Bagger und Stimmen der Arbeiter bis in die Küche. Sie hätte keine weitere Nacht bei Vera ertragen. Kurz vor dem Ortseingang war die Straße dann auch nahezu unpassierbar und glitschig vom Schlamm gewesen, so dass Jenny ihre alte Yamaha SR500 am Straßenrand hatte stehenlassen und zu Fuß ins Dorf gegangen war. Nur wenige Minuten später, als sie über umgefallene Bäume steigen und den verlassenen Werkstatthof der Felbers und dann die Straße überqueren musste, um zu ihrem gegenüberliegenden Haus zu gelangen, hatte sie die Tote gefunden. Wie betäubt hatte sie vor dem mit Schlammspuren überzogenen, klitschnassen und leblosen Körper gestanden. Hatte sich dann gebückt. Kein Zweifel. Die langen grauen Haare und das runde Gesicht mit den kleinen Augen gehörten ihrer Nachbarin. Auch die grüne Bluse. Die Felber trug immer grüne Blusen. »Frau Felber?«, hatte Jenny geflüstert und gleichzeitig gedacht, wie blöd das war. Die Frau war eindeutig tot. Die *110* zu wählen, das hatte gefühlte dreißig Minuten gedauert. Die Polizisten, die dann angerückt waren, waren echt nett gewesen. Erst tauchten welche in Uniform auf, redeten ruhig mit Jenny und wollten ihren Namen und die Adresse wissen. Dann kam ein kleiner weißer Bus, parkte auf der anderen Straßenseite gegenüber der Werk-

statt, und alles wurde abgesperrt. Männer in weißen Overalls schickten sie ins Haus und bauten dann eine Art Partyzelt über der Leiche auf, stellten darum herum an einigen Stellen Schildchen mit Nummern und Scheinwerfer auf. Jenny stand am Fenster auf dem nassen Wohnzimmerteppich und sah hinüber. Die Polizisten schleppten schwarze Koffer aus dem Bus und in das Zelt über der Toten. Jenny stellte sich vor, dass die Männer wie im Film an Felber herumhantierten, sie fotografierten, dann umdrehten und der steifen Leiche die Kleidung vom Körper schnitten. Stunden später war ein Leichenwagen gekommen, zwei Bestatter gingen mit einem Plastiksack und einem grauen Sarg in das Zelt; nach einer Weile kamen sie wieder heraus und schoben den Sarg in den Leichenwagen. Wie im Fernsehen.

Jenny seufzte und holte einen Eimer und einen Bodenlappen aus der Kammer neben der Küche. Promi sein wäre echt geil. Talkshows, Trips nach Nizza und New York, Dinner mit Alec Baldwin und Richard Gere, das war ihr größter Traum. Und dass von ihrer Hochzeit in den News-Sendungen berichtet würde. Sie streifte vorsichtig, um ihren schwarzen Nagellack nicht zu beschädigen, Gummihandschuhe über und begann, das Wasser am Boden aufzuwischen. Wenn David später kam, wäre alles tipptopp. Niemand konnte ihr nachsagen, sie sei nur sexy und nicht auch eine gute Hausfrau.

Sie bückte sich, und ihr Minirock rutschte ihr bis über die Pobacken hoch. Eigentlich sollte sie die Highheels ausziehen. Doch wenn er kam, wollte sie bereit sein.

Quadratmeter für Quadratmeter wischte sie, wrang den Lumpen aus, wischte weiter. In Küche und Flur kam sie gut voran, bis auf die aufgeworfenen Holzdielen, aber die lagen jetzt immerhin nicht mehr im Wasser. Die Fliesen waren schnell wieder blitzblank. Zum Glück hatten die Schränke, der Tisch und

die Stühle Metallfüße. Nichts war dauerhaft beschädigt. Anders im Wohnzimmer. Der Teppich war noch immer tropfnass, ebenso die unteren Zentimeter der Sofalandschaft.
Jenny bückte sich tief, um den Schaden genauer in Augenschein zu nehmen. Die Feuchtigkeit hatte dunkle Ränder auf dem beigefarbenen Stoff hinterlassen. »Scheiße.«
»Finde ich gar nicht.«
Sie sah auf. Strahlte. Erhob sich, stakste auf ihn zu, reckte ihm ihr Gesicht entgegen und küsste ihn leidenschaftlich, während sie hinter ihrem Rücken die Gummihandschuhe abstreifte. Salz und Aftershave. Sie liebte seinen Duft.
Er grinste breit, als sie von ihm abließ. »Könnte glatt als Putzporno durchgehen.«
Sie stellte sich vor, was ihr Freund beim Betreten der Wohnung gesehen haben musste. Lange Beine in einer Netzstrumpfhose, einen fast nackten Arsch mit hochgerutschtem Minirock, ihm entgegengereckt. Neben roten Elf-Zentimeter-Absätzen einen grauen Eimer, in dem orangefarbene Handschuhe steckten. Sie musste lachen. »Lass ihn uns drehen!« Sie formte einen Kussmund.
»Wie war München? Hat Vera wieder schmutzige Dinge über mich verbreitet?« Davids schwarze Haare mit den grauen Strähnen waren nass. Das machte ihn noch attraktiver.
»Vergiss die Lästerschlampe!«
»Vera ist deine Freundin.«
»War. Jetzt gibt es nur noch dich.« Sie machte sich an seinem Gürtel zu schaffen. Raunte lasziv: »Ich hätte dich nicht allein lassen sollen, ich werde ganz kirre ohne dich.« Seine Hose glitt zu Boden, und sie fuhr mit dem Schuhabsatz an einem seiner Beine hinauf. Sie wusste, dass ihm das gefiel.
»Ich war nicht allein.« Er atmete schwer. »Das Hotel war voller Japaner.«

»Du und deine Schlitzaugen. Willst du mich abtörnen? Das hat schon die Polizei gestern erledigt.«
Er schob ihr den Rock über die Hüften und die Strumpfhose nach unten. Drehte sie um, so dass er hinter ihr stand. Sein linker Arm umschlang fest ihre Taille, so fest, dass sie kaum Luft bekam, während sie an der Brust das vertraute Streicheln spürte.
»Kanntest du sie gut?«, fragte sie, als er sie gleich darauf auf das riesige Sofa stieß, sich auf sie warf und von hinten in sie eindrang.
»Wen?«, ächzte er im Rhythmus seiner Bewegungen.
Sie starrte auf den Putzeimer. War unkonzentriert. Scheiße. Jenny stöhnte brav, um ihn nicht zu verunsichern. Das durfte auf keinen Fall passieren. Alles sollte perfekt zwischen ihnen sein. »Die Felber.«
Er antwortete nicht. Als er fertig war, kurz im Bad verschwand und sich dann im Schlafzimmer eine Jogginghose und ein frisches T-Shirt holte, wiederholte sie ihre Frage. »Kanntest du die Felber gut?«
Er zuckte die Schultern. »So gut, wie man eine Nachbarin kennt, wenn man über vierzig Jahre Haus an Haus wohnt.«
»Regt dich das denn gar nicht auf? Du hast auch gestern auf meine WhatsApp-Nachricht nur *Was soll ich dazu sagen* geschrieben. Ich hab sie immerhin gefunden! Das war nicht gerade schön.«
»Der Dreck hier regt mich, ehrlich gesagt, mehr auf.« Er deutete mit dem Kinn auf den Wohnzimmerboden.
»Ich wollte noch alles richten, bis du kommst. Aber ich war echt total neben der Spur gestern. Die Polizei hat mich ewig befragt, obwohl ich gar nichts sagen konnte. Die Felber hat mich ja immer nur abschätzig angeschaut, ich kannte die doch gar nicht und …«

»Die Polizei hat dich befragt?«
»Natürlich!«
Er legte den Kopf leicht schief. »Was wollten sie wissen?«
»Wie die Felber war, und ob es im Dorf Streit gab und ob …«
»Sie ist nicht einfach im Unwetter gestorben, wie du behauptet hast!«
»Was?«
David verdrehte die Augen. »Mensch, Jenny! Würden die dich wohl so was fragen, wenn die Felber durch höhere Gewalt umgekommen wäre?«
Sie presste die Lippen aufeinander. Überlegte. Scheiße, sie war wirklich dumm. »Tut mir leid, ich bin nicht so gebildet wie du, ich hab einfach gedacht …«
»Alles gut, Jenny.«
»Es tut mir ehrlich leid, dass ich mit Saubermachen noch nicht fertig bin.« Eifrig griff sie nach dem Putzeimer.
»Das macht doch nichts.« David strich ihr über die Wange und ging in den Flur hinaus. »Ich hab noch zu tun.«
»Hast du den Auftrag aus Osaka bekommen?«, rief sie ihm nach.
»Klar.« Damit stieg er die offene Treppe ins Obergeschoss hinauf. Als seine nackten Füße auf der letzten Stufe verschwanden, zog sie die Highheels aus, kniete sich auf den nassen Teppich und versuchte vergeblich, mit dem Lappen das Wasser aus dem Flor aufzusaugen. Sie war so stolz auf David. Bald hätten sie es geschafft.

5

Donnerstag, 14. Juli 2016

Sarah setzte den Blinker, wechselte auf die linke Spur und fädelte sich auf die B31 Richtung Freiburg-Littenweiler in den morgendlichen Berufsverkehr ein. Bei jedem Blick in den Rückspiegel sah Jonas sie an. Schweigend. Vorwurfsvoll. Den kindlichen Mund zu einem Schmollen verzogen, die Augen undurchdringlich schwarz wie die ihres Ehemanns Thomas. Ein Zehnjähriger, der nicht verstand, warum seine Mama abwechselnd heulte und mit Papa stritt und weshalb er jetzt auch noch einen Sarg für seine Oma mit aussuchen sollte. Und das zusammen mit Onkel Lukas, der ihm völlig fremd war.

Emma schlief. Sie hatte die ganze Nacht geweint. Wenn Sarah weinte, weinte auch ihre Tochter. Sie war sieben Jahre alt und hatte die feinen Antennen für Spannungen und Befindlichkeiten von ihrer Mutter geerbt. Sarah hatte sie nicht mit zum Bestatter nehmen wollen. Doch Lukas hatte bei seinem Anruf gestern Abend gesagt, sie solle die Kinder mitbringen. Damit sie realisieren könnten, was passiert war. Damit sie eingebunden seien in die Familie und den Abschied.

»Kinder gehen unverkrampft mit dem Tod um. Erst mit etwa zwölf Jahren beginnen sie, wie Erwachsene zu reagieren und zu trauern. Du weißt das doch. Du hast es selbst gefühlt und gut weggesteckt.«

Ja, Herr Erster Kriminalhauptkommissar, hatte sie sarkastisch gedacht, erzähl du mir was über Gefühle. Am liebsten hätte sie das Telefon gegen die Schrankwand mit den kleinen Glastüren geschleudert. Alle Wut war hochgekocht. Auf Lukas' belehrende Art, seinen Egoismus und ihre eigene Unfähigkeit, ihm

das direkt zu sagen. Immer hielt sie den Mund. Steckte alles ein.
Sarah bremste scharf, als vor ihr eine Ampel auf Gelb schaltete. Ihr Hintermann hupte. Sie umklammerte das Lenkrad. Viel zu fest. Die Ampel sprang auf Rot um, sie fuhr weiter, der Hintermann hupte erneut.
»Mama, das war rot!«, schrie Jonas und trommelte von hinten gegen ihre Nackenstütze. »Jetzt nehmen sie dir den Führerschein weg!«
»Ja, ja, ja!«, schrie sie völlig entnervt zurück. »Sei einfach mal still!«
Emma begann, leise zu weinen. Auch das noch! Jetzt war sie wieder wach und würde sich über Stunden nicht beruhigen, weil sie seit gestern kaum geschlafen hatte.
Das alles war ein Alptraum. Ihr Leben und ihre Hoffnung schwammen mit dem Dorf ihrer Kindheit und dem Tod ihrer Mutter davon. Alles war vergebens gewesen. Ihr Neuanfang, so greifbar nahe, war verloren. Ihre Seele leer, die Werkstatt zerstört, Thomas' Traumjob gekündigt.
Nicht weinen. Nicht vor den Kindern!
Kurz nach dem Fußballstadion des SC Freiburg erreichten sie den Friedhof Bergäcker. Die Räume des Bestatters lagen nur wenige hundert Meter entfernt. Sein Vater hatte schon Sarahs Vater begraben. Nun würden Mama und Papa wieder vereint sein.
Sie bog in die kleine Allee ab. Damals hatte die Straße in gleißenden Lichtflecken gelegen, die wie Tausende von Goldtalern durch die Baumwipfel gefallen waren. Heute war sie dunkel und nass, und die Reifen rollten schmatzend über den Asphalt. Zwar regnete es momentan nicht, doch lag die Stadt grau in grau, die Dreisam hatte die Uferradwege noch immer als ihr riesiges breites Flussbett in Beschlag genommen, und die Tem-

peraturen glichen denen des November. Sie fühlte sich, als habe das Universum sich gegen sie verschworen und sie in dunkle Tristesse gehüllt. Innerlich. Äußerlich.
Morgen schon war die Beerdigung. Übers Wochenende musste sie schauen, ob die Werkstatt wieder aufzubauen war. Doch sie hatte wenig Hoffnung. Und am Montag sollte Thomas in der neuen Kanzlei antreten. Das alles war kaum zu schaffen.
»Hast du gestern deine Hausaufgaben gemacht, Jonas?«, fragte sie, um sich abzulenken. In zwei Wochen begannen die Sommerferien, und eigentlich hätten die Kinder für drei Wochen bei Oma bleiben sollen, damit Sarah Zeit für die Handwerker und das Einrichten der Werkstatt gehabt hätte. Emma und Jonas hätten sie ja jederzeit besuchen können – ein Mal über die Dorfstraße, und schon wären sie da gewesen.
»Ich mache keine Hausaufgaben mehr! Ich will nicht in die nächste Klasse! Ich will zu Oma. Warum dürfen wir in den Ferien nicht zu Oma? Ich kann auch für immer bei Oma wohnen!«
»Halt den Mund«, fauchte Sarah. Es war jetzt das dritte Mal, dass Jonas davon redete, nicht mehr zur Schule gehen und bei Oma bleiben zu wollen. »Du weißt doch, dass Oma tot ist, warum sagst du so etwas?«
»Hört auf zu streiten«, wimmerte Emma.
»Ich streite nicht, wenn ich bei Oma bleiben darf.« Jonas schlug wieder von hinten gegen ihre Nackenstütze. Er wusste genau, dass er sie damit bis aufs Blut provozierte.
»Hör auf! Du benimmst dich wie ein Fünfjähriger!« Tränen liefen Sarah übers Gesicht. Schnell wischte sie mit dem Handrücken über ihre Wangen. Fuhr weiter wie betäubt und flüsterte: »Es wird nie wieder Sommer werden«, als sie den Wagen vor der ockerfarbenen Jugendstilvilla parkte. Drei Parkplätze weiter lehnte Lukas an seinem Volvo. Eine dichte Lebens-

baumhecke schirmte Parkplatz und Gebäude von der Straße ab. Rechts vom Haus standen unter einem Dach zwei Leichenwagen, einer burgunderfarben, einer schwarz.
Ihr Bruder rauchte. Wie immer. Das Bild, das ihr seit ihrer Kindheit vertraut war: Lukas lehnt an einem grauen Volvo, eine Zigarette im Mundwinkel. Trägt ein kariertes Hemd. Nur dass im Gegensatz zu früher jetzt dieses Monster von Schäferhund neben ihm saß. Und sein Volvo nicht mehr aussah wie aus eckigen Blechkisten zusammengeschweißt, sondern riesig, breit und überall abgerundet war. Der SUV füllte die gesamte Parklücke aus.
»Wartet kurz im Auto«, wies Sarah die Kinder an und stieg aus. Bevor sie die Tür zuschlug, sagte sie noch: »Und seid nachher nett zu Onkel Lukas!«
»Wie läuft's mit Thomas?«, begrüßte er sie.
Direkt vor ihm blieb sie stehen. Er roch nach Tabak und Hund. »Wie kommst du dazu, mich vor deinen Kollegen zu umarmen?«, zischte sie.
Lukas Felber zog an der Zigarette. »Weil mir danach war, vielleicht?« Er suchte ihren Blick. Ruhig, tröstlich. Wie früher. Doch es beruhigte sie nicht.
»Du bist so ein beschissener Heuchler.«
»Es ist die Wahrheit.«
»Die Wahrheit! Die Wahrheit ist, dass Mama tot ist. Und dass du dich seit Jahren einen Scheiß um sie gekümmert hast. Und ...«
»Und genauso wenig um dich oder was?«
Sie sah zu ihrem Auto. Die Kinder pressten die Nasen gegen die Scheibe. Neugierig, erwartungsvoll. Sie durfte nicht vor ihren Augen mit Lukas streiten. Sie schnaubte. Ihr Herz schlug schnell, und gleichzeitig erschien ihr seit Mamas Tod die Zeit unendlich langsam zu vergehen.

»Ich war heute Nacht im Dorf.«
»Hat dieser Ehrlinspiel nicht gesagt, du sollst dich raushalten? Was wolltest du da? Hast du David verhört oder was? Er war's nicht!«
»Hast *du* Mamas Schafe versorgt?« Er zog wieder fest an der Zigarette und blies dann den Rauch in den Himmel.
»Schafe, Schafe! Mama ist ermordet worden, und du denkst an Schafe! Ich dachte, du hättest wenigstens ermittelt da oben. Stattdessen lässt du dir von so einem Jungkommissar sagen, was du darfst oder nicht.«
»Mum hätte nicht wollen, dass die Schafe hungern.« Ruhig schnippte er Asche auf den Boden.
Sarah wurde die Kehle eng. »War es sehr schlimm oben in … in Mamas Haus?«
»Schlimmer.«
»Ich verstehe das alles nicht.« Sie wollte nicht wissen, was »schlimmer« bedeutete. Also fragte sie: »Weißt du, was bei der Obduktion herausgekommen ist?«
»Ruf den Jungkommissar an. Moritz Ehrlinspiel ist übrigens schon dreiundvierzig. Und er weiß, was er tut. Auch wenn er manchmal etwas arrogant daherkommt. Vielleicht wird er dir das Ergebnis verraten.«
»Du hast nicht nachgefragt?«
»Ich darf mich ja nicht einmischen. Aber die Staatsanwältin hat Mums … Leichnam freigegeben. Ansonsten könnten wir sie nicht beerdigen.« Nach einer kurzen Pause fragte er: »Wo ist Thomas? Alles okay bei euch?«
»Ich wollte nicht, dass er mitkommt. Wir müssen das hier allein tun. Du und ich.«
Er legte ihr eine Hand auf die Schulter, versuchte ein Lächeln. Und da war er wieder, der kleine große Bruder. Der einzige Mensch, dem sie von ihrem ersten Liebeskummer erzählt hatte;

bei dem sie Hilfe gesucht hatte, weil sie vom alten Rees dabei erwischt worden war, wie sie die weißen Flecken seiner Kühe mit Filzstift bunt anmalen wollte; der Bruder, der ihr ein Küchenhandtuch um die große Platzwunde gebunden und sie auf dem Mofa den ganzen Weg in die Freiburger Uniklinik gefahren hatte, als sie von der Schaukel gefallen war. »Du hast recht«, sagte er. »Es geht nur uns etwas an.«

Sarah zog ihr Handy aus der Handtasche und wählte die Büronummer, die Ehrlinspiel ihr gestern gegeben hatte. Der Lautsprecher war eingeschaltet, damit Lukas mithören konnte. Sie erklärte Ehrlinspiel, wo sie war und dass ihr Bruder mithörte. »Wir müssen wissen, was mit unserer Mutter passiert ist, bevor wir da hineingehen. Haben Sie schon die Ergebnisse der Obduktion?«

Die Verbindung war schlecht, und sie verstand Kommissar Ehrlinspiel kaum. Doch sie verstand so viel, dass der Tod durch Ersticken aufgrund des Schlammes eingetreten war und dass ihre Mutter, als sie in der Werkstatt gegen Werkbänke und Maschinen gedrückt worden war, sich schwere Verletzungen zugezogen hatte. Die Leichenöffnung und der kriminaltechnische Befund der verschlossenen Tür hatten also bestätigt, was bereits gestern vermutet worden war: Ihre Mutter war ermordet worden.

»Hat sie gelitten?«

Ehrlinspiel atmete tief durch. »Wahrscheinlich. Die Schnitte und Quetschungen haben ihr bestimmt Schmerzen bereitet. Was verwundert, ist, dass sie diese Liebespaarfigur trotzdem nicht losgelassen hat. Man sollte meinen, mit beiden Armen hätte sie sich eher retten können. Es ist, als habe die Figur ihr Halt gegeben.«

»Das hat sie.« Sarah liefen schon wieder die Tränen übers Gesicht. Ihr Vater hatte das Liebespaar aus Buchsbaumholz geschnitzt. Ein hartes Holz, beständig und gleichzeitig wunderbar für feinste Details wie Blumenranken oder Blätter.

»Ersticken ist kein schöner Tod. Der Rechtsmediziner sagt, dass man hier eher von einem Tod durch Ertrinken sprechen muss, weil quasi dicke Flüssigkeit die Atemwege verschlossen hat. Es ist sehr qualvoll. Man hält den Atem an, der Kohlendioxidpartialdruck steigt, dann kommt es zur Dyspnoe und zum Atemzwang. Ihre Mutter hatte Schlamm im Magen und in der Lunge. Vermischt mit Bronchialsekret und Luft. Vermutlich trat diese Mischung als Schaum wieder aus, aber der starke Regen hat in den langen Stunden vieles – entschuldigen Sie den Ausdruck – reingewaschen.«

Sarah sah zu Lukas. Der nickte. Sie wusste, dass ihm all diese Begriffe vertraut waren.

»Der Herzschlag hat den Atemstillstand überdauert. Aber das hat sie nicht mehr bewusst wahrgenommen. Das Gehirn hatte zu dieser Zeit seine Funktionsfähigkeit bereits weitgehend verloren.«

»Hatte sie Kot- und Urinabgang?«, fragte Lukas laut.

Es entstand eine kleine Pause. »Ja«, sagte Ehrlinspiel dann.

Sarah schwieg, und in ihrem Mund sammelte sich säuerliche Flüssigkeit.

»Sagen Sie, wo hat Ihre Mutter normalerweise ihr Handy aufbewahrt?«

»Im Flur.« Sie war dankbar für den Themenwechsel. »Auf dem Tischchen bei der Haustür. Wenn sie wegging, hatte sie es in der Tasche ihres Rocks oder in einem ihrer Stoffbeutel, die sie immer benutzte.«

»Lukas, da du mithörst: Ich lege dir eine Kopie des vorläufigen Obduktionsberichtes auf den Schreibtisch.«

»Okay.«

»Wir sehen uns im Büro, Lukas, ja? Bitte sag uns …«

»Du wirst jede Info bekommen, die ich über unsere Mutter habe.«
Sie beendeten das Gespräch.
»Warum fragt er nach dem Platz des Handys?«, fragte Sarah Lukas.
»Sie wollen die letzten Gespräche überprüfen und finden es nicht, nehme ich an.« Er strich ihr mit dem Handrücken über die Wange. »Kommst du klar?«
Sie nickte. Und inmitten des Schmerzes über den Verlust spürte sie noch die alte Liebe zu ihrem Bruder. Jede Bewegung, jeder Blick war ihr so vertraut. Bedeutete Geborgenheit. Auf Lukas hatte sie sich immer verlassen können. Er hatte für alles eine Lösung gehabt. Es war eine wunderbare Zeit gewesen. Bis zu dem Tag, der ihrer aller Welt verändert hatte.
»Lass uns reingehen.« Lukas öffnete von außen die Beifahrertür seines Volvos und nahm eine Mappe vom Sitz. »Ich habe alle nötigen Papiere mitgebracht. Mum hatte alles perfekt sortiert. Als habe sie damit gerechnet.«
»Hat sie nicht!« Sarah winkte Jonas und Emma zu. Sofort sprangen sie aus dem Wagen und stürmten zu ihnen. »Hallo, Onkel Lukas«, rief Jonas und kniete sich neben Jagger. Der schleckte Jonas übers Gesicht. »Igitt«, rief der Junge lachend. Auch Emma konzentrierte sich sofort auf den Hund und drückte ihr Gesicht in sein Fell. Sarah war erleichtert. »Du hattest recht«, sagte sie zu Lukas, »die Kinder sind unbefangener im Umgang mit … beschissenen Situationen.«
Lukas dirigierte Jagger auf den Beifahrersitz, verschloss den Volvo, und gemeinsam betraten sie dasselbe Haus, das sie mit ihrer Mutter auch schon nach dem Tod des Vaters betreten hatten. Jeder Schritt fühlte sich schwerer an als der vorhergehende. Trauer, Schuld, Wut, Verzweiflung … Sarah konnte jedem einen Namen geben.

Die Innenräume des Bestattungsinstituts waren nicht wiederzuerkennen. Helle, gelbliche Wände waren den Rauhfasertapeten gewichen, weiche Teppiche statt Fliesen sollten wohl ein heimeliges Gefühl vermitteln. Auf kleinen Tischchen standen Blumenbuketts.
Der Bestatter, ein untersetzter Mann um die dreißig mit Haarkranz und Brille, führte sie in sein Büro. »Mein aufrichtiges Mitgefühl«, begann er und erklärte, dass er bemüht sei, jeden Wunsch für das morgige Begräbnis zu berücksichtigen. Den pensionierten Pfarrer aus dem Dorf hatte er engagieren können, Edith würde in einer grünen Bluse bestattet werden, und statt pompösem Blumenschmuck würden Kräutersträuße aufgestellt werden. Die Sorten, die der junge Bestatter aufzählte, interessierten Sarah nicht. Sie hörte nicht mehr zu und ging, nachdem die Formalitäten besprochen waren, hinter Lukas, den Kindern und dem Bestatter her in den Raum mit den Särgen. Lärche, Eiche, Kiefer, Pappel. Klassische Schnitte und weiter hinten verschnörkelte Modelle. Sarah strich über eine Ziernut.
»Ich hätte ihren Sarg selbst machen sollen«, sagte sie, und Lukas umarmte sie. »Wo denn?«, flüsterte er. »Die Werkstatt ist … nicht zugänglich. Es ist in Ordnung, Sarah.«
Vor zwei Wochen war die Werkstatt noch brauchbar gewesen. Muffig, staubig und renovierungsbedürftig, aber eingerichtet und mit dem meisten, was sie zum Arbeiten dort gebraucht hätte. Sarah war ins Dorf gefahren, direkt in die Werkstatt gegangen und hatte das Werkzeug gesichtet. Ihr Werkzeug. Ihr Papa hatte immer gesagt, dass alle seine Dinge auch Sarah gehörten. Weil sie die Künstlerin sei und Formen und Holz mit der Seele erspüre.
Sarah nahm Messer für Messer in die Hand. Prüfte mit dem Zeigefinger vorsichtig die Schärfe der Klingen. Als sie gerade

die Balleisen begutachtet hatte, war die Mutter herübergekommen. »Was machst du da?«, rief sie noch in der Tür. Ihr Gesicht war gerötet.

»Ich prüfe mein Werkzeug.« Sarah nahm einen Klüpfel zur Hand.

»Das ist *Georgs* Werkzeug!«

»Mama! Es sind Papas *und* meine Sachen. Aber er braucht sie nicht mehr. Er wollte immer, dass ich sie irgendwann erbe und damit arbeite. Nur hat ihm die Zeit leider nicht mehr gereicht, ein Testament zu machen. Sonst stände dort …«

»Du solltest dich schämen!« Sie kam herein. Ihr rundliches Gesicht war durchzogen von tiefen Falten. Schon vor Papas Tod hatten die sich, vor allem um ihren Mund herum, eingegraben.

»Ich werde wieder schnitzen. Nicht nur kleine Sachen, auch Skulpturen aus Baumstämmen. Hier oben. Wo ich es bei Papa lieben gelernt habe. In seiner Werkstatt.« Nur eine kleine Kettensäge und eine moderne Schleifmaschine fehlten noch und ein wenig Zubehör. Und natürlich Holz, Imprägniermittel und Öle. Sie hätte es ihrer Mutter sagen sollen. Viel früher. Seit sie wusste, dass sie es schaffen würde, keine Therapie mehr brauchte. Sie legte den Klüpfel beiseite und ging auf sie zu. »Du wirst mich oft hier oben sehen. Jeden Nachmittag.«

»Das hast du alles schon so festgelegt, ja?« Die Augenlider ihrer Mutter schwollen leicht an. Die Ankündigung eines Weinkrampfes. Schon als Kind hatte Sarah immer gedacht, die Tränen würden sich bei ihrer Mutter sammeln und dann innerhalb einer Sekunde wie Bäche über ihr Gesicht laufen. Wie Wasser, das man in einen Luftballon einfüllt und den man dann, wenn er ganz prall ist, ansticht. Leises Weinen kannte Edith nicht. Bei ihr wirkte es immer inszeniert und übertrieben.

»Du weißt doch selbst, dass es Papas Wunsch war, Mama.«
»Bringst du Emma und Jonas mit herauf?«
»Nein.« So stark sie inzwischen auch war und so sicher Sarah sein konnte, dass nach ihrer Therapie alles gutgehen würde: Jonas und Emma sollten nicht hier heimisch werden. Es war kein guter Ort für Kinder. Damals nicht. Heute nicht.
»Und wer kümmert sich um die Kinder? Gibst du sie etwa in fremde Hände?«
Jetzt. Tränen. Sofort war Mamas Gesicht nass. Sie schluchzte laut, stieß dazwischen mit erstickter Stimme ein »Georg, ach, Georg« hervor.
Sarah seufzte. Sie kannte diese Reaktion zur Genüge. Wenn ihrer Mutter etwas nicht passte, fing sie mit Georg an, und niemand traute sich mehr, etwas zu sagen, weil keiner sie verletzen wollte und jeder ihren tragischen Verlust zum tausendsten Mal bedauerte. Sarah hatte viele Jahre nicht durchschaut, was dahintersteckte.
»Und ab wann willst du hier arbeiten?« Ihre Mutter schneuzte sich und blickte sich um.
»Wenn die Handwerker das Dach erneuert haben und die Toilette neu gemacht ist. Und wenn die Nassschleifmaschine und die Kettensäge geliefert sind. Übernächste Woche geht es los.«
Edith hatte noch einmal geschniefte, dann nach Luft geschnappt und zu ihrer Tochter gesagt: »Verschwinde. Nimm meinetwegen die Messer und Klüpfel, oder was auch immer du meinst, mir wegnehmen zu müssen, aber geh. Die Werkstatt betrittst du nie wieder! Such dir einen anderen Ort!«
»Der da passt zu Oma!« Jonas' Stimme holte Sarah zurück in die Gegenwart. Ihr Sohn stand vor einem weißlackierten Sarg, der mit Wolken und einer Sonne bemalt war. Innen drin lag eine bunte Decke mit viel Grün.

»Ja, Schatz.« Und zu ihrem Bruder: »Was meinst du, Lukas?«
»Sie war ein bunter Vogel. Du hast den schönsten Sarg ausgesucht, Jonas«, sagte er. »Gefällt er dir auch, Emma?«
Sofort umklammerte Emma von hinten Sarahs Bein. Sarah strich über Emmas seidiges Haar, doch ihre Tochter begann, erneut zu weinen. Sarah ging in die Hocke und umarmte sie fest. Das zarte Haar duftete nach süßlichem Shampoo. »Es ist alles gut, mein Liebling«, flüsterte sie und dachte: Nichts ist gut, und nichts wird je wieder gut werden.

6

Ehrlinspiel knallte die Mappe mit den Unterlagen auf den Tisch des Besprechungszimmers und ließ sich in einen der Freischwinger fallen. Wütend sah er zu Kriminaloberrat Reimer hinüber, der vorn am Whiteboard stand und jovial lächelte. Er lächelte immer, von dem Tag an, an dem er als Leiter der Kriminalinspektion 1 angetreten war. Ehrlinspiel fragte sich, was den Mann Mitte fünfzig im stets gebügelten Anzug zu diesem Daueroptimismus veranlasste.

»Kleine Runde, große Arbeit«, eröffnete Reimer die erste Frühbesprechung der Soko *Werkstatt*. »Wir sind nur zu sechst. Sie wissen ja, Personalmangel. Die erstochene Jurastudentin, der Großbrand in Weingarten. Und vor einer Stunde starb der Busfahrer, auf dessen Bus Unbekannte vor drei Tagen geschossen haben. Die Situation ist in der Tat prekär.« Er rückte seine Krawatte zurecht und wandte sich Ehrlinspiel zu. »Sollten Sie zusätzlich Kollegen aus Spezialgebieten benötigen, beantragen Sie diese bitte bei der Führungsgruppe.«

Ehrlinspiel war über den Tod des Busfahrers betroffen. Zugleich aber auch wütend auf Reimer. Denn zum zweiten Mal seit dessen Amtsantritt hatte er die Aufgabe bekommen, die er am meisten hasste: Er war zum Hauptsachbearbeiter der Soko verdammt worden. Andere waren auf die Leitung der Soko erpicht. Er hasste sie. Denn sie bedeutete Papierkram, organisieren, koordinieren. Schreibtischarbeit. Auf die Jagd nach dem oder den Tätern würden hauptsächlich andere gehen. Seine früheren Vorgesetzten hatten ihre Leute nach Möglichkeit dort eingesetzt, wo sie gern arbeiteten. Das Ergebnis war eine fast hundertprozentige Aufklärungsquote gewesen. Jetzt lief nichts mehr Hand in Hand, und die wenigen motivierten Kollegen waren oft bis zur Erschöpfung überfordert. Die Aufklärungsrate sank.

»Angesichts des traurigen Umstandes, dass einer von uns betroffen ist, könnten wir schon ein paar mehr Leute brauchen«, sagte Paul Freitag zu Reimer.

»Das ist leider nicht möglich, Herr Kriminaloberkommissar Freitag. Jedenfalls nicht so, wie Sie sich das denken.« Reimer lächelte süffisant.

»Kriminal*ober*kommissar«, flüsterte Ehrlinspiel Freitag zu. »Im Demonstrieren von Überlegenheit ist er ziemlich gut. Im Auftreiben von Ermittlern eher erbärmlich.«

»Zu den Fakten.« Reimer schob seinen linken Hemdsärmel hoch, und eine goldene Armbanduhr blitzte auf. Er tippte darauf und blickte mit hochgezogenen Augenbrauen in die Runde. »Also?«

»Lukas Felber hat Sie informiert«, sagte Ehrlinspiel, »dass er seinen Urlaub abgebrochen hat und ab heute wieder im Büro ist. Er wird uns als Zeuge zur Verfügung stehen und die wichtigsten Ermittlungsergebnisse erfahren.«

Reimer nickte. »Gut so, gut so. Kollegen muss man unterstützen!«

Ehrlinspiels Blick traf den des jungen Kriminaltechnikers Marco Wenner. Der hob fast unmerklich die Schultern. »Das Opfer heißt Edith Felber. Knapp achtundsechzig Jahre alt, verwitwet. Zwei Kinder: Sarah Kramer, geboren am fünfzehnten September achtundsiebzig, verheiratet; und Lukas Felber, unser Kollege, geboren am dreiundzwanzigsten November siebenundsechzig, geschieden. Zwei Enkelkinder, Jonas und Emma, die Kinder Sarah Kramers. Die Eltern von Edith Felber sind verstorben. Das Opfer hat zeitlebens in dem Dorf gelebt. Edith Felbers Ehemann Georg starb 1989 durch einen selbstverschuldeten Autounfall.«

»Vorläufiges Obduktionsergebnis?«

»Ist gestern Abend gekommen«, sagte Ehrlinspiel und erklärte, was er vor gut einer Stunde auch schon Sarah Kramer am Telefon gesagt hatte. »Der Tod«, ergänzte er, »ist zwischen dem frühen Samstagabend und Sonntagmorgen eingetreten.«

»Genauer geht's nicht?«

»Die Leiche wurde erst am Dienstag gefunden«, warf Wenner ein. »Es war nass und kalt. Die Tote war bereits komplett ausgekühlt. Da kommt man mit Rektaltemperatur und Hensge-Nomogramm kaum weiter. Die Totenflecken haben sich aber bei Umlagerung der Leiche nicht mehr verändert. Das bedeutet, dass der Todeseintritt bei den rekonstruierten Außentemperaturen und angesichts der dünnen Bekleidung der Toten mindestens achtundvierzig Stunden zurückliegt.«

»Die Tochter hat gegen halb vier am Nachmittag noch mit der Mutter telefoniert. Und um achtzehn Uhr war der Einsatzleiter des THW im Dorf und hat noch einmal kontrolliert, ob die Einwohner in den gefährdeten Straßen evakuiert waren. Er ist an der Werkstatt vorbeigekommen, alles schien in Ordnung.«

»Und am Morgen nach dem Unwetter hat sie nicht versucht, die Mutter zu erreichen?«, fragte Reimer.

»Sie ging davon aus, dass sie bei Lukas und in Sicherheit ist.«

»Möglicher Tathergang?« Reimer ging jetzt vor den Tischen auf und ab.

»Bisher alles Spekulation.« Ehrlinspiel öffnete eine der kleinen Wasserflaschen, die auf den Tischen immer bereitstanden, und trank in aller Ruhe einige Schlucke. Das Wasser war angenehm kühl. »Wir wissen nur, dass Frau Felber aller Wahrscheinlichkeit nach in der Todesnacht allein im Dorf war. Bis auf den

Täter oder die Täter natürlich. Alle Bewohner waren offiziell evakuiert. Das THW hat ja auch niemanden mehr angetroffen am Abend des neunten Juli. Natürlich hätte das Opfer sich versteckt haben können. Jedenfalls hat sie in der Nacht – warum auch immer – das Wohnhaus verlassen und ist über die asphaltierte Straße zur Werkstatt ihres verstorbenen Mannes gegangen. Die Werkstatt war stets verschlossen, es gab drei Schlüssel, einen beim Opfer und je einen bei den Kindern. Beide haben die Schlüssel noch, es wurde also keiner gestohlen. In Edith Felbers Haus fehlt der Schlüssel. Sie muss mit ihrem Schlüssel hinübergegangen sein. Ob ihr Mörder da schon bei ihr war, wissen wir nicht, gehen aber davon aus, dass nicht. Sie schloss auf, ging hinein und ließ den Schlüssel außen stecken. Entweder sie selbst zog dann die Tür von innen zu und der Täter schloss sie später ein, oder der Täter hat die Tür zugemacht und dann abgeschlossen. Dabei hätte sie ihn vermutlich gesehen. Was aber letzten Endes keinen Unterschied macht und sich kaum klären lässt.«

Wenner nickte zustimmend. »Es gibt so gut wie keine verwertbaren Spuren. Schlamm und tagelanger Starkregen … da versagen unsere Technik und unser Können gnadenlos. Auch in das Wohnhaus des Opfers ist Wasser eingedrungen. Das Erdgeschoss mit dem Laden ist zum Teil überschwemmt.«

»Frau Felber sucht oder erledigt also in der Werkstatt etwas«, fuhr Ehrlinspiel fort, »während jemand sie einschließt.«

»Ob der Täter wusste, dass sie sterben wird? Vielleicht wollte er ihr nur Angst einjagen?« Frank Lederle strich sich über seinen kahlrasierten, polierten Schädel. »Wie wahrscheinlich ist es denn gewesen, dass der Hang runterkommt?«

»Es war abzusehen, laut THW. Sie haben ihn zwar zu sichern versucht, aber gegen diese Naturgewalt waren sie machtlos. Außerdem war das Dach der Werkstatt stark sanierungsbedürftig, wie die Tochter sagte. Sie hatte vor, es richten zu lassen. Das Dach hat also keinen großen Widerstand geboten.«

»Demnach deutet das auf einen oder mehrere Täter aus dem Dorf hin. Dort wussten alle um die Gefahr.« Lederle streckte seine Beine aus. Er trug schwarz-weiße, glänzende Schuhe.

»Jeder, mit dem das Opfer in den Tagen vorher gesprochen hatte, hätte es wissen können.« Ehrlinspiel nannte Lederle in Gedanken stets »Stepptänzer«. Er bewegte sich stilvoll und geschmeidig, als wolle er gleich die Showbühne betreten.

»Ist das Handy mittlerweile aufgetaucht?«

»Das nicht, aber der Provider schickt uns die Anrufliste der letzten zwei Wochen.«

»Das Unwetter tobt also, das Dach geht kaputt, der Hang bricht runter – und Edith Felber findet die Tür verschlossen vor. Vielleicht versucht sie, durch ein Fenster zu entkommen – die Schnitte in der linken Hand legen das nahe. Die Fenster waren alle kaputt, in den Rahmen steckten nur noch Scherben. An denen könnte sie sich die tiefen Schnitte in der linken Hand zugezogen haben, bei dem Versuch, dort hinauszukommen. Vermutet jedenfalls Professor Larsson. Mit der rechten Hand hält sie die Figur fest. Die muss ihr wichtiger als ihr Leben gewesen sein. Ich hätte beide Hände genommen, um rauszukommen.«

»Ohne Zweifel.« Wenner blickte auf seine Notizen. »Wir gehen davon aus, dass das Gewicht des eingedrungenen Schlammes die Tür herausgebrochen hat, der Schlamm dort also hinausfloss und dabei das bereits bewusstlose Opfer mitgerissen hat. Am Türrahmen blieb der Körper wegen der weiten Bekleidung hängen.«

»Und der Täter hat das alles vielleicht mit angesehen.« Lederle biss sich auf die Oberlippe. »Es ist eine ziemlich feige Tat. Er musste nichts machen, nur den Schlüssel umdrehen.«

»Wir müssen zuerst herausfinden, wer von den Bewohnern während des Unwetters noch im Dorf war.« Ehrlinspiel sah einen nach dem anderen an. »Freitag, wir fahren gleich nachher ins Dorf. Wir nehmen zwei Kollegen von der Streife mit und klingeln an jeder verdammten Tür.«
»Sehr gut, sehr gut.« Reimer blieb endlich stehen. »Dann überlasse ich das Team dem geschätzten Ersten Hauptsachbearbeiter.«
Ehrlinspiel verdrehte die Augen. Zum Glück hatte Reimer ihn nicht gleich zurückgepfiffen und an den Schreibtisch verbannt.
»Noch eines. Wir haben eine neue Kollegin im Haus. Karolina Baumann. Sie ist ab heute hauptamtliche Konfliktberaterin und wird auch dieses Team unterstützen. Ist das Verstärkung genug, Herr Kriminaloberkommissar Freitag?«
»Bitte?« Ehrlinspiel starrte Reimer an. »Das ist ein Scherz!«
»Seh ich aus wie einer, der Witze macht?«
Im Gegenteil, dachte Ehrlinspiel und fragte: »Warum erfahren wir das erst jetzt?« Vorletzte Woche noch hatte er den Konfliktberater Reiner Kraft in der Cafeteria getroffen, beide hatten sie je zwei Stücke Pflaumenkuchen ohne Sahne auf dem Teller und machten darüber Witze. Reiner hatte nichts von Aufhören gesagt. »Und wo ist Kollege Kraft?«
»Das Ganze hat sich kurzfristig ergeben.«
»Seit wann gibt es kurzfristige Neubesetzungen?« Josianne Schneider, eine Kollegin der Kriminalinspektion 6, schob die Unterlippe vor. »Dazu braucht es eine Ausschreibung, Bewerbungen, ein Auswahlverfahren, ein Gremium, ein …«
»Der Kollege Kraft hat mit der neuen Kollegin den Arbeitsplatz getauscht. Es hat alles seine Ordnung. Frau Baumann wurde empfohlen, hat sich das baden-württembergische Polizeigesetz mit Bravour angeeignet und verfügt menschlich und fachlich über hervorragende Qualifikationen.«

»Ein echtes Superweib«, murmelte Ehrlinspiel und fragte laut: »Woher kommt sie?«
»Das tut nichts zur Sache. Der Tausch war der Wunsch beider.« Er zögerte kurz. Sein Dauerlächeln verschwand. »Kraft wollte nicht länger mit mir arbeiten.«
Niemand sagte etwas. Nur das Atmen und ein Rascheln waren zu hören. Reimer fuhr fort: »Mit Frau Baumann habe ich mehrere Gespräche geführt. Wir können gut miteinander. Und eine Verjüngung des Personals kann nicht schaden.«
»Sagen Sie jetzt bitte nicht, dass sie frisch von der Polizeischule kommt. Konfliktberater müssen gestandene Polizisten und persönlich gefestigt sein. Sie wissen, dass das Jahrzehnte dauern kann.«
»Frau Baumann ist alles das. Eine gestandene Ermittlerin, charakterlich stark und ausgeglichen. Und zweiundvierzig Jahre jung, ja. Und weil der Kollege Felber Hilfe braucht, ist eine weibliche Konfliktberaterin von Vorteil.«
Ehrlinspiel glaubte, seinen Ohren nicht zu trauen. »Was veranlasst Sie dazu, Herrn Felber prophylaktisch schon einmal zu der neuen Kollegin schicken zu wollen?«
»Erfahrung, Herr Kriminalhauptkommissar.«
Hinter Ehrlinspiels Schläfen setzte wieder das Pochen ein. Meist waren Müdigkeit oder Zorn die Auslöser dafür. Oder beides – wie heute. »Wir alle hier« – er wies auf die kleine Runde – »kennen Lukas Felber, seit wir hier arbeiten. Zum Teil seit über zwanzig Jahren. Er braucht keine Psychologin.«
»Polizeiliche Konfliktberaterin, um die genaue Terminologie einzuhalten.«
»Wie auch immer, Lukas ist …«
»Sie selbst haben gestern festgestellt, dass Sie nicht einmal wussten, dass Herr Felber eine Schwester in derselben Stadt hat. Wussten Sie, dass seine Mutter in der Nähe lebte und einen

kleinen Laden betrieben hat? Samstags hier auf dem Markt verkauft hat? Dass Herr Felbers Vater tödlich verunglückt ist? Oder Sie …« Reimer wandte sich an Freitag. »Wussten Sie das?«

»Das ist in der Tat ungewöhnlich«, lenkte Ehrlinspiel ein. »Aber es sagt nichts über den psychischen Zustand des Kollegen Felber aus. Ich habe zwei Schwestern, einen Bruder, und meine Eltern leben auf einem Hof in einer Alten-WG. Das wissen nur wenige hier. Brauche ich deswegen einen Seelenklempner?«

»Sie sind nicht so verschlossen wie Lukas Felber, Herr Kriminalhauptkommissar Ehrlinspiel. Um das festzustellen, reichen mir meine zweieinhalb Jahre hier. Was macht Sie so sicher, dass Herr Felber die Tötung seiner Mutter so einfach wegsteckt? Was ist schlimm an einem Gespräch mit speziell dafür qualifizierten Kollegen?«

»Herr Felber ist stabil genug, um mit dem Tod seiner Mutter umgehen zu können. Zudem sollten wir mit derlei Diskussionen warten, bis Herr Felber anwesend ist. Er ist noch beim Bestatter und wird direkt danach ins Büro kommen.«

Es klopfte. Ehrlinspiel war erleichtert. Er mochte es nicht, über andere hinter deren Rücken zu reden und zu entscheiden. Als die Tür aufging, zog er überrascht die Augenbrauen hoch.

* * *

Sechs Augenpaare starrten sie an. Fünf Männer, eine Frau.

»Wir brauchen noch ein paar Minuten. Können Sie in fünfzehn Minuten saubermachen?«, sagte ein Typ mit sandfarbenen, verwirbelten Haaren. Er trug ein orangefarbenes Sweatshirt mit Kapuze. Seinem harten Tonfall nach zu schließen, war das bisherige Gespräch der Gruppe nicht gut verlaufen.

»Was darf ich tun? Fenster putzen? Staub saugen? Köpfe waschen?« Vorurteile, wohin sie kam.
Bevor jemand antworten konnte, kam Hannes Reimer auf sie zu und begrüßte sie mit einem festen, kühlen Händedruck. »Frau Baumann, ich freue mich sehr!«
»Ganz meinerseits, Chef«, erwiderte sie, und gleichzeitig murmelte der Mann in dem orangefarbenen Sweatshirt: »Ach du Scheiße.«
»Meine Dame, meine Herren«, sagte Reimer, »ich darf Ihnen Karolina Baumann vorstellen. Die neue Kollegin.«
»Tut mir echt leid«, sagte der in Orange, »ich dachte … ich bin Moritz Ehrlinspiel.«
»Sie sind nicht der Erste, der das denkt. Aber zu Ihrer Ehrenrettung muss gesagt werden, dass nicht jede Konfliktberaterin morgens um sechs Uhr im Outfit einer Reinigungskraft und mit Putzmitteln durchs Präsidium läuft. Also alles gut.« Im Stillen verfluchte sie sich für ihre gestrige Putzaktion gleich zum Start ihres neuen Jobs.
Karo setzte ihr strahlendstes Lächeln auf. Darin war sie richtig gut. Immer noch. Breiter Mund, dunkelrote Lippen, schneeweiße Zähne. Und Augen wie schwarze Murmeln. Als Kind hatte sie dieses Lachen vor dem Spiegel geübt. Damit kriegte sie alle. Fast alle.
»Willkommen in Freiburg.« Die einzige weitere Frau im Raum kam als Erste um die Tische herum und gab ihr die Hand. Sie wirkte sympathisch mit ihrer dunklen Lockenmähne und schien einige Jahre jünger zu sein als Karo mit ihren zweiundvierzig Jahren. Karo ging herum und gab allen die Hand.
»Sie wollten mich wegen eines neuen Falls sprechen. Wie kann ich helfen?« Sie setzte sich auf einen freien Stuhl zu den anderen an den Tisch.

Hannes Reimer erzählte von einer Toten in einem Dorf, das einige Kilometer unter dem Gipfel des *Schauinsland* lag. Ein Tötungsdelikt. Und dass der leitende Kriminaltechniker der Sohn des Opfers war. »Lukas, wie ihn die Kollegen freundschaftlich nennen, ist meiner Ansicht nach nicht der stabile Mann, für den er sich ausgibt. Ich möchte Sie bitten, ihn zu unterstützen.«

Ehrlinspiel schnaubte, und Karo Baumann musterte ihn und die anderen Anwesenden rasch. Sie tauschten Blicke miteinander aus. Einer presste die Lippen aufeinander. Sie mögen diesen Lukas, dachte Karo sofort, und sie sind gegen Reimers Plan, mich ins Boot zu holen. »Weiß Lukas, dass Sie mich in den Fall eingebunden haben und dass er mit mir reden soll?«

»Ihm das deutlich, aber einfühlsam zu vermitteln, das ist Ihre erste Aufgabe, Frau Baumann.« Reimer lächelte sie an, doch seine Augen blieben ausdruckslos.

Sie nickte. Lächelte breit zurück. »Verraten Sie mir noch den Nachnamen des Kollegen? Das wäre hilfreich.«

»Felber.«

»Lukas Felber«, wiederholte Karo und sah Reimer an. Unter seinen Augen hingen Tränensäcke. Warum war ihr das noch nie aufgefallen? Es machte ihn unattraktiv und verlieh ihm etwas Hinterhältiges. Natürlich war es schwierig, von äußeren Merkmalen auf den Charakter zu schließen. Niemand wusste das besser als Karo. Dunkelhäutig gleich sozial minderwertig, ungebildet, arm, Schmarotzer in Europa. Das steckte noch immer in vielen Köpfen. »Und wie hieß die Mutter?«

»Edith Felber.«

»Okay«, sagte Karo. Und unterdrückte die aufsteigende Übelkeit.

Donnerstag, 11. Februar 2016

Mit der Diagnose »Tod« habe ich nicht gerechnet. Nicht so schnell. Nicht wenige Wochen nach Weihnachten. Aber noch weniger habe ich damit gerechnet, ihr je wieder zu begegnen.

Seit zwei Wochen sitze ich hier, zwischen mehr oder weniger besetzten Stühlen, Stapeln billiger Zeitschriften, einem Kaffeeautomaten und Menschen mit griesgrämigen Gesichtern. Für mich ist hier immer ein Platz frei. Den Platz im Rollstuhl nimmt mir keiner mehr. Das Gefährt hat mir die Klinik geliehen. Bis dass der Tod uns scheidet.

Ich brauche jeden Tag länger, um von meinem Zimmer durch den langen Flur in den Aufenthaltsbereich zu kommen. Es ist mühsam, sich mit den Fußspitzen Zentimeter für Zentimeter vorwärtszuziehen und gleichzeitig den Infusionsständer mitzuschleifen. Zwei Beutel hängen daran. Kochsalzlösung, Cortison und ein neues Antibiotikum, dessen Namen ich schon wieder vergessen habe. Es spielt keine Rolle mehr. Der Mix tropft direkt in meine Venen und verhindert, dass ich vor Schmerzen schreie und zudem noch vertrockne.

Ich stelle mich immer an denselben Platz. Dritter Tisch von links, direkt neben der langen Fensterfront, von der aus ich den Parkplatz und ein paar Bäume sehe. Vom frühen Morgen bis zur Dämmerung sitze ich hier. Es ist besser, als im Bett zu liegen und nachzudenken. Nachdenken darf ich nicht. So kurz vor dem Ende des Lebens holt einen vieles ein. Die Wut, im besten Alter gehen zu müssen, während andere fast hundert Jahre alt werden; die Trauer um nicht getane Dinge; ein Berg Schuldgefühle und vor allem Angst.

Die Angst ist am schlimmsten.

Ich war nie ein Feigling. Aber jetzt bin ich geradezu panisch, möchte dem Tod davonrennen, und vor allem dem elenden Siechtum und Sterben. Es ist die Hölle. Sitzen, starren, Schmerzen mit der Morphiumpumpe niederdrücken, zusammengesunken und als Häufchen

Haut und Knochen in diesem altmodischen riesigen Rollstuhl, in den vier Frauen in meinem Zustand passen würden. Seit Wochen kann ich nur noch Suppe essen. Und Wasser oder Saft trinken. Wie es schmeckt, weiß ich nur aus der Erinnerung. Ich rieche nichts mehr, schmecke nichts, und wenn ich manche Patienten hier mit ihren Angehörigen Kaffee trinken und Kuchen essen sehe, so wie jetzt um kurz vor sechzehn Uhr, wird mir noch übler, als es mir ohnehin ständig ist.

Für mich ist Besuch eine Seltenheit. Aber es ist in Ordnung so. Ich war immer schwierig. Hab mich nie um andere kümmern können. Warum sollten sie sich also plötzlich um mich sorgen?

Und jetzt ist sie hier. Entchen. Seit fast einer Stunde plappert sie mit einem Patienten am anderen Ende des Raumes, genau da, wo das Milchglas der Stationstür den Blick in die Gynäkologie verdeckt. Wir teilen uns einen Aufenthaltsraum. Palliativstation und Frauenheilkunde. Die Neugeborenen liegen neben den Sterbenden. Man könnte fast meinen, hier neben dem gurgelnden Kaffeeautomaten schließe sich der Kreis des Lebens. Kaffee schwarz. Süß mit Zucker. Weiß mit Milch. Geburt und Tod. Reinheit und Schuld.

Man begegnet sich immer zweimal im Leben.

Sie hat einige Male herübergeblickt. Trägt einen schicken rotvioletten Pullover und eine elegante graue Hose. Doch die Pantoffeln verraten sie. Und der Venenzugang im Handgelenk. Sie ist keine Besucherin. Anzeichen des Erkennens hat sie mir gegenüber nicht gezeigt. Aber wen sollte sie auch erkennen in diesem Skelett, zu dem ich geworden bin, mit hohlen Wangen und glanzlosen, eingesunkenen Augen, mit bläulicher Haut und kahlem Schädel nach monatelanger Chemotherapie, die elfte in fast dreißig Jahren. Das Non-Hodgkin-Lymphom ist ein Arschloch. Ich muss auch eines sein. Die Guten sterben immer schnell. Nur die Bösen halten so lang durch.

Entchens Blick ist offen wie früher. Die Stimme tief und ein wenig quäkend, an der Grenze dazu, unangenehm zu sein. Das hat ihr auch

den Namen eingebracht. An ihren richtigen Namen kann ich mich nicht erinnern. Zu viele Jahre liegen zwischen dem heutigen Tag und unserer letzten Begegnung.
Im ersten Moment wollte ich abhauen. Aber mich samt Rollstuhl hier hinauszuquälen würde ihre Aufmerksamkeit noch mehr erregen, als einfach still sitzen zu bleiben und aus dem Fenster zu sehen. Womöglich würde sie mir helfen wollen. Das würde zu ihr passen. Dann war ich versucht, sie anzusprechen. Sie zu rufen oder mich hinüberzubugsieren. Doch auch davor habe ich Angst. Was sollte ich zu ihr sagen? »Hallo, Entchen, schön, dich zu sehen«? Oder: »Warum bist du damals einfach abgehauen?« Denn das ist sie. Verschwunden ohne ein Wort. Hat mich im Stich gelassen. Ich habe damals gedacht, sie hätte mich verpfiffen. Dass die Polizei auftauchen und mich festnehmen würde. Dass alles verloren sei. Doch nichts war passiert.
Schon wieder sieht sie her. Ich sollte nicht so oft zu ihr hinüberschauen. Sie ist ziemlich feinfühlig. Sie spürt, dass ich sie im Blick habe.
Ich drehe den Rollstuhl ein wenig Richtung Fenster. Die nächsten Tage werde ich im Zimmer bleiben. Sie sieht nicht so aus, als müsse sie noch länger hier ausharren. Der Himmel ist grau, ein paar vereinzelte Schneeflocken fallen herab, tanzen im Wind kreuz und quer vor der Fensterfront, bevor sie am Boden zu winzigen nassen Flecken werden. Kein Weiß bleibt liegen. Dabei hätte ich so gern noch einmal richtig Schnee gesehen. Diese dichte weiße Decke, die alles betäubt, in Stille hüllt und Frieden suggeriert. Stattdessen zuckt zwischen den kahlen Baumkronen der Allee schon wieder Blaulicht, nähert sich mit hoher Geschwindigkeit. Keine Sirene. Ein neuer geschundener Körper, der in diesem Backsteinbunker zu einer Nummer werden wird. Ich beobachte, wie der Krankenwagen in die Einfahrt biegt, stoppt, ein Rettungssanitäter und der Notarzt in ihren Leuchtwesten herausspringen und die hinteren Flügeltüren öffnen.

Als sie die Trage herausziehen und das Gestell mit den Rädern ausklappen, höre ich die quäkende Stimme hinter mir. »Angelika?«
Mit der rechten Hand drehe ich das Rad des Rollstuhls langsam nach hinten. Wende mein letztes Gefährt, bis ich zu ihr auf- und in ihr Gesicht sehen kann. Unsere Blicke treffen sich. Und ich weiß, dass sie der letzte Mensch ist, mit dem ich offen sprechen werde.

7

Freitag, 15. Juli 2016

Zum dritten Mal innerhalb einer Stunde tuschte sie sich die Wimpern.

Jenny blickte in den Spiegel über dem Waschbecken. Ihre Augen waren gerötet, und schon wieder hing schwarze verschmierte Farbe in ihren Augenwinkeln. Dabei sollte dieses teure Zeug doch wasserfest sein!

Rasch putzte sie sich mit einem Kosmetiktuch die Nase, trug violetten Lidschatten auf und puderte zum Schluss ihr Gesicht. Die gebrauchten Tücher spülte sie in der Toilette hinunter. David sollte nicht sehen, dass sie knapp zwei Packungen verrotzt hatte, falls er je in den kleinen Mülleimer schauen würde.

Schon die Hinfahrt zur Beerdigung war eine Tortur gewesen. Unter dem Motorradhelm hatten sich erste Tränen gesammelt und das Innenfutter durchweicht. Sie hatte sich geärgert. Mühsam gegen die Heulerei angeschluckt. Doch als sie die Yamaha vor dem schmiedeeisernen Tor des Friedhofs aufgebockt und den Helm abgenommen hatte, war sie einfach nur noch traurig gewesen und hatte den Tränen ihren Lauf gelassen.

Sie wusste genau, was mit ihr los war. Sie hatte die Felber kaum gekannt, aber ihre eigene Mutter vor nicht allzu langer Zeit verloren. Um zu trauern, war weder innerlich noch äußerlich Raum gewesen. Und jetzt holte das alles sie ein. Ausgerechnet. Wo es doch so gut lief.

Jenny ging ins Schlafzimmer. Musste sich schön anziehen. Sexy. Unwiderstehlich. Durfte nicht mit langer Hose und gediegenem Ausschnitt wie beim Begräbnis hier herumlaufen.

Auf dem Bett lag Davids Schlafanzug. Sie hob ihn hoch und roch daran. *The Game* von Davidoff. Sie hatte ihm das Eau de Toilette zu seinem vierundvierzigsten Geburtstag geschenkt. Davidoff für David. Sie hatten darüber gelacht, er hatte einen Tropfen auf seinen Hals und einen auf seinen Bauch gegeben, und wenige Minuten später hatten sie sich auf dem Wohnzimmerboden hart geliebt.
Wohnzimmerboden!
Jenny warf den Schlafanzug zurück aufs Bett und schlüpfte in ein rückenfreies Viskosekleid mit Spitzenrändern. Burgunderfarben. Der Rock reichte bis zu den Oberschenkeln. Glitzernde Nylons dazu. Highheels. Alles reduzierte Stangenware, aber es machte was her. Und wenn sie erst mal aus diesem Kaff weg waren … Ihre frisch blondierten Haare toupierte sie leicht auf, steckte sie fest und ließ nur ein paar einzelne Strähnen herunterhängen.
Vorsichtig stieg sie die Treppe hinunter. Die Stufen in dem alten Haus waren echt scheiße. Das konnte keine Dauerlösung für David und sie bleiben. Aber er hatte ja die Schlitzaugen an der Angel, der Auftrag war wasserdicht. Fast musste sie darüber lachen angesichts der letzten Tage und der Überschwemmung. Bald würde David sie zu der neuen Villa entführen. Er würde eine Überraschung daraus machen, da war Jenny sich sicher. Sie würde natürlich mitspielen, als hätte sie nichts geahnt, um ihm die Freude nicht zu vermasseln.
Sie zerrte den Staubsauger aus der Kammer. Im Wohnzimmer war der Teppich zwar trocken, doch der Flor sah aus, als habe ihn eine Harley-Gang platt gewalzt. Mit der Teppichbürste würde sie es richten. Dreimal drüber, dann würde das Stück aussehen wie neu. Sie schaltete den Sauger ein. Nach wenigen Minuten liefen ihr wieder Tränen über die Wangen.
»Scheiße«, rief sie laut und schaltete den Staubsauger aus,

rannte in das Gäste-WC und tupfte mit Toilettenpapier vorsichtig um ihre Augen herum. »Heulsuse«, zischte sie sich selbst zu. »Hör auf damit!«
Die kleine Kirche war voll gewesen, und sogar auf dem Vorplatz hatten sich Trauergäste versammelt. Jenny drängelte sich zwischen ihnen hindurch und stellte sich in der Kirche hinter die letzte Bank. Viele kannte sie aus dem Dorf, hatte aber kaum je ein Wort mit ihnen gewechselt. Oder genauer: Die Leute nicht mit ihr. Von Anfang an hatten sie sie mit abfälligen Blicken bedacht. Beim Bäcker, beim Metzger, wenn sie an der Dorfschule vorbeigegangen war und im *Lämmle,* wo sie mit David zwei, drei Mal zum Essen gewesen war. Danach hatte sie nicht mehr in das Gasthaus gehen wollen. Sie sah es dem Bauernvolk, wie sie die Bewohner heimlich nannte, an, was sie dachten: aufgetakelte Schlampe. Männerfang. Hure wahrscheinlich.
Aber das war ihr egal. Nur David zählte. Zu ihm konnte sie aufschauen. Er war stark. Erfolgreich. Würde immer zu ihr halten. Sie beschützen und verteidigen! Und er würde um sie weinen, falls ihr etwas zustieße. So wie die Frau und die beiden Männer, die in der Kirche ganz vorn, direkt vor dem weißen Sarg mit den Wolken und der Sonne darauf, gesessen hatten und um Edith Felber trauerten. Jenny hatte die dünne, hellhaarige Frau in Schwarz bereits das eine oder andere Mal gesehen, wenn sie mit zwei Kindern auf den Hof der Felber gefahren und einige Stunden im Haus geblieben war. Silberner Renault Espace. Groß, kindertauglich. Nicht Jennys Ding.
Die Männer in den dunklen Anzügen waren ihr noch nie begegnet. Aber sie hatte sie auch nur von hinten gesehen. Ein grauhaariger Hinterkopf und breite Schultern. Ein blonder, kurzgeschorener Hinterkopf und schmale Schultern. Vermutlich der Sohn und Schwiegersohn der Felber. Dann waren da

noch die beiden Polizisten gewesen, die sie bereits befragt hatten, Ehrlin-Irgendwas und Freitag. Mitbekommen hatte Jenny kaum etwas von der Trauerfeier. Sie hatte still im Hintergrund gestanden und war damit beschäftigt gewesen, möglichst unauffällig ihr tränennasses Make-up mit einem Papiertaschentuch zu retten. Und sich zu fragen, weshalb David nicht mal diesen halben Tag hatte freinehmen können, um sie zu begleiten. Sie verdrängte die Erinnerung an die Beerdigung ihrer eigenen Mutter. Ein Nachbar, der ein paar Minuten vor dem kleinen Erdloch geredet hatte, die Urne, die ein Friedhofsmitarbeiter an langen weißen Bändern in das Loch hinabließ. Die Handvoll Leute, die schweigend danebenstanden. Auch da war David nicht an ihrer Seite gewesen. Vermutlich heulte sie deswegen die ganze Zeit. Nicht wegen der Felber. Es war die Enttäuschung darüber, dass er schon wieder zu irgendeinem Geschäftstermin gegangen war. Ohne sich um sie zu sorgen. Wie so oft in letzter Zeit. Er hatte sich verändert. Aber sie wusste ja, dass er es nur für ihr Glück tat.

Jenny blickte kurz in den kleinen Spiegel. Alles war in Ordnung, Wimperntusche und Lidschatten waren nicht verwischt. Sie warf das Toilettenpapier ins WC, spülte und ging zurück ins Wohnzimmer. Saugte Teppichbahn für Teppichbahn mehrmals ab. Das Haus war mittlerweile fast wieder in demselben Zustand wie vor dem Unwetter. Alles ganz allein ihr Werk. David würde sie loben.

Natürlich konnte David ihr nicht im Haushalt helfen. Das war nun einmal so. Schicksal. Und selbst unter normalen Umständen könnte sie das nicht verlangen. Denn er war schließlich derjenige, der das Geld nach Hause brachte. Viel Geld. Sehr viel Geld.

Jenny begutachtete den Teppich. Obwohl er mit dem frisch aufgeplusterten Flor wieder halbwegs wohnlich aussah, war sein ehemaliges Ockergelb stellenweise verblasst, und auch der etwas feuchtmodrige Geruch würde noch einige Tage bleiben. Egal. Bald würde sie nur noch auf Marmorböden gehen und mit dem Aufzug vom Salon ins Schlafzimmer fahren, statt sich auf knarrenden Holztreppen fast die Knöchel zu brechen. Jetzt, da er Jenny hatte, würde David endlich in ein standesgemäßes Haus ziehen. Nicht mehr hier in seinem Elternhaus allein und frustriert vor sich hin leben.

Sie stellte den Staubsauger in die Kammer zurück und überlegte, was sie David kochen könnte. Sicher war er hungrig nach den anstrengenden Verhandlungen. Aus dem Küchenfenster fiel ihr Blick auf das Haus der Felber. Ein Stück Rasen und – auf Felbers Seite – ein blumenbepflanzter Garten hatten die beiden Häuser getrennt. Jetzt war dort nur Matsch, weder Gras noch Blüten hatten die letzten Tage überstanden. Am Haus, das gelb getüncht war, waren noch immer die Klappläden geschlossen. Nur der Fensterladen nach vorn hinaus war offen. Das hatte sie gesehen, als sie vorher im Nieselregen zurückgekommen war. Die Absperrbänder der Polizei hatte jemand entfernt. Hinter den Häusern hing Nebel, die Tannen glänzten feucht. Jenny hasste dieses Wetter. Aber noch mehr hasste sie die Ungewissheit. Sie musste raus aus diesem Dorf. Und das nicht erst in fünf Jahren, wenn sie alt und faltig war. Da hätte sie auch gleich in der muffigen Absteige bleiben können, in der sie gehaust hatte.

Dumme Ziege, schalt sie sich sofort. Du bist David schließlich hierher gefolgt, weil du ihn liebst. Weil er dich liebt, und weil du seinen Fähigkeiten vertraust. Schon an Silvester würden sie in Dubai auf der Aussichtsplattform des Burj Khalifa mit Champagner anstoßen. Es war das höchste Gebäude der Welt, das hatte sie beim Frisör in der Illustrierten gelesen. Seither hatte sie sich das gewünscht, denn da hatte auch gestanden, dass von dort oben Promis und schwerreiche Russinnen mit ihren Botoxlippen in die Kameras lachten. »Du bekommst alles, was du willst, Millionaire-Baby«, hatte David ihr ins Ohr geflüstert. »Es dauert nicht mehr lang.«

Jenny nahm Krabben aus dem Gefrierfach.

Es hatte eine Zeit gegeben, da hatte sie schon nicht mehr an ihr Glück geglaubt. Das muffige Zimmer, in dem sie gelebt hatte, ihr Job, den niemand mehr brauchte.

Abend für Abend war sie allein zu Bett gegangen. Träumte von einer Karriere als Model oder von einem reichen Mann, der sie auf Händen tragen und verwöhnen würde. Sie wollte alles, nur nicht das hier.

Um nicht ganz zu verzweifeln und um dem zu entkommen, was im Nebenzimmer passierte, beschäftigte sie sich mit der Schönheit ihres Körpers. Stemmte Hanteln und trainierte auf dem Stepper. Bestellte im Internet billige Spitzenstrings, Bodys aus Netzmaterial und Schuhe mit Absätzen, auf denen sie kaum drei Meter gehen konnte. Sie stakste vor dem Spiegel auf und ab und sagte sich: Du bist gut! Dein Körper hat alles, um ein Star zu werden!

Wenn sie es nicht mehr aushielt, suchte sie sich irgendwo in einer der größeren Städte einen One-Night-Stand. Meist aber setzte sie sich auf ihr Motorrad und fuhr stundenlang über die schmalen Landstraßen. Ziellos und viel zu schnell. Manchmal lenkte sie die knallgelbe Yamaha an den Strand, marschierte in den Stiefeln über die Dünen und den Sand bis ans Meer, starrte auf die unendliche blaue Weite und wünschte sich, sie würde in einem Fünf-Sterne-Restaurant in einer Großstadt sitzen, hoch oben in einem Luxuskaufhaus vielleicht, und auf die Dächer der pulsierenden Stadt hinausblicken. Und dann eintauchen in die Menschenmassen, das Leben und den Glamour. Stattdessen nur Wasser und Sturm, Fische, Tang, kreischende

Möwen und Dünensand. Ein Seebad am anderen. Das war doch kein Leben!
Eines Abends, letztes Jahr am ersten Advent, als sie, durchgefroren nach einer solchen Tour und mit dem Motorradhelm unter dem Arm, die Gaststätte betreten hatte, hatte dort David an einem der abgewetzten Tische gesessen. Sie war überrascht. Normalerweise war sie in der Kneipe immer allein. Traurig hatte er ausgesehen in dem schwachen Licht. Auf der Theke standen in verstaubten Körbchen farblose Plastikblumen, die irgendwann einmal violett gewesen waren. Seit mehr als drei Jahren hatte niemand mehr dekoriert. Früher hatten am ersten Advent frische, duftende Tannenzweige auf den Tischen gelegen und Kerzen warmes Licht gespendet.
Vor David standen ein Teller mit Suppe, ein Brotkorb und ein Bier. Tütensuppe, da war Jenny sicher. Dass der Gast überhaupt etwas bekommen hatte, war ein Wunder. Sie streifte die Motorradjacke ab und warf sie über den Tresen. »Musik?«, fragte sie, als sei sie die Chefin des Ladens.
»Meinetwegen.«
Sie legte eine CD mit Lounge-Musik ein, die sie in irgendeinem Sommer einmal mitgebracht hatte. Zwar passte sie nicht hierher, aber die Seemannslieder, die hier üblicherweise gespielt wurden, waren Jenny zuwider.
Zehn Minuten später setzte sie sich zu ihm, in den Händen zwei Weingläser, in denen sie Whisky, billigen Sekt, Grenadine und Zitronensaft aus der Flasche gemischt hatte. Eis gab es keines, auch keine Cocktailschalen. Eine Schande für jede Bar. Aber das würde schon passen. Der Mann brauchte dringend Alkohol. Als Aufmunterung. Und sie auch.
»Cheers«, sagte sie, hob ihr Glas und registrierte: frisch rasiert. Teures Aftershave. Um die Schultern ein Jackett aus edlem Stoff. Sofort besserte sich ihre Laune.

Der Mann deutete auf das Glas. »Was ist das?«
»Ein *Millionaire*. Geht aufs Haus.«
Er schwieg. Rührte das Glas nicht an.
»Ich weiß, zu mir passt ein *Millionaire*-Drink nicht. Zu dir schon eher.« Sie zwinkerte ihm zu. Irgendwie musste sie ihn aus der Reserve locken. »Richtig?«
Er lachte auf. »Sieht man es mir an?«
»Lass mich raten: Du bist auf Geschäftsreise und hast einen Abschluss in den Sand gesetzt. Aus lauter Frust hast du dich verkrümelt und überlegst, wie du das deinem Chef beibringen sollst.«
»Falsch.«
Sie sah ihm in die Augen, auf den Mund, wieder in die Augen. Das wirkte immer. »Okay, zweiter Versuch. Du bist auf Geschäftsreise, hast einen Millionenabschluss gemacht und wolltest dir zur Feier noch einige Tage Urlaub direkt in den Dünen der Ostsee gönnen.«
Er hob den Blick. Augen so schwarz wie Teiche in der Nacht. »Wie heißen Sie?«
»Jennifer. Du kannst mich ruhig duzen.«
Er lächelte zögerlich. Dann hob auch er sein Glas. »David.« Sie stießen an.
»Du musst mir in die Augen schauen.« Dem Typ fehlte offenbar nicht nur gute Laune, sondern auch Erfahrung beim Flirten. »Das bringt Glück, und du bist dann viel besser drauf.«
»Glück.« Er blickte auf das Glas mit der blutroten Flüssigkeit. »Du glaubst an Glück?«
»Natürlich. Schöne Frauen bringen immer Glück.« Sie wünschte, sie säße nicht in ihren Motorradklamotten hier, sondern in einem ihrer sexy Outfits. Ein Millionär in dieser Spelunke! Das waren Weihnachten, Ostern und ein Sechser im Lotto gleichzeitig. Es war ihre Chance! Okay, etwas verklemmt

war dieser David vielleicht. Oder einfach nur frustriert. Aber wenigstens war er keiner von der Sorte, die eine Frau gleich betatschen wollen. »Wohnst du hier?«, fragte sie.

Er nickte.

»Läuft nicht so gut mit deiner Frau, hm?« Das war ihre Version drei. Ehekrach, Flucht. Wäre er verheiratet, würde sie sich nicht weiter bemühen.

»Hör mal zu, Jenny, ich möchte hier einfach nur in Ruhe mein Bier trinken. Du bist ein hübsches Mädchen, aber ich bin nicht der große Gesellschafter. Und keiner, auf den Frauen stehen. Glaub mir.«

Jenny presste die Lippen aufeinander. »Okay, Fremder, ich wünsch dir alles Gute.« Sie legte die Hand auf seinen Arm.

Er zuckte zurück. »Lass das.« Er klang nicht wütend. Eher ängstlich.

Doch Jenny hatte schon in diesem Moment verstanden, was sein Problem war.

Jetzt zog sie die Plastikfolie von der Krabbenverpackung. Erhitzte Olivenöl in einer Pfanne, wusch die rosa gekrümmten Tierchen unter dem Wasserstrahl ab und briet sie mit etwas Thymian an. Während sie den Duft genoss – ein bisschen nach Côte d'Azur, auch wenn sie da noch nie gewesen war, aber so stellte sie es sich vor –, kochte sie breite Nudeln, schnitt Zucchini in Scheiben und briet auch diese an. Sie war echt eine Niete in der Küche, doch David zuliebe hatte sie einige Rezepte immer wieder geübt. Pasta mit Krabben bekam sie ganz gut hin, auch wenn sie die Reihenfolge, was wann gebraten werden musste, ständig durcheinanderbrachte. Irgendwie klappte es aber doch meistens. Und David mochte es. Besonders dann, wenn sie ihm einen blutroten Aperitif servierte wie damals, an ihrem ersten Abend, den *Millionaire*. Und vor allem, wenn sie ihm ein besonders leckeres Dessert in Aussicht

stellte. Beim Gedanken an Sex mit David musste sie unwillkürlich lächeln.
In der trostlosen Gaststube hatte er sie an diesem Abend abserviert. Nach ihrer Berührung war er wortlos gegangen. Erst am nächsten Nachmittag hatten sie sich wiedergesehen. Zufällig.
Es war ein klarer, kalter Wintertag gewesen. Jenny war mit dem Bus in die Stadt gefahren, um Salat, Orangen, geräucherten Fisch, ein paar Lebkuchen und Brot zu kaufen und um die Medikamente abzuholen, als sie im Eingang der Apotheke beinahe mit David zusammenstieß. »Hey«, sagte sie, »der Mann, der Frauen sitzenlässt.«
Er blieb stehen und musterte sie, offenbar irritiert von ihrem Äußeren. Wie immer, wenn sie in die Stadt ging, hatte sie ihre Haare hochgesteckt, die Wimpern getuscht und Lidschatten und Lippenstift aufgetragen. Sie trug einen enganliegenden, kurzen Wintermantel und kniehohe Stiefel mit hohen Absätzen. Klar, vom Online-Discounter, aber warm – und figurbetont.
»War nicht böse gemeint.« Er schob sich an ihr vorbei und ging auf die Straße hinaus.
Jenny betrat die Apotheke.
»Geht es besser?«, fragte der kleine, dickliche Mann hinter der Theke und blickte auf das Rezept. »Tilidin ist ein sehr starkes Schmerzmittel.«
»Es geht, danke«, wich Jenny aus und nahm die Packung entgegen. Sie wollte nicht darüber reden und beeilte sich, aus der Apotheke hinauszukommen. Auf der Straße sah sie sich um. Nur wenige Menschen waren in der gepflasterten Fußgängerzone unterwegs. Und so entdeckte sie ihn sofort. Er stand etwa dreißig Meter entfernt an der Haltestelle der Bäderbahn *Molli*. Sie ging zu ihm. »Wartest du auf den Zug?«

»Nein.« Er sah noch genauso traurig aus wie gestern. Auch wenn sein schwarzes Haar in der Sonne glänzte und sein Gesicht im Tageslicht eine gesündere Farbe hatte.
»Hast du Angst vor mir? Weil ich dein Geheimnis entdeckt habe?«
»Ich bin kein Mann für dich.«
»Habe ich dir einen Antrag gemacht?«
Er lachte. »Du wärst die Erste.«
»Das mit gestern Abend kostet dich zwei *Millionaires.*« Sie rechnete nicht damit, dass er zustimmen würde. Doch zu ihrer Überraschung nickte er. Da stand der fremde, schöne Mann, reich, allein und traurig, ganz nah bei ihr, und ihrer beider Atem bildete kleine Wölkchen zwischen ihnen. »Kennst du schon den Strand?«
»Nur vom Fenster meines Pensionszimmers aus.«
»Komm.« Sie ging los, vorsichtig wegen der hohen Absätze, den Pflastersteinen und den Schienen, und David ging neben ihr. Auf dem Weg zum Meer erzählte sie ihm von Ebbe und Flut, dem Geisterwald mit den skurril gebogenen Baumstämmen, von der Möwe, die sie verletzt gefunden und aufgepäppelt hatte, und von dem Sand, der im Sommer unter den Fußsohlen brannte. Erinnerungen und Erlebnisse, die ihr in Gegenwart Davids plötzlich schön erschienen. Schon da hatte Jenny bemerkt, dass sie sich in Davids Gesellschaft wohl fühlte. Er strahlte Geborgenheit aus, was ihr zeigte, dass das Leben nicht nur Schlechtes für sie bereithielt.
Dann standen sie auf den Dünen zwischen hohen Grasbüscheln. Vor ihnen lag das endlose Meer, fast silberfarben in der eiskalten Dezemberluft, darüber ein stahlgrauer Himmel mit unzähligen weißen Wölkchen, die am Horizont das Wasser berührten. Die Wellen brachen sich am Ufer, überspülten den hellen Sand, und Gischt sprühte auf. Einige hundert Meter

weiter standen ein paar verlassene Strandkörbe. Jenny wollte die Arme um sich schlingen, um sich vor dem Wind zu schützen, doch das hätte abweisend gewirkt. Sie suchte Nähe, stellte sich direkt neben David. Sie war so voller Erwartung.

David schwieg. Der Wind zerrte an seinen Haaren, und für einen Atemzug lang war Jenny in Versuchung, sie zu streicheln. So standen sie einfach nur da und blickten auf die hereinbrechende Nacht, jeder in seine Gedanken versunken. Und dann ging David los, die Dünen hinab zum Meer.

Der Sex in dem Strandkorb war einer der besten in ihrem dreiundzwanzigjährigen Leben gewesen. Und sie verfügte über ein durchaus ansehnliches Vergleichspotenzial. David war zunächst sanft, fast schüchtern. Wie Jenny auch. So vieles war neu. Für beide. Und daher ein vorsichtiges Herantasten an den anderen: an den Körper, die Haut, die Wärme des anderen, die sogar der Jahreszeit zu trotzen schien; sie lauschte seiner Stimme, atmete den fremden Geruch ein, spürte Ängste und Hoffnungen, über die sie – ganz untypisch für Jenny – in dieser Nacht am Meer sprachen. Jenny erzählte ihm von ihrem Traum, reich, berühmt und dabei großzügig zu werden, von ihrer Kindheit bei einer ständig hilfebedürftigen Mutter und einem Vater, den sie nie gesehen hatte. Sie fühlte sich David nahe. Vertraute ihm. Wusste, dass er mehr war als einer ihrer One-Night-Stands oder kurzen Affären. David war ehrlich. Verletzlich. Während sie sich gegenseitig erkundeten, Stück für Stück, zärtlich erst, dann fordernd, während das Meer gleichmäßig in der Dunkelheit rauschte, verliebte sich Jenny in den unbekannten Gast an der Ostsee. Es war nicht sein Geld gewesen. Nicht sein Körper. Es waren sein Charakter, sein Respekt. Er nahm sie nicht einfach wie die meisten Männer vor ihm. Ein leicht zu habendes, einsames Mädchen. David fragte, ob ihr seine Berührung gefiele. Was sie sich wünsche. Sie hatte sich ihm schon in dieser ersten Nacht vollständig öffnen können.

Der schrille Ton der Haustürklingel riss sie aus ihren Erinnerungen. Aus dem Küchenfenster sah sie ein riesiges schwarzes Auto vor Felbers Haus parken. Sie hatte es noch nie zuvor hier gesehen. Rasch warf sie die blonden Haarsträhnen zurück und ging in den Flur. Zögerte. Sie war ganz allein hier. Was, wenn das der Mörder war? Man sagte doch immer, dass Mörder an den Ort der Tat zurückkehrten!

»David?«

Erneutes Klingeln. Die dunkle, rauhe Stimme vor der Haustür flößte ihr Angst ein.

Sie streifte die Schuhe ab und schlich Richtung Haustür. Hielt die Luft an. Durch den Türspion sah sie ein kantiges Männergesicht mit tiefliegenden, grauen Augen. Sie atmete aus. Seine Haare waren grau. Das war doch der Mann aus der Kirche? Sohn oder Schwiegersohn der Felber. Oder nicht? Sie hatte ihn nur kurz von vorn gesehen, als die Trauernden hinter den Sargträgern her durch den Mittelgang hinaus auf den Friedhof gegangen und ihm und den anderen Angehörigen zu dem offenen Grab gefolgt waren.

Sie öffnete die Tür. »Hey.« Er trug noch immer das schieferfarbene Hemd und die graukarierte Krawatte vom Morgen. Im selben Moment schalt sie sich eine dumme Ziege. »Hey« war wohl kaum die passende Begrüßung für einen Mann, der gerade seine Mutter oder Schwiegermutter begraben hatte. »Ähm, tut mir leid«, stammelte sie, als ein Schäferhund um die Ecke gelaufen kam und sie neugierig beschnüffelte. Jenny war erleichtert. Ein Hund war die perfekte Ablenkung! »Hallo, wer bist du denn?«, sagte sie zu dem Tier.

»Jagger«, antwortete der Mann. »Und ich bin Lukas Felber. Sie sind Jennifer Peters?« Er hob die Augenbrauen. »Wenn ich

mich nicht täusche, waren Sie heute Vormittag auf der Beerdigung meiner Mutter.«
»Das tut mir leid mit Ihrer Mutter, echt.« Sie streckte ihm die Hand hin, und er nahm sie. »Jenny. Ja, also ... Sie suchen David, oder? Tut mir leid, er ist nicht da, und er konnte auch heute früh nicht kommen. Geschäftliche Verpflichtungen.«
»Verstehe.« Er ließ ihre Hand los. »Sie haben meine Mutter gefunden.«
»Ich konnte ihr nicht mehr helfen, ich ...«
»Schon gut. Ich weiß, dass sie bereits tot war.«
»Wollen Sie auf David warten? Sie können gern hereinkommen und ...«
»Danke, aber ich werde zuerst nach den Schafen meiner Mutter sehen. Vielleicht ist David ja bis dahin zurück.«
»Ich kann auch die Schafe füttern. Wenn Sie Hilfe brauchen!« Sie sah an sich hinab bis zu den Füßen in den Nylons und bemerkte, dass auch Felber sie musterte. »Also, ich meine generell. Ich wollte gerade weggehen. Daher die Kleidung.«
»Ihr Essen brennt an.«
»Wie bitte?«
»Bevor Sie gehen, sollten Sie den Herd ausschalten.«
Jetzt roch sie es auch. »Scheiße.« Sie lief zur Küche, aus der Rauchschwaden und ein beißender Geruch drangen. Die Krabben waren schwarze Klumpen, und um Pfanne und Herdplatten herum klebte Nudelwasser, das aus dem Topf übergekocht war. Hektisch schaltete sie die Herdplatten aus und kippte die Krabben in den Müll.
»Kann ich helfen?«
Sie fuhr herum. Felber war ihr in die Küche gefolgt. Der Hund saß neben ihm und sah sie aus großen Augen an. Seine Zunge hing seitlich aus dem Maul. »Danke, nein.« Sie riss das Fenster auf. »Was wollen Sie denn von David?«

Felber zuckte die Schultern und deutete etwas wie ein Lächeln an. Für einen Augenblick erinnerte er Jenny an den verunsicherten David und den Tag ihres Kennenlernens.

Nach ihrer ersten Nacht hatte sie geglaubt, David nie wiederzusehen. Doch schon am nächsten Abend rief er an. In den Wochen danach kam er, wann immer seine Geschäfte es zuließen. Und sie zeigte ihm diverse Sexpraktiken. Er lernte schnell, sie zu führen. Fand Gefallen an Fesselspielen, manchmal an leichtem Würgen. Und an ihren kurzen Röcken und Highheels. Also trug sie sie auch hier in dem Schwarzwalddorf. Sie wollte David glücklich machen. Und gemeinsam mit ihm hier rauskommen.

»David ist ein alter Freund. Wir sind zusammen aufgewachsen. Und weil ich die Schafe füttern muss, dachte ich, ich schaue mal vorbei.«

»Verstehe. Wollen Sie vielleicht einen Kaffee?«

»Nein danke.« Felber wandte sich um – und stieß beinahe mit David zusammen. Der sah entspannt aus, lächelte sogar. Selten hatte Jenny ihn in den letzten Wochen so gesehen.

»Lukas! Warum hast du dich nicht früher gemeldet? Es ist kein schöner Anlass, um nach so langer Zeit wieder hierherzukommen.« David wandte sich kurz Jenny zu und küsste sie. »Jenny kennst du ja schon. Meine Liebste.«

»Du hast deinen Geschmack nicht geändert«, sagte Felber, und Jenny fragte sich, was er damit meinte. David war ein ewiger Single gewesen. Schüchtern und einsam. Erst durch Jenny hatte er die wirkliche Liebe und richtigen Sex kennengelernt. Er war gierig danach. Als müsse er Jahrzehnte nachholen.

Sooft Davids Termine es gestattet hatten, hatten sie sich getroffen. Mal bei ihr, meist aber in den Städten, in denen er zu tun gehabt hatte. Nach zwei Nächten in München hatte Jenny David unbedingt noch ihrer Freundin Vera vorstellen wollen.

Es wurde ein Desaster. Vera hatte David wie ein kleines Kind behandelt. Ihm im Café die Tasse an den Tisch getragen, seine Jacke auf den Bügel gehängt und ihn gefragt, ob er seine Schuhe allein binden könne. Nach diesem Treffen glaubte Jenny zum zweiten Mal, David nie wiederzusehen. Doch schon eine Woche später, da war es bereits Februar, besuchte er sie. Sie fuhren mit ihrem Motorrad an den verschneiten Dünen entlang, er hinten auf dem Soziussitz, genossen die klare Luft, den Blick auf das eisblaue Meer und den sonnigen Himmel. Am Abend wärmten sie sich mit Glühwein und einigen *Millionaires* in der Gaststube auf. Sie lachten, küssten und befummelten sich, und dann fragte David sie, ob sie zu ihm ziehen wolle. Jenny hatte geweint vor Glück. Sich am Ziel ihrer Träume gesehen. In einer Villa mit parkartigem Garten, Köchin, Gärtner und Chauffeur.

Und jetzt stand sie in dieser Küche mit den wackeligen Schränken und dem zerkratzten Herd, in einem Dorf, in dem niemand sie mochte und in dem irgendein Irrer ihre Nachbarin umgebracht hatte. Wenn sie aus dem Fenster sah, blickte Jenny auf die gelbe, freundliche Fassade von Felbers Haus. Die grünen Fensterläden, die Edith Felber erst vor einigen Wochen abgeschliffen und gestrichen hatte. Sie war sicher, dass es innen gemütlich war und Edith Felber die Zimmer geschmackvoll eingerichtet hatte.

Davids Haus wirkte daneben wie ein Fremdkörper. Grau, klapprig, im Keller mit Feuchtigkeitsflecken. Sie wusste, dass Davids Vater bis zu seinem Tod vor wenigen Jahren hier gelebt und David das Haus geerbt hatte. Seine Mutter war schon seit fast sechzehn Jahren tot. Vielleicht war damals nicht die Zeit gewesen, es zu renovieren, oder der Vater hatte es nicht erlaubt. Inzwischen aber hätte David wenigstens die Wände frisch tapezieren und die Fassade neu verputzen lassen können. Aber jetzt lohnte es kaum noch. Da sie ja bald in ein großzügiges, elegantes Haus ziehen würden.

»Machst du uns bitte einen Kaffee, Jenny?«, fragte David.

»Aber Herr Felber muss Schafe füttern, hat er gesagt.«

David musterte Lukas. »Du siehst nicht aus, als seist du hier, um Heu durch den Matsch zu tragen. Ich dachte, du suchst Spuren. Aber du bist hier, um uns zu befragen, nicht wahr? Dabei hast du jetzt sicher viel zu tun. Und auch generell. So selten, wie du hier warst.« David sah zu Jenny. »Lukas ist Polizist. Er ist der Chef der Spurensicherung. Das bist du doch noch, Lukas, oder?«

Jenny starrte Edith Felbers Sohn an. Ein Polizist. Sie kicherte plötzlich los. Und sie hatte geglaubt, der Mörder würde bei ihr klingeln.

»Du bist ja auch sehr erfolgreich, wie ich gehört habe«, antwortete Lukas Felber. »Immer auf Terminen. Deswegen konntest du auch nicht zu Mums Beerdigung kommen. Was machst du so?«

»Ich bin Unternehmer.« David ging einen Schritt auf Felber zu. »Mein ehrliches Beileid, Lukas. Ich habe mich blöd verhalten vorhin, ich dachte echt, du kommst, um Jenny oder mich auseinanderzunehmen.«

»Gibt es einen Grund dafür?«

»Kaum. Du kennst mich.«

»Meine Kollegen werden dich noch befragen. Ich selbst bin nicht in die Ermittlungen involviert. Zu nah dran.«

»Ja, klar. Befangenheit und so.«

»Auch das.«

»Es ist … ich verstehe es nicht. Deine Mutter war bei allen beliebt.«

»Offenbar nicht.«

»Ich glaube nicht, dass das jemand von hier war.«

Felber schwieg.
»Wie geht es deiner Schwester?«
»Sie wollte Dads Werkstatt wiedereröffnen. Du weißt, dass sie schon als Jugendliche …« Felber schluckte. »Es war bereits vorbereitet. Jetzt hat sie alles verloren. Mum, ihren Lebenstraum vom Schnitzen … Wie geht's einem da?«
David atmete laut ein und aus. »Denkst du noch oft an früher? Wie glücklich wir hier waren? Die Sommernächte am Lagerfeuer, mit Bier und Kofferradio, im Winter mit den Schlittschuhen oben auf dem Weiher, die Sorglosigkeit und der Glaube, uns gehöre die Welt.« Leise begann er, eine Melodie zu singen, die Jenny aus der Fernsehwerbung kannte: »In every life we have some trouble, but when you worry, you make it double, don't worry, be happy.«
»Manche Dinge schweißen für ewig zusammen«, sagte Lukas Felber. »Bist du noch immer so … treu?«
David biss sich kurz auf die Unterlippe. Dann blitzten seine Augen auf. »Don't worry.«
Jenny hatte keine Ahnung, was David und Lukas mit diesem Lied und dem Text verbanden, und sie verstand auch nur den Refrain. Ihr Englisch war miserabel, außerdem bevorzugte sie deutschen Hiphop oder Lounge-Musik ohne Text. *Mach dir keine Sorgen, sei glücklich.* Wenn das so einfach wäre. Aber das war wohl das Leben. Jetzt freute sie sich, dass ein alter Freund Davids da war. David war ein ausgemachter Einzelgänger, immer nur mit seinen Geschäftspartnern zusammen. Es würde ihm guttun, wieder Gesellschaft zu haben. Mit jemandem zu sprechen, der ihn um seinetwillen mochte. »Ich mache uns allen jetzt Kaffee, ja? Bestimmt sind noch irgendwo diese Kekse, die …«
»Danke, aber ich muss los.« Und schon war Lukas Felber gegangen.

8

Sie kniete noch immer neben dem WC. Starrte auf den beigefarbenen Fliesenboden, für den sie seit Tagen einen Badezimmerteppich kaufen wollte, und roch ihr eigenes Erbrochenes. Jeden Knochen spürte sie. Den Schmerz im Unterleib, den sie längst vergessen geglaubt hatte. Das alles war ein böser Traum. Anders konnte es nicht sein. Sie wurde in einen noch tieferen Schlund gesogen als den, den sie hinter sich gelassen hatte. Und das zwei Tage, nachdem sie hier ihren Job angefangen hatte.
Karolina Baumann war überzeugt gewesen, die richtige Entscheidung zu treffen, als sie die Umzugskisten gepackt und die Tür zu ihrem alten Leben geschlossen hatte. Der Landesinnenminister hatte – nachdem sie ihm von dem Vorfall berichtet hatte – alles persönlich in die Wege geleitet. In nur zwei Wochen war ihr Wechsel nach Freiburg offiziell abgesegnet worden. Entsetzt war der Minister von der Sache kaum gewesen. Betroffen, das ja, aber auch nur im ersten Moment. Damit hatte es sich auch schon gehabt. Er war ein charmanter Liebhaber gewesen. Über Jahre hinweg. Aber ein Feigling und letztendlich froh über Karos Wunsch, ihren früheren Arbeitsplatz im Präsidium – das unter seiner Ägide stand – aufzugeben. Ermöglicht hatte den schnellen Wechsel ihr Freiburger Kollege, ein ebenso beliebter Konfliktberater wie Karo selbst, der dort so bald wie möglich weggehen wollte. Reiner Kraft kam mit Hannes Reimer, Karos neuem Chef, nicht klar. Sie dagegen fand Reimer zwar spießig, musste ihm aber eine gewisse Feinfühligkeit zugestehen, die er jedoch penibelst zu verbergen bemüht war. So

war alles rasch abgewickelt worden. Und zwar unter der Hand. Der Name des Innenministers war unbeschmutzt geblieben, seine Ehe mit einer Staatsanwältin sauber. Seine Affäre mit der farbigen Kommissarin würde nie ans Licht kommen. Ebenso wenig, dass sie Opfer einer Gewalttat geworden war. Der Fall Karolina Baumann wurde nie eröffnet. Das Opfer ging. Der Täter, ein Kollege Karos, blieb.

Dass Karo, um alles hinter sich zu lassen, ausgerechnet in die Metropole im Schwarzwald wollte, war ein zweites Pflastersteinchen im Lauf ihres Lebensweges gewesen. Hier wollte sie einen Auftrag erfüllen.

Längst hätte sie sich dieser Sache stellen müssen. Mehr als ihr halbes Leben schleppte sie sie mit sich herum. War immer davongelaufen. Hatte sie verdrängt, obwohl sie stets gewusst hatte, dass das Schicksal sie eines Tages einholen würde. Und jetzt war es zu spät.

Endlich schaffte sie es, sich an der WC-Schüssel hochzuziehen. Ihr war unwohl, und auf ihrer Bluse hatten sich Flecken gebildet. Das Bad schien sich um sie zu drehen. Sie spülte, klappte den WC-Deckel herunter und setzte sich darauf.

Karo war als stark, loyal, integer und korrekt bekannt gewesen. Oft genug hatten die Leute ihr das gesagt. »Deutscher als jeder Deutsche«, hatte der frühere Kollege sie immer geneckt – damals, als alles noch gut gewesen war zwischen ihm und ihr. Auch Karo selbst hielt sich für stark und loyal – ansonsten wäre sie nicht so weit gekommen. Mit der Korrektheit war es eine andere Sache. Nicht, dass sie ihre Arbeit nicht hundertfünfzigprozentig erledigen würde. Doch jetzt steckte sie erneut in einem Konflikt. Sie hatte die Anweisung, mit Lukas Felber zu reden. Ausgerechnet! Gut, sie war als polizeiliche Beraterin nicht in die aktiven Ermittlungen involviert. Musste bei den täglichen Soko-Treffen keine Ergebnisse vorlegen und auch nicht von ihrem Tag berichten. Aber sie war trotzdem noch Polizistin. Und sie wusste Dinge, von denen Ehrlinspiel, Freitag und die anderen neuen Kollegen keine Ahnung hatten. Karo stand auf. Wendete den Blick vom Spiegel ab, aus dem ihr ihre eigenen, sorgenvoll schauenden Augen entgegensahen und in dem ihre Haut trotz der hellbraunen Farbe grünlich schimmerte. Zumindest bildete sie sich das ein. Vielleicht war es auch nur das Neonlicht, das über dem Spiegel flackerte und die wenigen Gegenstände, die sie schon auf den gemauerten Vorsprung gestellt hatte – Zahnbürste, Deo und eine Tube Make-up, grünen Lidschatten und Wimperntusche –, in ein kaltes Licht tauchte.

Sie sollte rausgehen. Es war ihr erster Freitagabend in Freiburg. Irgendwo etwas trinken, vielleicht ein afrikanisches Lokal suchen und eine Kleinigkeit essen. So deutsch sie nämlich scheinen mochte, so sehr war sie der Küche Ghanas, Heimat ihrer Mutter, verfallen. Vielleicht könnte sie durch die Gassen der Innenstadt schlendern und eine Runde um das Münster laufen. Sie wusste, dass es ihr guttun, sie stabilisieren würde. Doch bei dem Gedanken, allein durch die dunklen Straßen zu gehen, wurde ihr sofort wieder übel. Vielleicht würde sie morgen in ein Möbelhaus fahren. Versuchen, das Wochenende wie geplant zwischen Essplätzen, Sofalandschaften, bunten Teppichen, Vorhängen und Lampen zu verbringen. Sie hatte kaum etwas mitgenommen. Nur ihr Bett, einen kleinen Tisch und zwei Stühle. Neuanfang war Neuanfang.

Das zumindest war der Plan gewesen.

Doch sie kannte sich gut genug, wusste natürlich um die psychologischen Mechanismen, die auch bei ihr abliefen. Ihr Sicherheitsbedürfnis – oder anders gesagt: ihre Angst – war noch größer als der Tatendrang. Edith Felbers Tod und die Aussicht, mit ihrem Sohn Lukas Beratungsgespräche führen

zu müssen, war nicht das, was sie erwartet hatte. Es bremste sie aus. Katapultierte sie um Jahre zurück.
Sie würde ihre neue Zweizimmerwohnung nur kurz verlassen. Ein paar Lebensmittel kaufen, sich vielleicht irgendwo eine Massage gönnen. Nachdenken.
Karo zog sich aus, faltete ihre Kleidung sorgfältig zusammen, löschte das Licht und ging ins Schlafzimmer. Im Dunkeln ließ sie die Rollläden herab, bevor sie die nackte Glühbirne einschaltete, die von der Decke hing. An einer Wand stapelten sich die wenigen Umzugskisten. In dem Karton mit der Beschriftung *Badezimmer* fand sie den Frotteemantel. Sie zog ihn an und legte sich aufs Bett. Doch Entspannung fand sie nicht.
Es gab keine Alternative. Sie drehte sich auf die Seite, damit das Licht sie nicht blendete. Sehnte sich plötzlich nach einem Fernseher und einer oberflächlichen, dummen Soap, bei der sie nicht denken musste, aber abgelenkt war.
Schwieg sie in den nächsten Tagen, dann würde sie die Ermittlungen verzögern oder gar behindern. Sie würde ihren Job als Kriminalistin an die Wand fahren.
Nach einigen Minuten drehte sie sich auf die andere Seite. Dachte an die letzten Monate, in denen die Ereignisse sich überschlagen hatten. Grübelte. Spürte den Angstschweiß, der sich noch immer Nacht für Nacht auf ihrer Haut bildete.
Der Angriff.
Der Schmerz.
Der Verlust.
Schweigen war kein Weg. Doch wenn sie redete, würde sie einen, wahrscheinlich sogar mehrere Menschen ins Unglück stürzen.

9

Samstag, 16. Juli 2016

»Nimm mich mit! Bitte! Das ist meine große Chance!«
Moritz Ehrlinspiel spürte ihre Lippen und ihren warmen Atem an seinem Ohr. Müde drehte er sich im Bett zu ihr um und blinzelte in die Dunkelheit. Auf die Dachterrasse, die Wohn- und Schlafzimmer verband, prasselte der Regen. Leise und monoton. »Was hast du gesagt?«

»Ich fahre mit!« Hanna setzte sich auf. Anscheinend war sie bereits hellwach und steckte voller Energie. »Das ideale Projekt, um wieder Fuß zu fassen. Vielleicht sogar ein fester Job bei einer Zeitung! Ich werde gleich heute Abend einen tollen Artikel schreiben. Hautnah und mit Insider-Infos. Und dann gibt es täglich ein Update für die Leser und ...«

»Ich soll die Presse zur Nachbarschaftsbefragung mitnehmen?« Hätte er Hanna Brock nicht genau so – forsch, konsequent und unbelehrbar dreist, wenn sie sich in seine Fälle einmischte – kennengelernt, er hätte geglaubt, sie mache einen schlechten Witz. Doch leider meinte sie solche Dinge bitterernst. Resigniert setzte er sich auf und schwang die Beine über den Bettrand. Mit beiden Händen rieb er sich übers Gesicht. Seine Bartstoppeln kratzten. Die Digitaluhr des Weckers zeigte 05:37 Uhr an. Viel zu früh für einen Samstag. Er schaltete die Nachttischlampe ein.

»Ich bin deine Lebensgefährtin. Nicht die Presse.«

»Gefährtinnen agieren normalerweise im Sinne des Partners. Nicht gegen ihn.«

»Falsch, Moritz! *Du* agierst gegen *mich*.« Er hörte sie hinter sich aus dem Bett steigen und das Geräusch ihrer nackten

Füße auf dem Parkett. Sie kam um das Bett herum und stand in ihrem pinkfarbenen, seidenen Schlafanzug direkt vor ihm. »Du verbaust mir den Job!«

Es hatte eine Zeit gegeben, als er sie schön fand, wenn sie zornig und verschlafen war. Er hatte den Schmollmund, die Grübchen, die beim Lachen und in der Wut in den Wangen auftauchten, die zerzausten Haare geliebt. Und das winzige Muttermal unter dem linken Ohr. Jetzt suchte er vergebens nach diesem Gefühl. Er wünschte, er hätte wieder im Wohnzimmer geschlafen.

Er musste mit Hanna reden. Viel zu viel hatte sich aufgestaut in den letzten Monaten, als dass ein friedliches Miteinander noch funktionierte. Seit Hanna Brock ihre Reihe der Wanderführer für verschiedene Schwarzwaldregionen abgeschlossen und keine Jobs als freie Redakteurin mehr gefunden hatte, hatten sie fast täglich gestritten. Erst über Kleinigkeiten wie die Farbe der neu gestrichenen Wohnzimmerwand, einen Artikel über die Scheidung von Johnny Depp und Amber Heard, die Ehrlinspiel so gar nicht interessierte – was auch das Problem dabei gewesen war. Später über die Miete, die Hanna ihm unbedingt zahlen, die er aber nicht von ihr haben wollte. Die Wohnung gehörte ihm, und für ihn war es selbstverständlich, dass sie hier mietfrei wohnte. Sie fühlte sich dadurch erniedrigt.

Ehrlinspiel stand auf. Sah seine Freundin an. Ganz ruhig sagte er: »Hanna, ich kann das nicht mehr. Du hast dich schon in die Ermittlung, bei der wir uns kennengelernt haben, eingemischt. Du bist später einmal fast umgekommen wegen deiner Neugier. Du kennst doch die Regeln der Polizei. Was also soll das? Halt dich endlich raus! Weder du noch die Presse haben da oben etwas zu suchen. Ich sag dir Bescheid, wenn wir eine Pressekonferenz abhalten.« Dann ging er an ihr vorbei ins Badezimmer. Ratlos. Wortlos.

Als das heiße Duschwasser auf seiner Haut brannte, fühlte er sich besser. Er seifte sich mit *Moos & Meer* ein, seinem Lieblingsduschgel. In der Küche hatte Hanna Espresso gekocht und zwei Scheiben Toastbrot in den Toaster gesteckt. Es duftete verführerisch, doch Appetit hatte er keinen. »Es tut mir leid«, sagte Hanna und nahm seine Hand. »Ich brauche etwas, das mein Leben füllt und mich *er*füllt. Und das finde ich hier nicht mehr. Warum hilfst du mir nicht? Warum gibst du dir keine Mühe mehr?«

Moritz fragte nicht, ob sie einen Job als Redakteurin und Journalistin meinte oder ihre Beziehung. Vermutlich war es beides. Als er das Haus verließ, stand sie an der Balkontür im Wohnzimmer und blickte auf die kleine Dachterrasse hinaus. In der Ecke neben ihr stand ihr Saxophon. Den passenden Instrumentenständer hatte er ihr zu Weihnachten geschenkt, damit das golden funkelnde Instrument nicht immer in seinem Kasten versteckt blieb. Hanna beherrschte es virtuos, mitreißend, manchmal melancholisch, aber auch frech und sexy. Sie liebte ihr Saxophon. Er wusste, dass das Spielen sie glücklich und optimistisch stimmte. Mittlerweile verbarg eine dicke Schicht Staub seinen Glanz.

* * *

Zwei Stunden später fuhr er mit Kommissar Paul Freitag die Serpentinen durch den Wald auf den *Schauinsland* hinauf. Die L124 war normalerweise eine illegale Rennstrecke. Von Jahr zu Jahr standen mehr Kreuze am Wegesrand. Heute begegneten sie nur wenigen Autos. Von den dunklen Tannen und wenigen Laubbäumen tropfte Wasser, Nebelfetzen hingen zwischen den Bäumen und über den Wiesen. An der Abzweigung nach Horben fragte Freitag: »Wie geht es Leah?«

»Gut.« Ehrlinspiel hatte keine Lust, über private Dinge zu sprechen. Weder über seine jüngere Schwester Leah, die mit ihren beiden Kindern und ihrem Ehemann noch immer in Horben, dem Ort ihrer Kindheit und Jugend, lebte, und erst recht nicht über Hanna. Die Frage nach seiner Freundin würde kommen. Zumal Freitag seit dem Frühjahr bereits drei Einladungen zum gemeinsamen Grillen im Garten seines Reihenhäuschens ausgesprochen hatte. Das miserable Wetter war Ehrlinspiel als Ausrede gelegen gekommen. Aber er würde nicht mehr lang schweigen können. »Wie viele relevante Adressen haben wir?«, fragte er, um rasch auf den Fall zu kommen.

»Elf. Das THW hatte bis auf diese elf Häuser beziehungsweise Wohnungen alle evakuiert und die Leute über den Krisenstab der Stadt in einem Hotel einquartiert. Die verbleibenden Bewohner waren in der Todesnacht von Edith Felber entweder im Dorf oder hatten sich selbst eine andere Unterkunft gesucht.«

»So wie Jennifer Peters.«

»Die die Tote gefunden hat? Genau. Die ist in München bei einer Freundin gewesen. Wir haben das schon überprüft. Ihren Lebensgefährten müssen wir noch befragen. Der war nämlich weder in München dabei noch vom THW evakuiert worden.«

»David Schindler.« Ehrlinspiel schaltete in den dritten Gang herunter, fuhr vorbei an den beiden riesigen Windkrafträdern neben der urigen Gaststätte *Holzschlägermatte* und dachte kurz an die hitzige Diskussion, die der Betreiber, die Firma Öko-Strom, seit Jahren mit Politikern, Naturschützern und Landwirten über zwei weitere Windräder führte. Nach einigen hundert Metern tauchte hinter den Baumwipfeln die dreieckige Plattform des Aussichtsturms auf, der den Gipfel des *Schauinsland* markierte. Der war heute nur eine dunkelgraue Silhouette, zum Teil wolkenverhangen. Sie passierten den Parkplatz und die Wiesen, die links ins Tal abfielen, und den Wald, der rechts die Straße säumte. Es stürmte, und Ehrlinspiel hatte Mühe, das Auto in der Spur zu halten. Als Kind hatte er mit seinen Geschwistern und dem Vater hier oben Drachen steigen lassen. Es war eine gute Zeit gewesen. Behütet und glücklich. In seiner Erinnerung immer sonnig.

»Zu Edith Felber selbst können wir im Grunde das gesamte Dorf befragen. Da kennt doch jeder jeden.«

»Und alle kennen Lukas.«

Freitag seufzte. »Zumindest die Älteren. Und die wissen alle, dass er bei der Polizei ist. Sie werden auf der Hut sein. Wie lang ist Lukas dort schon weg?«

»Seit der Ausbildung.« Ehrlinspiel bog rechts auf die schmale Straße Richtung Dorf ab und nahm dann im Schritttempo eine tückische Haarnadelkurve. »Mit Ausnahme einiger Wochenenden, wie Lukas mir selbst sagte. Also rund dreißig Jahre.«

Kurz darauf parkte er den eisblauen B-Klasse-Mercedes, seit zwei Jahren sein neuer Dienstwagen, hinter dem Ortsschild. Das Dorf zog sich über rund sechshundert Meter an einer Haupt- und wenigen Seitenstraßen entlang. Noch immer türmte sich Schlamm an den Straßenrändern, aufgehäuft wie im Winter der Schnee. Ein nicht entferntes, rot-weißes Absperrband flatterte im Wind, kaputte Möbel, Holz und Teppiche lagen am Straßenrand, bereit für den Sperrmüll.

Ehrlinspiel und Freitag eilten zu dem Haus, das direkt neben Felbers Anwesen mit dem Dorfladen stand. Lukas' Kollegen von der Kriminaltechnik hatten dieses samt Dorfladen vom Gemüselager im Keller bis auf den Dachboden auseinandergenommen. Der Keller war vollgelaufen mit Wasser, und außer kaputten Lebensmitteln hatten sie dort nichts entdeckt. Das Erdgeschoss war bis auf vollgesogene Dielenböden noch intakt, das Obergeschoss unbeschädigt. Nirgends fand sich irgendein Hinweis auf ein Mordmotiv. Ehrlinspiel selbst war nur kurz in dem Haus gewesen, alles schien ordentlich und einladend. Fotos des verstorbenen Ehemannes in verzierten Rahmen, bestickte Kissen, Topfpflanzen und schwere Holzmöbel dominierten das Hausinnere, in der Küche hingen Kupferpfannen und -töpfe an der Wand, eine Sitzgruppe und eine Kaminbank bildeten den Essbereich.

Im Haus von David Schindler und seiner Freundin war er dagegen noch nicht gewesen. Sein erstes Gespräch mit Jenny Peters hatte im Hof stattgefunden. Die Fassade des Hauses war fleckig, grau und bröckelte um die Fenster herum ab. Statt eines Vorgartens, wie ihn die meisten Häuser der Straße besaßen, gab es eine geteerte Fläche. Das Schild unter dem Klingelknopf lautete *Peters/Schindler.* Es war in großen, fast unbeholfenen Buchstaben auf Papier handgeschrieben und mit Plastikfolie überklebt.

Ein Mann, ungefähr in Ehrlinspiels Alter, öffnete ihnen. »Ja?« Er war groß, hatte schwarzes, vorn leicht angegrautes Haar, trug Boxershorts und ein T-Shirt. Aus dem rechten Ärmel ragte ein Armstumpf. Er war barfuß. Aus der Wohnung roch es angebrannt.

»David Schindler?«

»Polizei?«

»Hauptkommissar Ehrlinspiel, Kripo Freiburg. Und das ist mein Kollege Paul Freitag.« Er zog seinen »blauen Türöffner«, wie er den scheckkartenartigen Dienstausweis nannte, hervor und zeigte ihn Schindler.

Der streifte ihn mit einem kurzen Blick. »Es geht um Edith Felber, vermute ich? Ich zieh mir rasch etwas an. Warten Sie bitte in der Küche.« Er ließ die Tür offen und verschwand.

Ehrlinspiel und Freitag traten ein. Der Flur war düster und mit einer braunen Tapete im Karomuster tapeziert, die Garderobe

bestand aus einem Brett mit Messinghaken, daran hingen ein Bügel mit einem Anzugjackett, eine gewachste Regenjacke und zwei kurze, schmal geschnittene Damenmäntel, einer davon mit Leopardenmuster. Auf dem Boden reihten sich Halbschuhe und einige Paare Ballerinas und strassbesetzte Sandalen aneinander. Ein Stück davon entfernt standen rote Highheels.
»Leopardenmuster und Highheels«, flüsterte Ehrlinspiel Freitag zu.
»Phantasien?«, sagte Freitag und grinste.
»Da braucht es schon etwas mehr.«
Die Küche lag geradeaus am Ende des Flurs, in dem der Holzboden aufgequollen war. Wie der Flur wirkte auch die Küche ordentlich, aber altmodisch: Beige Küchenfronten dominierten die L-förmige Einbauküche, über der Spüle brodelte das Wasser in einem Boiler leise vor sich hin, vor dem Fenster befanden sich ein Tisch und drei Stühle mit fleckigen dünnen Metallfüßen.
»Wären bei Felbers die Klappläden offen, könnte man von hier direkt ins Wohnzimmer des Opfers sehen«, sagte Freitag, als auch schon David Schindler in der Tür erschien. Hinter ihm sah Ehrlinspiel Jennifer Peters, die kurz herschaute, nickte und dann verschwand.
»Edith hat blickdichte Vorhänge«, sagte Schindler, jetzt in Jeans und Slippern. »Setzen Sie sich doch bitte.«
Sie taten es. Der Stuhl war hart, kein Platz, an dem Ehrlinspiel sich ein gemütliches Beisammensitzen zum Essen vorstellen konnte.
»Herr Schindler«, begann er, »lassen Sie uns mit der Routinefrage anfangen: Wo waren Sie in den Tagen des Unwetters?«
»Geschäftlich unterwegs.« Schindler wirkte souverän und sicher. Als würde man ihm diese Frage jeden Tag stellen.
»Am Wochenende? Was für Geschäfte machen Sie denn?«

»Freitag bis Mittwoch. Große Projekte nehmen keine Rücksicht auf Wochentage.«
»Große Projekte – sind was konkret?«, hakte Freitag nach.
»Wollen Sie etwas trinken?« Schindler stand auf. »Tee, Kaffee, Apfelsaft?«
»Danke, nein.«
Schindler nahm ein Glas aus dem Hängeschrank und eine Flasche Saft aus dem Kühlschrank, der mit Notizzetteln beklebt war, klemmte sie zwischen die Beine und schraubte sie mit der linken Hand auf. Mit einem Glas Saft setzte er sich wieder. »Immobilien-Transaktionen.«
Ehrlinspiel betrachtete Schindlers reglose Miene. Der Mann sagte weiter nichts, obwohl der Kommissar angesichts des Getränkeangebotes eine längere Erklärung erwartet hatte. »Geht das auch etwas genauer?«
»Was hat das mit Edith zu tun?«
»Nichts. Aber wenn ich mich hier so umschaue, scheint mir Ihr Haus nicht zu jemandem zu passen, der im Immobiliengeschäft arbeitet.«
»Es ist mein Elternhaus. Meine Freundin und ich werden uns etwas Schönes kaufen. Vielleicht in Berlin, München oder im Ausland. Bevor ich sie kennengelernt habe, war es nicht wichtig für mich, wo und wie ich wohne. Aber jetzt …«
»… drängt sie auf etwas Besseres.« Er dachte an Jenny Peters' Aufmachung.
Schindler lachte. Es stand ihm gut, und er wirkte plötzlich freundlich und außerordentlich offen. »Scheint, als würden Sie sich auskennen.«
Auch Ehrlinspiel lachte, obwohl ihm eher zum Heulen war. »Wie genau sehen Ihre Immobilien-Transaktionen aus?«
»Ganz einfach: Ich treibe in Deutschland Grundstücke und alte Industrie- oder Gewerbeeinheiten auf. Meistens sind das

sanierungsbedürftige Gebäude. Die vermittle ich dann gegen Provision an ausländische Investoren.«
Jennifer Peters erschien in der Tür. »Ich gehe einkaufen. Oder brauchen Sie mich hier?«
»Japaner und Chinesen hauptsächlich«, beendete Schindler seine Erklärung und sagte mit einem Augenzwinkern zu seiner Freundin: »Ich brauch dich immer. Herr Ehrlinspiel?«
»Gehen Sie ruhig, Frau Peters, wir rufen Sie an, falls wir noch Fragen an Sie haben.«
»Und eine solche Transaktion haben Sie am Wochenende des neunten und zehnten Juli auch abgewickelt? Wo genau war das, und wo haben Sie in den Tagen gewohnt? Wer sind die Geschäftspartner?«
Schindler schlug die Beine übereinander. »Eine Firma aus Osaka war mit fünf Mitarbeitern in Deutschland. Wir haben ein Objekt bei Aschaffenburg besichtigt. Eigentum der Deutschen Bahn. Siebentausend Quadratmeter Tanklager, drei große Schienenfahrzeughallen, dreiundzwanzigtausend Quadratmeter unbebauter Grund.«
»Haben die Japaner gekauft?«
»Ja.« Jetzt grinste er. »Der Vertrag wurde am Montagabend im Hotel unterzeichnet. Bis dahin haben wir miteinander und mit der Bahn verhandelt, die beim Preis nicht nachgeben wollte. Es ging um einen siebenstelligen Betrag. Nach drei Runden Bier und fast so viel Sake war der Deal dann eingetütet.« Er beugte sich zu Ehrlinspiel vor. »Zeigen Sie den Leuten, dass Sie ihre Tradition kennen, bleiben Sie stets höflich, schenken Sie immer großzügig ein, aber nie in Ihr eigenes Glas. Dann läuft's.«
»In welchem Hotel war das?«
»Landhotel *Goldene Kuh*. Klingt jetzt nicht gerade standesgemäß. Aber die Japaner stehen auf Fachwerk und Kitsch.«
Ehrlinspiel nickte Freitag zu, der die Angaben in ein schwarzes

Notizbuch schrieb. »War das ein Berufsunfall?« Ehrlinspiel deutete auf den Armstumpf. »Baufälliges Industriegebäude oder so?«
Schindler schüttelte den Kopf. »Schön wär's. Dann hätte es Geld gegeben. Aber so …«
»Wie ist es denn passiert? Oder war es eine Krankheit? Ein Tumor?«
»Ein privater Unfall.«
Ehrlinspiel nickte. »Für welche Firma arbeiten Sie?«
»Ich bin selbständig.«
»Kommen wir zu Edith Felber. Sie reden immer von ›Edith‹. Haben Sie sie geduzt, gut gekannt?«
»Ganz gut, ja. Früher jedenfalls.« Er trank einen Schluck. »Wir sind ja nebeneinander aufgewachsen, ihre Kinder und ich. Wir haben viel miteinander gespielt. Sarah und Lukas waren oft hier, oder ich war drüben bei ihnen. Lukas und Sarah haben meine Eltern auch geduzt. Damals war Edith noch offen und fröhlich.«
»Und wann hat sich das geändert?« Freitag sah auf. »Und warum?«
»Mit Georgs Tod. Georg war Ediths Mann. Da hat sie sich zurückgezogen. Hat Lukas Ihnen nichts gesagt? Er ist doch ein Kollege?«
»Wir möchten gern *Ihre* Version hören. Lukas Felber ist ja auch bereits vor langer Zeit von hier weggezogen.«
»Er war schon vor dem Unglück kaum noch da. Seit seiner Ausbildung zum Polizisten. Nur an den Wochenenden kam er hier hoch. Aber nach dem Unfall ist er nur noch sehr selten aufgekreuzt. Es war schwer für ihn. Er war es, der uns am Unfallort gefunden hat. Damit musste er erst mal fertigwerden, nachdem er am Unfallort wie ein Polizist bei einem Routineeinsatz agieren musste.«

»Wer ist ›uns‹?«
»Georg und mich.«
Ehrlinspiel tauschte einen Blick mit Freitag. Er dachte offenbar dasselbe: Was hatte Lukas ihnen verschwiegen? Er musste unbedingt die alten Akten der Verkehrspolizei anfordern.
»Sie waren an dem Unfall beteiligt.« Es war eine Feststellung, die Freitag aussprach. Keine Frage.
»Ich war Beifahrer. Georg hat mich öfter gebeten, ihm beim Beladen und Entladen des kleinen Transporters zu helfen. Ich war siebzehn Jahre alt, jung und kräftig. Lukas war nicht da wegen der Ausbildung. Also bin ich manchmal zu den Kunden mitgefahren. Ich bekam ein paar D-Mark dafür. An dem Tag war es auch so. Auf dem Rückweg … Georg war völlig fertig. Schon beim Ausladen in Freiburg hab ich bemerkt, dass er kaum noch Kraft hat. Hat die Kontrolle über den Wagen verloren. Er muss eingeschlafen sein.« Schindler saugte seine rechte Wange ein wenig ein, was sein Gesicht schief und fast aggressiv aussehen ließ. »Lukas hatte an dem Tag eine wichtige Prüfung bestanden und kam einen Tag früher als geplant ins Dorf zurück. Er wollte seine Familie mit der guten Nachricht überraschen. Vor allem Sarah. Sie waren schon immer sehr innig miteinander. Stattdessen hat er Georg und mich in dem Wrack gefunden. Georg war sofort tot gewesen. Jedenfalls kam das bei der späteren Untersuchung heraus.«
»Und was war mit Ihnen?«
»Ich bin einige Tage später in der Uniklinik aufgewacht. Ohne Lukas wäre auch ich tot. So hab ich nur einen Arm verloren. Edith hat ihre große Liebe verloren. Und Sarah und Lukas ihren Vater.«
»Und jetzt noch ihre Mutter«, sagte Ehrlinspiel.

10

Montag, 18. Juli 2016

Thomas drehte das leere Glas in den Händen. Der Rest der Eiswürfel klimperte. Er hatte Magenschmerzen, und ihm war übel. Nicht wegen des Wodkas. Sondern wegen Sarah. Und wegen seines Lebens, das mit dem Unwetter und dem Tod seiner Schwiegermutter nun im wahrsten Sinne des Wortes den Bach runterging. Nur neun Tage waren seit dem Mord an Edith vergangen, und schon rissen die Ereignisse Sarah und die Familie in die Tiefe.

Die Uhr am Backofen zeigte kurz nach zwei am Nachmittag, und er, der Herr Rechtsanwalt Doktor Thomas Kramer, saß nach den ersten paar Stunden in der neuen Kanzlei zu Hause und trank. Seine Frau lag oben in dem riesigen Doppelbett, heulte und weigerte sich, mit irgendjemandem zu sprechen. Emma machte in ihrem Zimmer Hausaufgaben, und Jonas war bei einem Freund.

Vor ihm auf dem Küchentisch stand noch immer die Schachtel mit Sarahs kindlichen Schnitzereien, die sie ihm letzten Dienstag hatte zeigen wollen, als er mit der Todesnachricht hier auf sie gewartet hatte. Thomas nahm das Holzstück heraus. Es war handgroß, rauh und lief oben spitz zu. Was hätte das werden sollen? Ein kleiner Kirchturm? Ein Zwerg? Das Kunstschnitzen hatte Sarah schrecklich gefehlt. Bis vor drei Jahren war ihm das nicht klar gewesen. Ihr häufiges Weinen und dass sie oft traurig war und in Gedanken in einer anderen Welt zu sein schien, hatte er auf die Arbeit im Haushalt und mit den Kindern geschoben. Wie naiv er gewesen war. Andere Frauen versorgten drei oder vier Kinder und arbeiteten noch in Teil-

oder sogar Vollzeitjobs und waren deswegen auch nicht depressiv.
An einem lauen Herbstabend hatte er es bemerkt. Er war nach einem gewonnenen Prozess direkt aus dem Gericht nach Hause gekommen. Zuerst eilte ihm Jonas entgegen, die damals vierjährige Emma stolperte hinter ihrem Bruder her. Bestens gelaunt wirbelte Thomas die beiden nacheinander durch die Luft. »Na, meine Süßen! Wo steckt denn die Mama?«
»Die Mama redet nicht mehr mit uns«, sagte Jonas.
»Was habt ihr denn angestellt?« Er stupste seinen Sohn mit dem Zeigefinger auf die Nase. Noch immer ahnte er nichts Böses.
»Nichts.«
»Na, na, das sieht die Mama bestimmt anders.«
»Sie sieht gar nichts, sie sitzt im Schlafzimmer und bewegt sich nicht.« Jonas hüpfte um ihn herum.
Erst da spürte er das Ziehen in der Brust. Die Unruhe, die zur Angst wurde, als er die Holzstufen ins Obergeschoss hinauf und ins Schlafzimmer eilte. »Sarah!« Sie saß auf dem Boden, lehnte am Bett. Ihr langes Haar reichte fast bis auf den cremefarbenen Bettvorleger. Sie trug das langärmlige blaue Kleid, in dem sie zu ihrer Mutter hatte fahren wollen, kurz nachdem er ins Büro aufgebrochen war. Im Zimmer war es viel zu stickig und warm. »Sarah?« Er kniete sich vor sie. Ihr Gesicht war nicht verweint. Etwas blass vielleicht, und die Lippen waren trocken. »Was ist los, Schatz?«
Sie reagierte nicht. Wie eine Schaufensterpuppe, dachte Thomas und zog schnell atmend sein Handy hervor.
»Keinen Arzt«, flüsterte sie.
Er tippte die 112 ein.
»Keinen Arzt!«
»Bist du sicher?«

Sie nickte.
Er legte auf. Ihm brach der Schweiß aus. Rasch stand er auf, öffnete die Balkontür, und frische, kühle Herbstluft strömte herein, das Zwitschern der Vögel mischte sich mit dem gedämpften Rauschen des Stadtverkehrs. Irgendwo sang eine Frau spanische Lieder.
Dann setzte er sich neben sie auf den Boden. Schulter an Schulter. »Sag mir, was los ist! Du warst doch bei deiner Mutter heute. War das denn nicht schön?«
»Doch«, flüsterte sie, und er versuchte, ihren typischen Duft nach Sanddornseife zu erhaschen, doch da war nur der leichte Geruch nach Schaf, überlagert vom Geruch der Angst, leicht salzig und scharf.
Thomas nahm Sarahs Hand. Sie war kalt. »Ich rufe doch einen Arzt.«
»Bitte nicht.«
»Dann erzähl mir, was los ist.«
»Ich möchte schlafen. Ich bin so müde.«
»Mit dir stimmt doch etwas nicht!«
»Hilf mir ins Bett. Es ist alles gut.«
Er nahm sie auf die Arme, sie war so leicht, legte sie auf das Bett, zog ihr das Kleid aus und deckte sie mit einer leichten Decke zu. Streifte sich die Schuhe ab und legte sich im Anzug neben sie. Später, als sie ruhig und gleichmäßig atmete und ihre Haut wieder warm war, schlich er die Treppe hinunter, machte den Kindern Abendbrot und brachte auch sie zu Bett.
Im Morgengrauen weckte sie ihn.
»Thomas, wach auf!« Sie flüsterte. Dennoch war er sofort hellwach. Das Zimmer war in ein graublaues Licht getaucht, an der Wand zeichnete sich verwaschen der Schatten der riesigen Lärche ab.
»Sarah!« Er nahm sie in die Arme, froh, dass sie redete.

»Ich habe das Kind verloren.«
Irgendetwas explodierte in ihm. Gleichzeitig wurde Sarahs Körper schlaff in seinen Armen. Leblos. Als habe das Geständnis alle Kraft aus ihr gesaugt. Doch ihr Herzschlag war deutlich zu spüren. »Wieso Kind verloren? Warst du schwanger?«
»Ja.«
Er versuchte, langsam zu atmen. »Aber wieso hast du mir nichts gesagt?«
»Es war nie die Zeit dazu.«
»O mein Gott«, flüsterte er und drückte sie noch fester an sich. »Ich liebe dich, Sarah.«
Sie schwieg. In den nächsten Minuten, Stunden, den gesamten Morgen. Auch über den Tag und in den darauffolgenden Tagen, nicht einmal in den nächsten Wochen hatte er irgendein weiteres Wort zu dem Verlust aus ihr herausbekommen. Es war, als hätte sie es nie erwähnt. Sie hatte über die Kunst geredet, über das handwerkliche Arbeiten, das ihr fehlte und das sie erfüllen könnte. Über Emmas neuen Kindergarten und Jonas' neuen Lehrer und darüber, dass sie wegen ihrer Kinder auf das Schnitzen verzichtet hatte.
Natürlich hatte Thomas nach dem Morgen ihres Geständnisses sofort seine Schwiegermutter angerufen. Edith war außer sich gewesen. Sarah hatte auch ihr nichts von der Schwangerschaft erzählt, und bei ihrem Besuch am Vortag war es ihr gutgegangen.
»Ich kann mir nicht vorstellen, dass sie einen Abort hatte, Thomas! Sie war fröhlich und fit! Wir haben den Stall ausgemistet, sie in dem blauen Kleid und in grünen Gummistiefeln, wir haben die ganze Zeit über diese Zusammenstellung gelacht. Emma und Jonas tobten am Waldrand herum, und Jonas hat für die Zwerge im Wald ein kleines Dorf aus Rinde und Moos gebaut. Die Kinder lieben die Ferientage hier oben.«

Nach einer kurzen Pause fuhr sie fort: »Ich kann mir nicht mal vorstellen, dass sie schwanger war. Das hätte sie mir erzählt.«

»Wahrscheinlich.« Auch Thomas war überzeugt davon, dass Sarah ihre Mutter ins Vertrauen gezogen hätte. Ob sie das allerdings getan hätte, bevor sie ihn, Thomas, eingeweiht hätte?

»War irgendwo Blut? Im Bad? In der Toilette?«

»Ich habe nichts gesehen.«

»Warst du mit ihr beim Arzt?«

»Sie weigert sich.«

»Bitte, du musst mein Mädchen zum Arzt bringen!«

»Ich verspreche es.«

Erst drei Monate später, nachdem Sarah immer weniger sprach und immer öfter weinte, unterbrochen von aggressiven Angriffen gegen ihn, konnte er sie zu einem Termin beim Hausarzt überreden. Der hatte sie zu einem Psychiater und Neurologen überwiesen. Fast drei Jahre Therapie waren gefolgt. Medikamente, Gespräche mit dem Therapeuten, und oft hatte Thomas sich aus Sarahs Leben ausgeschlossen gefühlt – denn sie vertraute alles, was sie bewegte, einem fremden Mann an. Er selbst erfuhr nichts. Thomas bedrängte sie jedoch nie mit Fragen, weil sie zu labil war. Sie lebte ihr Leben automatisch. Versorgte die Kinder. Kochte. Fragte abends im immer gleichen Tonfall, wie sein Tag gewesen war. Nur einmal hatte sie gesagt, dass sie irgendwann wieder schnitzen wolle. Sie erwähnte es wie nebenbei, als sie nach dem Abendessen mit einem Glas Rotwein auf dem kleinen Balkon saßen und Richtung Vogesen sahen. Wie ein existenziell wichtiges Bedürfnis hatte es nicht geklungen, hier zwischen den bunten Kübelpflanzen und Mozarts c-Moll-Symphonie, die Thomas so liebte und die leise aus dem Wohnzimmer drang. Thomas erwähnte den holzigen, weichen Geschmack des Weines. Da erzählte sie ihm vom Duft des Holzes und wie hart und lebendig es sich zwischen ihren Händen anfühlte, dann immer geschmeidiger wurde, je weiter sie mit dem Formen und Schmirgeln kam. Wie frei sie sich fühlte bei dieser Arbeit. Beim Erzählen bekam sie rote Wangen und leuchtende Augen, was Thomas zunächst auf den Wein schob. Sarah erwähnte einige Male ihren Vater und seine Figuren. Maria und Josef, das Jesuskind und die Tiere. Die kleinen Gnomen, die Masken und die vielen kleinen und großen Engelsfiguren, die sie als Kind besonders gemocht hatte. In dem Moment hatte Thomas verstanden, was seiner Frau helfen würde.

Also hatte er sie darin bestärkt, wieder als Künstlerin zu arbeiten. Er war es auch gewesen, der sie dazu überredet hatte, die Werkstatt ihres Vaters in Betrieb zu nehmen. »Du könntest deine Mutter öfter sehen. Du wärst deinem Vater nahe.« So war der Plan vom Teilzeitjob für beide Ehepartner entstanden. Der Plan, der nun nicht aufging. Auch wenn sie an der Stelle der zerstörten Werkstatt eine neue bauen würden – es wäre immer der Todesort Ediths, und auch das Reich Georgs war für immer gestorben. Vielleicht könnte er ihr woanders eine Werkstatt kaufen?

Schritte im oberen Stockwerk holten Thomas in die Gegenwart zurück. Er hörte die WC-Spülung, das Rauschen des Wassers im Badezimmer. Dann kam Sarah herunter. Heute machte er sich nicht die Mühe, die Wodkaflasche schnell in den Kühlschrank zurückzustellen.

»Trink nicht so viel.« Sie trug nur Slip und BH. Das Haar hing ihr in Strähnen herab.

»Zieh dir bitte etwas über. Emma ist nebenan.«

»Sie wird schon kein Trauma bekommen.«

»Sarah, wir müssen das … auffangen. Wir haben so viel erreicht. Wir …«

»*Du* hast viel erreicht!« Sie nahm ein Glas aus dem Hängeschrank und ließ es unter dem Wasserhahn halbvoll laufen. Dann lehnte sie sich an die Arbeitsplatte, sah auf ihn hinab und trank das Glas in einem Zug aus. »Ich war immer nur dein Schatten. Vorzeigegattin des Doktor Kramer und Mutter zweier wohlgeratener Kinder.«

»Sag mal, spinnst du?« Wut stieg in ihm auf. Dass sie sich nicht danach erkundigte, wie sein erster Tag im neuen Job gewesen war, konnte er nachvollziehen. Aber das! »Ich habe den bestbezahlten Job an den Nagel gehängt, jede Karrierechance aufgegeben, wollte genauso viel wie du für die Kinder da sein, und jetzt kommst du mir mit so einem Vorwurf? Du merkst hoffentlich, dass du ungerecht bist!«

»Tatsächlich? Wir hätten doch weiterhin in *deiner* Eigentumswohnung gelebt. Von *deinem* Geld. Dein Teilzeithonorar ist immer noch fünfmal so hoch wie das Vollzeitgehalt einer Krankenschwester und das Zwanzigfache einer Künstlerin. Du musst dir keine Sorgen machen. Du wirst bald wieder in einer Spitzenkanzlei unterkommen.«

Er spürte eine Ader an seinem Hals pochen. War fassungslos. »Das ist es also, was du über mich denkst?«

»Damit hast du nicht gerechnet, nicht wahr? Du hältst mich noch immer für die arme kleine Sarah, die der Held Thomas gerettet hat und die nun lebenslang sein abhängiges Eigentum ist.«

»Hast du noch welche von deinen Tabletten?«

»Du glaubst, damit kannst du mich besänftigen? Indem ich mich wieder zudröhne und mein Ich ausknipse?«

»Du rufst jetzt bitte sofort Doktor Eickhoff an. Du solltest die Therapie fortsetzen.«

Sie lachte auf. »Ja, darin seid ihr Männer gut. Sobald eine Frau nicht mehr funktioniert und euch nicht mehr nach dem Mund redet, schickt ihr sie zum Psychiater.«

»Ach ja? Hat dein David das auch versucht?« Er wusste, dass er das Falsche sagte. Doch sein Zorn war stärker als die Vernunft.

Sarah drehte sich um und stellte das Glas in die Spüle. Es waren nicht ihre Worte. Es war das leise Klirren, das ihn zutiefst verletzte, der Moment, in dem er instinktiv wusste, dass Sarah ihm entgleiten würde.

Den Rücken ihm zugewandt, sagte sie: »Du hast keine Ahnung von mir. Nicht von David. Nicht von Mama. Nicht von dem Leben da oben.«

»Ich war oft genug dort. Ich kann sehr gut einschätzen …«

»Du hast es nicht gespürt. Nicht erlebt. Du bist nicht in meinen Fußspuren gelaufen, hast als Kind nicht dieselbe Luft geatmet, nicht über dieselben Dinge gelacht und nicht die gleichen Tränen geweint. Also hör, verdammt noch mal, auf mit deinem Pseudoverständnis. *Nichts* verstehst du!«

Thomas blickte auf Sarahs Rücken. Musterte sie, als sähe er seine eigene Frau zum ersten Mal. Ihre knochigen Schultern, die dünnen Arme, die Hände, die sie auf den Rand der Arbeitsplatte gelegt hatte. Ihr Rückgrat, Wirbel für Wirbel kerzengerade aufgerichtet unter den strähnigen Haaren. Die Hüftknochen, denen ein wenig mehr Fleisch guttun würde. Die langen, schlanken Beine. »Vielleicht hast du recht. Aber dann hättest du nicht erst jetzt damit kommen dürfen, dass es dir bei mir nicht gutgeht. Ich habe immer alles für dich getan und nie eine Gegenleistung erwartet. Ich wollte, dass du wieder schnitzt. Dass du glücklich bist.« Er stand auf. Ging zu ihr, legte ihr eine Hand auf eine Schulter, sanft, vorsichtig. »Sarah, wir suchen einfach eine andere Werkstatt. Das ist vielleicht sowieso besser, jetzt, wo deine Mutter … dann wirst du nicht jeden Tag an sie erinnert. Stellst dir nicht ständig vor, dass sie herüberkommt und mit dir lacht und …«

Abrupt drehte sie sich um. Sah ihm direkt in die Augen. »Sie war nicht die, für die du sie hältst.«
»Was?«
»Mama wollte mir die Werkstatt überhaupt nicht überlassen.«
»Aber ihr habt doch alles gemeinsam geplant und …«
»Sie hat mich gehasst.«
Er schüttelte den Kopf. Wusste nicht, was er sagen sollte. Aber ihm war klar: Es würde alles von neuem beginnen.
Sarahs tiefe Trauer. Sarahs Aggressivität.
Sarahs Geschichten, die nicht stimmten. Dass dieser und jener sie hasse. Dass sie wertlos sei und niemand sie liebe. Dass ihr Bruder ein Feigling sei und nichts gegen Ediths verbrecherische Aktionen unternommen habe. Dass sie ihr drittes Kind verloren habe.
Bei einem Gespräch hatte Dr. Eickhoff Sarah und Thomas alles erklärt. Pseudologia phantastica. Das Erfinden von Geschichten, Lügen und Übertreibungen realer Sachverhalte, um sich selbst mehr Geltung zu verschaffen.
»Herr Kramer, Ihre Frau verdreht und verzerrt die Realität, und das auf eine sehr geschickte Weise. Aber wir sind schon ein gutes Stück vorangekommen mit der Behandlung, nicht wahr, Frau Kramer?« Sarah hatte den Psychiater angesehen, einen hochgewachsenen schlanken Mann um die sechzig in einem legeren dunklen Anzug. »Wir brauchen noch einige Monate. Aber wir gehen der Sache auf den Grund und stärken Ihr Selbstwertgefühl.« Er lächelte kurz. »Arbeiten Sie weiterhin so gut mit mir zusammen. Das ist wichtig. Denn Ihr Mann leidet unter Ihrem Verhalten genauso wie Sie selbst.«
Sarah hatte zu Thomas gesehen und dann ihren Blick gesenkt. »Ja, ich weiß.«
»Du hattest keine Fehlgeburt, oder?«, hatte Thomas am Ende des Gespräches noch einmal gefragt.

»Nein«, hatte Sarah geflüstert. »Ich hatte keine. Ich wollte … deine Aufmerksamkeit und Liebe.«
»Aber die hast du doch!«
»Sie tragen keine Schuld, Herr Kramer.« Eickhoff beugte sich vor und betrachtete Thomas mit seinen grünen Augen. »Aber Sie haben Geduld und Liebe. Genau das ist es, was Ihrer Frau hilft. Und die Möglichkeit, wieder kreativ zu arbeiten.« Er nickte Thomas zu.
»Ich weiß. Wir haben über eine geeignete Werkstatt bereits gesprochen.«
Jetzt standen sie hier in der Küche. Und alles war wie vor der Therapie. »Edith hat dich nicht gehasst«, widersprach Thomas ihrer letzten Behauptung. »Deine Mutter hat dich geliebt, Sarah. Das weißt du. Ihr wart so eng verbunden und euch in vielem sehr ähnlich.«
»Du hasst mich auch. Sonst würdest du mich nicht so quälen.«
Thomas seufzte. Dachte an die vielen gemeinsamen Abende mit Sarahs Mutter. Wie sie ihre Tochter und ihn immer mit einer festen, ehrlichen Umarmung begrüßt und verabschiedet, beim Kochen und Aufräumen geholfen und die Kinder mit Geschichten ihrer Schafe zum Lachen gebracht hatte. Er erinnerte sich an den Tag, an dem Sarah nach Hause gekommen war und von der Werkstatt erzählte. »Weißt du noch, wie du in die Wohnung gestürmt kamst und mir um den Hals gefallen bist vor Freude, dass deine Mutter zugestimmt hat?«
»Sicher.«
»Dann hast du also gelogen? Sie hat gar nicht zugestimmt?«
»Sie wollte mich aus der Werkstatt rauswerfen, nachdem ich ihr meine Pläne erklärt hatte.«
»*Unsere* Pläne.«
Ihr Blick ließ ihn einen Schritt zurücktreten.
»›Verschwinde‹, hat sie zu mir gesagt. Jede Silbe hat sich in

mein Gehirn gegraben wie Werkzeugstahl in Eichenholz. Und dazu ihr fahles, rundes Gesicht, das in Sekunden rot vor Wut geworden ist. ›Nimm meinetwegen die Messer und Klüpfel oder was auch immer du meinst, mir wegnehmen zu müssen, aber geh. Die Werkstatt betrittst du nie wieder! Such dir einen anderen Ort!‹ Das waren ihre Worte.«

»Das glaube ich nicht!«

»Es ist nicht alles erfunden, was ich sage«, zischte Sarah. »Und ich war nicht umsonst drei Jahre bei Doktor Eickhoff. Ich bin klar im Kopf. Und wieder selbstbewusst. Mama und ich haben diskutiert. Ich habe ihr gesagt, dass ich keinen anderen Ort suchen werde und dass Papas Erbe auch meines ist. Dass wir gemeinsam das fortsetzen müssen, was Papas Stärke war, nämlich einander zu lieben und eine achtsame Familie zu sein. Daraufhin hat sie zugestimmt.«

Wäre Thomas kein Rechtsanwalt, und würde er Lügen und Familientragödien nicht zur Genüge kennen, hätte er ihr vielleicht geglaubt. So brachte er nur ein »Aha« über die Lippen.

»Du nimmst mich nicht ernst.« Sie lächelte. Doch es war kein freundliches, entspanntes Lächeln. Es war zynisch, fast aggressiv. Wie früher.

»Ich verstehe nichts. Ich hasse dich. Ich nehme dich nicht ernst. Was kommt noch, Frau Kramer?«

»David hat mich nie so herablassend behandelt.«

Er trat wieder direkt vor sie, die Wut kam zurück. »Ah, nun verstehe ich doch. Mit David hättest du ein absolutes Traumleben geführt. Du hättest da oben Vieh gezüchtet, die Wiesen gemäht, Kühe gemolken, Wolle gesponnen und in einem baufälligen Haus zwanzig Kinder auf die Welt gebracht.«

Lang sagte Sarah nichts. Dann schlug sie ihn ins Gesicht und verließ die Küche, vorbei an Emma, die in der Küchentür stand und weinte.

Donnerstag, 11. Februar 2016

»Setz dich«, sage ich zu Entchen. Sie wendet ihren Blick nicht von mir ab, und erst jetzt sehe ich die Stiche der Wunde direkt unter ihrem Haaransatz. Ihre rechte Gesichtshälfte scheint geschwollen, das Auge ein wenig kleiner. Sie trägt das Haar jetzt länger.

»Ihre Stimme hat sich nicht verändert«, sagt sie und zieht einen Stuhl heran. Zwischen uns ist nichts als der kleine Tisch mit der weißen Kunststoffplatte, als sie sich setzt. Die Hände legt sie locker in den Schoß. Die eine Hand weist große, bereits verschorfte Wunden auf.

»Soll das ein Kompliment sein? Die Stimme ist noch in Ordnung, aber über den Rest schweigen wir? Nicht nötig, solche Spielchen.«

»Wie lang haben Sie noch?«

Sie ist ziemlich direkt. Das war früher nicht so. Wenn es anderen schlechtgeht, werden die Leute mutiger. Als Sterbender verliert man an Autorität. »Ein paar Wochen, wenn ich Glück habe. Vielleicht nur ein paar Tage«, antworte ich. »Deine Stimme klingt übrigens immer noch wie eine Ente.«

Sie sieht mich unverwandt an. Lacht nicht. Bewegt keinen Muskel in ihrem Gesicht. Ganz anders, als sie es vorhin mit dem anderen Patienten getan hat, mit dem sie zusammensaß. Da hat sie gelacht. Viel geredet. Wie früher, als sie noch für mich gearbeitet hat. Ich betrachte ihre Verletzungen. Obwohl es mich nicht interessiert, frage ich: »Was ist passiert? Ein Sturz? Oder rabiater Nachwuchs?« In der Palliativ liegt sie nicht, also wird sie in der Gynäkologie sein, sonst würde sie ihre Zeit wohl nicht in diesem gemeinsamen Aufenthaltsraum verbringen. Die Verletzungen sprechen allerdings gegen eine Entbindung.

»Weder noch. Oder beides. Wie Sie wollen.«

Ich muss husten. Ein Knoten sitzt auf der Lunge. Genau so hatte es angefangen – zu einer Zeit, in der ich glücklich war und mein Geschäft lief. Das Leben gab mir alles, was ich mir wünschte. Einen tollen Kerl an meiner Seite, einen großen Freundeskreis, einen eigenen Betrieb, der richtig was abwarf. Und bald sollten Kinder folgen. Das war der Plan gewesen. Dann fing der Husten an, morgens an einem Ostersonntag, als ich gerade den Brunch für unsere Gäste vorbereitete. Ein Hustenanfall, einfach so, als ich die goldbraunen, noch warmen und süß duftenden Hefeteighasen zum Tisch trug. Trocken war der Husten, ohne Auswurf. Ich kippte die vollgehusteten Hasen in den Biomüll, servierte frischen Toast und entschuldigte mich dafür. Niemand nahm es mir krumm. Am Nachmittag hatte ich den Vorfall vergessen.

Einige Tage später ging es wieder los. Ich war im Garten, jätete Unkraut. Ich musste mich auf die Erde setzen, weil ich kaum mehr Luft bekam. Ich war auch sehr müde. Wie so oft in den letzten Wochen. Richtiggehend erschöpft. Ich schob es auf die viele Arbeit, die Feiertagsgäste und auf das wechselhafte Wetter. Da erkältete man sich rasch.

Der Hausarzt stellte eine verschleppte Lungenentzündung fest. Zwei Wochen Antibiose, Schleimlöser, viel trinken, schlafen. Danach sollte es überstanden sein.

Weihnachten verbrachte ich in der Klinik. Hodgkin-Lymphom. Einer der Knoten saß direkt auf der Lunge. Daher der Husten. OP. Erste Chemo. Adriamycin, Bleomycin, Vinblastin und Dacarbazin. Sechs Zyklen zu je siebenundzwanzig Tagen. Danach fünf Wochen Bestrahlung.

Als ich entlassen wurde, ohne Haare, komplett erschöpft und dreizehn Kilo leichter, galt ich als geheilt. Mattis hielt zu mir. Ich stellte weiteres Personal ein, so dass ich nicht so hart arbeiten musste. Alles gute Leute. Entchen war eine der Besten. Mattis und ich wünschten uns drei Kinder, am liebsten alles Mädchen. Der Onkologe hatte gesagt, ein Kind sei ein zu großes Risiko. Wir sollten mindestens zwei Jahre warten.

»Wie geht's Ihrer Tochter?«, fragt Entchen jetzt, als könne sie meinen Gedanken folgen.
»Gut, richtig gut.« Meine Antwort kommt zu schnell. »Na ja, soweit das möglich ist, wenn sie mich so sieht. Sie war heute Morgen hier. Aber sie hält es nicht lang aus. Sie ist sehr tapfer.«
Eine Krankenschwester eilt durch den Aufenthaltsbereich. Ihre Gummisohlen quietschen aufdringlich bei jedem schnellen Schritt. Die tägliche Geräuschkulisse, allzu vertraut wie eine Endlosschleife: Schritte, hektisch vom Personal oder langsam und schlurfend von den Patienten. Das Klacken des automatischen Türöffners und das gedämpfte Brummen, wenn die Tür wie von Zauberhand aufschwingt. Die Schritte werden leiser. Erneutes Brummen beim Schließen der Tür. Klacken. Stille. Manchmal das Gurgeln des Kaffeeautomaten.
Entchen nickt. »Ich freue mich sehr darüber. Wohnt sie noch immer bei Ihnen?«
Ich nicke. Sogar das quält mich. Vom Nacken zieht der Schmerz in die Schultern und von da durch den Rücken bis ins Steißbein, auch in die Arme und Beine. Eigentlich bin ich nur noch ein einziger Schmerz. »Ich habe immer gehofft, dass sie fortführt, was ich aufgebaut habe.«
»Aber sie hat eigene Pläne.«
»Sie ist alt genug, um selbst zu entscheiden, was sie glücklich macht!«
»Hoffentlich trifft sie eine gute Wahl.«
Ich will lachen, unterdrücke es aber. Sonst kommt der Husten zurück. »Bisher hat sie eher Pech gehabt.«
»Und trotzdem geht es ihr richtig gut?«
Entchen merkt sich jedes Wort. Ich muss aufpassen. »Solang sie mich noch hat, fühlt sie sich geborgen. Auch wenn ich nicht mehr viel für sie tun kann. Aber emotional hat sie festen Halt.«
Entchen hebt die Augenbrauen. Sie ahnt wohl, dass ich nie besonders mütterlich war. Sie hatte ja nur bei mir angefangen zu arbeiten,

weil ich wegen des Krebses nicht mehr so viel Kraft hatte und mich schonen wollte. Ich hatte nie ein Geheimnis daraus gemacht. Heute denke ich, dass ich schon damals gewusst hatte, wie kaputt ich war. Und dass ich, sollte ich überhaupt überleben, oft in Kliniken liegen und mit mir und meinem eigenen Elend beschäftigt sein würde. Doch ganz so schlimm war es erst später gekommen. Ich hatte durchaus gute Jahre. Gesundheitlich. Finanziell weniger. »Ich liebe meine Tochter über alles«, sage ich. Als müsse man das extra betonen. »Außer ihr habe ich niemanden mehr.«

»Keine Freunde? Keinen Mann?«

Ich will den Arm heben und abwinken, doch ich bin zu schwach. Erzähle einfach nur weiter. Langsam und mit leiser Stimme, während das Antibiotikum und das Cortison in meine Venen tropfen. Immer wieder muss ich Pause machen und Luft holen, den Husten unterdrücken.

»Im Sommer nach der ersten Chemo und nach meiner angeblichen Heilung sind die Lymphknoten wieder angeschwollen. Ich war in der achten Woche schwanger. Fast ein Jahr hatten Mattis und ich gewartet, bis ich die Pille absetzte. Das schien uns ein angemessener Zeitrahmen. Mattis war mein Lebensgefährte. Du kennst ihn nicht mehr. Wir waren sicher, der Krebs wäre besiegt. Dieses Mal taten die Lymphknoten weh. Die Müdigkeit kam auch zurück. Ich bekam Fieber, wachte Nacht für Nacht auf und musste den Schlafanzug wechseln, weil ich in kaltem Schweiß quasi badete. Ich habe rasant abgenommen, und die Ergebnisse der Blutuntersuchung waren eine Katastrophe. Der Onkologe hat mir erklärt, dass sie in der histologischen Untersuchung dieses Mal keine Sternberg-Reed-Riesenzellen gefunden hätten. Ich fragte, was das hieße.

›Es ist kein neues Hodgkin-Lymphom, wie Sie vermuten.‹

Ich lachte auf, kreischte fast, so erleichtert war ich.

Er sah mich durch seine runde Brille an. ›Es ist *Non*-Hodgkin.‹

Ich saß auf der Liege, trug nur BH und Jeans, und er saß auf einem

runden Rollhocker vor mir. Hinter ihm weiße Wandschränkchen mit Verbandsmaterial und Medikamenten. Ich sehe noch heute jedes Detail vor mir.
›Die Kombination dieser beiden Lymphkrebsarten ist extrem selten. Wir müssen weitere Tests machen. Die genaue Art des Non-Hodgkin feststellen und das Ausmaß eruieren. CT von Kopf, Hals, Bauch und Thorax, Herz-Ultraschall, Lungen-Funktionstest, Knochenmark-Biopsie und so weiter. Wir müssen die Tumoren Ihres Lymphsystems genauer bestimmen. Dass sie bösartig sind, wissen wir bereits. Und so, wie es aussieht, sind sie auch *hoch*maligne Tumoren. Sehr aggressiv.‹ Er machte eine Pause. ›Es ist ein follikuläres Lymphom. Im Gegensatz zum Hodgkin ist dieses nicht heilbar.‹
›Nein, das kann nicht sein! Ich bin gesund! Ich bin schwanger!‹
Der Arzt nahm seine Brille ab. ›Das tut mir leid.‹
›Das muss Ihnen nicht leidtun! Das ist wunderbar! Ich wünsche mir schon so lang ein Mädchen!‹
›Wie weit sind Sie?‹
›Achte Woche.‹
Er presste die Lippen aufeinander. Dann sagte er ganz ruhig: ›Wenn Sie leben wollen, kommen wir um eine erneute Chemo nicht herum. Das überlebt ein Embryo in einer so frühen Phase nicht.‹
›Ich brauche keine Chemo!‹
Vor meinem inneren Auge sah ich die Ultraschallbilder meiner Kleinen. Ich wusste, dieses winzige gekrümmte Etwas, eingebettet in meine Fruchtblase und schon jetzt mit erkennbaren Armen und Beinen, war ein Mädchen.
›Dann sterben Sie beide.‹
Ich glaubte ihm kein Wort. ›Sagten Sie nicht gerade, dass Non-Hodgkin nicht heilbar ist? Ich sterbe also sowieso!‹ Als ich das sagte, war es, als sähe ich einen Film. Das war nicht ich, die da von ihrem Tod sprach. ›Aber vorher bekomme ich das Baby. Sterben kann ich dann hinterher.‹

›Ohne diese Behandlung liegt Ihre restliche Lebenserwartung deutlich unter neun Monaten.‹

Ich ließ seine Worte wirken. Legte die Hand auf meinen Bauch, der noch flach war, während der Arzt weiter irgendetwas von T- und Mantelzell-Lymphomen, von kombinierter Hochdosis-Zytostatika- und monokularer Antikörpertherapie faselte und was das bedeutete. Nichts davon kam bei mir an. Nur mein Baby füllte mich aus, die Liebe zu ihm, der unbedingte Wille und die Sehnsucht, dieses Wesen auf die Welt zu bringen und es, zusammen mit Mattis, glücklich aufwachsen zu sehen.

›Niemand zwingt Sie zu der Chemotherapie‹, waren die Worte, die ich dann wieder bewusst registrierte. ›Aber sie ist Ihre einzige Chance. Sie werden wahrscheinlich nicht mehr gesund. Aber wir können den Krankheitsverlauf verlangsamen und die Symptome mindern. Das bedeutet regelmäßige radiologische Untersuchungen. Röntgen, CT, MRT. Medikamente mit unschönen Nebenwirkungen, bei Rezidiven erneute Hochdosis-Chemo. Und für den Fall des Falles haben wir immer noch die Blutstammzell- oder Knochenmarktransplantation. Sie werden alles das bekommen, wenn nötig. Aber kein Kind.‹«

11

Sie blickte auf ihre zierliche goldene Armbanduhr. Noch fünfzehn Minuten.

Mit den Fingerspitzen trommelte sie auf die Schreibtischplatte. Karo Baumann hatte ihre Nägel gestern Abend perlmuttfarben lackiert. Die Woche sollte ganz normal beginnen. Kein Weinen mehr, kein Grübeln. Bisher war es ihr ganz gut gelungen. Zuerst hatte sie die drei nebenamtlichen Konfliktberater zu sich gebeten. Zwar befand sie sich ihnen gegenüber in einer Führungsposition, doch sie interagierte grundsätzlich auf Augenhöhe mit anderen. Also ließ sie sich ausführlich berichten, wie bisher hier gearbeitet worden war und welche Wünsche das Team hatte. Danach kam ein junger Mitarbeiter der Verkehrspolizei zu ihr. Er wurde die Bilder eines ausgebrannten Lkws nicht los, in dem der Fahrer mit seinen zwei kleinen Kindern, die ausnahmsweise auf einer Kurzstrecke hatten mitfahren dürfen, verbrannt war.

Sie würde sich auch den Rest des Tages auf ihren Job konzentrieren und in einem Gespräch mit Lukas Felber herausfinden, ob er wirklich ihre Hilfe brauchte – so wie Reimer es behauptete. Der Chef hatte die Besprechung der Soko *Werkstatt* für achtzehn Uhr angesetzt und ihr gerade telefonisch mitgeteilt, dass er Felber dazugebeten hatte. Und ihr dann verraten, dass dieser erfahrungsgemäß vor jeder Abendbesprechung in der Cafeteria eine Kleinigkeit essen würde. Jetzt war es Viertel vor sechs.

Sie verließ das Büro, zwischen dessen weißen Wänden sie sich einsam fühlte. Sie würde bunte Bilder und Fotos aus Ghana

aufhängen und Blumen auf den Fenstersims stellen. Wenn das alles vorbei war und falls sie ihren Job behalten würde.
Durch die Glasfront des Speisesaales sah sie ihn an einem der Tische sitzen. Den Mann, der stets karierte Oberhemden und Cordsamthosen trug. Felber war allein. Nur ein weiterer Tisch war belegt, von einem Mann und einer sehr jungen Frau. Beide waren Karo noch fremd.
Kurz zögerte sie. Dann öffnete sie die Glastür, ging zielstrebig zu der Kühltheke, nahm aus den vielen Fächern einen Schokoladenkuchen und ein Glas Orangensaft, bezahlte und sah sich, das Tablett in beiden Händen, demonstrativ um. Als Lukas Felber kurz den Kopf hob, ging sie zu ihm.
»Die Nachfolgerin von Kollege Kraft«, sagte er statt einer Begrüßung.
»Karolina Baumann.« Sie deutete mit dem Kinn auf den Tisch. »Darf ich?«
»Bitte.« Er spießte drei Pommes mit der Gabel auf.
Karo stellte ihr Tablett ab und setzte sich. »Guten Appetit.«
Er nickte. »Lukas Felber. Kriminaltechnik. Schon gut eingelebt?« Er schob die Gabel in den Mund, kaute kurz und schluckte.
»Nein.«
Er hob den Blick und sagte: »Wird schon.«
»Mhm.« Karo musterte Felber. Eckiges Gesicht, graue Augen, auffallend viele Falten. Eine Ähnlichkeit mit Edith Felber konnte sie nicht entdecken. Weder mit der Edith Felber auf den Fotos, die Ehrlinspiel ihr heute gezeigt hatte, noch mit der Frau, der sie in einem anderen Leben schon begegnet war.
»Mein aufrichtiges Mitgefühl zum Tod Ihrer Mutter.«
»Danke.« Er aß weiter.
»Wenn ich Ihnen etwas Gutes tun kann …«
»Nicht nötig.«

Eine andere Antwort hatte sie nicht erwartet. »Keine Eltern mehr zu haben, das ist ein wenig so, wie entwurzelt zu sein.«
»Sie sind ja schon bestens über mich informiert.«
»Ich mache nur meinen Job. Und dazu gehört es, dass es den Kollegen gutgeht. Dass sie eine Ansprechpartnerin haben.«
»Und deswegen schnüffeln Sie grundlos in deren Biografie herum?«
Die beiden Kollegen am anderen Tisch sahen kurz herüber, dann standen sie auf und gingen Richtung Glastür. Felber hob die Hand. »Schönen Feierabend.«
»Ihre Familie steht im Mittelpunkt einer aktuellen Ermittlung. Da muss niemand aktiv schnüffeln.«
Felber legte das Besteck beiseite. »Ich muss los.«
»Ich höre Ihnen jederzeit zu.«
Er holte tief Luft. »Okay. Kurzfassung. Dann haben wir's gleich hinter uns.« In seinen Augen lagen Trauer und Zorn, aber auch eine Gleichgültigkeit, die Karo selbst in den letzten Monaten kennengelernt hatte. Es war ein Zustand, in dem einem alles egal war. In dem nur noch das Überleben, die eigene Seele zählten. Was andere dachten, war nicht mehr wichtig. »Sie können den Kollegen ausrichten, Frau Baumann, dass Sie die Ursache für Felbers abweisendes Verhalten, für seinen irrsinnigen Nikotinkonsum, das Scheitern seiner Ehe und für sein einsames Leben entdeckt haben. Mit knapp zweiundzwanzig Jahren habe ich meinen Vater und meinen Freund gefunden. Autounfall. Mein Vater war ein blutiger Fleischklumpen. Aus dem Wagen geschleudert. Tot. Auch David hielt ich für tot. Ich habe versucht, ihn aus dem Wrack zu ziehen. Hab geschrien. Geheult. Neben die Leiche meines Vaters gekotzt. Bin zum nächsten Haus gerannt, um die Kollegen und den Notarzt anzurufen. Glauben Sie, da hat jemand geholfen? Das ganze Dorf stand um mich herum und hat gegafft.

Im Schlafanzug und Morgenmantel kamen sie angelaufen, Taschenlampen in der Hand. Dann kam meine Mutter dazu …«
Er machte eine kurze Pause, sprach dann ruhig weiter: »Irgendwann habe ich auch meine kleine Schwester entdeckt. Sie hatte sich über unseren Vater geworfen. Die Beschreibung ihres Zustands erspare ich Ihnen. Ich hab sie weggezogen. Später habe ich ihr das Blut abgewaschen und mich zu ihr ins Bett gelegt, damit sie nicht so zittert.«
»Ein traumatisches Erlebnis.«
»Und jetzt wird der Superkriminaltechniker noch einsamer und unzugänglicher, weil er auch seine Mutter auf tragische Weise verloren hat und damit natürlich nicht klarkommt. Es fehlen ihm nämlich Freunde zum Reden, und zu einer polizeilichen Konfliktberaterin will er auch nicht gehen. Er erzählt aber alle Sorgen seinem Hund Jagger. Er ist wirklich komplett durchgeknallt.«
Wider Willen musste Karo schmunzeln. »Klarer Fall von Distanzierung zum eigenen Erleben.«
»Dass ich mich Jagger anvertraue?«
»Dass Sie in der dritten Person von sich reden.«
»Analysieren Sie, wen Sie wollen. Mir genügt Jagger.«
»Und was rät der Hund Ihnen?«
»Die Schnauze zu halten.« Er stand auf. »Ich hab Soko-Besprechung. Glauben Sie mir, Frau Baumann: Mich interessiert im Moment nur, wer meine Mutter getötet hat. Mehr gibt es nicht herauszufinden. Erst recht nicht über meine Psyche.«
»Sie wissen, wo Sie mich finden.«
Er nickte, steckte sich eine Zigarette in den Mund und ging. Karo blieb noch einige Minuten sitzen. Dann trank sie den Saft und warf den Schokokuchen in den Mülleimer.

* * *

»Es gibt zwei neue Entwicklungen.« Kriminalhauptkommissar Ehrlinspiel blickte Lukas an. Die kleine Soko-Runde hatte sich in seinem und Freitags Zimmer versammelt, weil das Besprechungszimmer bereits von dem Fahndungstrupp im Fall der erstochenen Studentin belegt war. Dort war auch Reimer, und Ehrlinspiel war dankbar dafür.

Er hoffte, ihre eigene Besprechung würde sich lang hinziehen. Der Gedanke an zu Hause und einen erneuten Streit mit Hanna stimmte ihn traurig. »Zum einen haben Freitag und ich im Dorf erfahren, dass du, Lukas, es warst, der deinen Vater gefunden hat.« Er sah den Kriminaltechniker an, der neben seinem Kollegen Marco Wenner saß. Äußerlich hätten die beiden nicht unterschiedlicher sein können. Wenner war klein und drahtig, deutlich jünger als Lukas, und er redete gern. Der Spurensuche aber gingen beide mit der gleichen Leidenschaft und Genauigkeit nach. Außer den beiden Kriminaltechnikern quetschten sich Paul Freitag und Josianne Schneider um den kleinen Besprechungstisch. Freitag, der immer Zartbitterschokolade im Schreibtisch parat hielt, hatte eine Tafel in Rippchen zerteilt und auf eine Serviette in die Mitte des Tisches gelegt. »Und wir wissen«, sagte Ehrlinspiel, »dass es einen schwerverletzten Beifahrer gegeben hat.« Sein Blick ruhte auf Lukas Felber. Jedes Wort fiel Ehrlinspiel schwer. »Du bist mit ihm befreundet.«

Felber saß so unbeteiligt da, als lese Ehrlinspiel den Einkaufszettel seiner Tante vor.

»Kannst du uns das genauer schildern, Lukas? Und uns erklären, weshalb du das für dich behalten hast?«

»Weil es für den Tod meiner Mutter keine Rolle spielt.«

Ehrlinspiel schüttelte den Kopf. »Das darf doch nicht wahr sein, Lukas. Wie oft sagen wir den Zeugen und Angehörigen: ›Das zu beurteilen, überlassen Sie bitte uns‹?«

»Ich *bin* ›uns‹. Ich kann das sehr wohl beurteilen.«
»Du hältst es also nicht für möglich, dass es einen Zusammenhang zwischen dem Tod deines Vaters und dem deiner Mutter gibt?«
»Ich glaube es nicht, wirklich nicht.«
Freitag seufzte, und Josianne Schneider schob den Unterkiefer ein wenig nach vorn. Sie trug ihr dunkles lockiges Haar seit einem halben Jahr sehr kurz und wirkte wie ein Lausbub. »Du agierst unprofessionell, Lukas. Nicht objektiv.«
»Möglicherweise scheint das so. Aber ich kenne die Umstände weitaus besser als ihr.«
»Ist es denkbar«, fiel Freitag ein, »dass David Schindler sich für seinen verlorenen Arm hat rächen wollen? Vielleicht klingt das ja jetzt etwas weit hergeholt. Aber eventuell brodelt das bis heute in ihm. Und anstatt an deinem Vater rächte er sich an deiner Mutter?«
Felber lachte auf. Er klang bitter, als er sagte: »Schindler würde eher sterben vor Angst, als irgendjemanden anzurühren. Oder er würde komplett durchdrehen und sein Opfer regelrecht abschlachten. Aber niemals feige einschließen.«
»Besonders ängstlich war er am Samstag bei der Befragung aber nicht. Du kennst seine Geschäfte? Immobilien-Transaktionen?«
»Wir haben seit langem keinen Kontakt mehr. Und ich ermittle nicht – also habe ich ihn nicht danach gefragt. Aber vorstellen kann ich mir Immobiliengeschäfte bei ihm nicht.«
»Du warst am Freitag bei Schindler. Warum?«
»Ich habe die Tiere meiner Mutter versorgt. David habe ich zufällig getroffen.«
»Über was habt ihr gesprochen?«
»Kindheitserinnerungen.«
Ehrlinspiel hätte Lukas am liebsten geschüttelt. Reimer hatte

wohl doch recht, und Lukas brauchte Hilfe. So kämen sie nicht weiter. »Und in all den Jahren habt ihr nie miteinander gesprochen, Schindler und du?«

»Nein.«

»Und wenn du ihn zufällig getroffen hast?«

»Hab ich nicht.«

»Warst du denn nie bei deiner Mutter?«

»Jeden Samstag. Auf dem Wochenmarkt.«

Ehrlinspiel hob die Augenbrauen. »Und nie bei euch zu Hause? Also bei ihr? Oder war sie ab und zu bei dir?«

»Spielt es eine Rolle, wo wir uns getroffen haben?«

Ehrlinspiel lehnte sich zurück und sah seinen Kollegen an. Wäre Lukas ein Fremder, er würde ihn gnadenlos auseinandernehmen. »Warum mauerst du so, Lukas? Du weißt, dass ich jeden anderen in deiner Situation als Verdächtigen einstufen würde. Und es fällt mir zunehmend schwer, das bei dir nicht zu tun. Irgendetwas stimmt doch nicht. Warum hilfst du uns nicht?«

»Ich war's nicht, Moritz. Egal, was du denkst. Und es gibt nichts Fallrelevantes, das ich verschweige.«

»Verdammt, Lukas! Du bringst dich in ernsthafte Schwierigkeiten. Das muss ich dir doch nicht extra sagen!«

»Tue ich nicht. Keine Sorge.«

Ehrlinspiel atmete tief durch. »Okay, wir werden sehen.«

»Ich habe Schindlers Geschäftstermin in Aschaffenburg überprüft«, fiel Josianne ein und blätterte in einem Stapel Papiere, der vor ihr lag. »Diese Firma aus Osaka, Kawazu Japan Co. Limited, hatte für den betreffenden Zeitraum tatsächlich sechs Einzelzimmer im Landhotel *Goldene Kuh* reserviert. Sie produzieren Bauteile für militärische und zivile Triebwerke der Luftfahrt. Schöner Gegensatz, oder? Hochtechnologie und Landhotel. Alle Zimmer waren auf die Firma Kawazu, nicht auf Einzelnamen gebucht. Die Geschäftsführerin des Hotels sagte mir, es seien fünf Japaner und ein Deutscher da gewesen. Der Deutsche« – sie sah kurz in die Runde – »trug eine Armprothese. Scheint tatsächlich Schindler gewesen zu sein. Womit der ein Alibi hätte. Das Grundstück der Bahn steht auch zum Verkauf. Allerdings habe ich bisher keine genaueren Infos über Interessenten oder Vermittler finden können. Ich bleib aber dran.«

Lukas zog die Augenbrauen hoch. »David und Immobiliengeschäfte. Entweder ist das ein Fake, oder er hat sich vom schüchternen Loser zum großen Geschäftsmann gemausert. Ich tippe auf Ersteres.«

»Hast du konkrete Anhaltspunkte dafür?« Josianne Schneider nahm ein Stück Schokolade.

»Er war immer ein Verlierer. Schüchtern. Hat nie den Mund aufgemacht, wenn es etwas zu sagen gab. Er hat sich an mich drangehängt, mir geschmeichelt, um an meine Schwester Sarah ranzukommen. Er dachte, ich sei sein Freund.«

»Warst du es nicht?«

»Auf gewisse Weise schon. Da oben gab es nicht viel außer uns paar Kindern. Also haben wir zusammen gespielt, sind gemeinsam an den See zum Baden geradelt, haben heimlich Bier getrunken und geraucht. Es ging aber nie von David aus. Der hat immer nur mitgemacht.«

»Du wärst nicht bedingungslos für ihn da gewesen wie ein echter Freund? Hättest ihm geholfen, wenn er in Not gewesen wäre?«

»Ich hab ihm das Leben gerettet.«

»Das meine ich nicht.« Josianne Schneider nahm ein zweites Stück Schokolade, und auch Freitag griff jetzt zu. Ehrlinspiel dagegen wurde es übel. Er dachte an seinen Jugendfreund Peter. Mit dem er im See um die Wette geschwommen war, der plötzlich nach Luft gejapst und den er ans Ufer gezogen hatte. Der in der Wiese neben Ehrlinspiel gestorben war. »Ich meine«, fuhr Josianne, an Lukas gewandt, fort, »mochtest du ihn? Wart ihr miteinander verschworen?«

Lukas zögerte. »Nein. Aber Sarah mochte ihn. Daher war auch ich nett zu ihm.«

»David sagt, deine Schwester und du seid sehr innig miteinander gewesen«, sagte Ehrlinspiel.

»Wird das jetzt ein Verhör? Dann solltest du mich dringend nach Paragraph fünfundfünfzig belehren.«

Ehrlinspiel seufzte. »Ich will nur mehr über eure Familie und das Umfeld wissen. Und du hast uns nicht alles erzählt.«

»David und Sarah hatten etwas miteinander. Ich fand das … unpassend. Er war viel zu alt für sie.«

»Konnten die beiden nicht selbst am besten entscheiden, ob sie zusammenpassten?« Ehrlinspiel war ein Verfechter von Freiheit und eigenen Entscheidungen. Wenn er etwas hasste, dann Leute, die immer wussten, was für andere gut und richtig war. Dass Lukas zu ihnen gehören sollte, überraschte ihn. »Wie groß ist denn der Altersunterschied zwischen den beiden?« Er hatte die Daten nicht im Kopf.

»Sechseinhalb Jahre. Viel, wenn das Mädchen erst zehn war, als es losging. Sowieso viel zu früh! Trotzdem hab ich den beiden nicht reingeredet. Aber ich hatte meine Meinung. Die hab ich David auch gesagt, und wir hatten manchmal Streit deswegen. Er hat anfangs nur gekuscht und Sarah in Ruhe gelassen. Hat sich immer zu Hause verkrochen, und wenn er mich mal getroffen hat, ist er hinter mir hergelaufen wie ein braves Hündchen und hat betont, er wäre nur lieb zu Sarah.«

»Anfangs? Und dann?«

»Ist der Unfall passiert. David war lang im Krankenhaus, er hatte neben dem komplett zerstörten Arm auch ein paar innere

Verletzungen und Knochenbrüche. Ich war sowieso die meiste Zeit in Villingen-Schwenningen. Ich wollte und konnte die Polizeihochschule nicht schmeißen.« Und ironisch fügte er hinzu: »Ich wollte doch Karriere machen. Können wir jetzt also zu dem Tötungsdelikt an meiner Mutter kommen? Das hat nämlich nichts mit meiner und Davids Kindheit zu tun.«

»Eines noch: Was war mit dem Unfall deines Vaters?«

»Ich kam am späten Abend von Schwenningen zurück. Wir hatten Prüfung in Psychologie und Soziologie und am Nachmittag in Einsatzwissenschaft. Am Straßenrand lag der Transporter meines Vaters. Oder das, was von ihm übrig war. Dad war tot, David schwer verletzt. Ich habe vom Haus der Familie Meinert aus die Kollegen angerufen und den Notarzt verständigt.«

»Und weiter?«

»Ich hab keine Spurensicherung betrieben, falls du das meinst. Ich war schließlich noch in der Ausbildung.«

»Aber du hast Erste Hilfe geleistet?«

Lukas stand auf. Ging zum Fenster und sah hinaus. Heute war ein Tag ohne Regen gewesen, und der Himmel zeigte ein klares, intensives Blau, in das sich erste dunkle Streifen mischten und den Sonnenuntergang ankündigten. »Du magst doch diese Blutbuche da unten so, Moritz.«

»Und?«

»Stell dir einfach vor, dass du zwei vertraute Menschen findest, die über und über aus diesem intensiven Rot bestehen. Aus rotem, blutigem Fleisch. Um dich herum drängen sich Gaffer und tuscheln. Was machst du?« Er drehte sich um und sah seine Kollegen der Reihe nach an.

Ehrlinspiel schluckte.

»Kotzen ist eine Möglichkeit. Heulen. Schreien. Hab ich alles gemacht. Und natürlich hab ich David aus dem Wrack zu bergen versucht. Es war nicht einfach. Aber es ist mir gelungen.«

»Das tut mir leid.« Ehrlinspiel konnte sich nicht vorstellen, wie er in einer solchen Situation reagieren würde. Ähnlich wahrscheinlich.

»Und ich habe es auch schon Frau Baumann gesagt: Ihr dürft gern fleißig interpretieren, welche Schäden dieses Trauma bei mir hinterlassen hat. Und was der Mord an meiner Mutter vor diesem Hintergrund bedeutet. Aber vergesst bitte nicht, dass ich euch jahrelang ein loyaler Kollege war und immer mein Bestes gegeben habe.«

»Das bezweifelt keiner.« Ehrlinspiel hatte Lukas noch nie so viel am Stück reden hören. Konnte es sein, dass Baumann damit zu tun hatte? Dass Lukas bereits mit ihr gesprochen hatte, wunderte ihn ohnehin. Er hätte sein Mountainbike verwettet, dass er ihr kein Wort anvertraute.

»Dann ist es ja gut.« Lukas setzte sich wieder. »Also zu meiner Mutter. Marco, hast du was?«

Der junge Kriminaltechniker nickte. »Wir haben aus deinem Elternhaus und der Werkstatt, soweit wir diese zugänglich machen konnten, einiges mitgenommen. Unter anderem diese geschnitzte Statue, die dein Vater deiner Mutter gemacht hat. Das Paar mit den Rosen.«

»Ich möchte sie zurückbekommen. Sie wird nicht zu den Asservaten in den Keller wandern.«

Marco presste die Lippen aufeinander. Dann sagte er: »Das wird dauern. Sie ist nämlich nicht nur einfach eine Statue. Sie ist ein Versteck.«

»Ein was?«

Marco hob zwei großformatige Fotos hoch. Auf dem einen war die Statue von unten zu sehen, der Sockel sah unauffällig aus. Das zweite zeigte eine Vergrößerung des Sockels, ebenfalls von unten. Marco schob die Schokolade beiseite und legte die Fotos in die Mitte des Tisches. Mit einem Stift fuhr er auf einem Foto ein kaum zu erkennendes Rechteck auf der Statuen-Unterseite nach. »Seht ihr das? Diese winzigen Ritzen? Und da links am Rand« – er klopfte mit der Stiftspitze neben den Fuß der männlichen Figur – »ist ein Öffnungsmechanismus. Wenn man auf den Fuß drückt, öffnet sich unten ein Fach.«

Lukas starrte auf das Foto. »War etwas darin? Was?«

»Ein Brief deines Vaters an deine Mutter. Eine Liebeserklärung zur Hochzeit. Und 223 000 D-Mark.«

12

Der Mond schob sich als silberne, fast runde Scheibe über die Tannenspitzen. Der Himmel war klar, und die schmale Straße und die Häuser lagen in einem fahlen Licht. Kein Windhauch war zu spüren.
Sarah zog ihre Jacke enger um die Schultern. Darunter trug sie einen Winterpullover. Dazu gefütterte Stiefel. Trotzdem fror sie. Und das Mitte Juli! Im Grunde fror sie seit dem Tod ihrer Mutter. Wie aus Eis aber fühlte sie sich, seit am späten Abend Kommissar Ehrlinspiel vor ihrer Tür gestanden hatte.
Sie hob den Blick, sog den Duft des Waldes und der feuchten Erde ein und betrachtete die Sterne, die bis zum Horizont vor tiefem Schwarz funkelten. Es hatte eine Zeit gegeben, da hatte sie diesen Blick in die Unendlichkeit geliebt. Jetzt machte er ihr Angst.
Sarah dachte an ihren Vater, der ihr tagsüber das Schnitzen beigebracht, frühmorgens die Vogelstimmen und abends die Sternbilder erklärt hatte. Dachte an ihre Mutter, die währenddessen das Essen gekocht und Sarahs Zimmer aufgeräumt – wie Mama es nannte – hatte. Sie dachte an die Holzstatue, an der ihre Mutter so gehangen hatte. Bisher hatte Sarah immer geglaubt, es sei ihrer Trauer wegen gewesen. Doch jetzt …
Mit steifen Beinen ging sie auf die Werkstatt zu. Gegen die Kälte halfen weder warme Kleidung noch Tee, auch kein heißes Bad. Erst recht nicht Thomas' Umarmungen, die sie ohnehin nicht mehr zuließ. Es spielte keine Rolle, ob sie in Unterwäsche in der Wohnung herumlief oder in Winterkleidung den Todesort ihrer Mutter aufsuchte. Die Kälte kam aus ihrem

Innern, floss durch sie hindurch, nistete sich in jedem Knochen, jeder Faser ihres Körpers ein, und sie war unerbittlich.
Sie stand vor den Trümmern, die zu ihrem neuen Paradies hätten werden sollen. Ihrem Reich, in dem sie wieder sie selbst geworden wäre.
Mit dem Fuß schob sie einen Betonbrocken zur Seite. Legte die Hand auf die helle Fassade der Mauer, von der nur noch einige Meter übrig geblieben waren. Nutzlose Wände ohne Dach. Eine Ruine, noch halb gefüllt mit Schlamm, der allmählich trocknete und hart wurde.
Da war nichts mehr zu retten. Hier vor ihr lag der beste Teil ihrer Kindheit, lag ihre Zukunft – zerstört durch eine Naturgewalt. Und mittendrin hatte der Tod ihre Mutter geholt.
Fast hätte Sarah aufgelacht.
Wie sich alles fügte.
Rechts neben der Werkstatt, wo der Wald begann, raschelte es.
Endlich war klar, was Mama in der Werkstatt gewollt hatte: das Geld in Sicherheit bringen. Nicht die Statue hatte sie retten wollen. Nicht das Andenken an Papa. Nur das Geld. Als es vorhin bei ihr geklingelt und Jonas im Schlafanzug die Tür geöffnet hatte, war sie überzeugt gewesen, dass die Polizei herausgefunden hatte, was geschehen war. Wer die Werkstatt verschlossen und dadurch ihre Mutter getötet hatte. Doch dann hatte der Kommissar von einem Geheimfach in der Statue und dem Geld berichtet und gefragt, ob sie davon gewusst hatte. Und sie hatte ehrlich geantwortet: »Nein.« Ob sie eine Idee habe, woher das Geld stamme? Wieder hatte sie verneint. Doch das war gelogen. Es konnte nur eine Möglichkeit geben, wie Mama an so viel Geld gekommen war. Aber daran durfte sie nicht denken.
Die Summe von 223 000 DM deutete laut Ehrlinspiel darauf hin, dass der Betrag ursprünglich höher gewesen war und ihre

Mutter einen Teil ausgegeben hatte. Wahrscheinlich hatte sie immer wieder einige Scheine in Euro getauscht. Nie die ganze Summe. Das wäre aufgefallen. Denn woher sollte eine Witwe mit einem kleinen Dorfladen plötzlich so viel Geld haben?
Sarah wandte sich von der Werkstatt ab. Blickte über die Straße. In keinem der Häuser brannte Licht. Der Mond stieg höher, und sie bildete sich ein, er beobachte sie. Es musste gegen zwei Uhr nachts sein. Thomas hatte fest geschlafen, als sie nach vielen Stunden des Wachliegens Jeans und Pullover angezogen hatte und hier heraufgefahren war. Seit sie mit siebzehn Jahren von einem Tag auf den anderen bei ihrer Mutter aus- und bei Thomas eingezogen war, war sie nachts nicht mehr hier gewesen.
Die besten Momente hatte sie mit David erlebt. Er war es gewesen, der sie nach dem Tod ihres Vaters gehalten hatte, trotz seines eigenen Traumas wegen des Verlusts des Armes. Damals, nach der Nacht, in der sie über ihrem toten Vater gelegen, seine letzte Wärme gespürt und ihm das Blut mit der Hand aus den Augen zu wischen versucht hatte. David hatte sie anvertraut, was sie empfand: Ihre Welt war in zwei Teile gebrochen. In ein Davor und in ein Danach. Als sie unter den Sternen am Ufer des Weihers gesessen hatten und Sarah ihren Kopf an Davids Schulter lehnte, als er ihr eine Haarsträhne aus dem Gesicht schob und sie zaghaft küsste, hatte sie noch nicht gewusst, dass diesem ersten Danach ein noch schlimmeres, zweites Danach folgen würde.
Sie versuchte, die Umrisse von Davids Schlafzimmerfenster in der silbrigen Dunkelheit zu erkennen. Doch sein Haus war nur konturloses Grau. Ohnehin behagte ihr die Vorstellung nicht, dass er dort mit dieser jungen Frau im Bett lag. Eifersüchtig war sie zwar nicht. Doch die Frau war ihr suspekt. Sarah kannte sie nur vom Sehen, wenn sie zufällig aus dem

Wohnzimmerfenster ihrer Mutter geschaut hatte oder aus dem Küchenfenster, wenn sie Mama beim Abfüllen der Buttermilch und beim Etikettieren der Marmeladengläser geholfen hatte. Doch allein ihr aufgetakelt-vulgäres Äußeres genügte Sarah, sie unsympathisch zu finden. Natürlich war das ein Vorurteil, und wahrscheinlich liebte David dieses Mädchen und war sogar stolz darauf, dass ausgerechnet er, der schüchterne Junge von früher, nun eine solche Frau abbekommen hatte. Dennoch … Dieses junge Ding passte nicht zu ihm und erst recht nicht hierher in das Dorf. Ihre Mutter hatte das genauso gesehen.

Sarah suchte in den Taschen der Winterjacke nach dem Hausschlüssel. Sie holte tief Luft und ging über die Straße. Der verschlammte Weg durch den Vorgarten war kaum von den zerstörten Blumenbeeten zu unterscheiden, und bei jedem Schritt sank sie leicht in die nasse Erde ein. Dann stand sie vor der Haustür. Das lila Papiersiegel, das die Polizei über die Tür und den Rahmen geklebt hatte, war bereits zerrissen. Weil außer ihr und Lukas niemand einen Schlüssel hatte, nahm Sarah an, dass die kriminaltechnischen Untersuchungen beendet waren. Sonst hätten die Polizisten nach ihrem letzten Besuch ein neues Siegel geklebt. Das hatte Lukas ihr zu Beginn seiner Ausbildung einmal erzählt. Bis heute jedoch fragte sie sich, wen so ein Papierstreifen ernsthaft davon abhielt, irgendwo hineinzugehen?

Mit steifen Fingern steckte sie den Schlüssel ins Schloss. Das leise Knirschen, als er sich im Schloss drehte, war so vertraut, dass sie für einige Sekunden glaubte, mit langen blonden Zöpfen in die warme Stube zu hüpfen und vom süßen Duft frischer Pfannkuchen empfangen zu werden.

Entgegen schlugen ihr jedoch Kälte, abgestandene Luft und das Gefühl der Enge. *Geh nach Hause!*, schrie ihr Instinkt, *warum tust du dir das an?* Sie ignorierte ihn, wagte den Schritt in den Flur und zog die Tür hinter sich zu. Sie war wieder stark! Nach der Therapie wusste sie, wer sie war, was sie wollte und was nicht. Die Werkstatt hatte sie zwar verloren. Ihre Mutter, mit der es noch so viel zu klären gegeben hätte, ebenso. Und mit deren Tod auch die Chance, herauszufinden, was Mama damals arrangiert hatte. Doch seit Ehrlinspiel bei ihr gewesen war und ihr von dem Geld erzählt hatte, verspürte sie eine Hoffnung, die sie in all den langen Jahren nicht einmal zu denken gewagt hatte.

Wie Blitzlichter tauchten Bilder in ihrer Erinnerung auf: Sarah liegt oben in ihrem Zimmer. Der schrille Ton der Haustürklingel hallt in ihrem Kopf. Sarah huscht zur Zimmertür. Lauscht.

»Ich möchte Sarah besuchen.« Davids Stimme.

»Sarah ist sehr krank.« Der besorgte Tonfall von Mama.

»Das stört mich nicht.«

»Ich möchte dich nicht hier sehen. Verstanden? Bitte komm nicht wieder.«

»Außerdem muss sie in die Schule. Alle fragen nach ihr.«

»Sie kann nicht in die Schule. Kapierst du das nicht? Sie ist *krank*. Und die Lehrer wissen das.«

Sarah schlüpft unter die Decke. Krümmt sich zusammen. Weint. Alles tut weh. Überall. Jede Hoffnung schwindet dahin.

Sie möchte zu David. Sie will aus dem Zimmer hinaus. In diesen Wochen hasst sie ihre Mutter. Stellt sich vor, dass sie ihre eigene Mutter schlägt, sie die Treppe hinunterstößt. Doch dann weint sie noch mehr. Aus Scham, weil sie Mama etwas so Schreckliches angetan hat. Und aus Trauer, weil Lukas sie in diesen Tagen im Stich gelassen hat. Ihr Bruder, ihr Vorbild, Vertrauter und bester Freund.

Sie tastete sich im Flur vorwärts. Links ahnte sie das kleine

Tischchen, rechts die Durchgangstür zum Laden, weiter hinten die Treppe mit den knarrenden Stufen nach oben zu den Wohnräumen. Sie wollte kein Licht anmachen, falls dieses überhaupt noch funktionierte. Keine Aufmerksamkeit erregen, auch wenn es unwahrscheinlich war, dass jemand überhaupt Kenntnis davon nehmen würde.

Ob Lukas von dem Geld wusste? Sie hätte ihn anrufen sollen, bevor sie hierherkam. Aber sie wollte sich erst selbst versichern, dass es keine Hinweise auf die Herkunft des Geldes gab. Natürlich hatte die Polizei jeden Winkel durchsucht. Doch die wusste ja nicht, wonach sie suchen sollte. Sarah dagegen schon.

Nach einigen Minuten hatten Sarahs Augen sich an die Dunkelheit gewöhnt. Vorsichtig tastete sie sich zu der Treppe vor und Stufe für Stufe hinauf. Oben in der Diele war es ein wenig heller. Die Türen zu Mamas Büro, ihrem Schlafzimmer und den früheren Kinderzimmern standen offen. Mondlicht fiel durch die Balkontür von Sarahs ehemaligem Reich bis auf die breiten Flurdielen. Sie waren wie im gesamten Haus aus Eiche, und Sarah hatte als Kind gern darauf gespielt und Zettelchen mit geheimen Wünschen in die honigfarbenen Ritzen gesteckt.

Kurz zögerte sie. War es richtig? Fair? Doch wozu grübeln: Die Polizei hatte nichts von der Privatsphäre übrig gelassen. Also konnte sie als Ediths Tochter sicherlich auch noch einmal in die Schubladen schauen.

Sie versicherte sich, dass die Klappläden geschlossen waren, und leuchtete dann mit der Taschenlampe ihres Smartphones den Schreibtisch ihrer Mutter ab. Wie erhofft waren die Schubladen nicht mehr verschlossen. Die Schlüssel, die die Polizei anscheinend gefunden hatte, steckten. Mama hatte die Schubladen immer abgeschlossen. Warum, hatte Sarah nie ver-

standen, da sie doch allein hier gelebt hatte. Vielleicht, um vor Sarah das zu verbergen, was sie nun zu finden hoffte?
Als sie die erste Schublade aufzog, fragte sie sich, ob ihre Mutter früher auch ein schlechtes Gewissen gehabt hatte. Sarah hatte es immer bemerkt, wenn ihr Tagebuch gelesen oder ihre Schulhefte kontrolliert worden waren.
In der Schublade fand sie nichts, was sie weiterbrachte. Kein weiteres Geld, keine Kontoauszüge, kein Testament. Und vor allem: keine Papiere, kein Foto, keinerlei Hinweis, der ihren Verdacht bestätigte und die Hoffnung stärkte. Nur Briefumschläge, Briefblöcke, ein Verzeichnis aktueller Postgebühren.
In der zweiten Schublade lagen Mamas Bücher mit den Rezepten. Marmeladen, die sie selbst ausgetüftelt hatte. Kräuterteemischungen. Zig Notizen zur Starterkultur, Temperatur, Eindickungszeit, Fermentierung, zu Milchsäuregehalt und Konsistenz der Schafbuttermilch. Was Sarah fehlte, waren die Rechnungen über die geschäftlichen Ausgaben und Einnahmen von Mama, die Ordner mit der Buchhaltung, Steuerbescheide. Vermutlich hatte all das die Polizei sichergestellt.
In der untersten Schublade fand Sarah einen vergilbten Briefumschlag. Er roch staubig und fühlte sich leicht fettig an. Vorsichtig zog sie die Lasche heraus und öffnete ihn. Ihr Handy beleuchtete Fotos, schwarzweiße und andere mit Rotstich und abgerundeten Ecken. Das erste Bild zeigte ihre Eltern in Hochzeitskleidung vor der Dorfkirche. Mama strahlte unter ihrer Hochfrisur, und Papa trug noch einen Schnurrbart. Es folgten wenige Aufnahmen der Gäste, die Frauen wie Mama mit hochtoupierten Haaren, einige mit Hornbrillen, die rechts und links spitz zuliefen wie Katzenaugen. Fünf Fotos waren Babybilder von Lukas, von Sarah gab es nur ein Babybild, auf dem sie jedoch weinte. Außerdem fand sie ein Foto, auf dem sie einen rot getigerten Kater, Linus, im Arm hielt, und eines,

auf dem Lukas hinter dem Haus ihrem alten Hund, der Jimmy geheißen hatte, nachlief.
Sarah schluckte, wollte das alles nicht sehen. Doch sie nahm ein Bild nach dem anderen in die Hand. Bei den letzten Fotos wurde ihr Mund trocken. Abgebildet war ihr Kinderzimmer. Die Wand mit ihren Lieblingspostern. Nena, Falco, Boney M. und Rick Astley. Über Sarahs Bett ein gigantischer Sonnenuntergang irgendwo am Meer, am Sandstrand Palmen und ein hölzernes schmales Boot. Sie erinnerte sich an den Tag, als sie mittags von der Schule nach Hause kommt und die Poster weg sind. Sie sieht die Wand an. Wirft ihren Schulranzen ins Eck und rennt hinunter und über die Straße in Papas Werkstatt. Es ist laut und alles voller Sägemehl, Papa steht mit einer riesigen Schutzbrille und Ohrenschützern hinter der Kreissäge und zerteilt einen Baumstamm. Als er sie sieht, schaltet er die Säge aus und nimmt Brille und Ohrenschützer ab. »Hey, mein Schatz!« Er bückt sich, und sie wirft sich weinend in seine Arme. »Meine Poster sind weg!« Er drückt sie fest an sich, und seine Hand auf ihrem Rücken beruhigt sie. »Ich weiß, mein Mädchen«, flüstert er. »Die Mama findet sie nicht gut für dich.«
»Aber ich will Nena und Rick zurück! Mama hat so ein doofes Orchester aufgehängt!«
Der Papa sieht sie an. »Ich habe es Mama gesagt. Sie hat mit mir geschimpft.«
»Aber sie kann nicht mit dir schimpfen, du bist erwachsen!«
»Ich mag nicht mit ihr streiten.«
Sarah hatte nicht verstanden, was damals passiert war. Erst viel später hatte sie die Mechanismen durchschaut.
Nach einer kleinen Ewigkeit, in der sie still dasaß und nichts dachte, legte sie die Fotos zurück. Und da sah sie sie: die beiden dicken Hefte, die sie immer gehasst und aus ihrem Ge-

dächtnis verdrängt hatte. Schwarz waren sie, und vorn stand auf weißen Schildern einmal *Lukas* und einmal *Sarah*. Sie schlug ihr Heft auf. Las. Blätterte bis zum letzten Eintrag. Schluckte. Dann konnte sie die Tränen nicht mehr zurückhalten. Ihr wurde heiß, nachdem sie tagelang gefroren hatte, und sie spürte, wie ihr der Schweiß auf die Oberlippe trat. Sie schlug das Heft zu, warf alles in die Schublade zurück und verließ Mamas Büro.

In der Diele atmete sie tief durch. *Du bist stark. Du weißt, wer du bist!*, wiederholte sie mantraartig. Es half nichts. Sie war wütend, enttäuscht. Spürte den alten Schmerz mit einer Wucht in sich aufsteigen, der ihr die Luft zu nehmen drohte. Rasch ging sie in ihr ehemaliges Zimmer. Wollte sich stellen. Damit es leichter würde.

Sie schaltete die Handy-Taschenlampe aus und öffnete die Balkontür. Sog die frische Luft ein. Rechts sah sie Davids Haus, über dem jetzt der fast volle Mond stand. Geradeaus lagen der große Garten und die Weide, dahinter begann der Wald. Wie oft hatte sie hier gestanden und auf ihn gewartet? Anfangs hatte sie über David gelacht. Er war so verklemmt gewesen. Hatte immer zu Boden gesehen, seit sie sich erinnern konnte. Und wenn sie Verstecken gespielt hatten, war er jedes Mal hinter den gleichen Baum gelaufen, aus Angst, nicht gefunden zu werden und allein irgendwo zurückzubleiben.

Auch Lukas hatte über David gelacht. Wenn sie genau nachdachte, hatte ihr Bruder viel öfter über David gelacht als sie selbst. Meist hatte Lukas sie angestiftet. »Der Davidummi findet keine Lehrstelle. Der hat dich nicht verdient.« – »Der Davidummi kriegt keinen Satz raus, wenn er ein schönes Mädchen wie dich sieht.« – »Der Davidummi hat beinah den Hauptschulabschluss nicht geschafft.« Sie machte mit, schließlich war Lukas fast elf Jahre älter als sie und auch über vier Jahre älter als

David und wusste, was richtig war. Und so lachte sie über den Davidummi, nahm ihn nie ernst und versuchte stattdessen, in der Schule besonders gut zu sein. Bis zu dem Tag, als David ihr sagte, dass er sie gernhatte. Mit seinem Herzen. So hatte er es formuliert. Sie hatten am Waldrand gesessen, schnitzten mit Taschenmessern Äste spitz zu, da sie später über dem Feuer grillen wollten. Sie war nur mitgegangen, weil sie besser mit dem Messer umgehen und es dem Davidummi zeigen konnte. Doch zu ihrer Überraschung ließ er die Späne viel weiter spritzen als sie, schnitzte tolle Astspitzen, und dann, als er gerade mit ganzer Kraft ein kleines Astloch wegschnitt, sagte er, ohne sie anzusehen: »Ich hab dich mit dem Herzen gern.«

Das war im Sommer 1989 gewesen. Seither hatte sie nie wieder über ihn gelacht.

Sarah hatte das Gefühl, im Buch ihres Lebens um einige Kapitel zurückzublättern. Papas Beerdigung. Sie sitzt zwischen Mama und Lukas, Mama heult, und Lukas ist wie versteinert. Die Wochen danach. Mama redet kaum. Lukas kommt nicht mehr nach Hause. David liegt in Freiburg im Krankenhaus. Sarah hat niemanden, der mit ihr trauert. Der ihr zuhört, sie in die Arme schließt und ihre Tränen trocknet. Sie hat David kein einziges Mal in der Klinik besucht. Sie könnte mit dem Bus fahren. Sie würde das bestimmt schaffen. Oder sie könnte Davids Mutter fragen, ob sie sie mitnimmt. Aber sie hat Angst. Niemand darf von ihnen wissen. Nicht einmal ahnen, was sie verbindet.

Dann ist David wieder zu Hause. Sein Vater verhält sich wie immer, doch seine Mutter, die Birgit, gezeichnet von zwei Schlaganfällen, hat jetzt kaum mehr Kraft, sitzt zu Hause, starrt vor sich hin und jammert über das Schicksal ihrer Familie. Sarah meidet Birgit. Mit David trifft sie sich nachts. Als er das erste Mal über den Balkon klettert, hat sie Angst, dass er fällt. Dass er sich nicht halten kann mit einem Arm. Aber er schafft es. Sie steht genau da, wo sie jetzt steht, doch draußen liegt Schnee, und es ist so kalt, dass die Fenster mit Eisblumen bedeckt sind und sie ihren Atem sieht. Als sie die Balkontür öffnet, erkennt sie seinen schwarzen Haarschopf, der über dem Geländer auftaucht. Sieht, wie David darüberklettert. Dann steht er vor ihr. Sie sehen sich an, als wäre es ihre erste Begegnung. In dem Moment weiß sie, dass auch sie ihn gernhat. Mit dem Herzen. Trotzdem wagt sie nicht, ihn zu berühren. Auch er unternimmt nichts. Er trägt einen gefütterten Anorak, der rechte Ärmel hängt leer herab.

Irgendwann zieht er den Anorak aus. Sein Pullover ist am Ärmel abgenäht. Er zieht sie an sich. Es fühlt sich komisch an, dass sie nur einen Arm spürt. Aber es ist dennoch vertraut.

In den Nächten danach kommt er wieder. Tags sind sie einfach nur Freunde. Nachts klettert er über die große Tanne und zieht sich am Geländer zu ihr hinauf. Mit jedem Mal geht es schneller. Später klettert sie auch nach unten, und sie gehen mit Taschenlampen und einer Decke in den Wald, breiten die Decke zwischen den Tannen auf dem weichen Boden aus, schauen in den dunklen Sternenhimmel und vertrauen sich ihre Gedanken, Wünsche und Geheimnisse an.

Sie erzählt ihm von Papa und wie sehr er ihr fehlt, und er von seiner Mama, die einen dritten Schlaganfall hatte und seit einigen Tagen wieder im Krankenhaus ist. Sie liegen nebeneinander. Manchmal schlafen sie miteinander, oft sitzen sie einfach nur beisammen. Draußen am See oder im Wald. Sie reden über Träume und Verlorenes, spüren die Wärme des anderen, küssen sich. Sarah möchte Künstlerin werden, eine große Werkstatt aufmachen, Leute ausbilden. Sie will weg aus der Enge des Dorfes, wo man sich verstecken muss, weil jeder denkt, David sei zu alt für sie und mit nur einem Arm nichts wert.

Sarah will frei sein. David möchte nur mit Sarah zusammen sein. Ihm ist es egal, was er macht und wo.
Jetzt spürte Sarah die Übelkeit. Die Enge in ihrer Brust, die sie in diesem Haus so oft verspürt hatte. Diese kindliche Angst, in der sie dann zu Papa gegangen war, damit er sie beschützte. David hatte in gewisser Weise seine Rolle übernommen. Hatte sie gerettet, sie getröstet, stark gemacht.
Und dann hatte sie ihn so mies behandelt.
Sie drehte sich um. Konnte den Anblick von Davids Haus nicht mehr ertragen. Gegen Ende ihrer Beziehung hatte sie ihn belogen und schließlich verlassen. Ohne Erklärung. Sie hatte ihn weggeworfen, den Mann, der sie mit dem Herzen gerngehabt hatte.
Leichter Schwindel erfasste sie. Sie musste raus aus dem Haus ihrer Mutter. Weg von dieser Überpräsenz einer Toten, weg von diesem unsäglichen, bösen Ort.
Im Dunkeln ging sie die Treppe hinunter. Sie war ohnehin schon viel zu lang weg. Falls Jonas oder Emma aufwachten und sie nicht da war, würde der Streit mit ihrem Mann eskalieren. Und er würde sie für komplett verrückt erklären. Noch mehr, als sie es ohnehin schon war.
Sie eilte durch den Flur zur Haustür und öffnete sie.
Er stand direkt vor ihr. »Hallo, Sarah!«

13

Dienstag, 19. Juli 2016

Das Leder ihrer Motorradhandschuhe spannte, als sie den Gasgriff bis zum Anschlag zu sich herdrehte und auf knapp hundertsechzig Kilometer pro Stunde beschleunigte. Vorbei an wenigen Pkws fuhr Jenny etwas langsamer das felsenumschlossene Höllental hinauf, bremste scharf vor jeder engen Kurve, gab danach wieder Vollgas. Die Sonne war noch nicht aufgegangen, und Lkws waren auch noch keine unterwegs. Ihre Freundin Vera hätte ihr vorgeworfen, zu rasen wie ein bekloppter Kerl, der seinen Frauenfrust nicht auf die Reihe kriegt. Egal. Vera war Vergangenheit. Und David?

Jenny kämpfte gegen die Tränen der Wut, Enttäuschung und Übermüdung an. »Es war nur ein dummes Spiel.« Die Worte hämmerten in ihrem Kopf wie ein Presslufthammer, als sie ihr Gewicht verlagerte und sich viel zu flach in die nächste Kurve legte.

Jennifer war aufgewacht, weil sie fror. Das hatte sie gedacht, als sie – nackt, so wie sie immer schlief – die Augen aufschlug und zitterte. Es war stockdunkel, nur die Ziffern des Radioweckers leuchteten grün. 03:47 Uhr. Als sie sich im Bett umgedreht hatte und David nicht neben ihr lag, hatte sie gewusst, dass es ihr Instinkt gewesen war, der sie aufgeweckt hatte. Das Frieren war nur der Vorbote dessen gewesen, was ihr in den nächsten Minuten den Boden unter den Füßen wegziehen sollte. »David?«, flüsterte sie. Stille. Im Dunkeln zog sie sich einen Pullover über und schlüpfte in eine von Davids Jogginghosen, die sie auf dem Stuhl neben dem Bett ertastete, und schlich zur Schlafzimmertür. Nichts war zu hören. Erst als sie

die Tür geöffnet hatte, hatte sie die Stimmen vernommen, leise und vertraut.
Am Ende des Höllentals, auf der Höhe, klappte sie das Visier auf. Der Wind schnitt ihr ins Gesicht und trocknete ihre Tränen. Sie gab Gas. Es fühlte sich ein bisschen wie Irrsinn an, wie Fallschirmspringen ohne Fallschirm. Dann fuhr sie Schlangenlinien.
Ein entgegenkommendes Fahrzeug blinkte sie mit der Lichthupe an, ein weiteres hupte. Erst da kam sie zu sich. Wollte sie sich wirklich wegen eines Lügners umbringen?
Jenny drosselte die Geschwindigkeit. Bei Hinterzarten fuhr sie von der Bundesstraße ab, nahm schmale Straßen und dann Feldwege. Den Gefallen, sich zu Tode zu rasen, würde sie David nicht tun. Der Tod ihrer Mutter und Edith Felbers Ermordung waren genug für dieses Jahr. Sie musste den beiden nicht so schnell folgen. David schuldete ihr noch etwas. Und wenn es nur die Wahrheit war.
Auf einem Hügel parkte sie neben einem Picknicktisch und zwei Bänken. Nahm den Helm ab und schüttelte ihr Haar aus. Am Horizont brach ein erstes orangegoldenes Gleißen über die sanften Rücken der Schwarzwaldberge, die sich kilometerweit vor ihr ausbreiteten. Es war ein Licht wie aus einer anderen Welt, untermalt vom Zwitschern und Rufen Hunderter verschiedener Vogelstimmen und dem dumpfen Brummen weniger Autos, die vermutlich auf dem Weg in die Stadt waren.
»Arbeit! Mieser Verräter!«, sagte sie laut und warf Helm und Handschuhe auf den Picknicktisch. Um ihn herum lagen Plastiktüten, ein paar Einwegflaschen mit abgelösten Etiketten und Servietten verstreut.
Weggeworfener Müll. Genau so fühlte auch Jenny sich.
Sie hatte für David ihr Zuhause verlassen, war von der Ostsee in den Schwarzwald gezogen. Seine Liebe hatte sie gestützt

und wieder lebendig gemacht, und sie hatte sogar eine ehrliche Erleichterung verspürt, als sie Ende Februar einen letzten Strauß Rosen in das Urnengrab ihrer Mutter geworfen und der Totengräber die Erde darübergeschaufelt hatte. Frei und optimistisch war sie hierhergekommen. An ihre Mutter hatte sie kaum noch gedacht. Denn eine Mutter war sie nie wirklich gewesen. Für Jenny war das Leben erst mit David ein echtes Leben geworden, bedeutete das Ende schwerer Verpflichtungen, war Hoffnung und Glück und bedingungsloses Vertrauen. Für David war es *ein dummes Spiel.*

Jenny sah zu dem schmalen Lichtstreifen, der von einem blassen in einen satten Gelbton wechselte, immer breiter wurde und schließlich sein Gold über die Wälder und Wiesen ergoss. Der Schmerz schnürte ihr beinahe den Atem ab.

Als sie Davids Stimme und die einer Frau vernommen hatte, war Jenny auf Zehenspitzen zur Treppe geschlichen. Auf halbem Weg nach unten sah sie Licht durch die Ritze der geschlossenen Wohnzimmertür in den Flur fallen. Kaum wagte sie zu atmen. Dachte im ersten Moment, David betrüge sie. Aber so blöd wäre niemand, im Haus, in dem auch die Freundin wohnt, fremdzugehen. Oder doch?

Sie setzte sich auf eine der unteren Stufen, zog die Knie bis an die Brust und umschlang sie mit den Armen. Lauschte und starrte dabei auf den Lichtstreifen, schluckte, als krieche mit ihm ein böses Gift auf sie zu.

»Du hast mich ganz schön erschreckt vorhin«, sagte die Frau. »Stehst da plötzlich vor der Tür.«

»Ich schlafe nicht besonders gut in letzter Zeit. Manchmal laufe ich im Haus herum wie ein gefangener Tiger im Käfig. Oder ich steh am Fenster und denke nach. Ich hab dich drüben ins Haus gehen sehen.«

»Hast du Angst?«

»Vor was?«, fragte David.
»Vor der Polizei.«
Jenny hörte keine Antwort. Wahrscheinlich hatte David den Kopf geschüttelt.
»Danke für den Tee.« Die Frau.
»Du bist hier immer willkommen.«
»Obwohl ich mich so mies verhalten habe?«
»Bist du wenigstens glücklich?«
»Ich habe zwei wunderbare Kinder.«
»Das war nicht meine Frage. Ich habe dich manchmal bei deiner Mutter gesehen. Warum bist du nie rübergekommen?«
»Du musst mich doch hassen.«
»Vielleicht. Aber es gibt andere Menschen, die ich viel mehr hasse. Oder besser gesagt: gehasst habe.«
Kurz blieb es still. Jenny hielt die Luft an. Hatte David womöglich etwas mit dem Tod Edith Felbers zu tun? Offenbar dachte die Frau dasselbe, denn sie fragte: »Hast du sie eingeschlossen? Weil sie dir die Schuld an Papas Tod gegeben hat? Weil du ihn angeblich abgelenkt hast?«
»Wir wissen es doch beide besser.« Stille. »Außerdem hat dieser Kommissar mein Alibi überprüft. Es überrascht mich, dass du wirklich glaubst, ich könne deine Mutter umgebracht haben.«
Deine Mutter umgebracht. Da unten saß also die Tochter der Felber!
»Warum? Weil ich dir so etwas zutraue?«, fragte die junge Felber.
»Niemand traut mir so etwas zu. Nicht einmal du, Sarah. Dem schüchternen, einarmigen Krüppel.«
»Ich hab dich auch so gemocht.«
Jenny schluckte. David hatte ihr erzählt, er hätte noch nie eine Freundin gehabt. Und was machte Sarah Felber, oder wie auch

immer sie mit Nachnamen mittlerweile hieß, überhaupt hier? Mitten in der Nacht? Die Vorahnung klumpte sich in ihrem Magen zusammen, kalt und fremd.

»Jennifer liebt mich *auch* so, wie ich bin. Und im Gegensatz zu dir glaubt sie an mich.«

»Das ist wohl dieses Mädchen, das bei dir wohnt und herumläuft, als arbeite sie auf dem Strich?«

»Jennifer ist ganz okay.«

»Klingt ja ganz nach der großen Liebe. Wo hast du sie aufgegabelt?«

Der Kloß wuchs. *Ganz okay?*

David lachte leise. »Du kannst es jetzt glauben oder nicht, aber das verdanke ich deiner Mutter.«

»Was?«

»Sie hat meiner Mutter ganz begeistert von ihrem Kurzurlaub an der Ostsee erzählt.«

»Bad Doberan.«

»Genau. Dein Vater hatte den Urlaub deiner Mutter geschenkt. Weil sie so erschöpft war. Du warst noch klein.«

»Ich erinnere mich, dass Lukas und ich ein paar Tage allein mit Papa waren. Er konnte nicht gut kochen. Spaghetti und eine Soße so klebrig wie Brei.« Sie lachte auf, doch es klang wehmütig.

»Deine Mutter kam völlig begeistert zurück. Sie hat meiner Mutter am Gartenzaun vorgeschwärmt, wie idyllisch dieses Romantikhotel war. Ich habe durch ein offenes Fenster alles mit angehört. Damals war deine Mutter gerade seit einigen Tagen wieder zurück und hat fast beschwingt ihre Beete geharkt und irgendwas eingesät. Sie hatte vorgehabt, später wieder einmal dort Urlaub zu machen.«

»Das stimmt. Aber sie hat nie wieder von dem Urlaub und dem Hotel gesprochen. Jedenfalls nicht mir gegenüber.«

»Mir gegenüber erst recht nicht. Aber ich hatte es mir gemerkt und es im Internet gefunden. Letztes Jahr. Da bin ich hingefahren.« Kurze Pause. »Ich musste mal raus.«

Der Kloß schob sich Jennys Kehle hinauf. Drückte auf die Luftröhre.

»Und Jennifer hat auch dort Urlaub gemacht?«

»Sie stammt von der Ostsee. Sie hat bei Bad Doberan gewohnt.«

Jenny rang nach Luft. Stand auf. Presste sich an die Wand. Sie konnte das nicht hören, wollte es nicht.

»Wie hast du sie rumgekriegt?«

»Gar nicht. Sie hielt mich für einen reichen Geschäftsmann. Ich habe ihr nicht widersprochen.«

»Oh, verstehe. Sie will an dein Geld!«

»So wie du an Thomas' Geld wolltest? Dir ein besseres Leben an seiner Seite statt an meiner erhofft hast? Was ist nur aus all deinen großen Plänen geworden? Deiner Kunst?«

»Du hast kein Recht …«

»Jennifer geht es nicht um Geld. Nicht nur, glaube ich.«

»Und hast du sie inzwischen darüber aufgeklärt, wie es um deine Finanzen wirklich bestellt ist? Oder hast du in all den Jahren tatsächlich das große Geld gemacht?«

»Es war nur ein dummes Spiel. Entstanden aus einem kleinen Flirt. Ich hab sie in dem Glauben gelassen, weil es endlich mal jemanden gab, der sich für mich interessiert. Trotz dieses verfluchten Armstumpfs.«

»Für deinen Reichtum interessiert, meinst du.«

»Nein, für mich.«

Die Tochter der Felber lachte leise auf. »Du bist noch immer so gutgläubig wie früher.«

»Du hast meinen Glauben an das Gute nicht zerstören können.«

»Mag sein, dass du an das Gute glaubst. Aber lieben tust du diese Jennifer nicht.«
»Weißt du überhaupt, was wirkliche Liebe ist, Sarah? Du bist doch viel zu kaputt, um …«
»Hör auf damit!«
»Entschuldige«, flüsterte David kaum hörbar. »Es hat uns doch alle kaputtgemacht, das Leben hier. Die Enge. Das Schicksal.«
»Schicksal!«
»Ich weiß nicht, ob Jenny es hier aushalten wird.«
»Willst du denn, dass sie es aushält?«
»Ich liebe den Sex mit ihr. Ich hab eine Schwäche für ihre billigen Dessous und Klamotten. Ja. Aber ansonsten …« Dann plötzlich wechselte er das Thema: »Wie geht es dir wirklich, Sarah? Wie hältst *du* das alles aus? Du sprichst mit mir, als wäre das hier ein Treffen unter alten Freunden, mit denen man ein paar Neuigkeiten austauscht. Du hast immerhin deine Mutter verloren. Und wie ich hörte, auch den Plan, wieder hier zu arbeiten, begraben müssen.«
»Ich bin selbst ein Stückchen gestorben.« Sarah sprach leise, Jenny verstand sie kaum noch. »Mein ganzes Leben ist eine Sackgasse. Ich … ich habe viel zu viel falsch gemacht. Nie auf meine wirklichen Bedürfnisse gehört.«
»Nun ja, offenbar war es dir ja ein echtes Bedürfnis, mich sitzenzulassen.«
»Bitte, David!« Ihre Stimme klang brüchig, als bräche sie gleich in Tränen aus.
»Was willst du jetzt tun?«
»Ich weiß es nicht. Ich sehe keine Perspektive mehr.«
Dann war es still.
Jenny stellte sich vor, wie David dort hinter der Tür Sarah tröstete, sie wahrscheinlich in den Arm nahm und … Nein, nicht daran denken! Sie schluckte gegen den Brechreiz an, während

sie die Treppe hinauf und ins Badezimmer eilte. Am Waschbecken trank sie kaltes Wasser, trank und trank, bis sie sich beruhigte. Dann kroch sie zurück ins Bett.

Fast gleichzeitig schlug unten leise die Haustür zu, und David kam ins Schlafzimmer herauf. Sie mussten das Wasserrauschen gehört haben, und Sarah war gegangen.

»Bist du wach, Millionaire-Baby?«

»Ja.« Nur nichts anmerken lassen. »Wo warst du?«

»Kleine Runde vor dem Haus. Ich konnte nicht schlafen und wollte dich nicht wecken.« Seine Hand kroch unter die Decke. Als er fertig gewesen war und schlief, hatte sie die Yamaha gestartet und war losgefahren. Mitten hinein in den Schmerz und den Verlust. Dass sie im Bett zum ersten Mal völlig passiv geblieben war, schien er überhaupt nicht bemerkt zu haben.

Jetzt wärmte Jenny ihr Gesicht in der Sonne. Sie sollte ihre wenigen Sachen packen und an die Ostsee zurückkehren. Endlich das angehen, was sie bisher nicht getan hatte: ihr Leben, eine eigene Zukunft. Oder sich einen Job in München, Köln oder Hamburg suchen.

Jenny schloss die Augen. Spürte der Erinnerung an Davids Wärme nach, hörte seine Stimme, dachte an ihren ersten Sex im Strandkorb und wie sie ihm damals sofort vertraut hatte. Vielleicht hatte er ja dieser Sarah gegenüber gelogen? Und nicht ihr, Jenny, gegenüber? Schließlich war *sie* seine Freundin! Ihre Wangen brannten unter den Tränen und den Sonnenstrahlen. Sie würde David verlassen. Auch wenn ihr außer ihm niemand geblieben war. Sie öffnete die Augen. Sanfte Hügel, so weit das Auge reichte. Wiesen, Tannenwald, in Gold getaucht. Es würde einer der schönsten Tage in diesem bisherigen Sommer werden. Und einer der schwärzesten in ihrem Leben bleiben.

14

Also von vorn. Woher hatte Edith Felber so viel Geld?« Hauptkommissar Ehrlinspiel blickte zu Freitag. Sie standen in ihrem Büro vor einem Whiteboard, auf dem sie oft Stichworte zu dem aktuellen Fall notierten – was sie bereits wussten oder was noch zu recherchieren war.

»Josianne hat die Seriennummern der Scheine überprüfen lassen. Alles Eintausend-D-Mark-Scheine. Alle zwischen Januar und März 1992 gedruckt. Also hat sie das Geld frühestens damals im März und spätestens zur Einführung des Euro, also Ende 2002, erhalten. Ich tippe auf 1992, denn die Scheine sind neu.«

»Und es war definitiv kein Hochzeitsgeschenk ihres Mannes. Denn Georg Felber hat Edith schon Ende der Sechziger geheiratet. Auch kein Erbe des Ehemannes, weil der ja schon vor 1992 verunglückt ist. In der Holzstatue war wohl ursprünglich nur sein Hochzeitsbrief, also dieser Liebesbrief zur Vermählung, und vielleicht noch irgendein Geschenk, für das Georg Felber die Statue ausgehöhlt hatte.«

Freitag rieb sich über die Nase. Sein Profil erinnerte Ehrlinspiel an einen Greifvogel, der seine Beute beobachtet, umkreist und dann unvermittelt zustößt. Allerdings war im Fall der toten Felber weit und breit noch keine Beute in Sicht. »Und diese ungerade Summe ist auch seltsam. Ich vermute, dass es ursprünglich ein höherer Betrag war, eine Viertelmillion vielleicht, und dass Frau Felber einen Teil davon ausgegeben hat. Und dass das Geld auf krummen Wegen zu ihr kam.«

»Weil sie es versteckt hat? Das muss nicht heißen, dass es un rechtmäßiger Besitz ist. Vielleicht vertraute sie den Banken nicht? Da wäre sie nicht die Erste und Einzige.«

»Wäre es sauberes Geld, dann hätte sie es doch bei der Währungsumstellung in Euro tauschen können. Hat sie aber nicht.«

»Man kann D-Mark bis heute umtauschen. Wenn sie immer nur einzelne Scheine genommen hat? Damit es nicht auffällt? Sie hätte noch einige Jahre davon leben können. Und mal ehrlich: Woher soll eine Frau, die so einen Dorfladen betreibt und sich für ihren Lebensunterhalt stundenlang in die Küche stellt und Marmeladen für den Markt einkocht, so viel Geld haben?« Ehrlinspiel blickte auf die Stichwörter an dem Board.

»Und warum macht sie sich mit so viel Kohle überhaupt die Mühe mit dem Dorfladen und dem Markt? Sie musste keine Miete zahlen, die Kinder stehen längst auf eigenen Beinen, sie hatte keine finanziellen Verpflichtungen. Es hätte eine lange Zeit gereicht.«

»Es war vielleicht nicht ihr Geld. Möglicherweise hat sie es nur verwaltet?«

»Für wen?« *Allein gelebt,* stand in dunkelblauer Schrift auf dem Board. Darunter:

Verkauf von Kräutermischungen, Marmeladen und
Schafmilchprodukten auf Wochenmarkt/im Dorfladen,
† 1989 Ehemann Georg (Autounfall, selbstverschuldet);
David Schindler (17) Beifahrer, Arm verloren;
Lukas (knapp 22) findet beide; danach kaum noch zu
Hause (Ausbildung)
1992 oder später: E. Felber hat 223 000 D-Mark oder
mehr erhalten
9. Juli 2016: Tod E. Felbers durch Fremdeinwirkung

»Für ihre Kinder? Wollte sie es ihnen vielleicht vererben?«
»Lukas würde Luftsprünge machen vor Freude über ein illegales Erbe.« Ehrlinspiel zog ironisch einen Mundwinkel nach oben. »Und wenn jemand anders das Geld in der Statue versteckt hat?«
»Sie hat ihr Leben gegeben, um es zu retten.«
»Da wäre ich mir nicht so sicher. Vielleicht wollte sie tatsächlich nur die Statue retten? Das Symbol ihrer großen Liebe und ihres Verlustes?«
»Und dieses wertvolle Symbol hat sie als Gelddepot missbraucht? Glaube ich nicht.« Freitag ging einige Schritte auf und ab. Sah dabei zu Boden. »Lukas kann uns auch nicht helfen. Er war wirklich perplex. Und ich wette, er zermartert sich den Kopf wegen der Kohle.«
»Wenn es rechtmäßiges Geld ist, hat er Glück. Es gibt kein Testament. Zumindest war keines im Haus. Also bekommen er und Sarah Kramer es.«
»Das wird Lukas kaum interessieren.«
»Ich weiß nicht. Rechne es um, dann kommst du auf rund hundertdreizehntausend Euro. Durch zwei geteilt sind das für jedes Kind etwa sechsundfünfzigtausend Euro. Damit kannst du schon was anfangen.«
Es klopfte an der Tür. »Ja?«, rief Ehrlinspiel und fasste zusammen: »Geld oder Liebe. Was wollte die Tote nicht verlieren?«
Karolina Baumann stand in der Tür. »Geld ist meistens stärker als Liebe«, sagte sie. »Der neue Fall? Edith Felber?«
Ehrlinspiel musterte Baumann kurz. Ihr offenes Lachen gefiel ihm, ihr pechschwarzes Haar um das hellbraune Gesicht und auch, dass sie einen bunten Rock und eine Bluse trug. »Genau.«
Sie schloss die Tür. »Geht es denn voran?«
»Sie haben mit Lukas gesprochen. Auf Reimers Anordnung hin. Sind Sie deshalb hier?«

»Sie wissen doch, dass ich über die Gespräche mit Kollegen Stillschweigen wahren muss.« Sie lächelte breit, und ihre Zähne blitzten. Schneeweiß, gerade, makellos. »Da Herr Reimer mich in den Fall eingebunden hat, möchte ich auch helfen.«

»Und wie kann Ihre Hilfe konkret aussehen?« Paul Freitag schien wie Ehrlinspiel keine genaue Vorstellung davon zu haben, wie die Konfliktberaterin bei der Aufklärung helfen sollte. Natürlich war die Kriminaloberkommissarin eine erfahrene Ermittlerin. Aber ermitteln war jetzt nicht mehr ihre Aufgabe.

»Manche Täter verraten sich durch kleine Dinge. Durch ihr Vorgehen, bestimmte Muster. Oder durch das, was sie eben *nicht* tun. Zum Beispiel, direkte Gewalt anwenden wie hier bei Edith Felber.«

»Sie wollen jetzt aber nicht auf Profiler machen?«, fragte Ehrlinspiel. »Dafür haben wir die Operative Fallanalyse beim LKA.«

»Besser Profiler als Putzfrau.«

Er musste lachen. Doch rasch wurde er wieder ernst. »Frau Baumann, wir haben Regeln. Aber ich bin kreativem Denken durchaus nicht abgeneigt. Wenn Sie also Ideen haben, her damit.«

»Das Geld« – sie wies auf die Ziffern *223 000* am Whiteboard – »ist schon untersucht worden?«

»Gedruckt 1992, zwei Sätze Fingerabdrücke. Einer gehört Edith Felber. AFIS hat für den zweiten Satz keine Übereinstimmung mit gespeicherten Daten im Referenzbestand des BKA gefunden.«

AFIS war das automatisierte Fingerabdruck-Identifizierungssystem. »Wir wissen nichts«, sagte er und fasste Freitags und seine Überlegungen für Karolina Baumann zusammen.

»Okay. Die Frau besitzt einen Haufen Geld. Sie lässt alles

oder zumindest den Großteil, sagen wir, gut vierzehn Jahre lang unangetastet.«
Die beiden Männer nickten.
»Vielleicht hatte sie ein schlechtes Gewissen, weil es ihr nicht gehörte. Hatte sie es gestohlen und das später bereut? Erpresst? Wurde sie deswegen getötet?«
»Warum hat der Erpresser das Geld dann nicht an sich genommen, als sie tot war?«
»Das kann viele Gründe haben.« Baumann zupfte am Kragen ihrer Bluse. »Der Täter wusste nicht, dass das Geld in der Statue war. Der Täter wurde überrascht – auch wenn das unwahrscheinlich ist, da kaum jemand im Dorf war – und hatte keine Zeit mehr, die Statue an sich zu nehmen. Er kam in dem Unwetter nicht an die Leiche heran. Ihm war das Geld egal, er wollte schlichtweg nur Edith Felbers Tod. Der Täter hatte überhaupt nichts mit dem Geld zu tun.«
Ehrlinspiel seufzte. »Wir drehen uns im Kreis. Wir müssen noch einmal mit Sarah Kramer reden.« Kurz überlegte er. Reimer würde ihn in der Luft zerfetzen. Egal. Vielleicht war er dann schneller kein Polizist mehr, als er plante. Denn eine Konfliktberaterin hatte nichts bei einer Befragung zu suchen. »Begleiten Sie mich zur Tochter des Opfers, Frau Baumann? Freitag, du setzt dich währenddessen noch einmal mit Lukas zusammen. Geht alles durch. Jeden Tag damals, jede Verhaltensänderung des Opfers, jede Laune. Alles, was Lukas einfällt.«

15

Sarah lief in der Maisonettewohnung auf und ab, seit Thomas um kurz vor acht Uhr in die Kanzlei gegangen war. Von dem hohen Bücherregal zu der cremefarbenen Sitzgruppe, um die Wendeltreppe ins Obergeschoss herum und vorbei an der Tür zum Kinderzimmer, hinter der Emmas Weinen und Jonas' wütendes Schimpfen sie von Minute zu Minute aggressiver machten.

Thomas hatte ihren nächtlichen Ausflug nicht bemerkt. »Du siehst müde aus. Bist du wieder wach gelegen?«, hatte er gefragt und sie flüchtig auf die Wange geküsst. Sie hatte bejaht. Nach dem Frühstück hatte sie die Kinder zurück in ihr Zimmer geschickt, um in Ruhe nachdenken zu können. Doch Emma wollte hinaus auf den Spielplatz, Jonas mit Freunden zum Fußballspielen. Ihr Gequengel hatte sie so wütend gemacht, dass sie sie im Zimmer eingeschlossen hatte.

Sie hielt sich die Ohren zu. Lief weiter hin und her, doch sie konnte keinen klaren Gedanken fassen. Natürlich war es falsch, die Kinder einzusperren. Aber sie hatte jetzt nicht die Nerven, um sich am Rand des Sandkastens mit anderen Müttern über neue Strickmuster und Kochrezepte zu unterhalten oder die mitleidigen Blicke von Jonas' Freunden und deren Eltern zu ertragen. Alle wussten es: Sarahs Mutter, die Oma ihrer Kinder, war ermordet worden. Und alle spekulierten. Oder sahen Sarah schief an. Wie gut sie das kannte … Dem wollte sie sich nicht aussetzen.

Im Haus der Mutter hatte sie nichts gefunden, was ihren Verdacht bestätigt hätte. Nichts, was belegte, dass das Geld aus der Quelle stammte, die Sarah vermutete. Stattdessen hatte sie ein Stückchen zu David zurückgefunden, womit sie nicht gerechnet hatte. Doch offenbar hatte er ihr verziehen. Es tat gut, wenigstens ihn auf ihrer Seite zu wissen.

Als sie vor drei Jahren mit ihrer Mutter die Aussprache gesucht und Edith sie brüsk zurückgewiesen hatte, war Sarah zusammengebrochen. Dass die Depression erst damals gekommen war und nicht viele Jahre früher, das hatte sie gewundert. Sie hatte es sich damit erklärt, dass sie sich bis zu dem Tag, an dem sie es ihrer Mutter auf den Kopf zugesagt hatte, die Hoffnung bewahrt hatte. Sarah hatte wirklich geglaubt, alles würde gut, Edith würde endlich reden und sie, Sarah, erlösen.

Dumpf hörte sie Jonas rufen. »Mach auf, Mama, du bist blöd, ich will raus!« Pause. »Mach auf.« Seine Fäuste hämmerten gegen die Tür, sie spürte es mehr, als dass sie es hörte. »Mamaaa!«

Bevor Thomas heute gegangen war, hatte sie ihm versprochen, Doktor Eickhoff anzurufen und einen Termin zu vereinbaren. »Für uns. Für dich, die Kinder und mich«, hatte er gesagt, und Sarah hatte genickt. »Okay.«

Jetzt blieb sie vor dem Telefon stehen. Die Nummer ihres Therapeuten war gespeichert. Sarah löste die Hände von den Ohren. Starrte auf das Mobilteil. Als die Wohnungsklingel schrillte, fuhr sie zusammen. Gleichzeitig schrie Jonas jetzt deutlich: »Ich hasse dich, Mama!« Im Hintergrund wimmerte Emma.

»Sei still!« Sarah ging zur Gegensprechanlage. »Ja?«

Es war Kommissar Ehrlinspiel. Sie drückte den Türöffner für die Haustür, schloss rasch die Tür zum Kinderzimmer auf und wartete, bis die Schritte vor der Wohnung erklangen. »Seid ja brav«, zischte sie Jonas zu, der mit zornesrotem Gesicht und in Socken aus dem Zimmer kam. Dann öffnete sie die Wohnungstür.

* * *

Kein guter Moment für Besuch, dachte Ehrlinspiel, als Sarah Kramer in einem viel zu großen T-Shirt und Jogginghosen vor ihm stand. Neben ihr der Sohn, sein Gesicht war rot, und die Augen waren verweint. In der Wohnung war ein leises Schluchzen zu hören. »Dürfen wir hereinkommen?«

»Tut mir leid, es ist nicht sehr ordentlich, und Jonas und ich hatten gerade einen kleinen Disput. Aber bitte.« Sie trat beiseite.

»Hallo, Frau Kramer!« Die Konfliktberaterin gab Sarah die Hand, die Frauen musterten sich kurz. »Karolina Baumann.«

»Geradeaus ins Wohnzimmer.«

Der Wohnbereich war offen gestaltet, ähnlich wie in seiner eigenen Wohnung. Diele, Wohnzimmer und Küche bildeten einen großen Raum, neben der Treppe, die in ein weiteres Geschoss führte, war eine Tür. Sie war angelehnt.

Ehrlinspiel trat an die Balkontür. Von hier sah man über die Dächer des Stadtteiles Herdern, über die eleganten neuen Häuser und akkurat angelegten Gärten. Dazwischen Jugendstil. »Schöne Aussicht.« Er setzte sich auf das Sofa, Baumann und Sarah Kramer nahmen in je einem Sessel Platz. Sarah Kramer wirkte verloren in dem großen Sitzmöbel. Zwischen ihnen stand ein Teakholztisch, darauf lagen eine Fernsehzeitung und die Fernbedienung eines riesigen Flachbildfernsehers, der an der gegenüberliegenden Wand hing. »Worum ging es denn in Ihrem Disput?«, fragte der Kommissar, um die Situation zu entspannen.

»Die Kinder wollten weg, ich möchte, dass sie hier spielen.«

»Haben Sie Angst um die beiden?«, fragte Baumann.

Sarah warf Baumann einen kurzen Blick zu. »Auch das.«

»Mama hat uns eingesperrt!«, sagte Jonas, und sofort sprang Sarah Kramer auf. »Halt den Mund!«

»Warum haben Sie das gemacht?« Baumanns Stimme war ruhig.

»Warum lassen Sie die Kinder nicht allein hinaus? Sie sind alt genug.«
»Weil ich dann keine Ruhe habe. Sehen Sie mich doch an. Ich schlafe nicht, ich grüble, ich weine, ich … ich brauche einfach einmal ein bisschen Zeit für mich. Ist das etwa zu viel verlangt?«
»Das kann ich gut nachvollziehen. Sie haben einiges durchgemacht, und auch die nächsten Monate werden Sie fordern. Aber gibt es keine Nachbarn oder Freunde, die Ihnen die Kinder einige Stunden abnehmen würden?« Baumanns Zähne blitzten wieder, als sie lächelte.
»Es sind Schulferien. Die meisten sind verreist. Die Jakobs von gegenüber passen manchmal auf die Kinder auf. Aber sie sind gestern für ein paar Tage in die Schweiz gefahren. Und wir … wir wollten eigentlich einige Wochen oben bei meiner Mutter verbringen. Ich mit dem Umbau der Werkstatt und die Kinder mit der Oma.«
»Hat der Mann die Oma totgemacht?«
Ehrlinspiel sah in die Richtung, aus der die leise Stimme kam. Ein blondes Mädchen stand barfuß in der Diele und zeigte auf ihn.
»Aber nein, Schatz!« Sarah Kramer lief zu dem Mädchen. »Das ist Herr Ehrlinspiel von der Polizei. Er versucht, herauszufinden, wer die Oma getötet hat.«
»Ich will zum Spielplatz. Es gibt eine neue Rutschbahn mit zwei großen Wellen drin.«
»Später, ja? Ich rede noch ein bisschen mit der Polizei, und hinterher gehen wir in die Stadt, Jonas, du und ich. Dann essen wir zuerst ein ganz großes Eis, und danach gehen wir zu der Rutschbahn.«
»Ich will zum Fußball mit Alex und Sven«, verkündete Jonas. »Papa geht bestimmt mit, wenn er nach Hause kommt. Der ist nicht so doof wie du!«

Ehrlinspiel warf Karolina Baumann einen Blick zu. Sie hob eine Augenbraue, fast unmerklich. Sarah Kramer war mit den Kindern und der gesamten Situation offenbar komplett überfordert.

»Bitte, Kinder, geht noch eine Viertelstunde in euer Zimmer. Bitte. Danach hab ich ganz viel Zeit für euch.«

»Versprochen?« Jonas' Blick sah mit einem Mal nicht mehr zornig, sondern weich und kindlich aus.

»Versprochen!« Sarah schob die Kinder in ihr Zimmer, schloss die Tür und setzte sich wieder zu den Polizisten. »Tut mir leid wegen der Kinder. Haben Sie etwas herausgefunden?« Sie klang hoffnungsvoll. »Ich kann das alles noch immer nicht glauben.«

»Wir wissen noch nicht, wer Ihre Mutter eingesperrt und damit getötet hat«, sagte Ehrlinspiel. »Aber wir wissen, dass sie das Geld in der Statue zwischen März 1992 und Ende 2001 erhalten hat. Sie waren damals ein Teenager. Aber ich frage dennoch noch einmal: Haben Sie irgendeine Idee, woher das Geld stammt?«

»Keine. Ich habe die ganze Nacht nachgedacht, seit Sie mir das mit dem Geld gesagt haben.«

»Gab es eine Erbschaft? Hat Ihre Mutter vielleicht eine Immobilie besessen und verkauft? Hat sie Lotto gespielt?«

»Nein, nichts.« Sarah Kramer schob die Hände zwischen ihre Knie. Sie saß ganz aufrecht da.

»Sie müssen sich nicht vor uns fürchten«, sagte Baumann. »Sie können uns vertrauen.«

Offenbar dachte sie dasselbe wie Ehrlinspiel: Kramer saß da, als seien sie beide Jäger und sie ein Reh, bereit zur Flucht.

Sarah Kramers Blick ging zu Baumann. Die beiden Frauen sahen sich an. »Danke«, sagte Sarah Kramer. »Wissen Sie, ich hatte nach dem Tod meines Vaters eine schwere Zeit, und er fehlt mir bis heute. Dieser Unfall war schrecklich. Und jetzt das.« Sie kramte ein Taschentuch aus der Hosentasche hervor. »Ich sehe überhaupt keine Perspektive mehr.«

»Was würden Sie sich als neue Perspektive wünschen?«

Sarah Kramer lachte auf. Schneuzte sich. »Sie fragen genauso wie Doktor Eickhoff.«

»Wer ist Doktor Eickhoff?«

»Er war mein Therapeut. Mir ging es nicht so gut in den letzten Jahren. Depression.«

»Postnatal?«

Sarah zuckte die Schultern. »Sie war einfach so da. Ohne Grund. Es war scheußlich.« Sie schluchzte. »Und ich habe Angst, dass jetzt alles zurückkommt.«

»Was für ein Verhältnis hatten Sie zu Ihrer Mutter?«

»Was soll das heißen?«

»Ich will herausfinden, wie ich Ihnen helfen kann.« Baumann beugte sich vor und blickte Kramer direkt an.

»Helfen! Sie können mir nicht helfen! Mama war ein wunderbarer Mensch. Sie hat uns allein großgezogen, sich unsere Sorgen angehört, mir nach der Geburt der Kinder geholfen. Und das alles, obwohl sie sehr unter dem Verlust unseres Vaters gelitten hat. Sie hat seinen Tod nie wirklich überwunden.«

»Finanziell schon.« Ehrlinspiel wollte ein wenig böser Cop spielen, vielleicht ließ Kramer dann Baumann gegenüber mehr raus.

»Was soll das?«, fuhr Sarah Kramer wie erwartet auf.

»Sie hatten ein Verhältnis mit David Schindler zu der Zeit.«

Sie stieß Luft aus. »Hat Lukas Ihnen das gesagt?«

»Wollen Sie das Verhältnis leugnen?«

»Verhältnis! Wir waren doch noch Kinder.«

»Schindler nicht.«

»Worauf wollen Sie hinaus? Unzucht mit Minderjährigen? Was hat denn das alles mit meiner Mutter zu tun?«

»Schindler wurde schwer verletzt bei dem Unfall, bei dem Ihr Vater starb. Könnte er sich statt an Ihrem Vater, der ja am Steuer gesessen hat, an Ihrer Mutter gerächt haben?«
»David hat ein Alibi.«
»Wer sagt das?«
Sie sah auf, erschrocken. »Ich … ich nehme das an. Sonst hätten Sie ihn doch sicher schon festgenommen bei diesen Unterstellungen.«
»Er kann jemanden beauftragt haben.«
»Sie sind ja verrückt!«
Ehrlinspiel verzog keine Miene. Sagte nichts.
Schweigen war immer gut, denn die meisten Menschen hatten das Bedürfnis, die Stille zu füllen, und fingen dann an zu reden.
»Und woher sollte David oder der Auftragsmörder überhaupt gewusst haben, dass Mama in der Werkstatt ist? Das ist doch völliger Unsinn!«
»Falls Ihre Mutter spontan in die Werkstatt gegangen ist, kann es auch einfach eine günstige Gelegenheit gewesen sein.«
»Sie meinen eine Art Zufall? Ein Mord, weil es sich gerade mal so ergeben hat?«
»Affekt.« Der Kriminalhauptkommissar sah kurz zu Karolina Baumann. Sie hörte aufmerksam zu. »Hat Ihre Mutter viel Geld ausgegeben seit, sagen wir, 1992?«
Mit großen Augen sah Sarah Kramer ihn an, vermutlich irritiert über seinen Gedankensprung. »Nein. Ja. Ich weiß es nicht. Sie hat viel in das Haus gesteckt. Neue Fenster, neue Heizung, sie hat auch die Fassade dämmen lassen. Und das Dach wurde irgendwann neu gedeckt.«
»Alles mit selbstgemachten Marmeladen und Kräutern finanziert.«
»Sie meinen … Mama hat von dem Geld in der Liebespaar-

Statue …?« Sie biss sich auf die Unterlippe. »Ehrlich, mir ist das nie aufgefallen.«
»Wir haben die Konten und Finanzen Ihrer Mutter komplett überprüft. Sie hat definitiv nicht so viel verdient, dass sie davon all diese Reparaturen und Sanierungsmaßnahmen hätte bezahlen können. Die Rechnung des Heizungsmonteurs, das wissen wir seit heute früh, wurde bar bezahlt. Fast achtzehntausend Euro.«
Sarah Kramer sah ihn einige Sekunden an. »Ich weiß wirklich nicht, woher das Geld kam.«
Karolina Baumann nickte Ehrlinspiel kurz zu. Ich mach das jetzt, sollte das wohl heißen. An Kramer gewandt, sagte sie: »Sie hatten ein gutes Verhältnis zu Ihrer Mutter, sagen Sie.«
Sarah Kramer nickte.
»Wir haben die Anrufe Ihrer Mutter überprüft. Sowohl Handy als auch Festnetz. Sie haben fast täglich miteinander telefoniert. Mal haben Sie Ihre Mutter angerufen, mal Ihre Mutter Sie.«
»Das stimmt.«
»Es stimmt auch, dass Ihre Mutter Sie gegen vierzehn Uhr dreißig am neunten Juli angerufen hat. Also wenige Stunden vor ihrem Tod.«
»Natürlich stimmt das! Ich habe nicht gelogen! Meine Mutter sagte, sie sei bei Lukas!«
»Dann hat *sie* gelogen.«
Tränen liefen Sarah Kramer über die Wangen. »Aber warum?«
»Vielleicht wollte sie Sie schonen? Ihnen die Sorge um sie abnehmen?«
Kramer schnaubte verärgert. »Sie meinen, sie hat mir nichts zugetraut. Weil ich so lang depressiv war. Ist es das?«
»Glauben Sie, dass es so war?«
»Im Gegenteil. Sie war froh, dass ich wieder aktiv war. Dass ich die Werkstatt wieder eröffnen und endlich arbeiten würde.«

Die Tür zum Kinderzimmer ging auf. »Mama, die Viertelstunde ist um.« Jonas stand auf dem cremefarbenen Teppich in der Diele. Er trug weiße Shorts, ein Trikot mit einer 8 darauf und Fußballschuhe.
»Willst du so in die Stadt?« Sarah Kramer lächelte zu ihm hinüber, doch ihre Augen blieben unbeteiligt.
»Ja, und dann holen wir Papa von der Arbeit ab, und dann gehe ich mit ihm zu Alex und dann …«
»Abgemacht, Schatz!« Sarah Kramer stand auf und ging zu ihm.
Jonas strahlte, und Ehrlinspiel dachte an seinen Neffen, der auch ein leidenschaftlicher kleiner Fußballspieler war.
Auch Emma kam aus dem Zimmer. Sie war eine Miniausgabe ihrer Mutter, nur nicht so dünn, doch mit den gleichen blaugrünen Augen, dem langen hellen Haar und der Stupsnase.
»Es tut mir leid.« Sarah Kramer wandte sich an die beiden Polizeibeamten. »Ich habe Ihnen nicht mal etwas zu trinken angeboten.«
»Das ist in Ordnung.« Karolina Baumann erhob sich. »Danke, dass Sie sich die Zeit genommen haben.«
»Sie haben meine Telefonnummer«, ergänzte Ehrlinspiel. »Sie können sich jederzeit melden, falls Sie noch Ideen zu dem Geld oder sonstigen Dingen haben.«

* * *

»Ganz schön aggressiv, die Gute«, sagte Karo zu Moritz Ehrlinspiel und schlug die Beifahrertür des Mercedes zu.
Das also war die Tochter von Edith Felber. Die eine der beiden.
»Jede Kleinigkeit provoziert sie.«
»Sie hat Angst.«

»Vor was?« Ehrlinspiel steckte den Zündschlüssel ins Schloss, drehte ihn aber nicht um.
»Dass wir herausfinden, dass sie ein miserables Verhältnis zu ihrer Mutter hatte.«
»Wie kommen Sie darauf?« Der Kommissar drehte den Kopf zu ihr. Er war ziemlich hart mit Kramer umgesprungen, doch um seine Mundwinkel erkannte Karo etwas Spitzbübisches. Vielleicht würde sie mit dem Mann ja gut zusammenarbeiten können. Was bedeutete: ihn auf die richtige Spur zu bringen – und ihr brisantes Wissen für sich zu behalten. »Sie redet wie aus dem Lehrbuch«, erklärte sie. »Wie ein Automat. ›Mama war ein wunderbarer Mensch. Sie hat uns allein großgezogen, sich unsere Sorgen angehört.‹ Und dazu die Stimme: monoton und ohne jegliche Emotion.«
»Aber sie haben jeden Tag telefoniert. Wir haben es schriftlich.«
Karo lachte auf. »Man kann sich auch Böses am Telefon sagen.«
»Ich habe mit Thomas Kramer gesprochen. Er hat bestätigt, dass Sarah Kramer ihre Mutter sehr geliebt hat.«
»Das schließt ein schwieriges Verhältnis nicht aus.« Sie blickte den Hügel hinab. Die Sonne stand hoch, und es war warm im Auto.
»O ja.«
Sie sah Ehrlinspiel direkt an. Lächelte. »Mutter oder Ehefrau?«
»Weder noch.«
»Gleichgeschlechtlicher Lebenspartner?«
Er lachte. »Nein.« Sein Blick suchte ihren. »Es ist fast Mittag. Ich habe Hunger. Begleiten Sie mich zu Idris?«

16

Du weißt, woher das Geld ist!« Wütend betrat Sarah das kriminaltechnische Labor und schlug die Tür zu. »Dir hat sie doch immer alles erzählt!«

»Wie kommst du hier herein?« Lukas Felber legte die Pipette aus der Hand, mit der er gerade eine violette Flüssigkeit auf einen rechteckigen gläsernen Objektträger geträufelt hatte. Es roch nach Chemikalien und Gummi, überall standen Mikroskope und Geräte, deren Funktion Sarah unbekannt waren. Lukas wandte sich an einen schlaksigen jungen Mann, der an einer Art Riesenscanner saß. »Marco, würdest du uns einen Moment allein lassen?«

»Als deine Schwester, die neue Infos für dich hat, öffnet sich sogar die Sicherheitsschleuse der Kriminalpolizeidirektion«, stieß Sarah hervor, während der Kollege ihres Bruders hinausging.

»Ich werde mit den Damen am Empfang reden. Sie müssten mich anrufen, bevor sie Besucher durch die Schleuse lassen.«

»Zuerst redest du mit *mir!*«

»Jederzeit. Du warst diejenige, die immer geblockt hat. Das ist schade. Du hast so nette Kinder. Ich hätte sie gern schon früher kennengelernt.«

»Das fällt dir reichlich spät ein.«

»Sie sind freundlich. Gut erzogen. Sensibel.«

»Dass ich nicht lache! Das kannst du beurteilen, ja? Nach einer Stunde beim Bestatter?«

»Sind sie es nicht?«

Beruhige dich, atme durch! »Doch, natürlich«, sagte Sarah und

dachte: Und jetzt im Moment tobt Jonas vermutlich zu Hause im Zimmer herum und schlägt alles kurz und klein. »Lukas, sag mir, dass du Bescheid weißt wegen des Geldes. Du warst doch von jeher Mamas Liebling und in alles eingeweiht.«
»Sarah, was soll das? Ich war immer auf deiner Seite. Das weißt du doch!«
Sie ballte die Hände zu Fäusten. »Willst du mir wirklich weismachen, dass du nicht mitbekommen hast, was damals ablief?«
Lukas stand auf. Er war einen ganzen Kopf größer als sie, und das verstärkte Sarahs Gefühl, er sehe auf sie herab. »Was damals passiert ist, tut mir leid. Wir alle sind mit Papas Tod nur schwer klargekommen. Und wir alle haben vereinbart, nicht mehr über die Tragödie, und was sie nach sich zog, zu sprechen.«
Sie trat einen Schritt zurück. Wich dem Blick seiner stahlgrauen Augen aus. Sie glaubte nicht, was Lukas da sagte. »Ich meine nicht Papas Tod.«
»Dann verstehe ich nicht.«
Sarah blickte zu Boden. Graue Fliesen. Kalt. Trostlos. Plötzlich überkam sie Resignation, Mutlosigkeit und erneut die Erkenntnis, dass sie mit ihrem Empfinden und ihrer Wahrnehmung, mit der tiefen Trauer und ihrem Leid ganz allein war. Die Anspannung und der Zorn waren verschwunden, und sie sank erschöpft auf Lukas' Stuhl. »Du warst nicht mehr da, als ich dich am nötigsten gebraucht hätte.«
»Es tut mir leid, dass du das so siehst. Aber ich weiß wirklich nicht, was du meinst.« Lukas zog den Stuhl des Kollegen heran und setzte sich neben Sarah. »Erkläre es mir.«
Sie hob den Kopf. Sah ihren Bruder an, dessen Gesicht jetzt ganz nah vor ihrem war. »Du bist alt geworden«, flüsterte sie. Graue Haare, Falten. Er wirkte wie sechzig, nicht wie achtundvierzig. »Ich kenne dich nicht wieder.«

»Alt oder nicht, ich bin noch immer dein Bruder. Und ich liebe dich.«

»Du bist ein guter Lügner. Schon immer gewesen. Du hast für uns gelogen. Für David und mich. Alle haben dir geglaubt. Aber das hat sich geändert. Du trägst noch immer die Gesichtszüge des Bruders, der mir so viel bedeutet hat und dem ich zu hundert Prozent vertraut habe. Aber jetzt bist du ein Fremder. Du hast dich immer weiter entfernt seit dem Tag, an dem du uns im Stich gelassen hast.«

»Das stimmt doch nicht! Ich war immer für dich da. Auch, als …«

»Mach dir nichts vor. Mit Papas Tod warst auch du weg. Du hast mich alleingelassen mit all dem, was dann geschah.« Sie suchte in seinen Augen nach Reue, nach Einsicht. Doch sie sah nur verwaschenes Grau, nur Verwunderung. »Erinnerst du dich an das Weihnachtsfest drei Jahre nach Papas Tod? Es war das erste Mal, dass wir wieder einen Christbaum aufgestellt hatten. Mama hat Papas kleine Engelsfiguren an die Tannenzweige gehängt und in der Nische vor dem Fenster die große Krippe aufgebaut, und draußen hat es seit Tagen geschneit. Das ganze Haus war vom warmen Schein des Kerzenlichts beleuchtet, und alles hat nach Bienenwachs und Bratapfel geduftet.«

Lukas nickte. »Es war wunderschön. Wie im Bilderbuch.«

Sie stieß die Luft aus. »O ja, Bilderbuch. Die heilige Familie. Ein Idyll.«

»Warum so sarkastisch? Mama hat sich alle Mühe gegeben, und ich war so froh, dass sie wieder am Leben teilgenommen hat.«

»Du kannst dir wirklich alles schönreden. Unser langes Gespräch in der Nacht hast du vergessen?«

»Natürlich nicht. Du hast mir erzählt, dass David für dich da

ist, dass du ihn liebst und ihr euch gegenseitig stützt.« Er machte eine kurze Pause. »Ich habe eure sexuelle Beziehung akzeptiert, obwohl ich ihn zu alt für dich hielt.«
»Wie großzügig.«
»Ich habe nie ein Geheimnis daraus gemacht.«
»Mir geht es nicht um mein Verhältnis zu David. Ich habe dir noch mehr erzählt.«
»Dass Mama ihn seit Papas Tod nicht mehr mochte? Dass sie glaubte, er habe Papa abgelenkt, der deswegen von der Straße abgekommen und gegen die Mauer gefahren sei?«
»Auch das. Sie hat ihn gehasst. Bis zum Schluss.«
»Du übertreibst.«
»Du redest wie alle. Jeder hält mich für verrückt und überspannt und glaubt, ich würde Geschichten erfinden, um mich wichtigzumachen.«
»Ach, Sarah.« Er strich ihr über den Oberarm.
»Lass das!«, zischte sie. »Und hör auf, mich wie die kleine dumme Schwester zu behandeln. Spiel nicht den Unschuldigen.«
Sofort zog er die Hand zurück. »Könntest du jetzt bitte mal Klartext reden?«
»Ich hatte dir alles von David und mir anvertraut an diesem Weihnachtsfest. Ich war so … so glücklich, dass du einige Tage da warst. Du wolltest mit mir zum Schlittenfahren gehen und oben am Weiher den Schnee von der Eisfläche kehren, damit wir auch Schlittschuhlaufen konnten. So wie als Kinder.«
»Ja, ich erinnere mich. Aber du sagtest damals, das ginge nicht.«
»Weil sie mich eingesperrt hatte!«
Lukas schüttelte leicht den Kopf, und Sarah wusste nicht, ob er an ihren Worten oder an sich selbst zweifelte.
»Als Mama geschlafen hat, saßen wir, du und ich, die halbe Nacht in meinem Zimmer auf dem Boden. Ich hab allen Mut zusammengenommen und dir gesagt, wie es mir in den letzten

Jahren ergangen war. Du hattest ja nie Zeit gehabt seit Papas Tod. Immer nur lernen, Prüfungen, dann der neue Job … In dieser Nacht habe ich dir alles erzählt. Alles! Dass Mama nur trauert und keiner mit ihr reden kann. Dass sie mir nichts mehr gönnt, noch weniger als vorher schon. Dass sie ständig von *dir* redet und davon, wie ähnlich du Papa seist und wie sehr sie dich vermisst. Den geliebten Supersohn. Ich habe dir anvertraut, dass Mama mir den Umgang mit David verboten hat. Er war für sie nur ein ungebildeter, verkrüppelter Nachbarssohn. Und obendrein schuld an Papas Tod und damit an ihrem einsamen Leben.« Sarah begann, am ganzen Körper zu schwitzen, und hatte das Gefühl, ihr leichtes Sommershirt bestünde aus dicker, aufgeheizter Wolle. »Ich hab dir erzählt, dass ich Nacht für Nacht weinend im Bett gelegen habe. Oft auch tagsüber. Und dass Mama mir seit Wochen Hausarrest erteilt hatte. Zu David hat sie gesagt, ich sei krank. Dabei … ich hab die beiden reden hören, wenn David geklingelt und nach mir gefragt hat. Natürlich hat er es nicht geglaubt. Er wusste genauso gut wie ich, dass sie ihn hasste. Dass sie uns auseinanderbringen wollte. Wenn sie kein Glück und keinen Partner hatte, durfte ich das auch nicht haben.«

Lukas sah sie schweigend an.

»Hast du das alles vergessen? Sind in deinem Polizistengehirn tatsächlich nur noch deine Karriere und eine heile Familienwelt gespeichert? Ich hatte dich gebeten, mir zu helfen! Mit Mama zu reden. Mich da rauszuholen. Mich und …« Sie wollte die Tränen niederkämpfen und verschluckte sich. »Ich hatte dich geradezu angefleht. Aber du hast am nächsten Morgen deine Tasche gepackt und bist zu deiner neuen Freundin in die Stadt gefahren. Sabine. Ohne ein Wort. Ich hab dir zugeschaut, wie du die Tasche und den Korb voller Marmeladengläser und Marmorkuchen in den Kofferraum geworfen hast und durch den frischen Schnee vom Hof gerollt bist. Ich hab am beschlagenen Fenster gestanden, bis deine Rücklichter zwischen den schneeschweren Tannen verschwunden waren. Ich hab den Duft der gelöschten Kerzen eingeatmet und die Flocken beobachtet, die vom Himmel gefallen sind, gleichgültig und monoton, bis die Spuren deines Autos sich in einer weißen Fläche aufgelöst hatten.« Sie schluckte. War jetzt ganz ruhig. »Und das willst du alles vergessen haben?«

* * *

»Welche Freude, Kommissar!« Idris kam hinter dem Tresen seiner Cafébar hervor und begrüßte Ehrlinspiel mit drei Wangenküssen. Es duftete nach frisch gemahlenen Mokkabohnen und süßem Mandelgebäck, und das Laufwerk der riesigen Lavazza ratterte laut. Zu dem Stimmengewirr der Gäste sang Patricia Barber leise Jazzlieder.

Sofort fühlte Ehrlinspiel sich wohl, wenngleich der Gedanke an die ersten Abende mit Hanna, die sie so gern hier verbracht hatten, ihn wehmütig stimmte.

»Und wer ist die junge Dame?« Der Syrer wandte sich an Ehrlinspiels Begleitung.

»Karolina Baumann. Eine neue Kollegin.«

Idris verbeugte sich und legte eine Hand auf sein Herz.

»Freut mich.« Baumann zeigte ihr Zähneblitzen.

»Idris zaubert den besten Milchschaum der Welt«, sagte Ehrlinspiel laut. Um die Mittagszeit strömten die Leute aus den umliegenden Büros hierher, und man verstand oft kaum sein eigenes Wort. »Und Idris' Frau bereitet die feinsten syrischen Kleinigkeiten zu.« Er deutete in die verglaste Auslage, wo sich auf Silbertabletts honigsüße Baklavas, Namura und Maamoul mit Walnuss-Zimt-Füllung türmten.

»Cappuccino für meinen Freund?« Idris neigte seinen raubvogelartigen Kopf leicht zur Seite.
»Ja. Und Sie, Frau Baumann?«
»Ein alkoholfreies Bier, bitte.«
Ehrlinspiel hob die Augenbrauen. »Ihnen entgehen die hervorragendsten Kaffeespezialitäten Freiburgs.«
»Ich steh eher auf typisch deutsche Getränke.«
»Zu essen?« Idris deutete auf die große Schiefertafel neben dem Eingang, auf der mit Kreide der Mittagstisch des Tages geschrieben stand.
Ehrlinspiel überflog die Gerichte. »Pappardelle di tartufo Nero, und hinterher ein Baklava.«
»Pesce fritto. Ohne Nachtisch.«
Idris verbeugte sich leicht und ging, und Ehrlinspiel und Baumann suchten sich im hinteren Teil der Cafébar einen freien Stehtisch. »Bier und Fisch. Interessante Kombination.«
»Mindestens so vielsagend wie Nudeln mit Trüffelsoße und Cappuccino.«
»Lässt Raum für psychologische Interpretationen.« Ehrlinspiel grinste. »Was würde Lukas Felber bestellen?«
»Netter Versuch.« Sie lachte, und Ehrlinspiel war entspannt wie seit langem nicht. So viele Wochen hatte er nur Hannas griesgrämiges Gesicht gesehen. Hatte versucht, Streit zu vermeiden. Jetzt, wo er in den Hinterhof hinausblickte, in dem er den ersten gemeinsamen Abend mit Hanna verbracht hatte, in einem Jahrhundertsommer und mit bunten Laternen in den Nischen, hatte er fast ein schlechtes Gewissen, hier so ausgelassen zu Mittag zu essen. Doch auch er hatte schließlich ein Recht auf streitfreie Zonen und ein eigenes Leben. »Um noch einmal auf Sarah Kramer zurückzukommen. Was halten Sie von ihr? So ganz allgemein.«
»Labil. Hat die Therapie zu früh beendet beziehungsweise

sollte sie wieder aufnehmen. Sie verschweigt uns etwas. Sie hat behauptet, die Depression sei ohne Grund einfach so da gewesen. Das glaube ich nicht. In der Regel gibt es einen Auslöser. Dass sie die Kinder einsperrt, ist auch mehr als fragwürdig. Sie kommt mit der Situation nicht klar. Das ist sicher.«

»Sehe ich genauso.«

Idris servierte Cappuccino und Bier. »Zum Wohl.« Schon war er wieder weg.

Baumann trank, und auf ihre dunkle Oberlippe setzte sich ein kleines bisschen Schaum. Sie leckte ihn ab. »Haben Sie Kinder?«

»Nein.«

»Dann nehmen Sie's gelassen.«

»Was?«

»Dass Ihre Beziehung nicht mehr funktioniert.«

»Tut sie das nicht?«

»Stellen Sie sich vor, Sie seien verheiratet und hätten zwei, drei Quälgeister, die unter der Trennung leiden und jedes zweite Wochenende hin- und hergeschoben werden.«

»Ich habe nicht von Trennung gesprochen.«

Er musterte Karolina Baumann. Ihre Augen waren fast genauso schwarz wie ihre glatten Haare, die ihr vorn bis über die Augen fielen und an den Seiten weich ihr Kinn umspielten. Sie hatte wie gestern violetten Lidschatten aufgetragen und die Wimpern getuscht. Ein heller offener Blazer ließ den Blick auf eine violette Bluse frei. Baumanns Fingernägel waren lang und perlmuttfarben lackiert. »Sie mögen Kinder nicht«, bemerkte er.

Sie stellte ihr Glas ab. »Weil ich von ›Quälgeistern‹ rede und nicht in vollgesabberten Lumpen herumlaufe?«

Der Kriminalhauptkommissar fragte sich, ob die Frau Gedanken lesen konnte.

»Sie haben ein ziemlich verzerrtes Bild von Müttern«, fuhr sie fort. »Ihre war sicher leger gekleidet und ungeschminkt.«
»Stimmt.« Er trank. »Also haben Sie doch Kinder.«
Ihr Blick streifte ihn. »Nein.«
Ehrlinspiel wollte fragen, ob sie verheiratet war. Doch das könnte sie falsch interpretieren. Nur keine Gerüchte provozieren. »Woher kommen Sie?«, fragte er stattdessen.
»Aus Deutschland.« Sie lachte. »Ich bin hier geboren.«
»Und Ihre Eltern?«
»Meine Mutter stammt aus Ghana, mein Vater ist Deutscher. Er war Umweltingenieur und hat in Accra gearbeitet. Dort hat er meine Mutter kennengelernt. Als er nach Deutschland zurückkehrte, ist sie mitgegangen. Und als sie schwanger war …« Sie machte eine wegwerfende Handbewegung. »Ich kenne ihn nicht.«
»Haben Sie nie nach ihm gesucht?«
»Wozu? Dieses Arschloch muss ich nicht kennenlernen. Meine Mutter hat einen anderen Mann geheiratet, als ich zwei Jahre alt war. Norbert Baumann ist der beste Vater, den ich mir wünschen kann.«
»Dasselbe hat Sarah Kramer über ihre Mutter gesagt. Ihr glauben Sie aber nicht.«
Irgendwo fiel eine Tasse oder ein Teller klirrend zu Boden. »Kein Problem, Scherben bringen Glück«, rief Idris, »aber nur, wenn man selber sauber macht.« Damit reichte er einem jungen Mann, der offenbar die Misere verursacht hatte, Lappen und Kehrschaufel über den Tresen. Die Gäste lachten.
»Ein sympathischer Kerl, Ihr syrischer Freund«, sagte Baumann.
»Und klug. Er weiß oft Rat oder hat die eine oder andere Weisheit parat, die einen wieder auf den Boden der Tatsachen bringt.«

»Sie mögen ihn.«
»Ja.«
»Und Lukas mögen Sie auch.«
»Sehr. Obwohl er mir derzeit ein Rätsel ist. Aber er ist ein feiner Mensch. Drängt sich nie in den Vordergrund, ist zurückhaltend, immer hilfsbereit und macht seinen Job wirklich hervorragend.«
Baumann sah ihn an. »Ein Traumkollege.«
»Wenn Sie so wollen.«
»Das war ironisch gemeint.« Ihr Tonfall wurde kühl.
Idris brachte zwei Teller, die er in großen Stoffservietten trug, an ihren Tisch. »Pesce und Pappardelle.« Er stellte die Speisen ab und deutete auf das Körbchen mit dem Besteck, das bereits auf dem Tisch stand. Dann sah er die beiden an. »Essen ist wie ein Kamelritt. Es streichelt die Seele und bringt den Körper in Schwung. Lasst es euch nicht von bösen Gedanken verderben.«

»Schwanger mit Non-Hodgkin. Ein acht Wochen alter Fötus, der laut Arzt die Chemo nicht überlebt.« Entchen sieht mich an, und ihre Augen verraten Mitgefühl. »Es muss Ihnen das Herz gebrochen haben.«

»Das Wissen darum war schlimmer als der Krebs.«

»Das hat Sie damals nicht umgebracht wie prophezeit.« Entchen deutet auf die Beutel am Infusionsständer. »Ich hole mir was am Automaten. Sie können wohl nichts trinken?«

»Einen Saft kann ich versuchen.«

»Johannisbeere? Wie früher?«

»Gibt es hier nicht. Apfelsaft oder Apfelschorle, bitte.«

Sie steht auf, durchquert den mittlerweile fast leeren Raum, und ich bleibe allein an unserem Tisch zurück. Draußen dämmert es bereits, und die Welt versinkt in einem tristen Graublau, alles Ton in Ton, Gebäude, Bäume, die Autos auf dem Parkplatz. Die Lichter im Klinikgebäude gegenüber wirken noch kälter, grelles Neonlicht wie Stiche in meinem Herzen.

Dort drüben war es gewesen, vierter Stock, linker Flur, zweites Zimmer rechts, als mir vor einem Vierteljahrhundert der Onkologe den Tod meiner Tochter vorausgesagt hatte. Ich hatte ihm nicht geglaubt. Mattis dagegen hat den Ärzten vertraut. Als er an diesem Abend in die Klinik kam – nur eine halbe Stunde wegen der vielen Gäste –, saß er still an meinem Bett, hielt meine Hand und sagte immer wieder, dass wir noch viele Kinder bekommen könnten. Dass mein Leben Vorrang habe. Dass ich wie geraten die Abtreibung vornehmen lassen und sofort mit der Chemo starten sollte. »Ich will dich nicht verlieren.«

»Und ich will unsere Kleine nicht verlieren.« Wir haben gestritten wie noch nie. Er wollte mich, ich wollte das Kind. Beides zusammen war nicht möglich. Als er ging, weinte er.

Ich blicke zu dem Getränkeautomaten. Entchen steht davor und wählt die Getränke aus.
In den Tagen nach Mattis' Besuch habe ich mich entschieden. Ich würde unsere Tochter nicht abtreiben. Aber ich würde die Chemo machen. Meine Kleine war stark. Eine Mitpatientin hatte mir erzählt, dass sie vor einigen Jahren während der Chemo ein gesundes Kind geboren hatte. Sie war schon im siebten Monat gewesen, als sie damit begonnen hatte. Ich wusste, dass es auch bei mir funktionieren konnte. Bei der Mitpatientin war der Krebs zurückgekommen, aber ihrem Sohn ging es gut, er lernte gerade lesen und schreiben. Auch meine Kleine würde in einigen Jahren so weit sein. Ich wusste es. Mattis wollte nichts davon hören, als er erst zwei Wochen später wieder zu Besuch kam. Mir war übel, und ich hatte vom Klinikfrisör den Kopf komplett rasieren lassen, damit mir die langen Haare in den nächsten Tagen nicht büschelweise ausfielen und ich aussah wie eine gerupfte Vogelscheuche.
Geld klimpert im Automaten, das Summen des Motors erklingt, ein Klappern, als der Plastikbecher in die Halterung fällt und sich plätschernd füllt. Dann das Ganze noch einmal. Gleich darauf kommt Entchen zurück, in jeder Hand einen der dünnen braunen Becher, die ich, wenn ich meine Bewegungen vor Schmerzen nicht richtig koordinieren konnte, unbeabsichtigt zerdrücke.
»Ich war sicher, dass ich Chemo plus Geburt schaffen würde.« Ich nehme unser Gespräch wieder auf, als Entchen den Stuhl näher zu mir herzieht und sich setzt. Sie reicht mir einen Becher mit gelblicher Flüssigkeit. Ich schlucke, fühle mich augenblicklich an eine Urinprobe erinnert. »Und ich wusste, dass unsere Tochter gesund sein würde.«
»Das Leben ist eine Wundertüte.«
Ich lache, doch da kommt der Husten über mich, schüttelt mich, und ich glaube, die Schmerzen in jedem Knochen, jedem Muskel und in jeder verdammten Zelle meines kaputten Körpers werden mich

zerreißen. Ich beuge mich vor, schnappe nach Luft, höre das Rasseln in meiner Lunge, das den nahen Tod ankündigt, und die Angst greift mit kalten Klauen nach mir. Mein ganzer Körper zittert, ich lasse den Becher fallen. Entchen steht plötzlich hinter mir und schlägt mir leicht mit der flachen Hand auf den Rücken. Vorsichtig, so, wie ich sie kenne. »Kannst du das Rädchen am Cortison etwas weiter aufdrehen?«, bitte ich sie, sobald ich wieder sprechen kann.

Gleich.

Gleich werden die Schmerzen nachlassen.

Entchen tut wie geheißen. »Das klingt nicht gut«, sagt sie. »Soll ich einen Arzt holen?«

»Der kann auch nur mitleidig schauen und mir erklären, dass selbst für einen zähen Knochen wie mich das Leben zu Ende geht.«

»Zäh passt zu Ihnen.«

Ich nicke. Versuche, die Schmerzen auszublenden. »Mich hat so schnell nichts niedergestreckt. Nur die Sache mit dem Kind. Dass unsere Tochter in meinem Bauch sterben sollte, das hat mich gebrochen wie ein Orkan den Stamm einer Eiche.«

»Ich weiß, jetzt erst recht.«

Ich verstehe nicht, was sie mit dem zweiten Satzteil meint. Aber egal. Ich pfeife auf ihr Verständnis. Alles Heuchelei. »Du konntest mich nie leiden.«

»Als Sie mich damals eingestellt haben, hatte ich keine Ahnung davon, was Sie hinter sich haben. Mit der Chemo und der Risikoschwangerschaft. Wie hätte eine kranke Frau so hart mit ihrem Personal umspringen können? Sie nicht leiden können ist der falsche Ausdruck. Ich war distanziert. Genauso wie Sie.«

»Ich war deine Chefin. Mit Freundschaft zu den Angestellten fährt man nicht gut.«

»Der Laden lief. Das gibt Ihnen recht.«

»Und die Schwangerschaft lief.« Ich muss lächeln bei dem Gedanken, wie ich das Mädchen in mir wachsen spürte. Trotz Bendamustin und Rituximab, trotz Übelkeit, Appetitlosigkeit und dem Wunsch, nonstop zu schlafen.

»Der Onkologe war sicher irritiert, dass alles so gut klappte.«

»Nein. Er sagte, es sei nur eine Frage der Zeit. Er hat mich wohl auch als zäh eingestuft. Ich war in der dreizehnten Woche, und er hat mir noch immer zur Abtreibung geraten. Hat mir in allen Details ausgemalt, dass meine Kleine im besten Fall schlimme Missbildungen davontragen würde, im sehr wahrscheinlichen schlimmsten Fall aber in den nächsten Tagen sterben würde. Er war sich ganz sicher und unkte ständig, dass es mir hinterher noch mieser ginge wegen der voranschreitenden emotionalen Bindung und so.« Ich blicke auf den durchsichtigen Schlauch, durch den Tropfen für Tropfen aus dem Plastikbeutel durch die Kanüle in meine Venen rinnt und das bisschen Leben in mir noch ein paar Stunden oder Tage erträglicher macht. Ich blicke auf den Linoleumboden, auf dem der Apfelsaft eine Lache wie Pisse bildet. »Aber ich hätte sie nicht töten können. Meine Tochter war das Einzige, was mir in dieser Zeit Halt gegeben hat. Ich habe sie schon zu dieser Zeit abgöttisch geliebt.«

»Ich wische das gleich auf. Aber zuerst: Wie reagierte Mattis?«

»Hat mich unterstützt, als er bemerkt hat, dass ich recht und der Onkologe unrecht hatte. Er kam jeden Tag zweimal, brachte Blumen mit, mal zwei Rosen, mal zwei Orchideen oder Callas, immer eine kleine und eine große für unseren Sonnenschein und mich.« Ich denke an Mattis, den Vater meiner in mir wachsenden Tochter. Groß, helles rötliches Haar, Vollbart. Ein Seemann wie aus dem Bilderbuch. Und ein hervorragender Koch. Wenn wir viele Gäste hatten, war er voll in seinem Element. Als Vorspeise Canapees mit Räucherfisch, Krencreme und Rauner-Chips, als Hauptgericht Wachteln mit Berberitzen-Kompott und Wachtelölschaum, zum Dessert Schafstopfenknödel mit Waldbrombeersoße und Mandeleis … Nichts war ihm zu aufwendig, keine Zutaten zu edel. »Er hat den Laden allein geschmissen, während ich in der Klinik war. Wenn er an meinem

Bett saß, hat er meinen runden Bauch gestreichelt und geflüstert: ›Du schaffst das, kleine Zaubermaus. Mama und du, ihr werdet ein tolles Team werden. Ich liebe euch!‹«
Draußen landet ein Rettungshubschrauber, laut dröhnen Motor und Rotorblätter, und die Wipfel der Bäume, gerade noch zu erkennen in der beginnenden Nacht, biegen sich in dem starken Luftzug. Entchen scheint es nicht zu bemerken. »Alles okay?«, frage ich, obwohl es mich nicht interessiert.
Sie sieht mich an. »Mattis war ein liebevoller Mann. Schade, dass ich ihn nie kennengelernt habe.«
»Ja, das war er.« Ich schweige ein paar Momente, warte, bis der Hubschrauber auf dem Flachdach aufgesetzt hat und der Lärm der langsamer werdenden Rotorblätter in der Nacht verklingt. »Meine Blutwerte sind immer besser geworden. Mattis hat mir zu den Blumen dann auch selbstgemachte Ravioli, Käse mit frischem Weißbrot und Apfelkuchen mitgebracht, als ich mich Schritt für Schritt wieder berappelte. Aber ich habe kaum einen Bissen runtergebracht, so aufgeregt war ich vor Freude. Dann durfte ich nach Hause. Ich war in der siebzehnten Woche. Die restlichen fünf Chemo-Dosen sollte ich ambulant bekommen.« Ich verstumme. Kann nicht weitersprechen bei der Erinnerung.
»Was ist passiert?«, fragt Entchen nach einer kleinen Ewigkeit.
»Über der Haustür hing eine Girlande. *Willkommen.* Das Haus stand voller bunter Blumen, Gerbera, Astern, Lilien, Rosen, Sonnenblumen, Hunderte kleiner und großer Sträuße, und es hat geduftet, dass mir fast schwindelig wurde. Im Dachgeschoss war ein Zimmer hellblau gestrichen, eine Wiege stand vor dem Fenster mit Blick auf den Deich, von der Decke hing ein Mobile mit Möwen, und die weiße Kommode war gefüllt mit Stramplern, Mützchen, winzigen Handschuhen und Socken.«
»Das Zimmer war wunderschön.«
Entchen hat es gesehen, ein Jahr, nachdem sie bei mir angefangen

hat. Normalerweise hatten meine Angestellten keinen Zugang zu meinen Privaträumen. Doch als ich wieder in die Klinik musste, hat sie sich um alles gekümmert. Sie war von allen Zimmermädchen die Vertrauenswürdigste. »Ja, das war es. Und Mattis hat nur gestrahlt und gelacht und war von morgens um fünf bis nachts um eins auf Achse.« Ich muss eine Pause machen. Mein Körper besteht nur noch aus Schmerzen. Und je mehr ich in die Vergangenheit eintauche, desto spürbarer wird auch meine Qual.

»Soll ich Sie in Ihr Zimmer bringen?«, fragt Entchen schließlich.

Ich reagiere nicht darauf. Muss zum Ende kommen. »Kurz vor Weihnachten geschah es dann. Ich war in der dreiundzwanzigsten Woche, und alles war mit Zweigen und Glaskugeln geschmückt und hat geglitzert. Mattis und ich saßen auf einem Schaffell am Kamin. Wir haben Zukunftspläne geschmiedet. Wie wir das Hotel ausbauen wollten. Fünf weitere Zimmer, eine weitere Servicekraft und noch ein neues Zimmermädchen, Spezial-Angebote zu Fest- und Feiertagen, Dünen-Wochenenden mit geführten Wanderungen durch den Geisterwald, Kinderreiten am Strand … Alles war so geplant, dass ich ganz für die Kleine da sein konnte. Der regelmäßige Ultraschall hatte gezeigt, dass unsere Tochter keine Missbildungen hatte. Keine äußerlichen zumindest. Wir waren glücklich. Es war einer der schönsten Abende mit Mattis.« Ich atme tief durch, meine Lunge fühlt sich an, als würde sie zusammengepresst. »Da bekam ich plötzlich ganz schreckliche Unterleibsschmerzen. Ich hab mich nach vorn gekrümmt und nach Luft gerungen, so weh hat es getan.« Ich muss tief durchatmen. »›O mein Gott, Mattis, hilf mir‹, habe ich geschrien. ›Jennifer stirbt, unser Baby, Jenny, Jenny!‹ Ich konnte es nicht ertragen, weinte und schrie, und entsetzt sah ich das Blut auf dem weißen Schaffell, das aus mir herauslief.«

17

Mittwoch, 20. Juli 2016

Jenny warf ihren großen Rucksack aufs Bett und öffnete den Kleiderschrank. Rechts hingen Davids Sachen, die linke Seite war ihre. Es war nicht sehr viel, was sie hatte. Ein paar Jeans und T-Shirts, die sie als Erstes einpackte. Dann zwei Pullover und obenauf die billigen Dessous. So dünn, so wenig Stoff. Sie brauchten nicht viel Platz.
In die Seitentaschen des Rucksacks stopfte sie ihre Schminksachen, die große Haarbürste, Föhn, Deo und die Cremetiegel. Als sie fertig war, sah sie ein letztes Mal auf das große Bett, auf die Bettwäsche mit den Herzchen, die sie mit David vor einigen Wochen in der Stadt erstanden hatte. In der letzten Nacht hatte sie all ihre Kraft zusammengenommen, um sich ihre tiefe Trauer und Enttäuschung nicht anmerken zu lassen. Wut spürte sie nicht. Vielleicht kam sie noch. Später. Leise hatte sie in ihr Kissen geweint, doch David hatte so tief geschlafen, dass er nichts gehört hatte. Oder er hatte so getan, als bemerke er nichts. Es war letztendlich egal.
Jenny schulterte den Rucksack und ging ins Erdgeschoss hinab. Dort packte sie ihre Schuhe und die beiden Mäntel und verstaute sie in den Motorradtaschen, die sie bereits ins Haus geholt hatte. David war gleich nach dem Frühstück weggefahren – wichtiger Geschäftstermin, wie er erklärt hatte. Ein flüchtiger Kuss auf die Wange, ein Lächeln. »Bis heute Abend, Millionaire-Baby.«
Sie hatte ihn auf den Mund geküsst, ihr letzter Abschied, und erwidert: »Alles Gute, Schatz.« Als der Motor seines Autos verklungen war, hatte sie im Flur gestanden, die verzogenen

Dielen angesehen, um die er sich nun selbst würde kümmern müssen, und geweint. Dann schalt sie sich wie so oft eine dumme Nuss. *Lass dich nicht verarschen, er ist deiner Liebe nicht wert!* Und dann hatte sie gepackt.

Sie zog Motorradstiefel, Nierenschutz, Jacke und Handschuhe an und setzte den Helm auf. Draußen stieg sie auf ihre Yamaha, trat den Kickstarter durch, klappte das Visier herunter und gab Gas. Ohne noch einmal zurückzublicken und ohne einen Seitenblick auf Felbers ehemalige Werkstatt, fuhr sie auf die Dorfstraße, die schmalen Serpentinen erst ein Stück hinauf auf den sonnigen *Schauinsland,* dann auf der anderen Seite des Berges hinunter Richtung Freiburg und Autobahn. Karlsruhe – Frankfurt – Kassel – Hannover – Hamburg – Bad Doberan: Knapp tausend Kilometer hatte sie vor sich. Dann wäre sie zu Hause.

Weit weg von David, der Toten und dem Dorf, in dem sie ohnehin nur eine Fremde gewesen war.

In Günterstal, kurz vor Freiburg, lag die letzte Tankstelle vor der A5. Jenny fuhr langsam durch den Torbogen, der – wie sie vermutete – zu der alten Klosteranlage gehörte, und hielt kurz danach neben der Zapfsäule. Helle Glöckchen erklangen, als sie nach dem Tanken die Tür zum Kassenbereich öffnete.

»Hey.« Sie zog ihren Geldbeutel aus der Innentasche der Jacke. »Zapfsäule drei.«

»Siebenunddreißigvierundsechzig. Noch einen Kaffee? Etwas zu essen?«

»Danke, nein. Ich will nur weg.« Sie reichte dem Kassierer einen 50-Euro-Schein, nahm das Wechselgeld entgegen und wollte gerade hinausgehen, als sie ihn sah. Abrupt blieb sie stehen. Er saß mit einem Pappbecher an einem der zwei Bistrotische auf einem Barhocker und starrte sie an.

»Wo willst du hin?«, fragte er. »Was heißt ›nur weg‹?«

Jennys Atem ging schneller. Hier also machte David seine angeblichen Geschäfte. Saß in der Tanke zwischen dem Regal mit den Motorölen und der Eistruhe, um die Zeit totzuschlagen und ihr später zu erzählen, was für tolle Geschäftsabschlüsse er, der Held, eingetütet hatte. Verdammter Lügner! Sie stapfte hinaus, die Motorradstiefel klangen dumpf auf dem Asphalt. Es roch nach Benzin und Diesel.
Als sie gerade den Helm aufsetzte, packte David sie am Arm.
»Was soll das, Jenny?«
»Das sollte ich dich fragen!«
»Ich hab hier einen Kaffee getrunken. Was ist falsch daran?«
»Sieht so dein wichtiger Geschäftstermin aus?« Sie klappte das Visier herunter.
»Wir sind da drüben im Hotel Waldheim. Ich brauchte mal zehn Minuten für mich zum Nachdenken, ob …«
»Du verlogenes Arschloch!«
»Sag mal, spinnst du?« Er ließ sie los.
»Mir machst du nichts mehr vor.« Sie wurde lauter. »Oder sollen wir vielleicht mal zusammen rübergehen? Dann kannst du mich deinen Geschäftspartnern vorstellen. Wieder Japaner? Chinesen? Oder zur Abwechslung mal Koreaner?«
Er sah zu Boden.
Sie stieg auf, drehte den Zündschlüssel um. Setzte den Fuß auf den Kickstarter.
»Bitte, Jenny. Geh nicht!«
Sie sah ihn an. David wirkte so erbärmlich in seinem Jackett. Wie ein kleiner Junge, der etwas angestellt hatte, stand er zwischen den Zapfsäulen, im Hintergrund der Tankwart, der durch das Fenster herausschaute. Vera hatte recht gehabt, mit jedem ihrer Worte. »Du hast mich die ganze Zeit belogen. Du bist ein Aufschneider, hast kein Geld. Du machst keine Immobiliengeschäfte.«

»Jenny, ich … ich habe es ehrlich versucht! Ich wollte dir etwas bieten.«
Ein weißer Audi fuhr hinter Jenny an die Zapfsäule.
»Einen Scheißdreck wolltest du. Nur vögeln.«
»Das ist nicht wahr, Jenny.« Durch den Helm hörte sie seine Stimme nur gedämpft.
Das Auto hupte.
»Mach's gut, David.«
Sie trat den Kickstarter nach unten, der Motor röhrte auf.
»Und grüß Sarah von mir!«
»Sarah?«
Der Audifahrer hupte erneut. Jenny rollte einige Meter nach vorn, fast bis vor die Autowaschanlage. Der Wagen fuhr an die Zapfsäule, ein alter Mann stieg aus, und sie hörte ihn schimpfen: »Sind Sie allein auf der Welt, junge Frau, oder was!« Jenny ignorierte den Alten. David war hinter ihr hergekommen. Sein Blick suchte ihren, und sie schaffte es nicht, loszufahren. Zu viel hatte sie in diesen Mann investiert. Sie klappte das Visier wieder hoch.
»Was machst du mitten in der Nacht mit der jungen Felber im Wohnzimmer?«
»Ach, Jenny.«
»Hör auf mit diesem herablassenden Ton!« Der Motor lief laut.
»Okay, okay.« Er hob die Hand. Beschwichtigend. »Sie war im Haus ihrer Mutter und kam dann herüber. Ich hab sie nicht in unser Haus geholt.«
»Warum glaube ich dir nicht.«
»Sie ist verheiratet!«
Jenny lachte auf. »Ein Ehering ist kein Keuschheitsgürtel.«
»Ich bitte dich! Mach nicht alles noch komplizierter.«
»Ich? Jetzt bin ich es, ja?«

»Also gut. Ich bin schuld. Ich bin ein Arschloch. Mag sein. Aber ich bin kein schlechter Mensch. Bitte, schalte doch mal den Motor ab.«
Sie ließ die SR500 aufheulen. »Aber du liebst mich nicht. Du hast mir immer nur etwas vorgemacht.«
»Ich mag dich, Jenny. Du bist eine umwerfende Frau! Du hast mich genommen, wie ich war. Du hast dich mir geöffnet und …«
»Und ich bereue jede Minute mit dir! Ich werde *nie* wieder jemandem vertrauen.« Sie stellte den Motor ab. Sie standen sich schweigend gegenüber. Die Sonne brannte vom Himmel, doch sie wärmte Jenny nicht.
»Bleib hier«, sagte David endlich. »Ich werde dich nie wieder belügen.«
»Ich habe wegen dir meine sterbende Mutter vernachlässigt. Ich war viel zu oft bei dir in allen möglichen Städten anstatt bei ihr in der Klinik. Zwischendurch saß ich in dieser heruntergekommenen Kaschemme und habe mich nach dir gesehnt, als du auf« – sie betonte jetzt jede Silbe – »›Geschäftsterminen ohne Freizeit‹ warst. Ich habe das Dahinsiechen meiner Mutter nur ertragen, weil ich wusste, dass du nach ihrem Tod für mich da sein würdest.«
»Das bin ich auch!«
»Niemand ist für mich da. Nur ich selbst.« Sie dachte an den Abend, als David sie gefragt hatte, ob sie zu ihm ziehen wolle. Wie sie geweint hatte vor Freude. Wie sie sich fast schämte, innerlich taumelnd vor Glück am nächsten Tag zu ihrer Mutter ins Krankenhaus zu gehen. Wie sie es kaum ertragen hatte, neben dieser verwelkenden Frau zu sitzen, blass und mit dem staubig schwefligen Geruch des nahenden Todes um sich. Ihrer Mutter war Jennys Veränderung nicht entgangen.
»Dir geht es gut, Kind«, hatte ihre Mutter ein paar Tage später

festgestellt. »Ich freue mich darüber.« Wie immer hatte sie in ihrem Rollstuhl vor der Glasfront gesessen und auf den Parkplatz hinausgesehen, den Infusionsständer neben sich.
Jenny hatte ihre Hand genommen. Sie war knochig und so trocken wie ein Blatt Papier. »Ja, Mutti.«
Ihre Mutter hatte gelächelt. »Wie heißt er?«
»David.« Dann hatte sie ihrer Mutter alles erzählt. Wie sie David in ihrem Hotel – sofern man das noch so nennen konnte – kennengelernt hatte. Wie sie sich verliebt hatten.
»Es ist der Mann, der im Dezember unser einziger Gast war, richtig? Ich habe ihm noch Suppe gemacht.«
»Ja.« Jenny streichelte den Unterarm ihrer Mutter. Lächelte bei der Erinnerung. »Tütensuppe wahrscheinlich.«
»Dieser David könnte doch mit dir das Hotel wieder auf Vordermann bringen.«
Es war immer der große Wunsch ihrer Mutter gewesen, das kleine Hotel wieder zu dem zu machen, was es früher gewesen war: ein beliebtes Romantikhotel mit Reetdach, Sonnenterrasse, liebevoll dekorierten Zimmern und Drei-Sterne-Küche, nur einen Wellenschlag von der Ostsee entfernt. »Das wird nicht gehen. Er hat sein eigenes Geschäft. Er ist viel unterwegs.«
Ihre Mutter hatte genickt und geschwiegen. Einige Tage später fragte sie: »Wirst du zu ihm gehen? Wo kommt er her?«
»Vom anderen Ende der Republik. Aus einem Dorf bei Freiburg.« Sie nannte den Namen.
Ihre Mutter hatte sie mit ihren rotgeränderten, tief in den Höhlen liegenden Augen angesehen. »Wiederhole den Dorfnamen bitte noch einmal.«
Jenny nannte ihn ein zweites Mal.
Ihre Mutter war in sich zusammengesackt. »Wieso ist er ausgerechnet nach Bad Doberan gekommen?«, flüsterte sie.
Jenny erklärte es gerade, als ihre Mutter einen furchtbaren

Hustenanfall bekam, nach Luft rang und vornüberkippte, so dass Jenny aufgesprungen war und einen Arzt geholt hatte. Zwei Tage später hatte sie sich ein letztes Mal mit Rollstuhl und Infusionsständer an ihren Lieblingsplatz in dem Raum zwischen Palliativstation und Gynäkologie geschleppt. Dort hatte Jenny sie am Vormittag gefunden. Sie hatten kaum geredet, auch nicht über David, und so war Jenny nach einer knappen Stunde wieder gegangen. Sie wollte den ganzen nächsten Tag bei ihrer Mutter verbringen. Als sie am folgenden Morgen gegen sieben Uhr direkt von einem kurzen Spaziergang in den Dünen – zum Krafttanken – in die Klinik kam, war ihre Mutter gerade gestorben. Es war der zwölfte Februar dieses Jahres gewesen. In der Nacht war Schnee gefallen, und die Welt lag unter weißer Stille.

Ohne dass sie es wollte, liefen Jennifer die Tränen übers Gesicht. Sie nahm den Helm ab und sah den Mann an, der ihr das Herz gebrochen hatte. »Ich habe diese ganze Scheißzeit nur wegen dir überlebt. Du warst meine einzige Perspektive.« Sie konnte kaum sprechen. »Du hast mir so gutgetan.«

David legte seinen Arm um sie. Küsste ihr die Tränen vom Gesicht. »Du tust mir auch gut, Millionaire-Baby.«

Sie stieß ihn weg. »Du hast mich belogen. Ich hasse dich. Ich liebe dich!«

»Was hätte ich denn tun sollen! Du hast mich durch ein blödes Missverständnis für einen reichen Kerl gehalten. Ich hab nicht widersprochen. Ich fand das … lustig. Und es hat mir geschmeichelt. Ich war hingerissen von dir. Davon, wie du mich umgarnt hast, ganz selbstverständlich, wie du mit dieser Mischung aus frech und hilfebedürftig aufgetreten bist, dich durch meine abweisende Art nicht hast abschrecken lassen. Ich kannte so etwas vorher nicht. Ich … es tut mir leid, Jenny. Bitte, bleib bei mir.«

Das Tankstellengebäude, die Zapfsäulen, die Waschanlage, und die Straße – alles schien sich um Jenny zu drehen. Sie fühlte sich wie auf einem Karussell der Emotionen. Auf einem der Holzpferdchen saß der aufsteigende Zorn, auf einem anderen die Liebe, auf dem nächsten die Angst, dahinter ritt die Enttäuschung, verfolgt von der Hoffnung, der Einsamkeit und der Trauer, und sie alle verfielen in einen Trab, wurden schneller und schneller, galoppierten schließlich im Kreis, um endlich auszubrechen.

Davids Berührung holte sie in die Realität zurück. »Lass uns nach Hause fahren«, sagte er. Er hatte ihr Kinn umfasst, so dass sie ihn ansehen musste. Das Karussell verlangsamte sich. Stoppte.

Jenny nickte.

18

Müde stieg er die Treppe ins oberste Stockwerk hinauf. Nur fünfeinhalb Stunden hatte er in der neuen Kanzlei am Schreibtisch gesessen. Eine Scheidung vorbereitet, die Akte zu einem komplizierten Erbfall gelesen und mit zwei Versicherungen telefoniert. Konzentrieren hatte Thomas Kramer sich kaum können, und als er jetzt die Wohnungstür aufschloss, sehnte er sich nach einem Mittagsschlaf zwischen kühlen Laken. Es war kurz nach vierzehn Uhr.

In der Wohnung war es auffallend still. »Sarah?« Er stellte die Aktentasche auf das kleine Sideboard in der Diele und hängte sein Jackett in die Garderobe. »Sarah?«

Niemand antwortete.

»Jonas, Emma?« Er legte die Krawatte ab.

»Papa?« Die leise Stimme seines Sohnes drang zu ihm. Wo war Jonas? Warum lief er ihm nicht wie üblich entgegen? Und wo war Emma?

»Jonas?« Thomas ging zum Kinderzimmer und wollte hineingehen. Doch die Tür war abgeschlossen. Ungläubig rüttelte er an der Klinke. »Schließ auf, Jonas. Was ist denn los? Ist Emma bei dir?«

»Papa, Papa«, rief nun auch seine Tochter. Sie klang verweint. Thomas legte die Hand auf den weißen, glatten Lack der Tür. »Warum schließt ihr euch denn ein? Kommt, macht auf!«

»Nein, *du* musst aufmachen.«

Thomas' Gedanken wirbelten durcheinander. »Ist das ein neues Spiel? Ich habe keinen Schlüssel. Der muss innen stecken.«

»Nein, außen.«

Doch außen steckte keiner. Mit einer bösen Vorahnung blickte er durchs Schlüsselloch. Er konnte einwandfrei durchsehen und erkannte neben dem Fenster das Etagenbett der Kinder. Kein Schlüssel außen, keiner innen. »Wo ist Mama?«
»Sie ist weggegangen und hat vorher abgeschlossen.«
Das konnte doch nicht wahr sein. Was, um Himmels willen, war passiert? »Warum?«
»Weil sie doof ist. Lass uns raus.« Jonas' Stimme klang zugleich wütend und erstickt. Thomas wusste, dass auch er wie Emma den Tränen nahe war.
»Hat sie nicht gesagt, wo sie den Schlüssel hinlegt?«
»Lass uns raus!«
»Jonas, Emma, ich suche jetzt nach dem Schlüssel. Okay? Habt keine Angst, ich bin gleich zurück. Ich gehe nur in die Diele und die Küche.« Sein Zorn auf Sarah wuchs, als er am Schlüsselbrett, auf dem Sideboard, in den Regalen, in jeder Schublade und auf jedem Tisch nachsah und nichts fand. Was, zum Teufel, hatte sich seine Frau dabei gedacht? Die Kinder waren ohnehin schon durcheinander wegen Ediths Tod, und nun musste sie unbedingt eins draufsetzen und die beiden noch mehr traumatisieren. Als er oben im Schlafzimmer suchte, dachte er an Sarahs müde Augen an diesem Morgen. Doch noch etwas anderes hatte in ihrem Blick gelegen: dieses Wirre, Unsichere, das Misstrauen und die Trauer, mit der vor drei Jahren alles begonnen hatte. Gestern war sie nach ihren eigenen Worten wieder bei Doktor Eickhoff gewesen. Hoffentlich konnte der Psychiater ihr helfen.
»Papa!« Jonas' Stimme drang bis zu ihm herauf. »Papa, wo bist du?«
Er eilte die Treppe wieder hinunter. Neben dem Telefon lag eine Notiz. *Eickhoff* und eine Telefonnummer. Thomas war erleichtert und wählte sogleich Sarahs Handynummer. Sie musste ihm

sagen, wo der Schlüssel war. Doch er erreichte nur ihre Mailbox. »Sarah Kramer, dringende Nachrichten bitte nach dem Signalton, ich melde mich.«
»Ruf mich sofort an«, sprach er auf ihre Mailbox. »Wie kommst du dazu, die Kinder einzusperren?« Er drückte die Verbindung weg und sah sich um. Er musste die Tür aufbrechen.
Schließlich nahm er einen der schweren Holzstühle aus der Küche und plazierte sich vor der Kinderzimmertür. »Jonas, hörst du mich?«
»Ja.«
»Ich breche jetzt die Tür auf. Bitte geht ganz weit weg von der Tür, Emma und du. Hast du mich verstanden?«
»Ja.«
Er wartete kurz. »Wo seid ihr jetzt?«
»In der Ecke bei Emmas Spielkiste.«
»Okay, bleibt da und rührt euch nicht.« Er rammte den Stuhl gegen die Tür. Nichts passierte. Er ging einen Schritt zurück, rammte den Stuhl erneut gegen die Tür. Lack splitterte ab und fiel auf das Parkett. Beim dritten Mal knackte das Holz laut. Nach sechs Versuchen brach das Schloss aus der Nut, und die Tür schlug krachend auf. Thomas schwitzte. Er ließ den Stuhl fallen, lief in das Zimmer, kniete sich neben die Kinder und nahm sie in die Arme. Beide weinten, Emma zitterte trotz der Hitze, die im Raum herrschte, und presste ihr Gesicht an seinen Hals. Thomas wurde die Kehle eng. Vor Mitgefühl mit Jonas und Emma und vor Wut auf Sarah.
Irgendwann löste Jonas sich aus der Umarmung. »Ich mag die Mama nicht mehr.« Seine Augen waren gerötet.
Jetzt erst nahm Thomas wahr, dass Jonas seine Fußballsachen trug. Emma war noch im Schlafanzug. Dem violetten mit dem Einhorn darauf. Immer und immer wieder strich er ihr über das Haar und flüsterte ihr ins Ohr: »Alles ist gut, Emma-

Maus, die Mama hat das nicht böse gemeint. Alles ist gut.« Als sie sich beruhigt hatte, fragte er Jonas: »Weißt du, wo Mama ist?«

Sein Sohn schüttelte den Kopf. Dann brach alles aus ihm heraus, und mit seiner hohen, aufgeregten Stimme plapperte er los: »Mama wollte nicht mit uns spielen, und Emma durfte nicht zu der Rutschbahn und ich nicht zu Alex und Sven, und weil ich aber unbedingt zum Fußball wollte, hat sie uns eingesperrt. Und dann hat es geklingelt, und sie hat aufgemacht, und die Polizei ist gekommen, dann hat sie gesagt, wir würden in die Stadt gehen, wenn der Mann und die Frau weg sind, und wir haben im Zimmer gewartet, aber als sie weg waren, war sie noch blöder als am Morgen und hat geheult und geredet, obwohl niemand da war. Und dann hat sie gesagt, wir sollen wieder in unser Zimmer gehen und uns fertig machen, und als wir drin waren, hat sie abgeschlossen und ist noch rumgelaufen, das hab ich gehört, und dann hat sie die Wohnungstür zugeschlagen.« Jonas war völlig außer Atem nach seinem Bericht, und sein Gesicht war rot wie das eines Dreijährigen, der nicht aufhören kann zu weinen.

»Wisst ihr was« – Thomas versuchte ein Lächeln –, »jetzt mache ich euch erst einmal eine kühle Limo und ein richtig tolles Sandwich mit ganz viel Mayo, und dann gehen wir Fußball spielen und zu der Rutschbahn. Einverstanden?«

Jonas strahlte. »Au jaaa!«

Emma zog einen Schmollmund und sagte: »Ich mag keine Mayo, ich mag ein Honigbrot.«

»Klar, Maus!« Er stand auf. »Auf geht's in die Küche!«

Sie setzten sich an den Tisch, und Thomas schenkte beiden Orangensaft mit Sprudel ein, richtete einen großen Teller mit Broten – Käse mit Mayonnaise, Tomaten und Salatblättern für Jonas und für Emma Blütenhonig – und erzählte dabei von den Dingen, die sie gleich unternehmen würden. Erst aufwärmen und dabei den Ball mit dem Fuß über Kopfhöhe in die Luft spielen und auffangen, jeder zehn Mal. Dann mit Jonas' Freunden eine Torschuss-Rallye um sechs orange-weiße Verkehrsleitkegel herum machen. Dann Torschussduell. »Du wirst den Ball besser als Weidenfeller halten, wenn ich schieße«, sagte er zu Jonas.

»Mann, der ist doch gar nicht mehr aktiv. Jetzt ist doch der Manuel Neuer dran!«, rief Jonas, und Thomas freute sich, dass er seinen Jungen mit absichtlich gemachten Fehlern fordern und bei Laune halten konnte. »Und bevor wir gehen, ziehen wir dir die Hose mit den großen Aufnähern am Po an«, sagte er zu Emma. »Damit du hundert Mal rutschen kannst, ohne dass dir der Popo weh tut und rot wird wie eine superreife Tomate.«

Emma kicherte, und sofort ging Thomas das Herz auf. Er hatte es geschafft. Die Kinder lachten wieder. Er lachte mit ihnen – doch innerlich weinte er. Denn Sarahs Verhalten war kein einmaliger Ausrutscher gewesen. Alles, was er befürchtet hatte seit Ediths Tod, war eingetreten. Sie war wieder labil und komplett überfordert. Nur, dass ihre Aggression sich nun offenbar auch gegen die Kinder richtete. Das konnte und durfte er nicht zulassen.

»So«, sagte er nach dem Essen, »Jonas, hilfst du Emma beim Anziehen? Ich geh nach oben und zieh mich um. Ich kann ja schlecht im Anzug Fußball spielen.«

Die Kinder lachten, und Jonas sagte zu Emma: »Komm, Hose suchen!«

Thomas stellte die Teller und Gläser in die Spüle und griff auf dem Weg ins Schlafzimmer nach dem Zettel mit Doktor Eickhoffs Nummer, der neben dem Telefon lag. Er musste mit Sarahs Therapeuten sprechen. Ihn informieren. Er war sicher,

dass Sarah ihm nicht erzählen würde, dass sie die Kinder schlecht behandelte.
Er ging ins Schlafzimmer, zog die Tür hinter sich zu und tippte die Nummer des Psychiaters in sein Smartphone.
Während er auf die Verbindung wartete, blickte er auf Sarahs Seite des Bettes. Alles war zerwühlt, ihr dünner Schlafanzug lag zerknüllt auf dem Boden, und es roch ungelüftet und muffig.
»Praxis für Neurologie und Psychiatrie Eickhoff, was kann ich für Sie tun?«, meldete sich der Arzt persönlich.
Thomas war erleichtert. Nur ungern hätte er einer der Helferinnen erklärt, weshalb er anrief.
»Kramer, Thomas Kramer. Der Ehemann von Sarah Kramer. Sie war bis vor wenigen Wochen bei Ihnen in Therapie.«
»Wie kann ich Ihnen helfen?«
»Sarah war ja gestern bei Ihnen. Und jetzt … ich vermute, sie verschweigt Ihnen ein großes Problem.«
»Da sollten Sie noch einmal mit Ihrer Frau reden.«
»Sie sperrt die Kinder ein. Ohne Essen und Trinken. Sie schreit sie an.«
Eickhoff zögerte. »Weiß Ihre Frau von Ihrem Anruf bei mir?«
»Natürlich nicht. Sie müssen ihr helfen!«
»Das kann ich im Augenblick nicht.«
»*Sie* sind ihr Therapeut, nicht ich.«
»Ich bin nicht mehr ihr Therapeut.«
»Aber Sie …« Schneller, als ihm lieb war, verstand Thomas. »Sarah war gestern nicht bei Ihnen?«
»Nein.« Nach einer Pause fuhr er fort: »Es klingt allerdings so, als sollte sie sich bei mir melden. Ist denn etwas Konkretes vorgefallen?«
»Sarahs Mutter wurde ermordet. Und seither … Es beginnt alles wieder von vorn.«

»Das tut mir leid. Reden Sie mit ihr. Ich bin da. Ich hätte auch morgen nach der regulären Sprechstunde Zeit.«
»Danke.« Thomas legte auf.
Sarah vernachlässigte die Kinder. Sie driftete wieder ab. Und sie belog ihn: Sie hatte Eickhoff nicht angerufen, und sie war auch nicht bei ihm gewesen. Lügen war neu. Zumindest, soweit er wusste.
Thomas wurde das Herz eng. Er hatte immer zu seiner Frau gehalten. In guten und in schlechten Zeiten – wortwörtlich. Er liebte Sarah. Aber was sich hier entwickelte, war nicht mehr tragbar.
Er sah aus dem Fenster. In der großen Lärche hüpften ein paar Vögel von Ast zu Ast.
Belügen ließ er sich nicht. Und er würde es nicht zulassen, dass Jonas und Emma je wieder einen Tag wie heute erleben mussten.

19

Ihre Knie schmerzten, und der Rücken tat ihr weh. Zum dritten Mal drehte Karo das Blatt Papier mit der Aufbauanleitung um, vor dem sie auf dem Schlafzimmerboden kniete. Neben ihr lagen rund zwanzig kleine und große, dicke und dünne Schrankteile aus Pressholz, eine Handvoll Holzdübel, eine Tüte winziger Nägel und irgendwelche Metallteile, die sie nicht zuordnen konnte.

Nach dem Mittagessen mit Moritz Ehrlinspiel hatte sie den ganzen Nachmittag über ihren Auftrag gegrübelt, den sie nun nicht mehr erfüllen konnte und der ihre Wahl des neuen Arbeits- und Lebensraumes mit beeinflusst hatte. Edith Felber war tot, und was sie mit ihr zu besprechen gehabt hätte, war damit hinfällig. Weil sie mit Grübeln nicht weitergekommen war, war sie spontan zu Ikea gefahren.

Sie nahm den Hammer und schlug gemäß der Anweisung die ersten Holzdübel in die Vorbohrungen. Wenigstens diesen zweitürigen Kleiderschrank musste sie schaffen. Ihre Kleidung in Kartons aufzubewahren gefiel weder ihr noch ihrer Garderobe. Und jeden Morgen bügeln musste auch nicht unbedingt sein. Sie steckte die Seitenwand auf die Bodenplatte.

Im Grunde hätte sie alles vergessen und einfach ihren neuen Job machen können. Doch sie war fast sicher, dass der Tod Edith Felbers mit dem, was sie schon viel zu lang mit sich herumschleppte, zusammenhing.

Bei Fisch und Bier war sie kurz versucht gewesen, Ehrlinspiel die Wahrheit zu sagen. Das hätte sie befreit – und vermutlich wäre sie nach dem Einleiten eines Disziplinarverfahrens vom

Dienst suspendiert und später dem Beamtenverhältnis enthoben worden.
Sie schlug weitere Dübel ein, stand auf und steckte die zweite Seitenwand auf die Bodenplatte. Über ihr baumelte die nackte Glühbirne. Einen Lampenschirm, der ihr gefallen hätte, hatte sie auf die Schnelle nicht gefunden. Und sie war nicht in der Stimmung gewesen, zwischen turtelnden Paaren und gutgelaunten Menschen einen vorgegebenen Weg zu laufen, sich dabei anrempeln zu lassen und lang zu suchen. Den billigen Zweitürer konnte sie später durch einen richtig schönen Schrank ersetzen. Wo auch immer sie dann wohnen würde. Dass alles gut ausgehen würde – damit rechnete sie nicht mehr. Karo schob das Ergebnis ihrer bisherigen Arbeit an die Wand und setzte die Deckenplatte auf. Als sie die Anleitung mit den Strichmännchen und Pfeilen erneut studierte, sah sie, dass sie das Ganze auf dem Boden hätte montieren sollen. »Mist«, sagte sie laut und kippte den halbfertigen Schrank vorsichtig, bis er wieder am Boden lag. Ein schmerzhaftes Ziehen entlang der Wirbelsäule begleitete die Aktion.
Vielleicht hätte sie doch dort bleiben sollen, wo sie herkam. Bei ihrem Ex-Liebhaber – dem Innenminister –, beim Ex-Kollegen und an ihrem schäbigen Schreibtisch in einer Gegend, die schlimmer war als jedes Klischee. Vor allem für sie als Mischling. Als eine von denjenigen, die vor dem Hintergrund des Flüchtlingsstromes nun offen feindselig angestarrt und gehasst wurden. Doch was wäre dann geworden? Hier war sie sicherer. Als Frau, als Farbige, als anerkannte polizeiliche Konfliktberaterin.
Sie blätterte die Ikea-Anleitung um. Legte die dünne Schrankrückwand auf die Kanten der bereits zusammengebauten Teile und riss die Tüte mit den Nägeln auf. Im Treppenhaus gingen Leute aus und ein, die Haustür schlug laut zu. Hier in ihrer

Erdgeschosswohnung hörte sie fast alles. Sie begann, in geringen Abständen Nägel am Rand der Hinterwand einzuschlagen.
Morgen. Morgen wäre ein neuer Tag. Da konnte sie überlegen, ob sie sich erklärte, ihren Job vielleicht noch rettete – und andere damit unglücklich machte. Ob sie einfach erzählte, woher das Geld in der Liebespaar-Statue mit an Sicherheit grenzender Wahrscheinlichkeit stammte. Oder ob sie schwieg, ihren Job erledigte, als sei nichts Außergewöhnliches geschehen, so dass weder Sarah Kramer noch Lukas Felber das Geheimnis je erfahren würden. Dass nämlich ihre Familie größer war, als sie glaubten.

20

Donnerstag, 21. Juli 2016

Sie schloss die Augen, zog die Beine an und ließ sich in die Wärme gleiten, bis das Wasser über ihrem Kopf zusammenschwappte. Nach einigen Sekunden tauchte sie aus der Badewanne wieder auf, ihr Haar klebte am Kopf und fiel schwer und nass bis auf ihre Brüste. Sie hatte Sanddorn-Essenz in das viel zu heiße Wasser gegeben, doch nach der durchfrorenen Nacht brauchte Sarah Kramer Wärme. Nicht genug hatte sie am frühen Morgen davon bekommen können, denn die Kälte kam von innen. Wie ständig seit dem Tod ihrer Mutter. Sie entstand aus dieser Mischung aus Angst, Hoffnungslosigkeit und dem endlosen Schwarz, das sie wieder einzuhüllen drohte und ihr jede Lebensfreude nahm.

Nachdem Thomas die Kinder geweckt und mit ihnen nach unten gegangen war, um zu frühstücken, hatte Sarah sich für ein Bad entschieden. Es war eine gute Idee gewesen. Langsam, ganz langsam floss die Wärme zurück in ihre Glieder. Erst in die Finger und Zehen, dann in die Arme und Beine und zuletzt in ihren Bauch.

Ihr Herz aber erreichte sie nicht.

Sie tauchte erneut unter.

Seit dem Streit mit Lukas fühlte Sarah sich leer. Sie hatte eigentlich gedacht, dass seit Wochen gar nichts mehr in ihr gewesen sei, was sie noch hätte verlieren können. Doch Lukas' Gleichgültigkeit und sein angebliches Nicht-Erinnern an alles, was ihr damals widerfahren war und was sie ihm in der Weihnachtsnacht 1992 anvertraut hatte, hatten sie in eine völlige Leere katapultiert. Die letzte Hoffnung aus ihr gespült und

ihren Körper wie eine Hülle um ein dunkles Nichts zurückgelassen.
Sie tauchte auf. Begann bereits wieder zu frieren, zog den Einhebelmischer zu sich und ließ heißes Wasser nachlaufen. Wieder ließ sie sich unter die Oberfläche gleiten, verharrte einige Sekunden unter Wasser in dieser heißen, dumpfen Welt.
Sie war erst mitten in der Nacht nach Hause zurückgekehrt. Nach dem Gespräch mit Lukas war sie ziellos herumgelaufen, brauchte Luft, Bewegung, wollte sich spüren. Doch nichts war passiert, außer dass sie irgendwann erschöpft auf einer Bank mitten in der Innenstadt zusammengesunken war. Die Leute waren an ihr vorbeigehastet. Sarah hatte Hunderte von Füßen auf den Pflastersteinen registriert, in Sandalen, Pumps, Halbschuhen, lackierte Zehennägel waren genauso darunter gewesen wie Füße in dicken Socken. Die Straßenbahnen ratterten eine nach der anderen an ihr vorbei. Nicht ein Mensch hatte sie angesprochen. Gefragt, ob sie Hilfe brauche. Eine Obdachlose, betrunken vermutlich, das hatten sie gedacht. Später war sie auf der Bank eingeschlafen, und als sie erwachte, war es dunkel.
Gruppen von Jugendlichen zogen an den erleuchteten Schaufenstern vorbei, einige mit Bierflaschen in der Hand. Ein paar Pärchen und junge Leute, in angeregte Diskussionen vertieft. Mit steifen Gliedern war Sarah aufgestanden, die Fußgängerzone Richtung Bahnhof hinuntergelaufen, dann die Bismarckallee entlang, weiter durch die Schnewlinstraße und über die Dreisambrücke, von da bis zur Kriminalpolizeidirektion, wo sie am Mittag ihr Auto geparkt hatte.
Erst als sie in dem weichen Polster des Fahrersitzes versank, um sie Stille, kontrollierte sie ihr Handy, das lautlos geschaltet war. Sie hatte gehofft, eine Nachricht von Lukas zu finden, der sich entschuldigte. Der einsah, dass sie allein verloren war. Der

zugab, damals versagt und sie im Stich gelassen zu haben. Doch es waren nur zwei Nachrichten von Thomas auf der Mailbox. Er bat, nein: befahl, ihn anzurufen. Klang wütend. Einige Stunden später hatte er ihr mitgeteilt, dass die Kinder okay seien, er aber mit ihr reden müsse. Seine Stimme klang ruhig, aber eiskalt. Ungewöhnlich für ihren emotionalen Ehemann.

Sarah tauchte wieder auf und schnappte nach Luft.

Als sie gegen ein Uhr nachts die Wohnung betreten hatte, saß Thomas im Wohnzimmer. Sie spürte seine Anwesenheit mehr, als dass sie ihn sah, denn weder er noch sie hatten das Licht eingeschaltet. Seine Silhouette zeichnete sich schwach vor der Balkontür und dem gelblichen Schein der Straßenlaternen ab. Sarah sagte nichts. Stellte sich nur in seine Nähe. Sie hatte erwartet, ihn mit einer Flasche Wodka vorzufinden. Seinem neuen Laster. Doch er war völlig nüchtern, als er sagte: »Ich gehe schlafen. Wir reden morgen. Ich wollte dich nur in Sicherheit wissen.« Dann war er nach oben gegangen. Seither hatten sie kein Wort miteinander gewechselt. Vor einigen Wochen noch hätte eine solche Situation sie beunruhigt, ihr sogar Angst eingejagt. Jetzt war es ihr gleichgültig.

Sie würde einfach mit geschlossenen Augen in der Badewanne sitzen bleiben. Nur ab und zu heißes Wasser nachlaufen lassen – den ganzen Tag, den nächsten, den übernächsten … Thomas würde sich um alles kümmern. Er war zuverlässig und manchmal fast schon manipulierbar, eigentlich viel zu weich für einen Rechtsanwalt.

»Komm aus dem Wasser raus.«

Thomas' Befehlston riss Sarah aus ihren Gedanken. Sie öffnete die Augen. Ihr Mann stand neben der Badewanne, in der Hand ein großes blaues Frottee-Handtuch, das er ihr hinhielt. Er trug seine Anzughose und ein weißes Hemd fürs Büro. Reflexartig verschränkte sie die Arme vor ihren Brüsten und zog die Beine an.

»Komm aus der Wanne. Du brauchst dich vor mir nicht zu genieren.«

»Aber die Kinder. Du hast neulich gesagt, ich soll mir etwas anziehen, denn sie könnten …«

Sein Blick blieb kalt. »Du sorgst dich um die Kinder?«

»Natürlich! Ich …« Sie bemerkte selbst, wie absurd das für Thomas klingen musste. Und sie hatte gestern tatsächlich nicht gut reagiert, als sie Jonas und Emma in ihrem Zimmer eingeschlossen hatte.

»Sarah, komm aus der Wanne raus und zieh dich an.«

»Du kommst zu spät zur Arbeit.«

»Verdammt!« So laut war er selten geworden.

Sie stieg aus der Wanne und nahm das große Frotteetuch, wickelte es rasch um sich. »Ich komme gleich hinunter.« Der kleine Teppich unter ihren Füßen wurde nass vom Badewasser.

Als sie sich abgetrocknet und einen Bademantel angezogen hatte, ging sie, mit feuchten Haaren und barfuß, die Treppe hinab. Unten sah sie es: Die Tür zum Kinderzimmer stand offen, der Lack war zersplittert und das Schloss aus dem Rahmen gebrochen. Der Dielenboden lag voller Holz- und weißer Lacksplitter. Das hatte sie in der Nacht gar nicht bemerkt. Und erst jetzt begriff sie: Sie hatte den Schlüssel zum Kinderzimmer in ihre Handtasche gesteckt und war zu Lukas gefahren. Thomas hatte die Tür aufbrechen müssen. Sie schluckte und sah Richtung Küche. Die Tür war halb geöffnet. Jonas und Emma saßen am Frühstückstisch, vor sich die Müslischalen und zwei Gläser Orangensaft. Als Jonas sie entdeckte, blickte er sofort weg.

Thomas stand im Wohnzimmer an der Balkontür, den Rücken ihr zugewandt.

Sie sah seine breiten Schultern. Seine schmalen Hüften. So vertraut, so männlich.
»Ich möchte, dass du für einige Tage ausziehst«, sagte er, ohne sich umzudrehen.
Sie schüttelte den Kopf. Sie musste sich verhört haben. Das konnte er unmöglich ernst meinen. Nicht Thomas, der immer alles für sie tat. Der sie liebte und achtete, der sie während der Therapie unterstützt und sie motiviert hatte, Papas Werkstatt wiederzueröffnen, und der seinen Traumjob gegen eine langweilige Teilzeitanstellung getauscht hatte. Unverwandt starrte sie auf seinen Rücken. Schwieg. Rührte sich nicht.
Schließlich drehte er sich um. Sie konnte seinen Gesichtsausdruck vor der hellen Fensterfront nicht erkennen. »Hast du mich verstanden?«
»Nein. Also ich meine, ja, aber …« Sie fror schon wieder und hatte einen sauren Geschmack im Mund.
»Ich habe dir in der *Kreuzblume* ein Zimmer für sechs Nächte reserviert. Ab fünfzehn Uhr kannst du dort einchecken. Du rufst bitte auch Doktor Eickhoff an und vereinbarst noch für heute Abend einen Termin. Er wird Zeit haben. In erster Linie aber überlegst du dir in den nächsten Tagen, ob du den Kindern weiterhin schaden willst oder ob du für sie und mich wieder gesund werden möchtest und dafür in eine Klinik gehst. Und keine Lügen mehr.«
Sie öffnete und schloss den Mund. Thomas hatte ihr nachspioniert. Er hatte mit ihrem Psychiater gesprochen. Eickhoff. Ihr eigener Ehemann dachte, was alle dachten. »Gesund werden«, flüsterte sie.
»Begreifst du eigentlich nicht, was mit dir geschieht?«
»Ja, ich begreife sehr wohl. Ihr haltet mich alle für psychisch krank. Für eine, die nicht mehr weiß, was sie tut.« In ihrer inneren Leere spürte sie Sarkasmus und Zorn entstehen. Zorn,

den sie komplett für Lukas aufgebraucht zu haben glaubte. »Ihr wollt mich loswerden. Und jetzt plant ihr offenbar, mir noch die Kinder wegzunehmen.« Sie ging ein paar Schritte auf ihn zu. Der saure Geschmack in ihrem Mund verstärkte sich. »Das dürfte ja sicher alles kein Problem für dich sein, als Superanwalt. Und bei meiner Vorgeschichte.«

»Es geht nicht darum, dir etwas wegzunehmen. Aber du belügst uns. Du hast keinen Kontakt zu Doktor Eickhoff aufgenommen, wie du behauptet hast. Du lässt dich in die Depression treiben. Du kannst keine Verantwortung mehr übernehmen. Ich muss Jonas und Emma schützen. Hast du überhaupt eine Ahnung, was du gestern angerichtet hast? Sieh es dir an. Los, sieh hin!« Er deutete auf die kaputte Tür. »Du schreist die Kinder an, seit Tagen. Jetzt sperrst du sie ein, bei diesen Temperaturen, ohne Wasser und Essen, und haust einfach ab! Meldest dich nicht, gehst nicht ans Telefon. Ist dir eigentlich klar, was hätte passieren können? Und wie sich Jonas und Emma fühlten, als ich kam und sie erst aus dem Zimmer befreien konnte, nachdem ich die Tür aufgebrochen habe?«

»Sie werden es verkraften. Ich musste als Kind auch ...«

»Halt den Mund! Versuch ja nicht, deine eigenen Traumata oder besser gesagt: *erfundenen* Traumata dadurch zu kompensieren, dass du dich nun genauso mies verhältst, wie sich andere dir gegenüber verhalten haben.«

Sarahs Unterlippe begann zu zittern. Ihr Zorn verwandelte sich in Fassungslosigkeit.

»Mama ist scheiße«, sagte Jonas in die Stille. Er war aus der Küche gekommen, an ihr vorbeigeschlüpft und hatte sich neben seinen Vater gestellt.

Sarah stand da wie versteinert.

»Und wer kümmert sich um die Kinder, wenn ich im ... Hotel bin?«, brachte sie mühsam hervor.

»Mach dir darüber keine Gedanken. Ich bin noch in der Probezeit. Ich werde kündigen, die Frist beträgt nur vierzehn Tage. Bis dahin bitte ich um Freistellung. Wenn das nicht geht, lasse ich mich krankschreiben.«
»Das wirst du nicht tun. Du brauchst Arbeit. Wir müssen von etwas leben. Wir …«
Thomas zog sein Smartphone aus der Hosentasche. Tippte. Sprach. Ungläubig lauschte Sarah seinen Worten. Offenbar redete er mit seinem neuen Chef. Bat um sofortige Freistellung wegen eines familiären Notfalles. Mehrmals nickte Thomas, während er zuhörte. Dann sagte er nachdrücklich: »Danke. Danke für Ihr Verständnis und Ihr Entgegenkommen.«
Da wusste sie es: Er meinte es ernst. Ihr nachgiebiger, verständnisvoller Ehemann konnte knallhart sein. Wie sonst hätte er bei *Eckert & Tritsch* vor Jahren seinen Traumjob bekommen und hervorragend erledigen können, Tag für Tag. Sie hätte es wissen müssen. Erspüren sollen in all den Jahren. War sie tatsächlich so krank, dass sie die Bedürfnisse anderer Menschen nicht mehr wahrnahm? Hatten alle recht – Doktor Eickhoff, Lukas und Thomas und ihre verstorbene Mutter –, nahm sie die Dinge verzerrt und falsch wahr? War in ihrem Innern nur noch Raum für ihr eigenes Leid? Für den Schmerz, den sie hin- und herdrehte, in den sie Kerben schlug und Ausschmückungen schnitzte, an dem sie feilte und schmirgelte, bis die Realität ein neues Ganzes war, eine Collage aus Versatzstücken und Selbsttäuschungen? Sarah wusste es nicht. Aber eines wusste sie: Sie hatte ihren Vater verloren. Sie hatte Davids Liebe verloren. Jetzt war ihre Mutter dem Vater gefolgt. Und der Traum von Papas Werkstatt und einem Leben als Künstlerin war begraben. Zur Krönung würde sie ihr Zuhause verlieren. Ihren Ehemann – und ihre beiden Kinder.
Ihr würde nichts und niemand bleiben.

21

Freitag, 22. Juli 2016

Setz dich hin, du machst mich nervös«, sagte Freitag zu Ehrlinspiel.

Der Hauptkommissar ging noch zweimal im Büro auf und ab und setzte sich dann hinter seinen Schreibtisch. »Das darf alles nicht wahr sein. Wir sind keinen Schritt weitergekommen. Und das, obwohl es ein wichtiger Fall ist. Wegen Lukas.«

»Ich bin gestern Abend mit ihm beim Essen gewesen. Unten in der Cafeteria.« Paul Freitag lehnte sich zurück. Der alte Bürostuhl ächzte leise. »Wir sind Edith Felbers Leben noch einmal durchgegangen.«

»Und?«

»Du kennst ja Lukas. Still und verschwiegen. Er war fast schon teilnahmslos, was ich, ehrlich gesagt, nicht verstehe. Er sollte doch ein Interesse daran haben, den Fall zu klären.«

»Ich glaube langsam, Reimer hat recht, und Lukas braucht tatsächlich Hilfe. Ist gar nichts Neues rausgekommen bei eurem Gespräch?«

Freitag schüttelte den Kopf, und sein schwarzes Haar fiel ihm in die Stirn. »Einzig, dass er sich an einen Tag erinnern kann, an dem Edith Felber gereizter gewirkt hat als üblicherweise. Das war zwei Wochen vor ihrem Tod. Er hatte sich nichts dabei gedacht. Es ging ihm erst jetzt durch den Kopf.«

»Hat er seine Mutter nach dem Grund gefragt?«

»Ja. Es war auf dem Wochenmarkt. Er ging ja fast jeden Samstag dorthin. Sie hat ihm Vorwürfe gemacht, weil er sich angeblich nicht genügend um die Familie und sie kümmere.«

»Was soll das konkret heißen?«

»Sie hat sich gewünscht, dass er regelmäßig ins Dorf zu ihr kommt. Dass er mal nach dem Haus sieht, ihr bei kleinen Reparaturen zur Hand geht und ein Auge auf die Werkstatt hat.«

»Ein Auge auf die Werkstatt? Wäre das nicht eher Sarah Kramers Aufgabe gewesen?«

Freitag nahm einen Bleistift zur Hand und klopfte mit diesem auf die Schreibtischplatte. »Du sagst es. Und genau das hat offenbar auch Lukas seiner Mutter geantwortet. Daraufhin ist Edith Felber noch wütender geworden und hat ihm vorgeworfen, sie, also die Mutter, im Stich zu lassen.«

Ehrlinspiel stützte die Unterarme auf den Schreibtisch. Sah zwischen bunten Notizzetteln, Kugelschreibern und Aktenheften hin und her. Irgendetwas geisterte durch seinen Hinterkopf, doch er konnte den Gedanken nicht fassen. »Kann es sein, dass sie sauer auf ihn war und sich deshalb wütend zurückgezogen hat? Dass sie Sarah nicht in den Streit mit Lukas reinziehen wollte und daher so tat, als sei alles in Ordnung und sie sei während des Unwetters bei Lukas gewesen?«

»Möglich. Aber bringt uns das weiter?«

»Insofern, dass Edith Felber sicher sein konnte, dass Sarah nichts von Lukas' Kurztrip in den Süden wusste. Ansonsten wäre Sarah ja nicht davon ausgegangen, ihre Mutter sei bei Lukas.«

»Was bedeutet, dass die beiden Geschwister keinen sehr intensiven Kontakt zueinander haben oder hatten.«

»Genau das war ja auch unser eher flüchtiger Eindruck, als die beiden sich anfangs hier im Büro begegnet sind. Als hätten sie sich ewig nicht gesehen.«

»Hast du Lukas danach gefragt? Und was zieht er für einen Schluss aus dem Verhalten der Toten?«

»Er hatte den emotionalen Ausbruch seiner Mutter nicht ernst genommen. Über Sarah sagte er lapidar, sie beide hätten wenig

Zeit, und jeder führe sein eigenes Leben.« Freitag ließ den Bleistift fallen.
»Warum ist Lukas eigentlich nie in das Dorf gefahren?«
»Darüber habe ich auch schon nachgedacht. Anscheinend war er vor dem Tod seiner Mutter nur selten oder gar nicht dort. Aber nach ihrem Tod ist er mehrmals dort aufgekreuzt.«
»Er ist jeden zweiten Tag oben, sagt er, um die Schafe zu füttern und den Stall auszumisten.«
»Wir sollten Sarah Kramer fragen, ob sie sich einen Reim darauf machen kann. Vielleicht hat ihre Mutter ihr ja etwas gesagt, was sie für völlig belanglos hält und uns gegenüber daher nicht erwähnt hat.« Ehrlinspiel nahm das Mobilteil seines Telefons von der Ladestation und tippte Kramers Nummer ein. Nach dem sechsten Klingeln war Thomas Kramer am Apparat. »Ehrlinspiel, Kriminalpolizei. Kann ich mit Ihrer Frau sprechen? Nur eine kleine Frage, die im Zuge der Ermittlungen aufgetaucht ist.«
»Tut mir leid, Sarah ist nicht da.«
»Wo kann ich sie erreichen?«
»Im Hotel *Kreuzblume*.«
Ehrlinspiel sah zu Freitag. Der zog fragend die Augenbrauen hoch. »Ich möchte sie nicht beim Kaffee stören.«
»Sie ist nicht zum Kaffee dort. Sie wohnt dort.«
»Seit wann?«
»Seit gestern Nachmittag.«
»Weshalb?«
»Ich habe sie darum gebeten. Der Kinder wegen.«
Thomas Kramer wusste also, dass sie die Kinder eingesperrt hatte. Und wer weiß, was sonst noch vorgefallen war. Ihre aggressive Art half sicher nicht, die Familie in einer solchen Extremsituation zusammenzuhalten.
Seine Gedanken sprangen kurz zu Hanna und den ständigen

Streitereien. Womöglich wäre ein Hotel gar keine so schlechte Idee. Er wusste, dass Emotionen in einer Mordermittlung nichts zu suchen hatten. Doch auch er war nur ein Mensch und ein Mann und fühlte sich auf eigenartige Weise mit Thomas Kramer solidarisch. Auch ohne Kinder, die Hanna hätte schlecht behandeln können.

»Eine Übergangslösung«, stellte Ehrlinspiel fest und dachte: die endgültig sein wird.

»Ich hoffe es. Wie gesagt, Sie finden meine Frau in der *Kreuzblume*. Ihre Handynummer haben Sie sicher?«

»Danke, ja.«

Sie verabschiedeten sich. Ehrlinspiel griff nach dem Schlüssel seines Dienstwagens. »Lust auf Kaffee und Kuchen in der *Kreuzblume?* Kramer hat seine Frau rausgeschmissen«, sagte er zu Freitag.

* * *

Er fühlte sich zugleich befreit und wie ein Verräter. Thomas kickte den Fußball sachte über die sonnige Wiese zu Emma, die unbedingt mit Jonas zu dessen Freunden Alex und Sven gehen und mitspielen wollte. Jonas war zuerst nicht begeistert gewesen, doch seine Freunde hatten sich seiner kleinen Schwester sofort angenommen und ihr gezeigt, was sie konnten. Gute Kinder, dachte Thomas und empfand Dankbarkeit dafür, dass Jonas sich solche Kumpel ausgesucht hatte.

An Sarah mochte er nicht denken. Aber er konnte sich durchaus vorstellen, wieder zu beten, auch wenn er nicht an Gott glaubte. Beten für Sarah, für ihre Seele und dafür, dass alles gut würde und sie irgendwann wieder eine glückliche Familie werden würden. Dafür musste Sarah aber bereit sein und an sich arbeiten.

»Papa«, rief Jonas und spielte ihm den Ball zu. Thomas lief los, erreichte den Ball und stürmte in Richtung des gegnerischen Tors, vor dem Sven, mit federnden Knien und verschwitzten Haaren, dribbelte. »Schau, Emma«, rief Sven, »jetzt!« Und schon warf er sich auf den Ball, den Thomas längst nicht so hart geschossen hatte, wie er hätte können. »Mist«, schrie er gespielt verärgert, und Sven stieß lachend die Faust in die Luft. Vom Spiel war Thomas erhitzt, doch die Bewegung tat ihm gut. Die Kinder, ihr unbeschwertes Herumtoben und die Sonne befreiten seine Gedanken. Und sein Körper, viel zu verkrampft vom vielen Sitzen am Schreibtisch, lockerte sich.
Emma kam angerannt. Sie wirkte verloren in ihren Turnschuhen und dem viel zu großen T-Shirt von Jonas, doch sie besaß keine Sportsachen und wollte unbedingt ein Oberteil mit Nummer darauf tragen. »Wie die großen Jungen auch.« Er wuschelte ihr durch die Haare. »Hast du Durst? Drüben haben wir Wasser.« Er deutete an den Rand des Spielfeldes, wo in Sichtweite seine Tasche lag.
Emma nickte, und Hand in Hand liefen sie hinüber. Die Flasche war in ein Frotteehandtuch gewickelt, so blieb sie kühl. Er schraubte sie auf, es zischte, und Emma lachte, als sie mit ihren kleinen Händen danach griff und gierig trank. Währenddessen checkte Thomas sein Smartphone. Sarah hatte sich nicht gemeldet. Verständlich. Er würde später ihren Psychiater anrufen und fragen, ob sie ihn kontaktiert hatte. Zwar widerstrebte ihm diese Kontrolle, doch er sagte sich, dass es nicht nur um seine Frau und ihn ging, sondern auch um die Kinder. Und die hatten ein Recht auf ihre Mutter, eine, die sich um sie sorgte und gut zu ihnen war. Allerdings war eine Sprachnachricht mit einer ihm unbekannten Mobilnummer auf der Mailbox. Er hörte sie ab. Es war wieder Hauptkommissar Ehrlinspiel. Er bat um Rückruf. Klang ernst. Thomas

schluckte trocken. »Geh zu den Jungs«, sagte er zu Emma, als sie die Plastikflasche absetzte und ihm mit beiden Händen hinstreckte. »Ich bin gleich bei euch.« Er stellte die Flasche auf den Boden.
Seine Tochter lief zurück aufs Spielfeld.
Thomas tippte auf *Nummer anrufen,* und sofort war Ehrlinspiel am Telefon. »Kramer. Sie baten um Rückruf.«
»Danke. Sagen Sie, haben Sie Ihre Frau gestern in die *Kreuzblume* gebracht?«
Er blickte auf die grüne Rasenfläche. Die Kinder lachten und rempelten sich an. »Nein, sie ist allein gefahren. Warum?«
»Herr Kramer, Ihre Frau ist nicht in der *Kreuzblume*. Sie hat nicht einmal dort eingecheckt.«
»Was?«
»Wir haben auch die anderen Hotels abtelefoniert. In Freiburg und im näheren Umkreis. Sie hat sich nirgends ein Zimmer genommen. Ihr Handy ist ausgeschaltet.«
Thomas bückte sich nach der Flasche. Er brauchte Wasser. Sofort. »Das kann nicht sein«, sagte er, nachdem er einige Schlucke getrunken hatte.
»Haben Sie noch einmal von ihr gehört, nachdem sie gegangen war?«
»Nein, ich … Wo, verdammt, kann sie nur sein?«
»Sie haben sie weggeschickt. Liege ich richtig damit, dass das nicht einvernehmlich war?«
Thomas schwieg einige Sekunden. »Ja«, sagte er dann.
»Hat Ihre Frau Freunde in der Stadt? Oder im Umland?«
»Die Jakobs von nebenan. Aber die sind verreist. Und sonst … Ich weiß es, ehrlich gesagt, nicht.«
»Keine Idee, wohin sie gegangen sein könnte?«
»Normalerweise wäre sie zu ihrer Mutter gegangen. Aber jetzt …?«

»Könnte sie trotzdem dort sein? Also im Haus Ihrer verstorbenen Schwiegermutter?«
»Ich werde sofort hinfahren. Aber vorstellen kann ich es mir nicht. Es würde sie innerlich zerreißen. Sie soll doch nicht noch mehr leiden. Deswegen hatte ich ja das Hotel gebucht.«
»Bitte rufen Sie uns an, sobald Sie im Dorf waren.«
»Das mache ich.«
»Bis später.«
Wenn Sarah etwas passiert war und er die Schuld daran trug …
Er winkte Emma und Jonas zu. »Schluss für heute.« Rasch trank er noch einige Schlucke und wischte sich mit dem Frotteehandtuch übers Gesicht, um die Tränen vor seinen Kindern zu verbergen.

22

Ihre Finger zitterten, als sie im Adressbuch ihres Handys zu Eickhoffs Nummer scrollte. Der Akku war fast leer, und noch immer hatte sie den Flugmodus aktiviert und war nicht im Netz eingeloggt.

An alles hatte sie gedacht gestern. Ihr Gehirn hatte unter dem Schock ganz klar funktioniert. Kleidung einpacken, Handtücher, Zahnbürste, Waschlotion, Besteck, Blechtasse, einige Pappteller, Gaskocher, Leatherman, Schlafsack, ein paar Konserven und Wasser und das kleine Zelt der Kinder. Nur das Handy-Ladekabel hatte sie vergessen. Im Auto hätte sie es über den Zigarettenanzünder verwenden können. Also hatte Sarah das Handy ausgeschaltet und beschlossen, es nur für wichtige Telefonate kurz zu benutzen.

Sie stellte sich vor, wie das Gespräch mit Eickhoff verlaufen würde. »Praxis für Neurologie und Psychiatrie Eickhoff, was kann ich für Sie tun?« Sie konnte seine Stimme fast hören, sein Aftershave riechen, und allein die Vorstellung, sie würde tatsächlich mit ihm sprechen, katapultierte sie drei Jahre zurück. Sie würde ihn nicht anrufen. Unmöglich. Sie konnte das nicht alles noch einmal durchmachen. Drei Jahre reden, sich auseinandernehmen lassen, sich stabil glauben – aber das Entscheidende verschweigen. Denn genau das würde sie jetzt wieder tun. Musste sie tun.

Sarah legte das Handy neben den Schlafsack und kroch aus dem Zelt. Es war später Nachmittag, und durch die dichten Tannen brachen sich einige Sonnenstrahlen ihren Weg bis auf den laub- und moosbedeckten Waldboden. Kleine goldene In-

seln in sattem Grün. In den Sonnenstrahlen tanzten winzige Fliegen.
Ein paar Tage Ruhe. Nachdenken. Das wollte Thomas. Doch sie hatte schon gestern gewusst, dass sie nicht lang überlegen musste. Sie würde weder erneut zu Eickhoff gehen und erst recht nicht in eine Klinik. Beides würde ihr nicht helfen. Sie hatte auch keine Lust, dass ihr Ehemann im Hotel aufkreuzte und sie zur Rede stellte. Dass er ihr Druck machte und die Kinder und das heile Familienleben vorschob, das sie nun auf dem Gewissen hatte.
Sarah, die Schuldige.
Sarah, die Schwache.
Sarah, die Kranke.
Wie immer.
Es gab nur eines, das ihr helfen konnte. Doch was sie den Großteil ihres Lebens nicht geschafft hatte, würde sie auch jetzt nicht mehr schaffen. Obwohl sie nun ahnte, was ihre Mutter 1993 getan hatte. Sie war sich sicher gewesen, dass auch Lukas es wusste. Mittlerweile war sie allerdings nicht mehr überzeugt davon. Und damit hatte sie ihre letzte Hoffnung verloren, es jemals herauszufinden.
Sie ging über den weichen Boden, quer durch den Wald. Es roch nach Rinde und Erde, und schon bald waren ihre nackten Arme zerkratzt. Es störte sie nicht. Hier oben war immer einer ihrer Lieblingsplätze gewesen. Ihr magischer Ort. Sarah berührte die Stämme der Fichten und wertvollen Höhenkiefern, zwischen denen einige Buchen wuchsen. Sie dachte an ihren Vater, mit dem sie hier Holz geschlagen hatte. An die Stämme, aus denen Marias, Josefs und die winzigen Jesuskinder geworden waren, an die fein ziselierten Holzmasken, an die Kreuze und Grabfiguren. Jeder Quadratmeter dieses Geländes war ihr vertraut.

Etwas weiter oben war vor einigen Jahren ein Handy-Sendemast errichtet worden. Getarnt als Baum. Sie hatte sich amüsiert. Jetzt fand sie es furchtbar, den Wald ihrer Kindheit so zu missbrauchen.
Je weiter sie Richtung Weiher kam, desto ruhiger wurde sie. Am Ufer hatte sie mit David gesessen, so viele Abende. Sie hatte sich geborgen gefühlt, bei diesem Menschen und an diesem Weiher. Hier hatte sie alles hinter sich gelassen, hatte nicht an zu Hause denken müssen, an den Unfall, bei dem ihr Vater gestorben, und an das, was dem vorausgegangen war. Auch das, was einige Jahre später passiert war und was sie ihrer Mutter vollends entfremdet hatte, konnte sie hier vergessen. Aber der Schmerz war geblieben. Er saß tief. So tief, dass sie noch heute daran zu zerbrechen glaubte.
Am Rand der großen Lichtung blieb sie stehen. Vor ihr breitete sich die Wiese aus und fiel leicht ab bis zu dem Weiher. Schilfrohr säumte die Hälfte des Gewässers, Vögel zwitscherten munter durcheinander, die Luft fühlte sich klebrig-schwül auf ihrer Haut an. Sie setzte sich auf einen Baumstumpf. Sah zum Wasser hinunter. Und dachte an David.
Er hatte gesagt, sie sei jederzeit willkommen. Das hatte er ein zweites Mal betont, als sie neulich nachts sein Haus überstürzt verlassen hatte, weil seine Freundin im oberen Stockwerk wach geworden und herumgelaufen war. David und sie waren zur Haustür gehuscht, er hatte sie kurz in den Arm genommen und leise gesagt: »Hier ist immer ein Platz für dich.« Und sie musste ja eine Bleibe finden. In ihr Elternhaus wollte sie nicht.
Nicht allein.
Nicht mit all den Erinnerungen.
Schon die knappe Stunde in dieser Nacht, als sie die Papiere ihrer Mutter nach einem Beweis für ihren Verdacht durch-

sucht hatte, hatte sie kaum durchgestanden. Doch was würde Davids Freundin sagen, wenn sie mit Sack und Pack vor seiner Tür stand? Sie wortlos und wütend anstarren? Losschreien? Heulen wie ein Kind? So, wie sie aussah, nuttig und primitiv, erwartete Sarah ein Riesentheater. Nein, bei David unterkommen war keine Möglichkeit.
Zwei Enten kamen geflogen und landeten elegant auf dem Weiher. Keilförmige Stromlinien entstanden auf der Wasseroberfläche und verschwanden, als die beiden Tiere schließlich ruhig hintereinander herschwammen.
Im Grunde könnte sie ihre Sachen nehmen, zum Flughafen Basel oder Frankfurt fahren und den nächsten Flieger nach Irgendwohin nehmen. Niemand würde sie vermissen.
Ihre Eltern waren tot und begraben. Ihr Mann hatte sie rausgeworfen. Sie besaß weder Wohnung noch Geld. Jedenfalls nicht, bis das Erbe ihrer Mutter ausbezahlt wurde. Und das Geld in der Statue … das war vermutlich nicht legal. Mit nichts konnte sie nirgendwohin gehen. Ihr eigener Sohn hasste sie mittlerweile, und wenn Thomas seine Meinung nicht änderte – was er kaum je tat –, hatte sie keine Chance, ihre Kinder großzuziehen. Gegen ihn als Anwalt hatte sie von vornherein verloren. Er war gut. Gewann fast alle Prozesse. Ihr Bruder Lukas stellte sich unwissend und wischte alles, was sie durchlitten hatte, damit beiseite. David und das, was sie jemals mit ihm verbunden hatte, waren auch verloren, und er war in einer wie auch immer gearteten Beziehung gebunden. Ehrlinspiel, Freitag und diese farbige Polizistin waren vermutlich die Einzigen, die Sarahs Verschwinden überhaupt bemerken würden.
So saß sie da, beobachtete die Enten und lauschte den Vögeln und Fröschen, bis es dämmerte. Sie hatte nicht bemerkt, wie die Sonne verschwunden und Wolken aufgezogen waren. Rasch stand sie auf und lief zurück zu ihrem Lager. Als sie

ankam, regnete es bereits in Strömen. Sie kroch ins Zelt, zog Jeans und T-Shirt aus, rubbelte sich mit einem Handtuch die Haare trocken, schlüpfte in eine Jogginghose und ein Sweatshirt und dann in den Schlafsack.
Sie würde hier nicht lang bleiben können. Und wenn es die nächsten Tage regnete, ohnehin nicht. Sicher, im Auto schlafen wäre eine Option. Es stand rund einen Kilometer entfernt auf einem inoffiziellen, kaum frequentierten Waldparkplatz. Doch das war unbequem und schien ihr unsicherer, als sich im Dickicht zu verstecken. Wer sollte schon hierherkommen. In dieses finstere Unterholz, wo nie ein Mensch vorbeilief und sogar Rehe und Füchse nur selten querten.
Der Regen prasselte immer heftiger auf das Zelt, trotz der dichten Bäume. Nur einmal durchbrach der scharfe Schrei eines Raubvogels das monotone Geräusch.
Vielleicht würde sie nass werden, der Regen durch das Zelt dringen. Doch was war das schon gegen ein Leben in Angst und Verzweiflung oder das, was ihr davon geblieben war.

23

Samstag, 23. Juli 2016

Jenny konnte sich gegen ihr Misstrauen nicht wehren. Es nagte an ihr, wie der Krebs an ihrer Mutter genagt hatte, immer schmerzhafter, und sie fand keine Linderung und kein Gegenmittel. Weder Dessous noch Motorrad fahren, und erst recht nicht Davids Beteuerungen, dass alles gut sei.
Drei Tage war es jetzt her, dass sie ausbrechen und zurück an die Ostsee hatte fahren wollen. David war charmant und aufmerksam gewesen, hatte ihr Blumen gebracht, das ganze Haus sauber gemacht, und Jenny war erstaunt gewesen, wie schnell und gut er das hinbekommen hatte. Angesprochen hatte sie ihn nicht darauf. Auch nicht auf die Tatsache, dass er ständig mit ihr schlafen wollte, nicht wie üblich, dass sie die Aktive war. Es war offensichtlich, dass er zumindest ein schlechtes Gewissen hatte und nun seinen Worten, er sei immer für sie da, Nachdruck verleihen wollte. Vorhin war er in die Stadt gefahren. Wochenendeinkäufe erledigen. Auch ein Part, den normalerweise Jenny erledigte.
Sie band sich die Haare zurück, zog eine Cargohose, Langarmshirt und Halbschuhe an. Sie brauchte frische Luft. Und wenn sie noch länger hierbleiben musste, konnte sie genauso gut die Umgebung erkunden. Dass sie weiterhin wie eine Außerirdische angestarrt wurde, darauf hatte sie keine Lust mehr. Und jetzt, wo sie wusste, dass David kein reicher Schnösel war, konnte sie auch in normalen Klamotten herumlaufen. Den Gefallen, ihm zuliebe aufreizende Fetzen zu tragen, würde sie ihm nicht mehr tun. Wenn er sie wirklich liebte, sollte er sie so nehmen, wie sie war.

Und wenn sie beide Lust darauf hatten, würde sie ihre Stringtangas, Spitzenbodys oder ein Lackhöschen anziehen. Aber nie wieder würde sie ihn wie selbstverständlich so zu Hause erwarten. Erst recht nicht mit dem Putzeimer neben sich.
Sie ging durch das sonnige Dorf, dessen Straßen vom Regen der letzten Nacht noch nass glänzten und nach feuchtem Staub rochen. Vorbei an den eng aneinandergebauten Häusern mit den flachen Giebeln und dunklen Holzbalkons, vorbei am *Lämmle,* in dem sie die wenigen Male, die sie mit David dort gewesen war, angestarrt und mit giftigen Bemerkungen bedacht worden war. Das Gasthaus hatte bereits geöffnet, und hier waren – wie fast im ganzen Ort – keinerlei Spuren des Unwetters mehr zu sehen. Blühende rote und violette Blumen standen in großen Kübeln auf dem Parkplatz, die weiße strukturierte Fassade strahlte im grellen Vormittagslicht. Die Tür war geöffnet, und der Wirt, ein dicker älterer Mann mit Brille und kahlem Schädel, kam gerade heraus und hob die Hand zum Gruß. Sie tat es ihm gleich. Vermutlich hatte er sie nicht erkannt.
Nach einigen hundert Metern, in denen es bergauf gegangen war, nahm sie einen kleinen Feldweg, der nach dem letzten Haus nach links führte. Rechts und links des Weges waren Wiesen, schwarz-weiße Kühe grasten gemächlich. Wenn sie zurückschaute, ins Dorf hinab, konnte sie den Schafstall von Edith Felber sehen. Er lag wie ein Spielzeugklotz etwas erhöht am Waldrand. Um ihn herum waren weiße Punkte zu erkennen, die Schafe. Wer ließ sie eigentlich raus und rein und fütterte sie? Lukas Felber? Oder war die Tür zum Stall Tag und Nacht geöffnet?
Mit dem Gehen wurde ihr Herz leichter. Ihr wurde warm, sie schob die Ärmel bis über die Ellbogen hoch. Auch das Misstrauen verflüchtigte sich mit dem Duft der bunten Wiesen mit

den vielen gelben, violetten und weißen Blumen. Es war ein Duft, den Jenny nicht kannte. Die Ostsee und die Dünen rochen nach Tang und Salz, und die feuchte Luft legte sich dort oft wie ein Film auf die Haut. Hier mischten sich verschiedene süßliche Düfte mit einem herben, harzigen Geruch. Die Luft war zwar feucht, aber nicht so aufdringlich, wie sie das in ihrer Heimat empfunden hatte.

Der große Traum von Luxus, den Jenny jahrelang geträumt hatte, während ihre Mutter am Non-Hodgkin zugrunde ging, war nichts als ein Fluchtversuch aus ihrem einsamen Leben gewesen. Eine sorgende Mutter, einen Vater, jemand, der sie auffing – das war ihr wirkliches Bedürfnis gewesen und war es noch. Bei David hatte sie gespürt, wie gut das tat, und war gleichzeitig der Illusion erlegen, mit ihm beides zu bekommen. Geborgenheit und Reichtum.

Am Wald angekommen, entschied Jenny sich für den Weg am Waldrand entlang. Wenn sie weiterging, könnte sie sicher irgendwann auf der anderen Seite des Berges ins Tal sehen, wo Staufen liegen musste. Ein Ort, den David ihr einmal gezeigt hatte. Die Häuser hatten klaffende Risse, und er hatte ihr erklärt, dass das die Folge von Geothermie-Bohrungen sei. Die Erde bewege sich, weil die Erdwärme-Bohrung 2007 schiefgegangen sei. Jetzt würde die Stadt zerbrechen. Jenny hatte gekichert und sich das Schaufenster eines Juweliers angesehen. Die Eheringe mit den drei Brillanten in der Damenversion hatten es ihr besonders angetan. David würde sie ja sicher heiraten. Möglicherweise fand sie auch einen Ring mit fünf Brillanten. Er würde ihn, ohne zu zögern, für sein *Millionaire*-Baby kaufen, da war sie sicher gewesen. David hatte auf ihren Begeisterungsschrei hin gesagt: »Staufen zerbricht, unsere Liebe wird ewig halten.« Wie sehr hatte sie ihn in diesem Moment geliebt. Dass er mit der Stadt die Wahrheit gesagt und die Bohrungen

nicht nur für seinen Spruch erfunden hatte, hatte sie erst viel später zufällig im Radio gehört, als es um den Millionenschaden und die finanzielle Verantwortung gegangen war. Offenbar hatte die Bohrung eine Erdschicht getroffen, die in Verbindung mit Grundwasser zu Gips wird. Dieser quoll immer weiter auf, so dass sich die Erde bis heute ständig hebt.
Bei der Erinnerung an ihr Kichern schämte sie sich fast. Aber egal. Sie war vielleicht naiv. Nicht so gebildet wie David, der viel wusste und sich interessierte – das musste man ihm lassen –, auch wenn er kein Studierter war. Aber sie war ein fühlender, ehrlicher Mensch, und sie würde sich nicht verarschen lassen.
Vorgestern hatte sie David noch einmal nach der Tochter der Felber gefragt. Hatte wissen wollen, was sie miteinander verband. Doch er wollte nicht über Sarah reden. Hatte abgewinkt. Zu schnell.
Zu nachdrücklich.
Jenny hatte nicht weiter nachgebohrt, hatte ihn flüchtig geküsst und versucht, sich auf den Frieden und das Vertrauen einzulassen. »Was werden wir machen? Wann ziehen wir weg?«, hatte sie gefragt.
»Du weißt doch jetzt, dass ich kein Millionär bin, Schatz. Wo sollen wir denn hin?« Er hatte sie in den Arm genommen. Ihr wie einem kleinen Kind über den Rücken gestrichen.
»Und ich bin kein Millionaire-Baby.«
Er hatte leise gelacht und in ihr Haar geflüstert: »Doch, das bist du. Das wirst du immer für mich bleiben. Mit dem Drink hast du mich geködert. Allein schon dafür liebe ich dich.«
»Aber vielleicht könnten wir in die Stadt ziehen? Du findest bestimmt irgendeine Arbeit.«
Er zögerte. Nur eine Sekunde zu lang. »Okay, ich versuche es.«

»Ich werde auch arbeiten. Als Zimmermädchen oder im Service oder … irgendetwas gibt es immer. Und wenn es für uns ist, mach ich es gern.« Und sie hatte das ernst gemeint. Der Traum vom VIP-Leben war ausgeträumt. Es wäre eine schöne Dreingabe zur großen Liebe gewesen. Wenn sie wenigstens diese behalten und leben könnte, wäre Jenny zufrieden.
»Dann schaffen wir das«, sagte David.
Sie hatte ihm so gern glauben wollen. Doch es war ihr nicht gelungen.
Die Sonne stand mittlerweile senkrecht am Himmel. Jenny schwitzte und bekam Kopfschmerzen. Auch war ihre Haut die Sonne nicht mehr gewohnt. So bog sie nun doch in den Wald ab. Begegnete ein paar Wanderern. Sie durfte sich allerdings nicht verlaufen. Nach ungefähr einer halben Stunde war jedoch genau das passiert. Einige Abzweigungen, und ihr Orientierungssinn hatte sie im Stich gelassen. Tannen überall, ein paar Laubbäume dazwischen, doch für sie sah alles gleich aus. Warum nur hatte sie nicht vorher nach Wegmarkierungen gesucht, an denen sie sich hätte orientieren können? Ein Smartphone mit tollen Apps und Karten besaß sie nicht. Sie hatte ihr letztes Geld für die gebrauchte alte Yamaha ausgegeben.
Doch dann nahte Rettung. Ein Hund. Schnüffelnd kam er auf sie zu. »Hallo, du«, sagte sie, und er blieb breitbeinig vor ihr stehen. Es war ein Boxer. Er sabberte. Jenny schüttelte sich innerlich. Doch als sie die beiden Frauen sah, die eine hatte die Hundeleine um die Schultern gelegt, wurde ihr wohler.
»Kennen Sie sich hier aus?«, fragte Jenny die rothaarige, drahtige Frau. »Ich möchte zurück ins Dorf.«
»In welches? Hier sind drei in der Nähe.«
War sie so weit gelaufen? Sie nannte den Namen. Der Hund schnüffelte an ihrer Hand.
»Aus, Bärchen«, sagte die Besitzerin sofort.

»Ach, lassen Sie ihn doch. Wenn ich nur zurückfinde.«
»Es gibt einen Weg an einem Weiher vorbei. Das dauert etwa fünfzig Minuten. Oder einen kürzeren Weg in der Nähe der Straße.«
»Den kürzeren Weg, bitte.«
Die Hundebesitzerin zeigte nach rechts. »Sie gehen hier weiter bis dorthin, wo die zwei großen Buchen zwischen den Tannen stehen, sehen Sie? Nach einigen Minuten sehen Sie einen abgelegenen Parkplatz. Den verlassen Sie wieder nach rechts, dann kommen Sie aus dem Wald hinaus und stoßen auf eine schmale Teerstraße. Die gehen Sie immer bergab. Voilà.«
Jenny war froh. Bedankte sich und ging los. Schon bald sah sie den Parkplatz. Näherte sich beschwingt. Und blieb abrupt stehen. Drei Autos waren dort geparkt. Eines war blaumetallic. Davids Opel. Das zweite Auto war ein silberner Renault Espace. Er gehörte Sarah Kramer.

Donnerstag, 11. Februar 2016

»Das lassen Sie mal schön sein.« Die Nachtschwester zieht Entchen am Arm sanft von den Knien hoch. Mit Klopapier aus dem Besucher-WC hat sie den verschütteten Apfelsaft aufwischen wollen, der mir bei meinem letzten Hustenanfall runtergefallen ist.
»Wo gehören Sie denn hin?«, fragt die Brünette im weißen Kittel Entchen.
»Ich werde morgen früh entlassen. Ich kann den Boden durchaus wischen.«
Resolut. Das gefällt mir.
»Gynäkologie?«, fragt die Schwester.
Entchen nickt. Ich habe also richtig vermutet. Irgendein Frauenproblem.
»Es ist nach zweiundzwanzig Uhr. Sie gehören ins Bett. Und Frau Peters sowieso.«
Böse sehe ich die Schwester an. Außer uns ist niemand mehr im Aufenthaltsraum, auf den Tischen ein paar einsame, fleckige Plastikbecher, die Stühle leer. Neonlicht flimmert, und das grüne Lämpchen am Kaffeeautomaten leuchtet. Draußen tauchen einige Straßenlaternen den fast verlassenen Parkplatz in ein grünliches Licht. Die Schwester muss neu hier sein. Sie ist höchstens Mitte zwanzig. So alt wie meine Tochter jetzt. Ich werde laut, so gut es geht. »Sie wollen mir vorschreiben, wie und wo ich die letzten Nächte meines Lebens verbringe?« Sofort ist der Husten wieder da. Ich schaffe es, ihn zu unterdrücken. Lachen und laut reden ist nicht mehr drin.
»Wollen Sie Ihren Tod beschleunigen?« Die Schwester tritt direkt vor mich, schaut auf mich herab. *Jana Hansen* prangt auf einem Namensschild auf ihrer Brust. Ich könnte wetten, dass eine Wolke aus Desinfektionsmittel und blumigem Parfum sie umgibt, und bin eine Sekunde lang dankbar dafür, dass ich nichts mehr schmecke und rieche.

»Warum nicht«, sage ich. »Meine Freundin und ich unterhalten uns hier noch ein wenig, und dann können Sie mich ins Bett bringen und frische Infusionsbeutel anhängen. Vielleicht wache ich morgen ja nicht mehr auf.« Das Sprechen strengt mich unglaublich an, ich muss nach jedem Satz eine Pause machen und zwei-, dreimal tief durchatmen. »Und dann hätten wir die Neuigkeiten der letzten Jahre nicht ausgetauscht.«

»Sie kennen sich?«

»Seit fünfundzwanzig Jahren.«

Jana Hansen überlegt. »Also gut. Sie plaudern weiter, und ich werde das Malheur hier entfernen.« Mit der weißen Schuhspitze stößt sie gegen die vollgesogenen Klopapierknäuel am Boden. »Und danach wird geschlafen.« Sie geht. Quietschende Gummisohlen, das Klacken des automatischen Türöffners, gedämpftes Brummen, als die Tür zur Station sich öffnet und hinter der Schwester schließt.

Entchen lächelt. »Freundin.« Dann wird sie ernst. »Noch immer die Chefin anderen gegenüber.«

Ich zucke die knochigen Schultern. »Bis zum letzten Atemzug. Aber nur äußerlich. Ich bin nicht mehr wichtig, und keiner nimmt mich noch ernst.«

»Wie ist es weitergegangen, nachdem Sie vor Weihnachten die Blutungen hatten? Sie kamen in die Klinik, nehme ich an?«

Fast bin ich gekränkt. Ich habe erwartet, dass sie mir widerspricht und sagt, sie nehme mich sehr wohl ernst. Aber diesen Gefallen kann ich wohl kaum erwarten. Erst recht nicht von Entchen. Also ignoriere ich den Stich in meinem Herzen und fahre fort: »Mattis hat mich gefahren. Er hat keine Sekunde gezögert. Hat mich von dem blutigen Schaffell hochgehoben, ins Auto gesetzt und hierhergebracht. Als wir ankamen, wusste die junge Ärztin im Notdienst nicht, ob ich in die Gynäkologie oder die Onkologie sollte.« Ich muss husten. »Sie ist hin- und hergerannt, während ich wimmernd auf einer Trage im Flur lag und Mattis meine Hand gedrückt hat.

Schließlich ist mein Onkologe gekommen, er war schon zu Hause gewesen, hat sich aber noch einmal auf den Weg gemacht.«

»Ein verantwortungsvoller Arzt.«

»Ich habe ihn gehasst. Jetzt erst recht. Das Erste, was er gesagt hat, war: ›Es tut mir leid, Frau Peters. Aber das war abzusehen.‹ Er hat seine Brille abgenommen und sich an Mattis gewandt: ›Ihre Frau wird es schaffen. Aber das Kind nicht.‹ Dann hat er telefoniert, und gleich darauf war eine grauhaarige Ärztin bei uns, die sich als diensthabende Gynäkologin vorstellte. Sie schoben mich in den OP, und das Letzte, was ich gesehen habe, bevor die schweren Schiebetüren sich mit einem leisen Summen hinter mir schlossen, war Mattis' tränennasses, verzweifeltes Gesicht und seine Hand, die er gehoben hat.«

Entchen sieht mich mit einem intensiven Blick an. Ihre Augen glänzen. Ihre Hände liegen fest ineinander verschränkt in ihrem Schoß. Irgendetwas ist mit ihr passiert während der letzten Minuten. Natürlich ist sie nicht zum Spaß hier in der Gynäkologie. Hat sie ein Kind bekommen oder verloren? Reagiert sie deswegen so betroffen? Ich sollte sie fragen. Aber wozu mich mit den Problemen anderer belasten kurz vor meinem eigenen Tod. Jeder ist für sich selbst verantwortlich. Also frage ich einfach erneut: »Alles okay?«, und hoffe, dass sie nur nickt. Genau das tut sie. Gut. Ich rede stockend und mit zunehmend heiserer Stimme weiter. »Die Ärzte haben einen Bauchultraschall gemacht und Bewegungen gesehen. Dann haben sie Herztöne gemessen. Der Onkologe stand links von mir und die Frauenärztin rechts, ich hab sie von unten gesehen, Kinn und Nasenlöcher. Und dann hat die Ärztin über mich hinweg zu dem Onkologen gesagt: ›Das Kind lebt.‹ Ihre Worte sind wie heilender Balsam auf mich herabgetropft, so kam es mir vor. Der Onkologe hat wieder die Brille abgenommen. Diese Geste ist mir bis heute verhasst. Er hat kurz auf mich herabgesehen und genickt. Dann ist er hinausgegangen. ›Was für ein starkes Mädchen‹, hat die Ärztin gesagt.«

Entchen nickt. »Was für eine starke Mutter. Ihre Angst muss fürchterlich gewesen sein.«

Ein Brummen unterbricht uns, *klack,* die Tür zur Palliativstation öffnet sich, quietschende Gummisohlen auf glattem Steinboden. Jana Hansen hat eine Kehrschaufel, einen Lappen und eine Mülltüte in den Händen, die in gelben Gummihandschuhen stecken. Sie bückt sich, ohne uns weiter zu beachten, und beseitigt Klopapier, Saftreste und den Plastikbecher. Als sie sich aufrichtet, sieht sie zwischen uns hin und her. Zwinkert. »Ich habe Sie hier offiziell nicht bemerkt. Um dreiundzwanzig Uhr muss ich aber leider eine Runde drehen.« Sie zwinkert erneut und wendet sich ab. Quietschen, *klack,* Brummen.

»Die Angst um Jenny war kalt und glatt wie Metall. Aber sobald ich in meinem Bett auf der Station lag, ging es mir besser. Meine Kleine lebte. Alles war genau so, wie ich wollte. Ich sollte jetzt bis zum Ende der Schwangerschaft liegen. Was mir schwerfallen würde. Aber ich nahm es hin, genauso wie ich die letzten beiden Chemo-Zyklen hingenommen habe wie eine lästige, aber harmlose Erkältung. Mein Leben bestand nur noch aus Jenny. Sogar Mattis wurde mir zunehmend egal. Ich weiß nicht, wie das passieren konnte. Aber mit jedem Mal, das er kam, schien er mir fremder. Auch er hat das gespürt. Er wurde vorsichtig, hat mich nicht mehr geküsst zur Begrüßung, hat nach dem Anklopfen den Kopf in das kahle weiße Zimmer gesteckt und gefragt, ob er hereinkommen dürfe. Wir haben über das Hotel geredet, über die Gäste, aber kaum noch über uns.«

»Und dann haben Sie einander verloren.«

»Du bist eine kluge Frau.«

Entchen erwidert nichts.

»Ich habe damals sehr gut überlegt, ob ich dir vertrauen kann«, sage ich, und eine der Leuchtstoffröhren fängt in ihrer silbernen Metallverkleidung an, immer schneller zu flackern. Das stört mich extrem. Macht mich nervös. Es ist wie das letzte Flackern meines Lebens, das Zerbrechen meiner Beziehung zu Mattis, und in den letzten

Wochen, in denen ich nun zum Sterben hier bin, wie der Verlust Jennys. In ihren Gedanken ist sie nur noch bei ihrem David und hat mich innerlich längst verlassen. Genau so, wie ich damals nur gedanklich bei ihr war und Mattis bereits verlassen hatte. Es muss Jenny quälen, mit dem Kofferpacken bis zu meinem Tod zu warten. Ich merke, dass sie weg will. Sie sieht mich kaum an, sie klopft mit dem Fuß auf den Boden, wenn sie hier sitzt, sie schielt zu der Wanduhr neben dem Kaffeeautomaten. Und als ich vor einigen Tagen über die gewünschte Feuerbestattung geredet habe, hat sich ein winziges Lächeln auf ihr Gesicht gestohlen, nur einen Wimpernschlag lang. Aber es ist mir nicht entgangen. Sie wird frei sein, wenn das Flackern vorüber ist. Ich hoffe, dass dieser David sie gut behandelt und emotional auffängt.

»Hatten Sie keine Angst, dass meine Klugheit Ihren Plan scheitern lässt? Dass ich alles durchschaue und Sie auffliegen lasse?«, fragt Entchen in meine Gedanken hinein.

»Ich wünsche mir Schnee. Damit alles still und friedlich wird«, sage ich.

Entchen hebt ihre Augenbrauen.

»Schnee bedeckt alles, was war. Den Lärm, die Hektik und das blühende Leben.« Ich mustere die Frau, die seit Stunden hier sitzt. Die ich nur als blutjunge Angestellte kenne. Die ich noch immer duze. Obwohl sie nun älter ist, als ich es damals war. Es ist, wie wenn man als Erwachsene ehemalige Schullehrer wiedertrifft. Man siezt sie – und wird selbst mit vierzig, fünfzig Jahren noch geduzt.

Was ich Entchen heute sage, habe ich noch nie jemandem erzählt. Doch der nahe Tod macht demütig, auch etwas gleichgültig, und ich möchte diese letzte Sache in Ordnung bringen. »Du hast vermutlich alles durchschaut«, antworte ich auf ihre Frage. »Aber du warst so klug, es für dich zu behalten.«

»Erwarten Sie Amnestie von mir? Ein Vergeben Ihres Verbrechens? Da sind Sie bei mir an der falschen Adresse.«

Ich lache auf, huste, lache. »Du hängst doch genauso mit drin.«
»Da täuschen Sie sich.«
Entchen lügt. Sie weiß, dass sie eine Mitschuld trägt. »Es ist nur eine Bitte, die mir noch bleibt«, sage ich. »Überlege es dir gut. Es ist mein letzter Wunsch.«
Dann sage ich ihr, was ich von ihr erwarte.

24

Er hat sie rausgeschmissen? Zwei Wochen, nachdem jemand ihre Mutter umgebracht hat? Sag das noch mal!« Paul Freitags Frau Lilian sah Ehrlinspiel an. Hanna schwieg, was Ehrlinspiel als Ruhe vor dem Orkan deutete.

Sie hatten sich in Freitags Reihenhaus getroffen, nachdem Ehrlinspiel eine weitere Einladung seiner Freunde nicht mehr ablehnen wollte. Nun saßen sie zu viert am Kaffeetisch, aßen Lilians duftenden warmen Apfelkuchen und waren – was Ehrlinspiel hatte vermeiden wollen – auf den Fall Felber zu sprechen gekommen. Doch wie hätte er vermeiden können, dass Hanna auch nur ein Wort davon erfuhr? Verhindern, dass sie in Versuchung war, eine Story daraus zu machen und sich wieder in ihre Ermittlungen einzumischen? Er musste mit Hanna reden, sobald sie später auf dem Heimweg waren.

»Ich denke, wir besprechen das besser am Montag.« Der Kriminalhauptkommissar bereute es schon jetzt, mit Hanna hergekommen zu sein.

Die schien seine Gedanken lesen zu können. »Keine Sorge, Moritz. Von mir erfährt niemand etwas. Und die Presse zuletzt.« Sie lächelte Lilian verschwörerisch an, und ihre dunkelbraunen Augen funkelten. »Polizistenfrauen wissen, wie man Geheimnisse wahrt.«

»Die erfahrt ihr doch gar nicht«, sagte Freitag und zwinkerte. »Zumindest keine Details. Ihr kennt die Vorschriften.«

»Dass dieser Rechtsanwalt Kramer seine Frau ins Hotel abgeschoben hat, ist aber nicht gerade die feine Art«, sagte Hanna mit einem Seitenblick zu Ehrlinspiel.

»Und ihr behauptet, er wollte nur die Kinder schützen?«, fragte Lilian die Männer.
»Sie ist überfordert. Braucht Ruhe und Abstand. Das ist alles.« Dass sie nicht im Hotel *Kreuzblume* war, erzählte Ehrlinspiel nicht. Hanna würde es fertigbringen und nach Sarah Kramer suchen. Immer auf der Jagd nach neuen Schlagzeilen. *Arbeitslose Journalistin findet vermisste Tochter eines Mordopfers. Sie ist die Schwester des leitenden Kriminaltechnikers …* Das würde Hanna gefallen.
»Hast du mit Sarah darüber gesprochen?« Hanna konnte es nicht lassen.
»Nein. Aber Kramer liebt seine Frau. Ich bin sicher, er weiß, was er tut.«
Hanna lachte auf und legte die Gabel weg, obwohl sie noch nicht einmal die Hälfte ihres Kuchenstückes gegessen hatte. »Man schiebt niemanden ab, den man liebt. Erst recht nicht, wenn die Mutter gerade umgebracht worden ist. So etwas geht überhaupt gar nicht! Den Typ würde ich gern …«
»Hanna, bitte.« Ehrlinspiels Schläfe begann zu schmerzen, wie ein Pochen setzte die Warnung vor zu viel Druck und Ärger ein. Bloß nicht, dachte er. Nicht wieder dieses Kopfweh.
»Ich sage nur, was ich denke.« Sie stand auf. »Ich mache die Küche sauber. Okay, Lilian?«
Lilian verstand sofort, und so verschwand die mollige Blondine mit Hanna in der Küche. Ehrlinspiel und Freitag blieben allein zwischen der Wohnwand mit den Zinnbechern, den Usambaraveilchen und Spitzenvorhängen sitzen.
»Was ist los mit euch?«, fragte Freitag ernst.
»Nichts.«
»Himmel noch mal. Ich bin doch nicht blöd.«
Aus der Küche drangen das Klappern von Geschirr und die leisen Stimmen der Frauen. Klischee schlechthin. Männerge-

spräche, während die Frauen die Küche aufräumten. Ehrlinspiel fühlte sich mit jeder Minute unwohler. Am liebsten wäre er gegangen und hätte eine große Tour mit dem Mountainbike unternommen. Ein Stück Richtung *Schauinsland* hinauf, nach Horben, dann über die schmalen Waldwege bis zum Schweighof, immer höher durch den Wald, zwischen dichten Tannen hindurch und entlang saftiger Wiesen, die nach Sommer rochen und seinen Kopf frei machen würden. Er würde in die Pedale treten, bis seine Muskeln schmerzten und seine Lunge brannte, sich irgendwo eine halbe Stunde in die Wiese legen und in den kristallblauen Himmel schauen. Später über Sölden, Wittnau, Au und Merzhausen zurückfahren. Stattdessen absolvierte er diesen Pflichtbesuch und kam nicht länger darum herum, seinem Freund die Situation zu erklären. »Ich weiß nicht, was los ist, ehrlich gesagt.«

Freitag runzelte die Stirn.

»Hanna ist unglücklich. Sie hat seit Monaten keinen Auftrag mehr erhalten. Als Freiberuflerin im Bereich Printmedien sieht es nicht gut aus.«

»Und weitere Wanderführer? Die hat sie doch toll geschrieben!«

»Sie hat alles abgedeckt, wo noch Bedarf war.«

»Verstehe.«

»Sie spielt nicht einmal mehr Saxophon. Sie langweilt sich. Kritisiert mich ständig, weil ich mit dem Rad ins Büro fahre, statt mich von ihr fahren zu lassen. Ist enttäuscht, weil ich ihr keine Infos über unsere Fälle gebe, aus denen sie einen reißerischen Artikel zusammenschustern könnte. Macht mir Szenen, weil ich das Bullenklischee lebe und nur selten um achtzehn Uhr Feierabend habe. Und sie will keine Katzen mehr.«

»Klingt nicht gut. Aber auch nicht aussichtslos.«

»Nein?«

»Moritz, ich sag's nur ungern. Aber du hattest noch nie eine so lange Paarbeziehung wie mit Hanna. Von deinen Frauen vor ihr konnte ich mir nicht mal die Namen merken, so schnell waren sie wieder abserviert. Du hast nichts ausgelassen. Beim kleinsten Problem warst du wieder solo. Und immer war die Ex schuld. Konfliktfähigkeit muss man lernen.«

»Ich *bin* konfliktfähig.«

»Im Job, ja. Da bist du der loyalste und kritikfähigste Kollege, den man sich wünschen kann. Manchmal etwas überheblich und aufbrausend, aber wer dich kennt, nimmt das nicht ernst.«

»Was soll das werden? Ein Psychoprofil? Das können wir der Baumann überlassen.«

»Die Baumann würde dir nichts anderes sagen, wenn sie dich und die Beteiligten besser kennen würde. Hanna ist eine kluge, empathische Frau. Vielleicht schießt sie oft übers Ziel hinaus in ihrem Enthusiasmus. Aber sie ist immer konsequent, und ich schätze, sie ist auch genauso ehrlich.«

»Im Moment nervt sie mich nur.«

Freitag lachte. »Das ist normal. Das geht vorbei, Weiberheld.«

»Du hast gut reden in eurer Spießeridylle. Hast du jemals eine andere Frau außer Lilian gehabt?«

»Nein.« Freitag grinste. »Und ich mag's bieder.«

»Ein Weiberheld und ein Biedermann. Tolle Freunde sind wir.«

Nun musste auch Ehrlinspiel grinsen.

»Wäre ein fester Job etwas für Hanna?«

»Eher nicht. Sie liebt ihre Freiheit. Sie hatte in Hamburg immer Probleme, in Teams zu arbeiten und sich mit anderen abzustimmen.«

»Vielleicht waren es die falschen Teams?«

»Ich werde es noch einmal ansprechen. Aber der letzte Stand war, dass sie selbständig bleiben will. Sie liebt es.«

»Momentan offenbar nicht.«

Die Männer schwiegen. In der Küche redeten Lilian und Hanna, sie klangen ernst, doch verstehen konnte Ehrlinspiel nichts. Und er wollte es auch nicht. So, wie er Lilian seit fast zwanzig Jahren kannte, würde sie Hanna Ähnliches sagen, wie Freitag ihm, Moritz, eben erklärt hatte. »Hör mal«, sagte er schließlich, »Sarah Kramer ist immer noch nicht aufgetaucht. Weder in dem Hotel noch bei ihrem Mann. Ihr Handy war nicht eingeloggt, seit sie die Wohnung verlassen hat.«
»Wo kann sie stecken?«
»Das wissen wir nicht. Ich habe noch einmal alle Hotels und Pensionen im Umkreis von fünfzig Kilometern prüfen lassen. Auf ihren Namen ist sie nirgends gemeldet. Ihr Mann hat auch im Haus der verstorbenen Mutter nachgeschaut. Nichts. Der Hausschlüssel war allerdings nicht da, so dass der Schlüsseldienst öffnen musste. Vermutlich hat Sarah Kramer den Hausschlüssel bei sich. Ich habe eine Ausschreibung zur Aufenthaltsermittlung veranlasst.«
»Hat Lukas eine Idee, wo sie stecken könnte?«
Ehrlinspiel holte tief Luft. »Er sagte wörtlich: ›Typisch meine Schwester. Sie taucht schon wieder auf.‹ Aber ich glaube ihm nicht mehr. So leid es mir tut.«
Lilian erschien in der Wohnzimmertür. In ihrem geblümten Rock und der weißen Bluse könnte sie aus einem Heimatfilm stammen, dachte Ehrlinspiel. Dass die stets in Pink und enger Kleidung herumlaufende Hanna und Lilian Freundinnen geworden waren, hatte er anfangs kaum zu hoffen gewagt. Doch Hanna war aufgeschlossen wie er selbst. Zumindest war sie es gewesen, und das hatte sie lange Zeit zusammengeschweißt. Jetzt schien sie Ehrlinspiel gegenüber immer weniger tolerant zu werden. »Wollt ihr noch Kaffee? Saft? Ein Eis?«
»Eis wäre klasse«, sagte Ehrlinspiel. »Hast du Vanille und Himbeere?«

»Ich wusste ja, dass du kommst.« Sie zwinkerte ihm zu und verschwand wieder in die Küche.
»Ich bekomme immer mehr Probleme mit Lukas' Verhalten«, setzte Ehrlinspiel das Gespräch leise fort.
Freitag nickte. »Eigentlich hatte ich erwartet, dass er alles dafür tut, den Täter zu finden. Aber das macht er nicht. Er wirkt zunehmend gleichgültig und interesselos an dem Fall.«
»Gut gesagt. Hast du eine Idee, weshalb?«
»Wenn ich das ausspreche, hältst du mich für verrückt.«
Ehrlinspiel stützte die Ellbogen auf den Tisch, faltete die Hände und sah seinen Freund direkt an. »Wir denken dasselbe, oder?«
»Lukas weiß mehr als wir. Und er sagt es uns nicht. Warum auch immer.«
»Oder schlimmer.«
»Du meinst, er steckt mit drin? Ganz direkt?« Freitag rieb sich über den Nasenrücken. »Kann ich mir nicht vorstellen. Nicht Lukas.«
Ehrlinspiel lehnte sich wieder zurück. Das Pochen in seinen Schläfen hatte aufgehört. »Vielleicht schützt er jemanden. Diesen David Schindler. Oder seine Schwester. Deswegen macht er sich auch keine Sorgen über ihr Verschwinden.«
»Das ist doch alles viel zu weit hergeholt.«
»Ich hoffe es.« Ehrlinspiels Mobiltelefon spielte gedämpft *Luna Rossa,* und er stand auf, um es aus der Tasche seiner Jacke zu holen, die in der Garderobe hing. Er musste den Song ändern, sosehr er die Gruppe *Quadro Nuevo* liebte. Doch es war Hannas Lieblingstitel der Band, und den mochte er derzeit nicht hören. Im Flur nahm er das Gespräch an.
»Herr Ehrlinspiel?« Es war Jennifer Peters' wütende Stimme. »Ich sag Ihnen jetzt was. Ich hätte das schon zwei Tage früher machen sollen.«

Der Hauptkommissar ging rasch zu Freitag zurück und hielt das Handy ein wenig von seinem Ohr weg, so dass Freitag mithören konnte. Den Lautsprecher wollte er wegen Hanna nicht einschalten. »Sprechen Sie.«

»David ist ein Lügner und Betrüger. Sicher hat er Ihnen die tolle Story von seinen Millionen und dem Immobilienscheiß erzählt.«

»Was wollen Sie damit sagen?«

»Das ist alles eine große Lüge. Keinen Cent hat er. Und deswegen kann er auch nicht mit diesen dämlichen Japanern in Aschaffenburg gewesen sein, als unsere Nachbarin umgebracht wurde.«

Ehrlinspiel und Freitag warfen sich einen Blick zu. »Wissen Sie denn, wo Ihr Lebensgefährte stattdessen war? Das ist eine ziemlich schwere Anschuldigung.«

»Keine Ahnung, aber Immobiliengeschäfte hat er nicht gemacht. Wahrscheinlich hat er sich irgendwo herumgetrieben mit …« Sie verstummte.

»Mit?«

»Dieser Sarah.«

»Sicher nicht. Frau Kramer war in den betreffenden Stunden woanders, und zwar nicht bei Ihrem Lebensgefährten, Frau Peters, da können Sie ganz beruhigt sein.«

Die junge Frau schnaufte laut.

»Wie kommen Sie auf die Idee, er könne mit Frau Kramer unterwegs gewesen sein?«

Es kam keine Antwort, und Ehrlinspiel dachte schon, sie habe aufgelegt.

Doch dann sagte sie: »Nur so. Weil die sich eben kennen und er ja nicht viele Freunde hat.«

Ehrlinspiel glaubte ihr kein Wort. »Wo ist David Schindler jetzt?«

»Er kommt gerade auf den Hof gefahren«, sagte sie. »Ich muss aufhören. Auf Wiederhören.« Und schon war die Leitung tot.
»Was war das denn?« Freitag zog die Augenbrauen hoch.
»Streit, wo man hinsieht.«
»Bei Paul und mir nicht«, sagte Lilian, die mit einem Tablett hereinkam. Vier große Eisbecher standen darauf, Vanille- und Himbeerkugeln, mit Sahnehaube, Schokoladensoße und Waffeln dekoriert.
»Wir müssen Schindlers Alibi noch einmal überprüfen«, sagte er zu Freitag, als auch Hanna ins Wohnzimmer kam. »Und zwar persönlich. Da stimmt doch was nicht. Wir schicken zwei Leute in das Hotel, in dem Schindler vom neunten bis zum zwölften Juli angeblich abgestiegen ist. Am besten noch am Wochenende.«
»Landhotel *Goldene Kuh.*«
»Genau. Lukas hatte wohl recht, er sagte doch, Schindler und Immobiliengeschäfte, das sei sicher ein Fake.« Ehrlinspiel sah Freitag an. »Hast du Zeit?«
»Morgen? Nein. Du solltest ein Ermittlungsersuchen an die Kollegen in Aschaffenburg stellen. Wir müssen das nicht selbst machen. Ich sowieso nicht, denn morgen früh kommen unsere Mädchen von der Oma zurück.« Er strich Lilian über die Wange. »Der Tag gehört der Familie.«
Ehrlinspiel lächelte. So spießig ihm Freitags Lebensstil erscheinen mochte, Paul und Lilian waren glücklich, und manchmal beneidete er sie um ihren Frieden und sogar um die Kinder.
»Begleitest du mich auf eine Wanderung, Moritz?« Hanna stellte sich hinter seinen Stuhl und legte ihm sanft eine Hand auf die Schulter.
Er war zugleich überrascht und froh darüber. Wenn Hanna freiwillig wanderte, dann war das das größte Versöhnungsangebot, das er sich denken konnte. Hanna hasste wandern. Sie

war ein Stadtkind durch und durch. Dafür, dass sie fünf erfolgreiche Wanderführer geschrieben und die Wege und Plätze alle selbst erkundet hatte, bewunderte er sie noch immer. Warm geworden war die Hamburgerin mit dem Schwarzwald dennoch nie. Trotzdem kannte sie jede Sage zu jedem Stein am Weg und fand sie zum Großteil spannend und skurril. Er durfte sich jetzt die Chance nicht verbauen, mit Hanna wieder einmal einen ganz normalen, zweisamen Tag zu verbringen. Laufen, reden, sie eine alte Legende erzählen lassen, irgendwo einkehren, Apfelsaftschorle trinken und Pommes mit Salat essen. Er griff nach ihrer Hand. »Abgemacht.« Er würde zwei Leute für Aschaffenburg finden. Und er wusste auch schon, wen.

25

Sonntag, 24. Juli 2016

Wenn Reimer von unserem Sonntagsausflug erfährt, bringt er Ehrlinspiel um«, sagte Lukas Felber und überholte zwei niederländische Pkws mit angehängten Wohnwagen. »Einen Kriminaltechniker und eine Konfliktberaterin zu einer Befragung schicken, dazu so weit weg, das ist dreifacher Irrsinn.«

»Wo kein Kläger …« Karolina Baumann lehnte sich in dem schwarzen Beifahrersitz zurück. Echt Leder, vermutete sie. »Wir machen nur einen kleinen Ausflug. Ganz unter uns und privat. In Ihrem privaten Wagen.«

Lukas Felber sah sie kurz an und schüttelte den Kopf. Auf der Rückbank schlief der Schäferhund auf einer grauen Decke. Sie befanden sich auf der A5 kurz hinter Heidelberg und würden noch gut eine Stunde bis Aschaffenburg brauchen. Felber erwies sich als ein sehr sicherer Fahrer. Besonnen und kein bisschen aggressiv, wenn ein anderer zu dicht auffuhr, knapp überholte oder nicht blinkte. Karo war dankbar, etwas tun zu können, anstatt den Sonntag allein in ihrer kahlen Zweizimmerwohnung zu verbringen. Der neue Ikea-Zweitürer hatte ihre neue Bleibe nicht wirklich wohnlicher gemacht.

Ehrlinspiel hatte Karo gefragt, ob sie halb- bis inoffiziell etwas erledigen könne. Gemeinsam mit Lukas Felber. Er hatte ihr auch mitgeteilt, dass dessen Schwester verschwunden war, Felber das jedoch nicht ernst zu nehmen schien. Bisher hatte der Kriminaltechniker kein Wort über Sarah verloren.

»Privat? Das glaubt uns doch kein Mensch. Mir reißt Reimer den Kopf also gleich mit ab.« Felber sprach ganz ruhig. »Ich bin ja nicht einmal Mitglied der Soko *Werkstatt*. Und glauben Sie mir: Der Chef *wird* alles erfahren.«

»Wie geht es Ihnen mit dem Tod Ihrer Mutter?« Sie sah ihn an. Sein Profil wirkte wie aus Stein gemeißelt. Im Hintergrund zogen einzelne Bäume, dann Wald vorbei. Es war ein trüber Tag, schwül und bedeckt, doch die Klimaanlage des riesigen Volvos schaffte angenehme Temperaturen. Den Geruch nach Zigaretten konnte sie allerdings nicht tilgen, und als sich Felber, statt zu antworten, eine Marlboro ansteckte, sagte Karo: »Ich weiß, es ist Ihr Wagen. Aber mich stört der Rauch. Sollen wir nicht lieber am nächsten Parkplatz anhalten, damit Sie eine rauchen können?«

Felber nahm einen tiefen Zug. »Mit geht es gut. Eltern sterben irgendwann. Ich brauche noch immer keine Psychologin.«

»Das bin ich auch nicht.«

»Ach, hören Sie doch auf. Sie haben zig Lehrgänge in Psychokram absolviert. Sie müssen für den Job prädestiniert sein, rein persönlich gesehen. Natürlich sind Sie eine Art Psychologin.«

»Das fasse ich jetzt als Kompliment auf.«

»Das lag nicht in meiner Absicht.«

»Sie sind ein echter Charme-Bolzen.« Sie ließ das Fenster einen kleinen Spalt herab, damit der Rauch zumindest ein bisschen abziehen konnte. »Ist Ihre Schwester auch so?«

»Natürlich. Liegt in der Familie. Alle gleich.«

Sie hob die Augenbrauen, und jetzt sah sie den Anflug eines Schmunzelns um seine Mundwinkel spielen. Doch es wirkte nicht echt. Es fand nicht den Weg bis zu seinen Augenwinkeln.

»Fehlt sie Ihnen sehr?«

»Sarah? Wieso fehlen?«

»Ihre Mutter.«

»Natürlich.«

Hinter ihnen schloss ein Porsche dicht auf, Karo sah ihn im Rückspiegel, als sie gerade auf der linken Spur an einigen langsameren Pkws vorbeizogen. Felber ließ sich nicht beeindrucken und fuhr im selben Tempo auf seiner Spur weiter. »Und die Trauer? Tut sie arg weh?«

»Frau Baumann, Sie kennen meine Geschichte. Knapp nur, aber das muss genügen. Und ja, die Trauer tut weh. Ihre Frage war überflüssig.«

»Wie geht es Sarah?«

»Beschissen.«

Der Porsche drängelte mit der Lichthupe.

»Sie hat sich zurückgezogen«, fuhr Lukas Felber fort. »Das hat sie als Kind schon gemacht, wenn es ihr nicht gutging. Sich irgendwo eingesperrt und verleumden lassen.«

»Wissen Sie, wo sie steckt?«

Er antwortete nicht, fuhr einige hundert Meter weiter auf die rechte Spur, damit der Porsche vorbeifahren konnte, und lenkte den Volvo dann auf einen Parkplatz. Wortlos stieg er aus, ließ den Hund aus dem Wagen und lehnte sich gegen die Fahrertür. Gelassen steckte er sich eine neue Zigarette an.

Auch Karo stieg aus. Der Parkplatz war dicht belegt, die meisten Autos hatten jetzt, in der Ferienzeit, Gepäck auf dem Dach, Koffer, die aussahen wie Särge, oder die Rücksitze bis unters Dach bepackt.

»Sitz, Jagger«, sagte Felber, als der Hund zwischen die Picknickbänke laufen wollte.

»Danke fürs Anhalten.« Sie wies mit einem Kopfnicken zu seiner Zigarette.

»Keine Ursache.« Er inhalierte tief und starrte auf das silbergraue Toilettengebäude, aus dem gerade ein Mann kam und sich im Gehen noch den Reißverschluss der Hose vollends zuzog.

Karo schluckte. Versuchte, sich auf das Rauschen der Autos zu konzentrieren, den Gestank nach Urin und Kot auszublenden, der aus dem Wäldchen am Rand des Parkplatzes herüberzog. Manche Leute waren tatsächlich zu blöd oder zu faul, die öffentlichen Toiletten zu benutzen.
Sie konzentrierte sich auf das, was sie nach Aschaffenburg führte. »Die Geschäftsführerin des Hotels hat am Telefon ausgesagt, der Gast hieß David Schindler und trug eine Armprothese. Ich frage mich, wie viele einarmige David Schindlers es gibt, die vom neunten bis zwölften Juli in der *Goldenen Kuh* waren.«
»Einen oder keinen. In einer Stunde werden wir es wissen.« Er drehte sich um und sah sie über das schwarze Wagendach hinweg an. »Ich mag David. Auch wenn er ein Loser ist. Ich hoffe, er war in dem Hotel.«

* * *

Zehn Minuten nach zwölf legte Lukas Felber das Foto von David Schindler vor die blonde Frau. Sie saßen mit der Geschäftsführerin des Landhotels *Goldene Kuh* in einer Ecke des großzügigen Rezeptionsbereiches auf rustikalen Holzbänken. Neben ihnen stand ein deckenhoher Apfelbaum aus Plastik und Stoff, unter ihm graste eine goldene Kunststoffkuh, fast lebensgroß. Die Rezeption selbst war mit einer Fototapete verkleidet, auf der eine Wiese mit Strohballen zu sehen war. Misslungener Landhaus-Look, dachte Karo und musterte statt der Deko ihr Gegenüber.
Die Geschäftsführerin nahm das Foto in die Hand. Wiegte den Kopf hin und her. »Beim besten Willen. Aber den Mann habe ich noch nie gesehen.«
»Das ist nicht der Gast, der mit den Japanern hier war und von

dem Sie sagten, er hieße David Schindler und trug eine Armprothese?«

»Sicher nicht.« Sie sah auf. Ihre Augen waren hellblau, und sie hatte ihr Haar zu zwei Zöpfen geflochten. Die vollen Lippen waren dunkelrot geschminkt, im gleichen Farbton wie ihr Kleid. »Der Mann mit den Japanern hatte helle Haare und war deutlich jünger, maximal dreißig.«

»Und Sie haben keinen Namen von ihm?«

Sie blickte verlegen drein. »Inzwischen schon. Ich habe vorhin noch einmal nachgefragt. Wissen Sie, wir haben oft Gäste aus Japan. Es sind immer Gruppen. Die Firma *Kawazu Japan Co. Limited* bucht oft bei uns. Sie mögen das Ambiente.« Sie lächelte. »Sie bestellen eine bestimmte Anzahl Zimmer. Wir reservieren meist dieselben. Es reisen jedes Mal zwischen drei und acht Leute aus Japan an, und die treffen hier einen Betreuer der Partnerfirma. Wir kennen Kawazu schon lang und lassen uns nicht jedes Mal vorab alle Namen vorlegen. Ich weiß, das ist ungewöhnlich, aber wenn die Gäste einchecken, hinterlegen sie ihre Ausweise, und wir tragen dann die Namen in unser System ein.«

»Aber demnach kannten Sie den Namen des Begleiters doch schon seit seinem Einchecken am neunten Juli. Also auch bei unserem ersten Anruf vor zwei Wochen.«

»Theoretisch ja, aber ich bin gar nicht auf die Idee gekommen, dass Schindler *nicht* der Begleiter war, als er – vor Ihnen – anrief und das mit der Prothese sagte.«

»Er hat Sie angerufen? Schindler? Weshalb?« Karo beugte sich kaum merklich vor und zeigte ihr bezauberndes Lächeln.

»Er hat sich beschwert.« Sie zuckte die Schultern. »Es war mir unangenehm. Er sagte, er sei vom neunten bis zwölften Juli in unserem Hotel gewesen.« Sie sah auf. »Das waren genau die Tage, an denen Kawazu hier war. Er meinte, er habe am Vormittag des letzten Tags seine Armprothese nicht getragen und sie in seinem Zimmer gelassen. Als er zurückgekommen sei, habe er sie nicht gleich angezogen, erst zur Rückfahrt, und da bekam er wohl Schmerzen. Zu Hause hat er sich dann den Schaft genauer angesehen und meinte, der sei beschädigt. Und das müsse hier bei uns passiert sein.«

»Wollte er Reparaturkosten ersetzt haben?«

»Nein. Das hat mich auch gewundert. Er sagte, eine offizielle Entschuldigung genüge ihm.« Sie legte Schindlers Foto zurück auf den Tisch, das sie die ganze Zeit in den Händen gehalten hatte. »Als Sie heute Morgen anriefen und sich angekündigt haben, habe ich noch einmal im EDV-System nachgesehen. Der echte Betreuer der Kawazu-Gruppe hieß Frank Lindemann.«

»Ich fasse also zusammen«, sagte Lukas Felber. »David Schindler rief als vorgeblicher Kawazu-Betreuer an und forderte nichts als eine Entschuldigung für die beschädigte Prothese. Kurz darauf rief mein Kollege an und fragte Sie, ob im betreffenden Zeitraum ein David Schindler bei Ihnen gewohnt hat. Woraufhin Sie dies bestätigten und auch sagten, dass er eine Armprothese getragen habe. Richtig?«

»Genau.« Sie presste die Lippen aufeinander. Im Hintergrund sammelte sich eine Reisegruppe, Rollkoffer klackerten über den Steinboden, und immer mehr Menschen redeten und lachten durcheinander.

»Sie haben den Mann aber nicht ohne Prothese gesehen?«

»Nein. Und er trug ja offenbar auch gar keine. Also der echte Begleiter trug keine, weil ihm ja kein Arm fehlt.« Sie sah auf den Tisch, sichtlich unangenehm berührt von der Sache. »Was ist mit diesem Schindler los? Warum gibt er sich als unser Gast aus?«

»Das kann ich Ihnen leider nicht sagen. Sie haben uns sehr ge-

holfen. Vielen Dank und eine gute Zeit.« Lukas stand auf, und die beiden Frauen taten es ihm gleich.
»Sehr gern. Und wenn Sie einmal ein Wochenende ausspannen wollen …« Sie wies auf die Hotellobby.
»Ich werde daran denken.« Lukas lachte. Ein wenig zu laut, ein wenig zu fröhlich.
»Wer hat alles Zugang zu Ihrem EDV-System?«, fragte Karo die Geschäftsführerin, als Lukas Felber schon zum Ausgang gehen wollte. Er schien es plötzlich sehr eilig zu haben.
»Die Mitarbeiter an der Rezeption, mein Mann und ich. In der Hochsaison, so wie jetzt, auch einige Aushilfen.«
»Wie bekannt ist Ihr Haus und dass Sie regelmäßig Gruppen aus Japan zu Gast haben?«
»In der Umgebung ist es sehr bekannt. Auch in vielen größeren Firmen im gesamten Großraum, jedenfalls bei denen mit Dependancen oder Partnerschaften in Japan.« Sie strahlte. »Es spricht sich herum.«
Karo reichte ihr die Hand. »Danke.«
Sobald sie im Auto saßen, wo Jagger noch immer auf der Rückbank lag, hatte Felber schon sein Mobiltelefon am Ohr. Er startete den Volvo. Karo wollte etwas sagen, ließ es aber, und schon fuhr Felber viel zu schnell von dem Hotelparkplatz herunter und bog auf die Hauptstraße ein. »Woher hast du von der japanischen Gruppe gewusst? Landhotel *Goldene Kuh?*«, sagte er grob ins Telefon.
David Schindler war also dran. Karo blickte auf die Straße, auf der dichter Verkehr herrschte und an der links und rechts zahlreiche kleine, am Sonntag geschlossene Geschäfte lagen. Optiker, Drogeriemarkt, Bäcker. Zwei Cafés hatten geöffnet, und Menschen saßen auf bestuhlten Terrassen am Straßenrand. Typisch sonntäglicher Vorort. Felber fuhr zu dicht auf einen roten BMW auf. Er musste extrem angespannt sein. Karo hörte

Schindlers Stimme nur leise und abgehackt und konzentrierte sich daher auf Felbers Antworten.

»Lang gedauert? Du hättest wissen müssen, dass wir das herausfinden.« – »Das sagtest du bereits. Ich steh zu meinem Strebertum. Wo warst du also vom neunten bis zwölften Juli? Im Dorf, nehme ich an? Immobiliengeschäfte waren es jedenfalls nicht, mit denen du zugange warst.« – »Das glaube ich dir nicht.« – »Du kennst den Mörder, stimmt's?« Dann schwieg Felber längere Zeit, da er zum Überholen des BMW ansetzte, obwohl die Ortschaft noch nicht zu Ende und Gegenverkehr in der Ferne zu erkennen war.

Karo wurde es nun doch etwas flau im Magen. Was war passiert? Was hatte Felber so aufgebracht? Dass sein Jugendfreund gelogen hatte? Dafür schien es ihr fast zu viel Aggression zu sein.

»Wann hast du Sarah zuletzt gesehen?« Pause. »Mitten in der Nacht?« – »David … Bitte pass gut auf sie auf.« – »Was heißt, sie hat Thomas, der für sie sorgt?« Er schlug auf das Lenkrad. »Thomas hat sie rausgeworfen. Er … es tut mir leid, dass ich euch früher nicht als Paar habe sehen wollen.« – »David?« Pause. »David?« Er warf das Handy auf die Ablage. »Scheiße.«

»Was sagt er zu Kawazu?«

»Dasselbe wie die Geschäftsführerin.« Er nestelte aus einer Packung Marlboro eine Zigarette heraus und zündete sie an. »Dass das Hotel bekannt sei für seine japanischen Gäste. Und als ich Schindler neulich quasi unter der Hand sagte, dass Ehrlinspiel ihn befragen würde, musste er sich ein Alibi beschaffen. Er hat in der *Goldenen Kuh* angerufen und die Lüge der beschädigten Prothese erzählt. Die Geschäftsführerin hat ihn gefragt, ob er der Kawazu-Begleiter war. Er hat bejaht. Besser hätte es für ihn nicht laufen können.« Er inhalierte tief. »Dann hat er recherchiert, wo ein Grundstück zum Verkauf stand, und sich die Story mit dem Immobiliendeal ausgedacht. Hätte ich ihm gar nicht zugetraut.«

»Und wo war er in der Tatnacht?« Wieder ließ Karo das Fenster ein Stück herab.

»Zu Hause. Ohne Zeugen. Sagt er.« Felber sah sie kurz an. Sein Gesicht war grau. »Er behauptet, meine Mutter nicht getötet zu haben.«

»Und gesehen oder gehört hat er natürlich auch nichts.«

»Nein. Er meint, er sei froh gewesen, einige Tage ohne seine Freundin zu haben und mal in Ruhe ›sein Ding machen‹ zu können.«

»Warum dann aber das falsche Alibi? Warum hat er nicht gleich gesagt, dass er zu Hause war?«

»Seine Freundin wollte, dass er nach München mitfährt. Er wollte nicht. Damit sie nicht sauer war, hat er einen Geschäftstermin vorgeschoben. Zwei Fliegen mit einer Klappe. Alibi und beruhigte Freundin.«

»Muss ja echt die große Liebe sein. Er belügt sie, will nicht mit ihr zusammen sein, und sie verpfeift ihn bei der Polizei.«

»Wo genau kommen Sie eigentlich her? Sie wirken ziemlich abgebrüht.«

»Meine Mutter kommt aus …«

»Ghana, ich weiß. Ich meinte Ihren letzten Arbeitsplatz. Stadt, Wohnort.«

Sofort war Karo angespannt. Sie sah den Abend vor sich, die grauen Fassaden und die gelblichen Kegel der Straßenlaternen, in denen ein paar einzelne Schneeflocken tanzten, so verloren, wie sie sich zwischen den trostlosen Wohngebieten und in ihrem Job seit Wochen fühlte. Nichts war mehr gut. Ihre Beziehung zum Innenminister kühlte ab, ihre Recherchen zu rechtsradikalen Gewalttätern, die sie als Konfliktberaterin unter der Hand gemacht hatte, endeten bei einem Kollegen. Und

es gab keinen Vorgesetzten, der ihr glaubte. Bis zu diesem Abend. Sie war zu Fuß auf dem Weg nach Hause gewesen. Musste nachdenken. Über ihr Leben. Die Liebe. Und wie sie in den nächsten Jahren alles organisieren wollte.
Er hatte nur wenige hundert Meter vor dem grauen Siedlungshaus gewartet. Stand an der Ecke, an einen Zaun gelehnt. Er trug eine Daunenjacke. Dunkel. Lächelte sie im künstlichen Licht an. »Hey, Karolina.«
»Was machst du hier?«
Er hatte nicht geantwortet. Nur wenige Sekunden später riss sie jemand nach hinten und in die Hecke eines Gartens. Karos Kollege stand noch immer lächelnd unter der Straßenlaterne, während sie geknebelt wurde. Die nächste halbe Stunde würde sie bis an ihr Lebensende verfolgen.
Jetzt sah sie Lukas Felber an. Dann erzählte sie ihm die ganze Geschichte. Und warum sie ausgerechnet nach Freiburg gekommen war.
»Wir müssen tanken«, sagte Felber, als sie geendet hatte. »Vielleicht haben Sie ja auch Hunger?« Kein Wort hatte er zu ihrem Bericht gesagt, nur schweigend zugehört. Zu still, fand Karo angesichts dessen, was sie erlebt hatte und was auch seine Familie direkt betraf. An der Raststätte Mahlberg West fuhr Felber von der A5 herunter. Als er neben der Zapfsäule bremste, sah Karo gerade noch, wie die Tanknadel von über halbvoll auf null sank. Irritiert blickte sie den Kollegen an, doch der agierte wie automatisch. Stieg aus, tankte, sie folgte mit den Blicken seinem breiten Rücken in dem karierten Hemd, der in dem kombinierten Kassenhaus und Supermarkt verschwand. Einige Minuten später kam er zurück und fuhr die wenigen Meter auf den Parkplatz des Restaurants.
»Wir sind fast in Freiburg, wir müssen nicht auf der Autobahn essen.«

Er stellte den Motor ab und sah sie an. Links, nur wenige Schritte von ihnen entfernt, führte die kurze Treppe zu der amerikanischen Fastfoodkette und den teuren Toiletten hinauf. »Sie haben mir Ihre Geschichte erzählt. Sie sollen auch meine hören. Meine *ganze* Geschichte.«
Dann redete er. Erzählte Karo die furchtbaren Ereignisse, die ihn bis heute quälten. Ohne Emotionen. Ohne Pause. Wie ein Nachrichtensprecher, der der Welt einen blutigen neuen Krieg verkündet und dann eine gute Nacht wünscht. Felbers zerstörte Welt offenbarte sich Karo in dem beengten Auto, während draußen Pkws ein- und ausparkten, Menschen lachend ins Restaurant gingen und wieder zurückkamen. Als Felber geendet hatte, sagte er: »Sie können mit dem, was ich Ihnen erzählt habe, frei umgehen oder schweigen. Sarah weiß nichts von alledem. Passen Sie gut auf sie auf, wenn sie zurück ist von ihrer typischen Verstecktour. Ich hole uns zwei Becher Kaffee. Komm, Jagger.« Er nahm seine Jacke und verließ den Wagen. Ging mit Jagger die Treppe hinauf, während Karo ihn durch die Windschutzscheibe beobachtete und nur mit Mühe die Tränen unterdrücken konnte. Ob wegen ihres eigenen oder wegen seines Schicksals, konnte sie nicht sagen. Ihr war nur klar, dass sie so nicht weitermachen konnte. Sie wusste zu viel. Lukas Felber wusste zu viel.
So saß sie im Auto und wartete. Ihr Kopf war gleichzeitig voll und leer. Edith Felber. Der Tod ihres Ehemannes Georg. Lukas Felbers Schuld, von der Karo nichts geahnt hatte. Und umgekehrt: das Geschwisterkind von Lukas und Sarah, von dem Lukas nichts gewusst hatte. Karo hatte Edith sagen wollen, dass es ihrem dritten Kind gutgeht. Das war ihr Auftrag gewesen. Nun war es zu spät. Die polizeiliche Konfliktberaterin schluckte hart. Ihre gesamte dämliche Ausbildung, ihre Auszeichnungen, die Anerkennung – alles schien ihr klein und

nichtig. Sie musste sich Ehrlinspiel anvertrauen. Es gab keinen anderen Weg, denn Lukas Felber würde seine Kollegen nicht aufklären.

Aus dem Restaurant kamen Frauen und Männer heraus, Paare und Familien gingen die Treppe hinauf, um zu Mittag zu essen oder Kaffee zu trinken. Auf der Terrasse links des Eingangs saßen unter gelben Sonnenschirmen einige Leute. Doch Felber kam nicht zurück.

Karo blickte auf die Uhr im Armaturenbrett und sah, dass der Wagenschlüssel steckte. Ihre Finger wurden kalt. Irgendetwas stimmte nicht. Sie zog den Schlüssel ab und verließ den Volvo. Eilte die Stufen hinauf in das Restaurant. Schaute sich im Shop zwischen Theke, Kaffeeautomaten, Süßigkeiten, Zeitschriften und Plüschtieren um, lief durch den Restaurantbereich. Nichts. Sie bückte sich unter der Schranke zu der Männertoilette durch, ein Mann im weißen Kittel und mit Putzlappen in der Hand kam hinter ihr her und fluchte mit östlichem Akzent: »Hey, zahlen, Frau, Geld!«

»Herr Felber, sind Sie hier?«

»Hau ab«, sagte ein dicker Kerl am Pissoir.

»Entschuldigung.« Sie verließ die Toilette – der Mann im Kittel rief noch immer hinter ihr her: »Geld, Frau, Geld!« – und ging aus dem Restaurant. Sie lief zu dem Volvo hinunter. Als sie gerade einsteigen wollte, hörte sie den Schuss. Gedämpft. »Scheiße!« Nur Sekunden später fiel der zweite Schuss. Eine Familie kam aus dem Restaurant, die Kinder hielten Pommestüten in der Hand. Sie lachten.

26

»Drunten sitzen sie jetzt in der Kirche und beten. Scheinheiliges Volk.«

Die hellen Sonntagsglocken der St.-Anna-Kapelle waren bis hierherauf zu hören. Sarah betrachtete David. Er saß im Schneidersitz neben ihr vor dem Zelt auf einer Decke. Vor dem Eingang stand ein Weidenkorb, den er heute mitgebracht hatte. Darin lagen Brot, Butter, Äpfel, ein Tetrapak Milch, zwei Flaschen Wasser und ein Teller, der mit Alufolie abgedeckt war. »Ich hab dir Pfannkuchen gemacht. Die liebst du doch. Auch kalt.« David lächelte. Die Glocken verstummten. »Es hat sich nicht viel geändert im Dorf. Die Scheinheiligkeit schon gar nicht. Du hast nichts verpasst. Außer mich.« Er lachte, wurde dann ernst. »Verzeih. Das ist nicht angebracht. Du hast deine Mutter verloren. Und Thomas vielleicht auch. Hast du inzwischen was von ihm gehört? Er hat schon wieder in Ediths Haus nach dir gesucht.«

»Soll er. Dort wird er mich nicht finden.«

»Du kannst nicht hierbleiben. Ich bin ja froh, dass du mir gestern eine Nachricht in den Briefkasten geworfen hast. Gut, dass Jenny sie nicht gefunden hat. Hast du kein Handy dabei?«

»Doch. Aber ich bin sicher, dass Thomas mich überwachen lässt. Deswegen wollte ich mich nicht einloggen.«

»Du weißt, ich stehe zu meinem Wort: Du bist bei mir jederzeit willkommen. Aber was ist eigentlich los? Warum versteckst du dich?«

»Deiner Freundin werde ich kaum willkommen sein.«

»Es ist *mein* Haus.«

»Sie würde dir oder mir oder uns beiden mit ihren roten Krallen die Augen auskratzen.«
»Sarah.« Er griff nach ihrer Hand, doch sie zog sie zurück. »Willst du nicht doch deinen Mann anrufen?«
»Damit er mich in die Psychiatrie steckt?«
»Und die Kinder? Sie werden dich vermissen.«
Sie sah zu Boden. Ein Käfer mit grünlich schimmerndem Panzer krabbelte neben der Decke durch das Gras. Sie fühlte sich schmutzig, sehnte sich nach einer heißen Dusche. Nach Emmas Lachen und nach Jonas' begeisterten Rufen, wenn sie mit ihm zum Fußball gegangen war. »Sie mögen mich nicht mehr. Ich war zu viel für sie.«
»Das ist doch Unsinn, Sarah. Es sind Kinder! Die sind schnell eingeschnappt, aber genauso schnell wieder lieb.«
Sie schüttelte den Kopf. »Du verstehst nicht. Sie waren nicht nur eingeschnappt. Es ... es zieht sich seit Wochen, dass ich ihnen gegenüber ungerecht und launisch bin.«
»Sagt Thomas das?«
»Ja.«
»Was hat er dir gegeben, damit du diesen Mist glaubst?«
»David, bitte.«
»Wenn du meinst. Aber dass ich das alles nicht verstehe, täuscht.« Er griff in den Korb. Holte eine Dose Bier heraus und reichte sie ihr. »Nicht mehr eiskalt, aber es geht.« Dann zauberte er eine zweite aus dem Korb hervor. Mit einem Zischen öffnete er sie, und ein wenig Schaum quoll heraus.
»Du hast ja echt an alles gedacht.«
»Ich denke immer an alles.«
Sie sah ihn an. Es war wie damals, als sie dreizehn und er neunzehn Jahre alt war. Es waren die Stunden, in denen sie hier oben im Wald und am Weiher saßen, Bier tranken, Stöcke schnitzten und redeten. Die Welt war ihnen groß und das Leben tragisch

erschienen, nach allem, was sie in ihren jungen Jahren schon erlebt hatten. Während ihre Mitschüler Motorrad fuhren, kifften, auf Partys gingen und Kondome mit Geschmack hip fanden, zogen David und Sarah sich in die Natur zurück. Vertrauten einander. Liebten sich. Bier war ihre einzige Droge gewesen.

Sarah trank und rückte etwas näher zu ihm hin. Die Jahre zwischen damals und heute schienen wegzuschmelzen, und sie wusste nicht, ob es am Alkohol oder an der klebrigen Schwüle lag, dass ihr ein wenig schwindelig wurde. »Ich wünschte, wir könnten die Zeit zurückdrehen.«

»Wie weit?«

»Weit. Sehr weit. Ich bin zehn, und du bist sechzehn, und Papa lebt. Niemand verunglückt …«

»… Thomas kreuzt nie auf, und du liebst mich bis ans Ende unserer Tage. Amen.«

»Sei doch nicht so sarkastisch.« Sie trank einen Schluck Bier. »Bei Thomas wäre so etwas nie vorgekommen.«

»Er ist nie zynisch, ja? Als Anwalt? Hm.«

»Nein, ich meinte, Bier aus der Dose trinken. Ein Tabu. Stillos.«

»Mindestens so stillos, wie mit einem Krüppel zusammen zu sein, nicht wahr?« Seine Augen blitzten auf.

»Was redest du?«

»Du weißt genau, was ich meine.«

»Thomas hat nie etwas gegen dich gesagt. Ich bin aus freien Stücken mit ihm mitgegangen.«

»Ach, wirklich? Es war also nicht sein Geld? Sein aussichtsreiches Jurastudium? Der einflussreiche Vater?«

»Nein!«, rief sie und schämte sich gleichzeitig für ihre Lüge. Ihre Mutter war es gewesen, die Sarah mit Thomas bekannt gemacht hatte. Die renommierte Orthopädie-Praxis seines Vaters lag direkt am Marktplatz, und Edith hatte oft mit dem Arzt am

Marktstand geredet. Der Sohn Thomas studierte Jura. Und sie hatte in ihm den idealen Schwiegersohn gesehen. Als Sarah einige Male am Stand aushalf, hatte Thomas ihr Avancen gemacht. Sarah war nicht darauf eingegangen. Sie wollte mit David zusammen sein. Sie wollte mit David in die Stadt. Die Freiheit leben. Sie hatte ihn darum gebeten in dieser Nacht, in der sie, wie so oft, am Weiher gesessen hatten.
»Dann fass ihn wieder an. Los!«, unterbrach David ihre Gedanken. Er streckte ihr seinen Armstumpf entgegen, der aus dem weißen T-Shirt herausragte.
»Spinnst du jetzt?«
»Los, mach schon!«
Sarah fröstelte, obwohl die Luft angenehm warm war. Sie rückte von David ab. »Bitte, hör auf.«
In dieser Nacht damals hatten sie auf einer Decke drüben am Ufer des Weihers gelegen. Nicht weit entfernt saßen Enten, aufgeplustert und die Köpfe unter die Flügel gesteckt. Es war kühl gewesen, die Luft hatte nach Tang und Tannennadeln gerochen.
»David, ich möchte für immer mit dir zusammen sein«, hatte Sarah gesagt.
Er hatte gelacht, sie geküsst, leidenschaftlich und lachend. »Natürlich! Etwas anderes ist für unser Leben nicht vorgesehen.«
Sie hatte sich von ihm gelöst. »Ich möchte mit dir in der Stadt leben.«
Ruckartig hatte er sich aufgesetzt. »In der Stadt? Aber warum? Wir haben hier doch alles.«
»Es ist mir zu eng. Zu … privat. Jeder weiß alles über uns. Ich …« Dass sie von ihrer Mutter wegwollte, sagte sie nicht.
»Sarah, ich werde hier so akzeptiert, wie ich bin. Ich hab einen schlechten Hauptschulabschluss. Keine Lehre. Ich bin der Davidummi. Erinnerst du dich?« Er lachte zynisch. »Und ich

bin ein Krüppel. Ich will nicht woanders wieder bloßgestellt und verspottet werden.«

»Aber ich kann hier nicht leben.«

»Mit mir zusammen kannst du es.« Er kniete sich neben Sarah und strich ihr über das Haar. »Ich kann dir alles geben, was du brauchst.«

Sie lag auf dem Rücken und sah zu ihm hoch. Er hatte nicht verstanden. Glaubte ihr nicht, dass das Dorf und alles, was geschehen war, kein Lebensraum für sie sein konnte.

Es war das erste Mal, dass sie sich von ihm unverstanden gefühlt hatte.

In den nächsten Wochen hatte Thomas ihr Blumen geschenkt. Ihr sein Luxus-Studentenzimmer gezeigt. Sie zum Essen ausgeführt.

»Früher hast du es doch auch getan.« Davids aggressiver Tonfall holte sie in die Gegenwart zurück. Noch immer streckte er ihr seinen Armstumpf hin.

»Früher, früher! Da waren wir auch ein Paar. Aber jetzt …!« Sie sprang auf.

»Jetzt bin ich dir nichts mehr wert.«

Sie blickte auf ihn hinunter, wie er zusammengesackt auf der Decke saß. In der Hand hielt er noch immer die Bierdose. Sie verstand nicht, was plötzlich los war. Er kam, um ihr zu helfen, dann wurde er böse, und jetzt saß er wie Jonas da, wenn ihm jemand seinen Fußball weggenommen hatte. »Natürlich bist du mir etwas wert. Aber das kann man doch nicht mit damals vergleichen.«

»Wenn du wüsstest, was man alles mit damals vergleichen kann.« Er sah sie an. Sein Mund wirkte verkrampft.

Sarah fror noch mehr. »Was meinst du damit?«

»Komm mit zu mir. Dann erzähle ich es dir in Ruhe. Von Edith und der Nacht, in der sie starb.«

»Was weißt du darüber?« Ihr Herz schlug schneller. »Ich will nicht ins Dorf!«
»Du musst nicht in Ediths Haus. Ich weiß, dass es dir dort nicht gutgeht. Das war schon immer so.«
»Was redest du da?« Als hätte der Himmel ihre Sätze gehört, zogen im Norden schwere Wolken auf.
»Meinst du, ich habe nicht mitbekommen, wie deine Mutter mit dir umgegangen ist?«
»Hast du deswegen nie mit mir in die Stadt ziehen wollen? Hat es dir Spaß gemacht, das zu beobachten?« David wurde ihr plötzlich unheimlich. »Sie hat mich eingesperrt, ja. Weil sie uns auseinanderbringen wollte, dich und mich. Und sie war manchmal … wütend, nach Papas Tod. Kannst du es ihr verübeln? Das Leben hat ihr den geliebten Menschen genommen. Wie soll sie da entspannt und fröhlich sein?«
»Das Leben.« Er lachte sarkastisch auf.
»Du weißt genau, was ich meine.«
David erhob sich.
Sie trat einen Schritt zurück, knickte mit einem Fuß um, und ein stechender Schmerz fuhr durch ihren Knöchel.
»Du willst sagen, dass deine Mutter mit Georgs Tod genauso überfordert war, wie du es jetzt mit ihrem Tod bist? Und dass du es jetzt an deinen Kindern auslässt – genauso, wie sie es früher bei dir gemacht hat?«
»Den Teufel will ich sagen. Hör endlich auf damit!«
Durch die Bäume fiel kaum noch Licht.
»Keine Angst, Sarah, wir müssen nicht darüber reden. Wir haben uns doch geschworen, dass all das, was passiert ist, nie passiert ist. Das haben wir uns doch geschworen. Damals, drüben am Weiher. Lukas, du und ich. Nicht wahr?«
Sie presste die Lippen aufeinander, bis es weh tat und das dumpfe Pochen in ihrem Fuß überlagerte.

»Ach, Sarah.« Davids Stimme wurde weich. »Jetzt entspann dich mal. Pack deinen Kram und geh in das Hotel, das Thomas gebucht hat. Oder komm zu mir. Du kannst nicht allein im Wald bleiben.«

»Nein!«

»Okay, dann nicht. Ich gehe jetzt. Jenny hat sicher ein knuspriges Stück Sonntagsbraten im Backofen. Überlege es dir. Ich hab den Auftrag, gut auf dich aufzupassen. Von Lukas persönlich. Also mach mir keinen Kummer. Ich werde heute Abend noch einmal nach dir sehen, falls du nicht zu mir ins Dorf kommst. Und mach dir keine Gedanken wegen Jenny. Ich werde ihr die Situation erklären. Sie vertraut mir und glaubt das, was ich sage. Sie ist einfach so. Leicht zu handhaben. Nicht so wie du.« Er trat zu ihr und strich ihr eine Haarsträhne hinters Ohr. »In Ordnung?« Dann stapfte er davon, zwischen Gestrüpp und Tannen hindurch, und nach einigen Minuten war nichts mehr zu hören außer dem lauten Zwitschern der Vögel, einem entfernten Rascheln und dem ersten Platschen dicker Regentropfen.

27

Nur einen Moment. Bitte!« Moritz Ehrlinspiel ging auf den Bestatter zu, der bei Lukas Felbers Leiche stand. Er zitterte wie ein kleiner Junge, als er sich endlich neben Lukas knien durfte. Der Mann im schwarzen Anzug trat zurück.

Lukas lag auf dem Rücken, bis zum Hals mit einem weißen Tuch bedeckt. Seine Augen waren geschlossen. Die Stirn war sternförmig aufgeplatzt, die Wunde mit getrocknetem Blut gefüllt – als habe ihm jemand ein schwarzes Mal auf den Kopf gezeichnet. Zwischen den Zacken war die Stanzmarke des Pistolenlaufs zu sehen, die durch das Aufdrücken von Lukas' Dienstwaffe, eine *Heckler & Koch 9 mm,* entstanden war. Ein Ring, eingedrückt in die schmauchbedeckte Haut. Ehrlinspiel hatte schon viele Schussverletzungen gesehen. Doch diese würde er nie vergessen.

Bei den Kollegen der Offenburger Polizei stand der Rechtsmediziner Reinhard Larsson und strich sich über sein blondes Ziegenbärtchen. Er war etwa eine Stunde vor Ehrlinspiel an der Raststätte eingetroffen und hatte gemeinsam mit den Kriminaltechnikern die erste Untersuchung hinter dem Restaurantgebäude durchgeführt.

Leise hatten die Kollegen Ehrlinspiel, Freitag und Baumann ihr Beileid ausgesprochen, während der Himmel sich über der grausigen Szene zuzog. Professor Larsson hatte unterdessen schweigend gearbeitet, Lukas entkleidet, die Ein- und Ausschussstellen begutachtet und fotografiert, die Rektaltemperatur gemessen. Ehrlinspiel hatte abseits gewartet und gegen die Tränen angekämpft.

Neben Lukas lag Jagger. Die Augen des alten Schäferhundmischlings waren halb geöffnet, die Zunge hing blau aus dem Maul. Zwischen seinen Augen klaffte ein Loch, das graubraune Fell war schwarz verklebt vom Hundeblut.
»Du hast ihn mitgenommen«, flüsterte Ehrlinspiel dem toten Lukas zu. »Du hast genau gewusst, dass dein Kumpel auf seine alten Tage kein Zuhause mehr gefunden hätte.«
»Lukas und ich waren keine Freunde. Aber das … ist nicht gut.« Larsson war zu Ehrlinspiel getreten. Der Kriminalhauptkommissar sah nur die dunkelbraun glänzenden Schuhspitzen des Rechtsmediziners.
»Nein, das ist es nicht.«
Ehrlinspiel wollte nicht reden.
Nichts denken.
Nichts fühlen.
Als der Anruf von Karo Baumann gekommen war, hatte er geglaubt, es sei ein geschmackloser Scherz. Kleine Rache für die Putzfrau.
Er war mit Hanna Hand in Hand auf dem Kaiserstuhlpfad gewandert. Sie hatten im Erletal geparkt, waren schmale Wald- und Wiesenwege über sanfte Hügel zur Katharinenkapelle gelaufen, weiter zum Eichelspitzturm mit Rundumsicht über Hügel und Hohlwege, und sie hatten sogar noch zum Vogelsangpass und von dort steil hinauf bis zum Neulindenturm gehen wollen. Für den Nachmittag waren Sturm und starker Regen angekündigt gewesen, und sie waren zügig gelaufen, um die Strecke vor Beginn des zu erwartenden Unwetters noch zu schaffen. Hanna hatte ihm gerade die Sage von der Endinger Kräuter-Lies und dem Zwerg erzählt.
»Lukas Felber ist tot«, hatte Baumann gestammelt.
Als Ehrlinspiel begriffen hatte, dass es die Wahrheit war, hatte er Hannas Hand losgelassen und war gerannt, ohne ihr etwas

zu erklären. Er war gelaufen, bis er auf eine Straße und Menschen mit Auto getroffen war, die ihn zu seinem eigenen Wagen gefahren hatten. Von da war er zu Paul Freitag und mit ihm zusammen hierher zum Autohof Mahlberg gerast.
»Das Projektil ist am Hinterkopf ausgetreten«, sagte Larsson sachlich. »Schlitzförmige adaptierte Hautdurchtrennung. Es war nur ein einziger Schuss. Er wusste genau, wo er den Lauf aufsetzen musste.«
»Warum?«, fragte Ehrlinspiel, ohne den Blick von Lukas abzuwenden. »Was ist geschehen? Was hat deine Seele so schwarz werden lassen, dass du dir das Leben nehmen musstest? Was?« Und dann stieg die Wut in ihm hoch. »Warum?«, schrie er den Toten an. »Warum hast du nicht mit uns geredet? Was hast du gewusst, was hat dich so gequält?«
Er stand auf.
Larsson sah ihn an. »Ich hoffe, ihr findet bald heraus, was ihn so … absurd hat handeln lassen.«
Wenigstens lässt er seine sarkastischen Sprüche heute stecken, dachte der Hauptkommissar und sah sich um. Baumann saß noch immer auf einem großen Stein abseits des Geschehens. Neben ihr stand eine dicke Frau in Uniform. Mit schweren Schritten ging er zu ihnen, bückte sich und packte Baumann am Oberarm. »Los, aufstehen!«
»Sachte, sachte«, sagte die Dicke.
Baumanns Make-up war über die hellbraune Haut verschmiert, ihre Augen verquollen. Doch sie stand auf, als er noch fester zugriff.
»Was, verdammt, ist hier passiert? Was wissen Sie? Was war mit Herrn Felber los?«
»Ich … er wollte Kaffee holen.«
»Sie erzählen mir jetzt jedes Wort, das Sie mit ihm auf der Fahrt gesprochen haben. Jedes! Und alles, was Sie je mit ihm geredet

haben, seit Sie Lukas Felber das erste Mal gesehen haben. Ist. Das. Klar?«

Sie nickte.

»Gar nichts ist klar.« Die Dicke überragte Ehrlinspiel mit seinen eins vierundachtzig um einige Zentimeter. »Der Suizid hat in unserem Zuständigkeitsbereich stattgefunden. Die Ermittlungen liegen nicht in Ihrer Hand.«

»Sie halten sich da raus!« Er spürte, wie eine Ader an seinem Hals zu pochen begann. Was wollte diese Frau, die nur Streifenpolizistin war? Was bildete die sich ein? Sie hatte nichts zu sagen. Rein gar nichts. »Lukas war *mein* Kollege, und vor gut zwei Wochen hat jemand seine Mutter umgebracht. Seine Schwester ist verschwunden. Sie haben überhaupt keine Vorstellung von …«

»Moritz.« Paul Freitag war wie aus dem Nichts aufgetaucht und legte eine Hand auf Ehrlinspiels Unterarm. »Es ist gut.«

»Nein, nichts ist gut!«

»Wir machen hier unseren Job. Alle. Auch wenn es noch so schwer ist.«

»Scheiß auf den Job. Lukas ist tot. *Tot!* Wir haben versagt, alle zusammen. Und Sie« – er wandte sich erneut an Baumann –, »Sie machen jetzt endlich den Mund auf. Was war auf dieser verdammten Fahrt los?«

Karolina Baumann holte tief Luft. »Wir haben über die Befragung geredet. Die Geschäftsführerin des Landhotels *Goldene Kuh* hat bestätigt, dass es nicht David Schindler war, der mit der japanischen Gruppe bei ihr gewohnt hat. Schindler war … er war …«

»War was?«

»Herr Felber hat Schindler angerufen, sobald wir aus dem Hotel draußen waren. Er ist losgefahren und hat in sein Handy geschrien. Er ist viel zu riskant gefahren und … er hat immer wieder aufs Lenkrad geschlagen. Er war unglaublich zornig. Offenbar war Schindler in der Nacht, als Lukas' Mutter ermordet wurde, zu Hause. Und zwar allein.«

»Und deswegen erschießt Lukas sich?«

»Hinter Zorn kann sich auch Angst verstecken«, sagte Baumann und nahm ein Taschentuch von der Dicken entgegen. Sie wischte sich übers Gesicht, was an den mittlerweile eingetrockneten Make-up-Spuren nichts änderte. Doch sie schien sich allmählich zu beruhigen, denn sie atmete ruhiger und sprach, ohne zu schluchzen.

»Vor was soll Lukas Angst gehabt haben? Und das so sehr, dass er sich das Leben nimmt? Hat er irgendetwas gesagt? Angedeutet?«

Ehrlinspiel sah hinüber zu Lukas' Körper, den der Bestatter und einer seiner Mitarbeiter gerade in den Leichensack gelegt hatten und in einen grauen Kunststoffsarg hoben. Die Kriminaltechniker packten die schweren schwarzen Gerätekoffer in ihre Transporter.

Er schloss für einige Sekunden die Augen. Lauschte den vorbeirauschenden Autos auf der A5, dem Lachen und Geschrei der Kinder, die auf der Terrasse des Restaurants spielten, und dem scharrenden Geräusch, als der Sarg in den Leichenwagen geschoben wurde, gefolgt vom kurzen metallischen Zuschlagen der Hecktür. Er öffnete die Augen. Jagger lag noch immer da. Am liebsten hätte Ehrlinspiel ihn in eine Decke gepackt und selbst ins CVUA – das *Chemische und Veterinärmedizinische Untersuchungsamt* – gebracht. Doch er hatte keine Genehmigung zum Transport toter Tiere, und als der Bestatter den Autohof gerade Richtung Freiburg verließ, fuhr bereits von der anderen Seite ein großes silbernes Fahrzeug mit der Aufschrift *Tierspezialtransporte* heran. Im selben Moment fielen die ersten dicken Regentropfen.

»Es tut mir so leid«, sagte Baumann in die Stille. »Ich ... ich glaube, Lukas' Tod hängt mit seiner Familiengeschichte zusammen.«

»Wie kommen Sie darauf?«

»Er deutete an, dass er Schuld auf sich geladen hat. Und dass seine Mutter bis zuletzt darunter gelitten hätte. Dass er außerdem seine Schwester im Stich gelassen und nicht ernst genommen habe und er jetzt erst sehe, was das angerichtet habe.«

»Was genau für eine Schuld?« Er hätte Baumann am liebsten geschüttelt.

»Das hat er nicht gesagt.«

»Und Sie haben als kompetente und erfahrene Konfliktberaterin nicht nachgehakt?«

»Doch. Aber er wollte erst Kaffee holen.«

»Das darf doch alles nicht wahr sein. Aus dem Telefonat mit Schindler geht nichts weiter hervor? Überlegen Sie genau!« Er würde diesen Schindler in spätestens einer Stunde persönlich festnehmen. Er hatte bereits eine Truppe ins Dorf geschickt, um das Haus zu observieren. Nur für den Fall, dass er türmen wollte.

»Herr Felber fragte Schindler, wann er seine Schwester, also Sarah, zuletzt gesehen habe. Offenbar haben sich Schindler und Sarah mal in der Nacht getroffen. Herr Felber bat Schindler, gut auf Sarah aufzupassen.« Baumann verstummte und blickte zu Boden. Dann hob sie den Blick zu Ehrlinspiel. »Ich hätte es ahnen müssen. Bei diesem Satz hätte ich ...«

Ehrlinspiel wandte sich an die Dicke. »Sie hören von uns«, sagte er schroff. Dann berührte er Baumann kurz am Ellbogen und nickte Paul Freitag zu. »Wir fahren zurück. Wir schnappen uns Schindler.« Er hatte keine Ahnung, wie er das alles Reimer erklären sollte. Er hatte zwei Kollegen auf Tour geschickt, die nicht dazu befugt waren. Einer hatte sich auf dem

Rückweg getötet. Seine Zeit als Kriminalhauptkommissar war damit wohl beendet. Doch das interessierte ihn im Moment nicht. Ihn trieb der Gedanke an Lukas an. Er musste wissen, was los war. Und dazu musste er Schindler festnehmen. Und Sarah Felber finden. Wie sie den Tod ihres Bruders auch noch verkraften sollte, darüber mochte Ehrlinspiel gar nicht erst nachdenken.

28

Hast du mit ihnen geredet?« Er schlug Jenny hart ins Gesicht.

Sie taumelte zurück, presste ihre Hand auf die brennende Wange und starrte David an, in dessen Blick sie nichts als Hass entdecken konnte.

Doch da war noch etwas anderes. Sie roch es. Es war sein Schweiß. David roch nicht nach körperlicher Anstrengung oder zu großer Sommerhitze. Es war der Geruch der Angst, den er ausströmte. Diese beißende Mischung aus scharf und säuerlich. Jenny würgte.

»Wie konnte ich nur so blöd sein und dich bitten, hierzubleiben!« Er trat wieder auf sie zu. »Fahr zur Hölle, du Flittchen! Hau ab, geh, nimm deine Sachen und verpiss dich an deine beschissene Ostsee, in dein vergammeltes Loch von Hotel!«

Sie presste sich gegen die Küchenwand, die sie hart an den Schulterblättern und ihren knochigen Hüften spürte. Auf dem Tisch standen zwei Teller, beide halb leer gegessen, und der Römertopf mit Huhn und Karotten. Daneben in einer Vase Davids Blumenstrauß, gelbe und orangefarbene Gerbera mit weißem Kraut dazwischen. »Für mein geliebtes Millionaire-Baby«, hatte er gestern gesagt und ihn ihr in den Arm gelegt, und sie hatte gelächelt.

Als vorhin das Telefon geklingelt hatte, war David in den Flur gegangen. Jenny hatte gehört, wie seine Stimme zunehmend gepresster und wütender geklungen und er schließlich das Telefon auf die Ladestation geworfen hatte, dass es schepperte. Fast im selben Moment war er mit hochrotem Gesicht neben ihr gestanden. »Was ist los?«, hatte sie gefragt, bemüht, ihr nagendes Misstrauen zu verbergen. Er hatte sie an den Haaren vom Stuhl hochgezerrt. Vor Schmerz und Überraschung hatte sie aufgeschrien. Noch nie zuvor war er so brutal gewesen. Nicht mal in Gedanken hätte sie ihm so etwas zugetraut. Lügen, sich um Entscheidungen herumlavieren, betrügen, das ja. Aber keine körperliche Gewalt. Als David ihr mit der flachen Hand zum ersten Mal ins Gesicht schlug, prügelte er gleichzeitig jede Illusion aus ihr heraus. Und bestätigte, wie dumm sie war. Hätte sie ihn nur nie an dieser Tankstelle gesehen und sich überreden lassen, wieder zurückzukommen. Eingelullt hatte er sie. Und jetzt …

Sie weinte nicht. Sah ihn nur an, während draußen der Wind stärker wurde und Grasbüschel und eine Plastiktüte über die Straße fegte. Neue Unwetter waren angekündigt. »Wer war am Telefon?«, brachte sie mühsam hervor und schmeckte das Blut aus ihrer aufgeplatzten Lippe.

»Mein Freund, der Bulle.« Er beugte sich vor, sein Gesicht direkt vor ihrem. Zwischen seinen Augen bildete sich eine senkrechte Falte. »Was hast du der Polizei gesagt?« Er hob ihr Kinn an. Seine Finger waren kalt. »Was?«, schrie er, um im selben Moment zu flüstern: »Und erzähle mir nicht, dass sie von allein auf die Sache mit den erfundenen Immobiliengeschäften gekommen sind.«

»Du betrügst mich. Du hast keinen Grund, handgreiflich zu werden.«

Schon klatschte seine Hand erneut in ihr Gesicht, und ihr Kopf wurde zur Seite gerissen.

»Du machst mir keine Angst. Du kannst mich schlagen und belügen und betrügen. Ich bin sowieso am Boden.«

»Hast du mit ihnen geredet?«, wiederholte er seine Frage.

»Ist es geil mit ihr, ja? Macht es dich an, sie zu vögeln und mir gleichzeitig Liebe vorzuheucheln?« Jenny trat von der Wand und von David weg und fegte mit einer raschen Armbewegung die Vase zu Boden. Es klirrte, und Wasser und Blüten breiteten sich auf dem Boden zwischen den Scherben aus.

»Ich vögle nicht mit Sarah. Denn die meinst du doch, nicht wahr? Sie trägt ja schließlich keine billigen Dessous, und ohne die krieg ich ja keinen hoch.« Er grinste.

Da war sie verletzt. Tief verletzt. Lügen, Schläge, das alles hätte sie verkraftet. Aber dass David das, was sie über Monate für ihn getan und was er wirklich gemocht hatte, nun in den Schmutz zog, dass er sich über sie lustig machte, das war zu viel. Sie konnte die Tränen nicht länger zurückhalten, und zu alledem begann ihre Unterlippe so zu zittern, dass er es sehen musste.

Sein Grinsen wurde breiter. »Du hättest einfach nur die Fresse halten müssen, Millionaire-Baby. Dann wäre nichts passiert. Aber mich bei den Bullen anzuschwärzen …« Er schüttelte den Kopf, stieg über die Scherben und machte einen Schritt auf sie zu. Es knirschte laut.

In dem Moment hörte Jenny den Automotor. Bremsen, das dumpfe Zuschlagen mehrerer Wagentüren. Dann ging alles ganz schnell. David rannte durch den Flur zur Haustür, gleichzeitig klingelte es, und jemand hämmerte mit der Faust gegen die Tür. »Aufmachen, Schindler!« Jenny hastete die Treppe ins Badezimmer hinauf und verschloss instinktiv die Tür. Zitternd spähte sie durch das kleine Fenster. Ein eisblauer B-Klasse-Mercedes stand im Hof im Regen. Unten im Haus waren Stimmen zu hören. Sie glaubte, Kommissar Ehrlinspiel zu erkennen. Und eine Frau.

Sie schlich zur Tür und presste das Ohr an das dünne Holz. Verstehen konnte sie kaum etwas, doch der Tonfall klang hart und entschlossen. Natürlich. Sie hatte Davids Immobilienlüge verraten. Jetzt würden sie ihn fragen, wo er in der Mordnacht gewesen war, wenn nicht in dem Hotel.

Als später die Haustür zuschlug, lief sie wieder zum Fenster. David war mit dem Handgelenk an das Handgelenk eines schwarzhaarigen, deutlich kleineren Mannes gefesselt, daneben ging Ehrlinspiel und öffnete die hintere Tür des Mercedes. Er schob David in den Wagen, drückte dabei dessen Kopf nach unten, wieder wie im Film, und dann stieg der Schwarzhaarige neben David ein.

Wie aus dem Nichts tauchten hinter Bäumen und den Nachbarhäusern einige Männer auf. Sie waren überwacht worden! Also doch! Sie hatte mit einem Mörder zusammengelebt! Sie hatte ihr Herz einem Killer geschenkt! Warum sonst sollten sie ihn mitnehmen? Jenny würgte, und ihr Herz raste, als jemand an die Tür klopfte.

»Hallo? Sind Sie da drin? Ich bin von der Polizei. Bitte, machen Sie auf.«

Es war die Frau, die sie eben hatte sprechen hören. Sie waren sich noch nie begegnet. Jenny drehte den Schlüssel um, öffnete die Tür einen Spaltbreit und spähte hindurch. Vor ihr stand eine dunkelhäutige Frau mit schwarzen Augen und schick geschnittenen, schulterlangen Haaren.

»Karolina Baumann«, sagte die Frau. »Sind Sie die Freundin von David Schindler? Ist alles in Ordnung?«

Jenny nickte. Sie zitterte am ganzen Körper, und ihre Beine drohten nachzugeben.

»Ihre Lippe blutet. Und Ihr Kinn ist verschmiert. Kommen Sie, ich versorge das.«

Jenny ließ sich widerstandslos zum Waschbecken führen. Ein kurzer Blick in den Spiegel. Blut. Rote Flecken auf den Wangen. Schwarz verschmierte Wimperntusche. Jetzt gaben ihre Beine nach.

Sofort stützte die Frau sie. »Setzen Sie sich auf den Wannenrand.«
Jenny tat, wie ihr geheißen.
Baumann öffnete das Spiegelschränkchen über dem Waschbecken. »Wo haben Sie Wattepads?«
Jenny deutete nach rechts. »Im Fach unter den Lidschatten.« Ihre Lippe schmerzte beim Sprechen.
»Ah, da haben wir ja alles.« Baumann nahm Wattepads, feuchtete zwei an, griff nach der Salbe in der Mitte des Schränkchens und kam zu Jenny. »War das David Schindler?«
Sie sagte nichts. Irgendwann käme er wieder frei. Und dann würde er sie umbringen. Genauso, wie er die Felber umgebracht hatte.
»Wir kennen uns noch nicht, aber Sie können mir vertrauen.« Baumann sah sie intensiv an. »Ich bin neu in Freiburg und betreue Kollegen und Opfer in Krisensituationen.«
Jenny nickte.
»Wie heißen Sie?«, fragte Baumann und tupfte ihr vorsichtig die Lippe ab.
»Jenny«, murmelte sie.
Baumann richtete sich ruckartig auf. »Was?«
Sprach sie schon so undeutlich? »Jennifer Peters«, sagte sie und bemühte sich, jede Silbe klar zu formulieren.
Die farbige Polizistin starrte sie an. »*Sie* sind …?« Dann setzte sie sich neben Jenny auf den Badewannenrand.
Jenny sah sie an. »Was ist?«
Baumann wandte sich ihr zu, als Ehrlinspiel in der Badezimmertür erschien. »Alles in Ordnung? Können wir?«
»Fahren Sie ohne mich«, sagte Baumann. »Oder brauchen Sie mich für die Vernehmung?«
»Was ist denn los?« Ehrlinspiel musterte Jenny.
»Frau Peters sollte nicht allein sein.«

Ehrlinspiel kam ins Badezimmer. »Das sollte der Rechtsmediziner sich ansehen und dokumentieren. Ich sage Larsson Bescheid und rufe einen Wagen, der Sie und Frau Peters in die Stadt fährt. Anschließend kommen Sie bitte ins Präsidium, Frau Baumann.« Er ging, und Jenny hörte, wie sich seine Schritte auf der Treppe entfernten. Die Haustür schlug zu, der Mercedes im Hof wurde gestartet und fuhr davon.

Baumann saß neben ihr wie versteinert. Fast so, als sei ihr und nicht Jenny Gewalt angetan worden.

29

Wollen Sie wirklich keinen Anwalt hinzuziehen?« Kriminalhauptkommissar Ehrlinspiel saß David Schindler im kleinen Vernehmungszimmer gegenüber. Sie nutzten diesen Raum nur selten, doch seine karge Atmosphäre, das kühle Neonlicht und der etwas metallische Geruch schienen Ehrlinspiel für Schindler angemessener als sein Büro. Zwischen ihnen stand das Tonbandgerät, die kleine Lampe leuchtete rot, die Aufnahme lief.

»Nein.«

Am schmalen Tischende saß Paul Freitag, die Arme verschränkt und mit versteinerter Miene – ungewöhnlich für den sonst so gelassenen Kriminaloberkommissar. »Sie haben gelogen. Sie haben Ihre Freundin geschlagen. Und Sie haben kein Alibi für die Nacht des Todes von Edith Felber.« Lukas dagegen war nachweislich in Südfrankreich gewesen. Ein Mord durch den Sohn an der eigenen Mutter war daher auszuschließen und konnte also nicht der Grund für Lukas' Selbstmord gewesen sein. Von Letzterem wusste Schindler allerdings noch nichts.

Schindler lehnte sich auf dem glatten Holzstuhl zurück. Sein weißes T-Shirt saß leicht verdreht, und obwohl er offenbar cool wirken wollte, hatte er die Schultern hochgezogen. »Ich habe Edith nicht umgebracht. Ich brauche keinen Anwalt.«

»Wie Sie meinen. Sie haben Ihre Rechte gehört, die ich Ihnen vorhin vorgelesen habe?«

Er nickte.

»Laut, bitte, damit es auf dem Tonband festgehalten wird.«

»Ja.«
»Und Sie wollen auch keinen Angehörigen anrufen?«
»Nein.«
»Warum haben Sie sich diese komplizierte Geschichte mit dem Hotel, den Immobilien und den Japanern ausgedacht? Es hätte genügt, zu sagen, Sie wären allein einige Tage unterwegs gewesen.«
»Ich hab gelesen, dass die Japaner immer in dieses Hotel kommen für ihre Transaktionen. Das war Zufall, stand irgendwo bei den News im Web. Da kam mir diese Idee. Dann hab ich nach einem Immobiliendeal in der Nähe gegoogelt. Ich hatte Jennifer von Anfang an gesagt, meine Geschäfte würde ich mit Chinesen und Japanern und so machen. Das war sicher. Das konnte sie nicht so leicht rausfinden, falls sie es versucht hätte. Es hat einfach schön gepasst.«
»Und dass Sie statt in Aschaffenburg allein zu Hause waren, während das gesamte Dorf vom THW evakuiert worden war, hat auch schön gepasst. Unwetter, Edith Felber allein, Sie allein. Endlich konnten Sie sie loswerden.«
»Wieso hätte ich das tun sollen?« Schindlers Stimme klang gepresst.
»Edith Felber hat Sie gehasst.«
»Mag sein. Aber deswegen hab ich sie noch lang nicht getötet. Ich hatte im Übrigen nichts gegen Edith, aber ich hatte auch nichts für sie.«
»Was haben Sie in der Nacht ihres Todes denn gemacht?«
»Geschlafen.«
»Warum haben Sie sich ein falsches Alibi besorgt, wenn Sie mit der Sache nichts zu tun haben?«
Schindler seufzte. »Ich wollte einfach mal ein paar Tage meine Ruhe haben. Jennifer war in München.« Er beugte sich ein wenig vor. »Sie ist Nymphomanin. Ich … ich hab wirklich mal

ein paar Tage und Nächte Schlaf gebraucht. Also hab ich ihr gesagt, ich hätte einen Geschäftstermin. Sie hätte mich sonst zu ihrer Freundin nach München mitgeschleift. Diese Vera ist ein Lästermaul.«

Ehrlinspiel sah kurz zu Freitag. Der verzog keine Miene. Nymphomanin! »Und weil Ihre Freundin sexsüchtig ist und Sie das überfordert hat, haben Sie sie mal ordentlich verprügelt, ja?«

Schindler senkte den Kopf. »Es war das erste Mal, dass ich …«

Ehrlinspiel stand auf, er konnte dieses Theater nicht ertragen. »Frau Peters ist jetzt in der Rechtsmedizin.«

Ruckartig hob Schindler den Kopf. »Was? Nein! Ich habe nicht fest zugeschlagen! Ich …« Das Entsetzen stand ihm ins Gesicht geschrieben. »Sie hat nur an der Lippe geblutet und ist ins Bad, als Sie gerade gekommen sind und …«

»Warum sind Sie handgreiflich geworden?« Ehrlinspiel ging auf und ab.

»Sie hat mich doch verpfiffen! Wie sonst hätte Lukas wissen sollen, dass mein Alibi falsch ist?«

Ehrlinspiel blieb hinter Schindler stehen, beugte sich zu dessen Ohr hinunter und zischte, obwohl Schindler recht hatte: »Halten Sie uns für so unfähig, nicht selbst auf Ihre Lügen zu kommen?«

Schindler zuckte zusammen. »Dann hat Jennifer gar nicht … ?«

»Würde es Ihnen leidtun, sie umsonst verprügelt zu haben?«

»Sie kann nicht tot sein! Ich habe sie nur geohrfeigt. Sie ist hinterher die Treppe raufgerannt. Sie war fit! Sie werden das bei der Obduktion herausfinden!«

»Sie wird nicht obduziert.«

»Was?«

»Der Rechtsmediziner untersucht und dokumentiert die Verletzungen, die Sie ihr zugefügt haben. Sie ist nicht tot.«

David Schindler sackte in sich zusammen. »Dann ist ja alles gut«, flüsterte er nach ein paar Sekunden.
»Nichts ist gut. Und Sie, Schindler« – Ehrlinspiel setzte sich wieder dem Beschuldigten gegenüber an den Tisch –, »stehen unter Mordverdacht. Das ist Ihnen doch klar?«
»Ich habe niemanden getötet!«
»Stimmt.« Ehrlinspiel wurde zynisch. »Sie haben ja geschlafen.«
»Das sagte ich doch schon!«
»Da tobt das Unwetter des Jahrhunderts. Das THW evakuiert alle Einwohner. Das halbe Dorf wird weggeschwemmt, Bäume brechen wie Streichhölzer, Dächer werden abgedeckt, Fenster gehen klirrend zu Bruch, und gegenüber von Ihrem Haus begräbt eine tosende Schlammlawine Felbers Werkstatt unter sich, weil der gesamte Hang ins Rutschen kommt. Und Sie haben seelenruhig geschlafen.«
»Wenn ich es doch sage!«
Ehrlinspiel glaubte ihm kein Wort, und er sah aus dem Augenwinkel, dass auch Paul Freitag keinerlei Anzeichen irgendeines Verständnisses für Schindler signalisierte. »Dann haben Sie also auch niemand anderen gesehen in der Nacht? Jemanden, der Edith Felber in der Werkstatt eingeschlossen hat? Jemanden, den wir uns schnappen könnten und dessen Schuld Sie entlasten würde?«
»Nein! Ich sage doch, ich war erschöpft. Ich wollte einfach nur schlafen. Schlafen! Verstehen Sie das Wort nicht?« Er atmete schnell und aufgeregt. Schob den Unterkiefer leicht nach vorn.
»Was haben Sie Lukas Felber heute Mittag am Telefon gesagt?«
Der plötzliche Themenwechsel brachte Schindler aus dem Konzept. Er legte seinen Arm auf den Tisch, zog ihn zurück, legte ihn wieder ab. »Ich möchte ein Glas Wasser.«

Ehrlinspiel nickte Freitag zu. Der ging nach draußen und kehrte nur zwei Minuten später, in denen Ehrlinspiel und Schindler sich schweigend taxiert hatten, mit einem Plastikbecher in der Hand zurück. Vor Schindler stellte er ihn ab.

»Danke.« Schindler trank den Becher in einem Zug leer.

»Also. Was haben Sie Lukas gesagt, nachdem er Ihr falsches Alibi enttarnt hat?«

»Hören Sie, Herr Kommissar, Lukas hat mich erwischt. Okay. Er hat mich angerufen. Aber glauben Sie nicht, dass ich danach nicht sofort abgehauen wäre, wenn ich seine Mutter umgebracht hätte? Ich wäre doch nicht zu Hause geblieben, hätte Jenny eine Abreibung verpasst und in aller Ruhe auf Sie oder Lukas gewartet!«

Ehrlinspiel musste Schindler im Stillen recht geben. Andererseits konnte auch genau das Taktik sein. Ruhig abwarten und ein Verhalten wie ein Unschuldiger an den Tag legen – und dennoch der Täter sein. »Beantworten Sie einfach meine Frage. Was haben Sie Lukas gesagt?«

»Fragen Sie ihn doch selbst!«

Kurz war Ehrlinspiel versucht, ihm von Lukas' Suizid zu erzählen. Doch das nähme den Druck von Schindler, die Wahrheit zu sagen. Baumann hatte nur Lukas' Part des Telefonats gehört. Und Lukas war sicher vorsichtig mit seinen Antworten gewesen, falls er etwas zu verbergen versuchte. Was Schindler gesagt hatte, wusste außer diesem niemand. Niemand würde Schindlers Angaben widerlegen können. »Ich will *Ihre* Version hören«, sagte Ehrlinspiel.

Schindler lachte auf. »Jetzt sagen Sie nicht, dass Sie Lukas verdächtigen. Ausgerechnet!«

Wütend schlug der Hauptkommissar mit der Hand auf den Tisch. »Beantworten Sie endlich meine Frage!«

»Schon gut, schon gut.« Schindler hob beschwichtigend die

Hand. »Ich hab Lukas genau dasselbe gesagt wie Ihnen. Dass ich meine Ruhe haben wollte. Weil Jennifer … nun ja, anstrengend ist mit ihren … Bedürfnissen. Und dass ich allein zu Hause war. Lukas kennt mich doch! Er kann ja wohl nicht glauben, dass ich seine Mutter in dieser blöden Werkstatt eingesperrt habe und verrecken ließ.«

»Die meisten Tötungsdelikte finden im Familien- und Freundeskreis statt.«

»Ich hab der alten Felber nichts getan!«

»Sie hat Ihnen bis zuletzt die Schuld am Tod Ihres Mannes gegeben.« Damit knüpfte Ehrlinspiel an das vorherige Thema wieder an. Seine Vernehmungstaktik, zwischen einzelnen Punkten hin- und herzuspringen, verunsicherte die Verdächtigen normalerweise. Bei Schindler war er sich da nicht so sicher. »Vielleicht hat sie Sie ja immer und immer wieder damit konfrontiert? Hat sie Sie darauf angesprochen in der letzten Zeit? Haben Sie das irgendwann nicht mehr ausgehalten und dann die Chance ergriffen? Ein einarmiger Mann und ein Schlüssel, der im Schloss steckt. Ein Mord im Handumdrehen, sozusagen. Klack und fertig. Einfacher geht es kaum.«

Schindler holte tief Luft. »So war es nicht.«

»Wie dann?«

»Sie hat mich gehasst, ja. Sie hat damals die ganze Zeit über versucht, Sarah und mich auseinanderzubringen. Sarah war ein Teenager. Das hat ihr nicht gepasst. Lukas übrigens auch nicht. Aber dass ich Georg dauernd geholfen habe, die Schnitzereien auszufahren, das war ihr recht. Dafür war ich gut genug. Sie konnte mich schon vor dem Unfall nicht leiden. Sie hat überhaupt niemanden leiden können. Nur sich selbst! Wenn etwas nicht so lief, wie sie es wollte, waren immer andere schuld. Und wenn die nicht gekuscht haben, fing sie an zu heulen. Sie war die ungerechteste Frau, die ich kenne.«

Ehrlinspiel betrachtete Schindlers blasses Gesicht. Er war unrasiert, und unter den Achselhöhlen breiteten sich dunkle Flecken auf seinem T-Shirt aus. Der Mann war jetzt ruhiger. Und irgendetwas ließ Ehrlinspiel glauben, dass Schindler in Bezug auf Edith Felbers Charakter die Wahrheit sagte.
»Sie hat wie für jede Bagatelle auch für die Katastrophe von Georgs Tod einen Schuldigen finden müssen«, fuhr Schindler fort. »Ich war mit Georg im Auto. Wer also wäre besser geeignet gewesen, die Rolle des Bösen zugewiesen zu bekommen? Und praktisch war es obendrein. Denn so hatte sie einen Vorwand, mich gegen Sarah auszuspielen.«
»Ist ihr das gelungen?«
»Nein. Zumindest nicht in der Zeit nach dem Unfall. Später … hat Sarah mich verlassen. Wegen ihres jetzigen Ehemannes.«
»Hatte Frau Felber denn einen konkreten Anhaltspunkt dafür, Ihnen die Schuld am Tod ihres Ehemannes zu geben? Als Beifahrer im Auto zu sitzen ist ja keine besonders schlimme Tat.«
»Ich habe Georg angeblich abgelenkt.«
»Und? Haben Sie das?«
»Natürlich nicht! Er war müde. Er hatte getrunken. Ich wollte nicht, dass er fährt. Aber diese verdammten Krippenfiguren mussten ja unbedingt noch an diesem Abend in diesen Gemeindesaal geliefert werden. Dabei war Georg schon komplett überarbeitet.«
»Und Sie haben ihn betrunken fahren lassen. Hatte Frau Felber das gemeint? War sie wütend, weil Sie beide sich nicht in ein Taxi gesetzt haben?«
Die Tür zum Vernehmungszimmer ging auf. Karolina Baumann kam herein. Sie nickte den Männern zu.
»Alles gut gelaufen?«, fragte Ehrlinspiel sie wie nebenbei, um sicherzugehen, dass Jennifer Peters gut in der Rechtsmedizin angekommen und untersucht worden war.

Baumann bejahte und setzte sich auf einen Stuhl an der Wand hinter Ehrlinspiel, so dass sie Schindler im Blick hatte.
»Frau Baumann hat das Telefongespräch zwischen Ihnen und Lukas mitgehört«, sagte Ehrlinspiel zu Schindler. Was er gehofft hatte, geschah: Schindler zuckte zusammen. Also hatte er vermutlich gelogen – zumindest nicht alles gesagt. »Also? Sie haben Georg betrunken fahren lassen. Richtig? Er hatte ja auch ordentlich Alkohol im Blut, das wurde nachgewiesen.«
Schindler sah zwischen den drei Beamten hin und her. Schließlich senkte er den Blick und sagte: »Ich habe Georg nicht fahren lassen.«
»Dann saß also ein Phantom am Steuer.«
»Nein. Ich.« Er sah auf. »Jetzt wissen Sie es.«
Ehrlinspiel atmete tief durch. »Sie waren minderjährig, wenn mich nicht alles täuscht.«
»Siebzehn. Ich hatte Angst, dass durch die ganzen Ermittlungen um Edith diese Sache von damals rauskommt. Also brauchte ich ein Alibi. Damit Sie mich rauslassen aus den Nachforschungen. Es war ja klar, dass die Umstände von Georgs Tod dabei wieder aufgewühlt werden.«
»Das war ein ganz blöder Plan, Schindler.«
Als der Beschuldigte nicht reagierte, fuhr Ehrlinspiel fort: »Ich kenne die Akten des Unfalls.« Darin stand, dass der Wagen aus ungeklärter Ursache von der Fahrbahn abgekommen und der Fahrer Georg Felber herausgeschleudert worden war. Sein Körper lag mehrere Meter vom Unfallwagen entfernt auf dem Gehweg. Er war nicht angeschnallt gewesen. Der zweite Insasse, David Schindler, saß angeschnallt und mit einem fast komplett abgetrennten Arm bewusstlos auf dem Beifahrersitz. In dieser Situation wurden der Wagen und die Unfallopfer gefunden, und zwar von Lukas Felber, der auf dem Heimweg von der Polizeihochschule Villingen-Schwenningen als

Erster an der Unfallstelle vorbeigekommen war. Alles schien schlüssig an dem Bericht. Dass etwas nicht stimmte, war bisher weder Ehrlinspiel noch seinen Kollegen in den Sinn gekommen. Hatte Lukas etwa den Unfallbericht manipuliert?

»Wollte Lukas Sie beschützen? Hat er Ihre Schuld vertuscht?«

Und, dachte Ehrlinspiel, hat er sich deswegen das Leben genommen – direkt nach einem Telefonat mit Schindler?

Schindler sah ihn an wie in Trance. Als seien seine Gedanken in einer anderen, früheren Welt, an dem Abend, als er mit Georg Felber in dem Lieferwagen saß. »Georg war frustriert und wütend, weil der Pastor das Geld erst später zahlen wollte und nicht, wie ausgemacht, in bar bei Lieferung. Die Felbers hatte nicht viel Geld. Es war schwierig, vom Schnitzen zu leben. Georg ging aus dem Gemeindesaal raus und schnurstracks in die nächste Kneipe, in der es schummrig, verraucht und laut war, und bestellte ganz ruhig ein Bier und danach drei Schnäpse. Verstehen Sie, er hat sich still und leise betrunken. Ich hätte vermutlich getobt und den Pfarrer angebrüllt. Aber Georg hat alles mit sich selbst ausgemacht.«

Genauso wie sein Sohn Lukas, dachte der Hauptkommissar.

»Er saß am Tisch, kippte nach vorn und nuschelte, er wolle zurück. Also habe ich gezahlt, ihn unter den Achseln gepackt und ins Auto gesetzt. Und bin zurückgefahren.«

»Gegen die Friedhofsmauer.«

»Ich war ein sicherer Fahrer. Ich bin oft mit Georgs Lieferwagen auf dem Gelände vor der Werkstatt gefahren. Alles Privatgrundstück«, fügte er rasch hinzu. »Das ist nicht verboten. Wir waren bereits im Dorf angekommen. Da kam uns ein Wagen entgegen. Er fuhr zickzack, und noch bevor ich mich wundern konnte, geriet er auf unsere Fahrbahn.« Er verstummte für einige Sekunden. »Ich musste ausweichen. Und dann …«

»Dann ist der Wagen, so wie es im Unfallbericht steht, gegen die Friedhofsmauer gekracht. Von einem entgegenkommenden Fahrzeug ist allerdings nirgends die Rede.«

»Wie bitte? Aber es *war* da!«

»Ihre Lügen nehmen langsam überhand, Herr Schindler.«

»Ich lüge nicht. Ich musste ausweichen. Und ich musste behaupten, dass Georg gefahren ist. Was hätte ich denn tun sollen? Georg war tot. Ich hatte noch mein ganzes Leben vor mir! Wenn rausgekommen wäre, dass ich gefahren bin …«

»Sie sind also auf den Beifahrersitz geklettert und haben Georg draußen liegen lassen und gewartet, bis jemand kommt und Sie findet.«

»Genau.«

Ehrlinspiel stützte die Ellbogen auf den Tisch und faltete die Hände. »Schindler, Sie sollten sich jetzt einen Anwalt nehmen. Bei dem Unfall wurde Ihnen der Arm fast ganz abgerissen, Sie waren durch den immensen Blutverlust bewusstlos. Sie sind nicht vom Fahrer- auf den Beifahrersitz geklettert und haben sich dann noch angeschnallt.«

Schindler sagte nichts. Alle im Raum schwiegen.

»Wer hat Ihnen geholfen?«

»Ich bin erst später bewusstlos geworden.«

Ehrlinspiel seufzte. Vermutlich war dies einer der Fälle schlampiger Polizeiarbeit, die leider immer wieder vorkamen. Aus der Unfallakte ging hervor, dass der Chef der Unfallaufnahme mehrere Wochen auf Weltreise gewesen war. Der Mann, der stattdessen den Unfall aufgenommen hatte, war gerade erst aus der Ausbildung gekommen und hatte keinerlei Praxiserfahrung gehabt. Es war nur eine Vermutung, aber hier lag wohl ein Fehler der Polizei zugrunde. »Lukas kam kurz nach dem Unfall an den Unglücksort«, fuhr Ehrlinspiel fort. »Haben Sie noch mit ihm gesprochen? Waren Sie da noch bei Bewusstsein?«

Er schüttelte den Kopf.
»Edith Felber hat Sie zu Recht nicht leiden können«, stellte Ehrlinspiel fest, auch wenn das eine unprofessionelle Bemerkung war.
»Aber sie wusste doch gar nicht, dass ich gefahren bin. Niemand wusste es!«
»Auch Lukas nicht?«
»Nein. Fragen Sie ihn doch endlich selbst!«
In dem Moment flog die Tür auf. Sonnenlicht fiel vom Flur in den Raum mit den Neonröhren. Reimers Silhouette füllte fast den gesamten Türrahmen aus. Der Chef keuchte. Seine Kleidung war durchnässt. »Ehrlinspiel, Baumann. In mein Büro! Sie haben genau eine Minute!« Dann fiel die Tür krachend zu.

* * *

»Was, zur Hölle, haben Sie sich dabei gedacht!« Die donnernde Stimme des Kriminaloberrats erfüllte sein großes Büro. Er stand mit dem Rücken zur Tür und blickte zum Fenster hinaus. Ehrlinspiel und Baumann verharrten abwartend in der offenen Tür. Der Himmel war mittlerweile schwarz, und es goss wie aus Fässern. Zwischen dem Chef und ihnen stand Reimers riesiger Schreibtisch, drauf zwei überdimensionierte Monitore. An einer Wand hingen vier Drucke abstrakter Bäume, alle mit viel Grün, etwas Weiß und dazwischen orangefarbenen und roten Akzenten, die wohl so etwas wie bunte Blätter oder auch Vögel andeuten sollten.
Baumann gab Ehrlinspiel ein Handzeichen, dass es besser sei, leise in den Raum zu treten und die Tür hinter ihnen zu schließen. Sie taten es.
»Könnten wir uns bitte anschauen beim Reden«, sagte sie zu Reimer.

Der fuhr herum. »Wagen Sie es ja nicht, Forderungen zu stellen.«

»Es war eine Bitte, keine Forderung, Chef«, sagte Baumann ruhig.

»Sieht so die Arbeit eines Soko-Leiters aus?« Reimers Gesicht war rot, als er Ehrlinspiel aus halb zusammengekniffenen Augen anstarrte. Von seinem üblichen Dauerlächeln fehlte jede Spur. Er trug eine olivgrüne Cargohose mit verschlammten Aufschlägen und ein blaues, klitschnasses Poloshirt, war unrasiert, und sein Haar war nass und zerzaust. Er musste irgendwo draußen vom Unwetter überrascht worden sein. In diesem Aufzug hätte ihn Ehrlinspiel außerhalb des Polizeipräsidiums kaum erkannt. Ohne gebügelten Anzug, Krawatte und mit der verkrampften Mimik sah er aus wie aus dem *Dschungelcamp* entlaufen. Eine Sendung, die Hanna sich seit einiger Zeit gern ansah und bei der Ehrlinspiel regelmäßig das Wohnzimmer verließ.

»Nennen Sie das saubere Polizeiarbeit?« Reimers Stimme klang gepresst. »Einen Techniker und eine Konfliktberaterin eigenmächtig und am Sonntag zu einer Befragung nach Aschaffenburg schicken!« Er kam näher. »Schon mal was von der Trennung von objektiver und subjektiver Ermittlungsarbeit gehört? Schon mal was von einem Ersuchen um Amtshilfe mitbekommen, Herr Kriminalhauptkommissar?«

Ehrlinspiel setzte gerade zu einer Antwort an, auch wenn er nicht wusste, was er sagen sollte, als Reimer weiterdonnerte: »Himmel noch mal! Sie sind doch kein Anfänger, Ehrlinspiel! Ihr Fehlverhalten ist nicht tolerierbar! Und als Krönung noch Herr Felbers Selbsttötung! Das ist eine Katastrophe!« Er ballte die Hände zu Fäusten. »Wir werden unter Beschuss geraten wie seit Jahrzehnten nicht! Der Polizeipräsident und der Innenminister werden uns auf die Pelle rücken. Die Presse wird uns in Fetzen reißen.« Er ging einige Schritte hin und her und hinterließ schlammige Abdrücke auf dem Boden. »Ganz abgesehen von dem persönlichen Verlust.«

»Ich werde die Soko-Leitung abgeben.« Was sonst sollte Ehrlinspiel erwidern? Reimer hatte recht. In jedem Punkt. »Es gibt keine Entschuldigung für …«

»Ich habe Ihnen von Anfang an gesagt, dass der Mann Hilfe braucht! Und was machen Sie? Sie treiben sich erstens bei Zeugen und Nachbarschaftsbefragungen im Dorf herum, die jeder Uniformierte machen kann. Ihr Job als Soko-Leiter ist es, zu organisieren und Entscheidungen abzuwägen. Sie kümmern sich zweitens einen Furz um Felbers psychischen Zustand und schicken ihn drittens mit Frau Baumann auf diese hirnverbrannte Tour!«

»Herr Reimer«, meldete sich Baumann zu Wort, »Herr Ehrlinspiel hatte mich mehrmals gebeten, für Herrn Felber da zu sein und ihm gegebenenfalls auch eine Therapie zu empfehlen. Er hat sich durchaus um ihn gekümmert.«

Ehrlinspiel glaubte, sich verhört zu haben.

»Es war *mein* Job, Herrn Felber zu helfen«, fuhr Baumann fort. »Das war doch Ihre Anweisung. Wir hatten mehrere Gespräche, Herr Felber und ich. Ich glaubte, er sei kurz davor, sich mir anzuvertrauen. Er hatte mir schon einiges erzählt. Zum Beispiel, wie er damals nach dem Unfall seinen Vater und Herrn Schindler gefunden hat und wie er sich damit fühlte. Es ist ihm nicht leichtgefallen, das zu thematisieren. Ich wollte das alles vertiefen. Aber dazu habe ich mehr Zeit mit ihm gebraucht. Zeit zu zweit, ungestört, über einige Stunden, in denen er nicht einfach aufstehen und gehen konnte, wie er es in der Cafeteria oder im Büro immer gemacht hat.« Sie sah Reimer direkt an, ohne auch nur einen Seitenblick zu Ehrlinspiel zu werfen. »So bin ich auf die Idee mit Aschaffenburg

gekommen. Kleiner Ausflug privat, Mittagessen in einem Landhotel, und dabei zufällig die Geschäftsführerin ein wenig befragen, wo wir ja schon einmal da waren.«
»*Sie* haben das veranlasst?«
»Herr Ehrlinspiel sagte mir, dass Schindlers Alibi überprüft werden müsse. Na ja, und da …« Sie zuckte die Schultern.
»Das glaube ich jetzt alles nicht«, sagte Reimer, und auch Ehrlinspiel war perplex. Warum tat die Konfliktberaterin das? Wieso schützte sie ihn und brachte sich selbst damit in immense Schwierigkeiten? Doch darüber würde er später nachdenken. Zuerst galt es, mehr aus Schindler herauszubekommen, denn mit dem war er noch lang nicht fertig. Und er, Moritz Ehrlinspiel, musste erst einmal Lukas' Tod verkraften.
Reimer ließ sich in den großen schwarzen Sessel hinter seinem Schreibtisch fallen. Vor der breiten Lehne wirkte er kleiner und weniger bedrohlich. »Ich bin fassungslos, Frau Baumann. Wie lang sind Sie jetzt hier? Drei Wochen? Ich habe Ihren Wechsel an unser Polizeipräsidium unterstützt, weil Sie eine gestandene Ermittlerin sind und über einen ausgezeichneten Leumund als Konfliktberaterin verfügen. Ich habe Sie für charakterlich stark und fachlich kompetent gehalten. Ich habe Ihnen richtig etwas zugetraut und an Sie geglaubt. Und Sie fahren Ihren ersten großen Job hier gleich so richtig gegen die Wand.« Reimer blickte zu Ehrlinspiel. »Haben Sie davon gewusst? Waren Sie eingeweiht und haben das Ganze abgesegnet?«
»Hat er nicht«, sagte Baumann.
Reimer schwieg, und Ehrlinspiel glaubte, dass der Chef tatsächlich mit sich und seinen Gefühlen kämpfte. Er fühlte sich schlecht, Kopfschmerzen kündigten sich an, und er hatte einen schalen Geschmack im Mund. Denn was jetzt kommen musste, galt eigentlich ihm. Er sollte den Mund aufmachen.

»Stopp« rufen.
Alles richtigstellen.
Doch er fühlte sich leer und kraftlos, und seine Gedanken drehten sich um sein Unvermögen, Lukas' Seelenqual rechtzeitig erkannt und ihm geholfen zu haben. Er hatte versagt.
»Sie sind bis auf weiteres suspendiert, Frau Baumann.« Der Kriminaloberrat sprach jetzt ruhig und sachlich. »Ich werde umgehend die Untersuchung des Vorfalles einleiten lassen. Während Ihrer Beurlaubung stehen Sie uns ausschließlich als Zeugin zur Verfügung und werden exakt alles zu Protokoll geben, was Sie über Lukas Felber wissen.«
Baumann nickte und wandte sich zum Gehen, als Reimer sagte: »Warten Sie. Die Vernehmung von Schindler ist noch nicht abgeschlossen, richtig?«
»Richtig«, sagte Ehrlinspiel.
»Haben Sie schon ein Ergebnis? Was ist mit Aschaffenburg?«
Baumann fasste zusammen, was die Befragung der Hotel-Geschäftsführerin ergeben hatte, und Ehrlinspiel setzte den kurzen Bericht mit dem bisherigen Stand der Vernehmung fort.
»David Schindler ist definitiv unser Hauptverdächtiger. Sein Alibi ist falsch, er war in der Tatnacht im Dorf, er neigt zu Gewalt. Und er hat uns mehrfach belogen. Ich werde noch heute die Staatsanwältin anrufen und informieren. Befürchte aber, dass sie eine U-Haft ablehnt. Wir haben keine Beweise gegen den Mann. Noch nicht. Und auf reine Indizien lässt Lorena Stein sich sicher nicht ein.«
Reimer nickte. »Bis morgen um Mitternacht können wir ihn auf jeden Fall hierbehalten. Bis dahin schaffen Sie Beweise herbei. Also strengen Sie sich, verdammt noch mal, an!«
»Ja.« Ehrlinspiel fragte sich, was Reimer mit dieser Aufforderung bezweckte. Glaubte er, dass sie tagein, tagaus spazieren gingen und den Mörder einen guten Mann sein ließen?

»Was sagt Schindler zu Lukas Felbers Tod?«
»Er weiß noch nichts davon.«
»Kann Felber der Mörder seiner Mutter sein?«
»Er war verreist in der Zeit.«
»Hat er behauptet.«
»Wir haben in seinem Volvo Restaurantquittungen aus Aix-en-Provence und anderen Orten in der Umgebung gefunden. Jeweils ein Essen für eine Person, Wasser und Wein. Am Abend, an dem seine Mutter getötet wurde, hat er in Pertuis gegessen.«
»Okay. Finden Sie heraus, was mit ihm los war. Seine Selbsttötung und der Tod seiner Mutter hängen zusammen, nehme ich an.«
»Ich mache sofort mit Schindler weiter. Aber zuerst rufe ich Lukas' Ex-Frau an. Vielleicht weiß sie, was in ihm vorging, falls es eine länger zurückliegende Familiensache war, die nun neu aufgeflammt ist. Irgendetwas muss heute passiert sein, was bei Lukas diese schreckliche Reaktion ausgelöst hat.«
»Baumann, bevor Sie gehen, begleiten Sie Herrn Ehrlinspiel noch einmal zur Vernehmung Schindlers. Sie waren mit Herrn Felber im Wagen. Alles, was Ihnen auffällt, halten Sie fest, jeden Widerspruch, Mimik, Gestik – alles. Verstanden?«
»Natürlich.«

30

Brunner«, meldete sich die Ex-Frau Lukas Felbers am Telefon.

»Moritz Ehrlinspiel. Hallo, Sabine.«

»Moritz!« Sie klang erstaunt. Kein Wunder, Ehrlinspiel hatte Sabine, die – wie er bei seiner Personenüberprüfung zwecks neuer Telefonnummer rasch herausgefunden hatte – ihren Geburtsnamen wieder angenommen hatte, nur zwei Mal gesehen. Einmal bei einer Weihnachtsfeier und einmal beim Umtrunk anlässlich Lukas' Beförderung zum Ersten Kriminalhauptkommissar.

»Wie geht es dir?«, fragte Ehrlinspiel.

»Gut. Sehr gut. Und bei euch? Warum rufst du an?«

»Ich habe keine guten Neuigkeiten.«

»Ist etwas mit Lukas?«

Ehrlinspiel zögerte. Todesnachrichten per Telefon zu übermitteln war ein Tabu. Doch er kannte Sabine. Und die Zeit war knapp. Zu knapp, um hinzufahren. »Er ist tot.«

Sabine schwieg. Er hörte sie atmen, während er mit seinem Mobiltelefon am Ohr im seinem Büro stand und auf die riesige Blutbuche hinaussah. Unten im Vernehmungsraum warteten Freitag, Baumann und Schindler auf ihn. Schließlich sagte sie: »Wie ist es passiert?«

»Er hat sich erschossen.«

»Lukas? Nie im Leben.«

»Doch. Es gibt keinen Zweifel. Er hat auch seinen Hund mit in den Tod genommen.«

»Er hatte einen Hund?«

Dass Sabine das nicht wusste, deutete darauf hin, dass sie sich seit Jahren nicht gesehen oder gesprochen hatten. »Ja, er hieß Jagger. Sabine, ich muss dich fragen: Gibt es irgendetwas in Lukas' Leben, etwas in seiner Familie, was ihn belastet hat? Weißt du irgendetwas?«
Wieder schwieg sie, und er glaubte zu hören, dass sie mit den Tränen kämpfte. »Ich kenne nur seine Mutter, und die auch nur flüchtig. Wir waren manchmal samstags auf dem Markt bei ihr. Sie schienen sich gut verstanden zu haben. Lukas hat nie viel über die Familie erzählt. Es gibt noch eine Schwester, aber das weißt du ja sicher.«
»Kennst du sie?«
»Flüchtig. Aber das war eine Zufallsbegegnung in der Stadt. Sie haben sich kurz begrüßt. Sarah – heißt sie so? – war mit einem Mann im Café, und wir wollten eigentlich auch dort etwas trinken. Aber dann hat Lukas mich zum Weitergehen aufgefordert. Er hat erst später auf meine Frage hin gesagt, dass das seine Schwester und sein Schwager waren. Sie waren wohl schon lang zerstritten.«
»Weißt du, weshalb?«
»Nein, und ich habe nicht versucht, es aus Lukas herauszubekommen. Er hätte es nie gesagt.«
Ehrlinspiel hatte sich also nicht getäuscht. Sarah und Lukas hatten kein gutes Verhältnis zueinander gehabt. Umso dringender musste er sie finden. Vielleicht hing das alles damit zusammen? Zudem musste Sarah Kramer sich als letzte Angehörige um sein Begräbnis kümmern. »Und du kannst dir nicht vorstellen, was Lukas so bedrückt hat, dass er …«
»Wirklich nicht. Weiß denn seine Mutter nichts? Oder die Schwester?«
»Seine Mutter ist auch tot.«
»Das wusste ich nicht.«

»Es ist erst wenige Wochen her.«
»Die arme Sarah.« Sabine klang tief betroffen.
»Ja.«
»Moritz, sagst du mir, wann Lukas beerdigt wird?«
»Sobald ich es weiß, melde ich mich natürlich. Und falls dir noch irgendetwas einfällt, melde dich bitte auch, ja?«
»Mir fällt nichts mehr ein. Ich habe mich fast zwanzig Jahre lang gefragt, warum mein Mann so verschlossen und seine Familie ihm so gleichgültig war.«
»Wann hast du zuletzt mit Lukas gesprochen oder ihn gesehen?«
»Am Tag der Scheidung. Im Gericht. Am ersten September 2011.«
Ehrlinspiel nickte, was Sabine natürlich nicht sehen konnte. Regen schlug hart gegen das Fenster, die tiefroten Blätter der Blutbuche hingen schwer und glänzend nach unten.
»Falls dir trotzdem noch etwas einfällt …«
»… melde ich mich. Versprochen.«

* * *

Schindler hatte sich in der letzten halben Stunde, in der sie auf Ehrlinspiel gewartet hatten, offensichtlich beruhigt.
Karolina Baumann ließ ihn nicht aus den Augen, wie er gelassen auf seinem Stuhl saß, die Beine unter den Tisch gestreckt, und Ehrlinspiel zunickte, als er sich wieder zu ihnen gesellte. Sie wünschte, sie könnte auch so selbstsicher auftreten. Tatsache war jedoch, dass sie wie eine Anfängerin gehandelt hatte. Es war allein ihre Schuld, dass alles aus dem Ruder gelaufen war. Vom ersten Moment an, als sie wusste, dass Edith Felber das Opfer in ihrem ersten Freiburger Fall war, hätte sie auspacken müssen. Sie war fast sicher, dass schonungslose Offenheit

ihrerseits gleich zu Beginn des Falles Lukas Felber hätte retten können.
Sie hatte auf ganzer Linie versagt. Und die Quittung dafür bekommen.
»Wie standen Sie als Jugendlicher zu Lukas und Sarah?«, fragte Ehrlinspiel jetzt Schindler. Karo sah den Rücken und das sandfarbene Haar des Kriminalhauptkommissars. Er saß aufrecht und hatte das Tonband wieder eingeschaltet.
»Wir waren eine Clique. Wie das im Dorf eben so ist. Ich war in Sarah verknallt. Und? Lukas fand mich zu alt für sie, das wissen Sie doch.«
»Haben Sie deswegen viel gestritten?«
»Nein. Ich war immer extra nett zu Lukas. Ich wollte beweisen, dass ich gut genug und der Richtige für Sarah war. Wir haben nur wegen der Mutter ab und zu Auseinandersetzungen gehabt.«
»Weil Edith Felber Sie, wie Sie erklärten, nicht mochte?«
»Edith mochte niemanden. Das sagte ich doch schon. Wenn ich das thematisiert habe, hat Lukas sie immer in Schutz genommen. Das gab manchmal böses Blut.«
»Was ist mit Georg und den Kindern gewesen? Die konnte Edith Felber doch sicher leiden.«
Schindler zuckte die Schultern. »Leiden können und lieben ist ein Unterschied.«
»Hat Frau Felber ihre Familie nicht geliebt?«
»Den Georg wohl schon. Aber auch der hat sich meistens von ihr zurückgezogen. Solang ich denken kann, war er lieber in der Werkstatt als im Wohnhaus.«
»Und Lukas und Sarah?«
»Die waren immer unterwegs. Wir waren fast ständig draußen oder in einer Scheune zum Spielen und …«
»Knutschen.« Ehrlinspiel fragte sich, ob es dabei geblieben

war. Immerhin war Sarah beim Tod ihres Vaters gerade erst elf Jahre alt gewesen. Da könnte Edith Felber Einwände gegen eine Beziehung gehabt haben.
Jetzt schaltete sich Freitag ein. »Hat Edith Felber mit den Kindern viel unternommen?«
»Gar nichts. Sie war zu Hause und hat den Haushalt gemacht. Lukas wurde ziemlich vergöttert. Schon immer. Dem hat sie alles hinterhergetragen. Sein Zimmer aufgeräumt, ihm seinen geliebten Marmorkuchen gebacken und ihn nonstop gelobt für die guten Noten. Das war auch nach Georgs Unfall so. Obwohl Lukas da nur alle Jubeljahre noch ins Dorf kam. Edith hat ständig sein Zimmer geputzt, gekocht und gebacken, als sei er da. Als hätte sie alles, was zwischen ihr und Georg mit den Jahren abhandengekommen war, in Lukas projiziert.« Er machte eine Pause und sah von Freitag zu Ehrlinspiel und wieder zurück. »Das erzählen Sie Lukas doch nicht, was ich hier sage?«
»Er wird es nicht erfahren.«
»Lukas ist seinem Vater sehr ähnlich. Der war auch eher ein verschlossener Typ. Ich kann mir nicht vorstellen, dass zwischen Edith und Georg noch irgendwas gelaufen ist. Ich hätte mit dem auch nicht verheiratet sein wollen. Mit Lukas auch nicht.«
»Sie schlagen eine Frau ja lieber, als dass Sie sich zurückziehen«, warf Ehrlinspiel ein. Was Schindler da behauptete, die angebliche Lieblosigkeit Edith Felbers, widersprach allem, was die Polizei bisher über die Familie herausgefunden hatte. Die Liebespaar-Statue, der völlige Rückzug und die tiefe Trauer Ediths nach Georgs Tod. Dennoch hatte er solche Dinge schon oft erlebt: nach außen Liebe, in Wirklichkeit Kälte. Doch wenn Lukas' Eltern sich auseinandergelebt hatten, hätte Edith vermutlich nicht jahrelang so sehr getrauert. Höchstens

um die Liebe an sich, um die gute Zeit, auf deren Wiederkehr sie vielleicht doch noch gehofft hatte.
»Und was war mit Sarah? Wurde die auch vergöttert?«, fragte Freitag.
»Sarah war schon immer sehr selbständig.«
»Heißt das ja oder nein?«
»Nein.«
»Also hat Frau Felber ihre Tochter nicht gemocht?«
Karo hielt kurz die Luft an. War es möglich, dass Edith Felber ein Problem mit weiblichen Nachkommen hatte? So etwas kam durchaus vor. Indirekte Konkurrenz. Ein schlechtes Bild von sich selbst. Eine eigene Mutter, von der sie auch schlecht behandelt worden war – eine Erfahrung, die an die eigene Tochter weitergegeben wurde. Die Gründe waren vielfältig.
»Sarah sollte wie Edith sein. Aber das war sie nicht. Ich glaube, damit hatte Edith ein Problem.«
Jetzt war der Zeitpunkt gekommen, zu dem Karo die Karten auf den Tisch legen sollte. Die Kollegen aus dem Raum bitten und ihnen von Edith Felbers zweiter Tochter erzählen. Von Jennifer Peters. Doch dann dachte sie an Jenny. Was würde passieren? Also blieb Karo sitzen. Nicht fähig, sich einzumischen, das zu tun, wozu sie als Polizistin verpflichtet war: die Wahrheit ans Licht zu bringen. Wie eine Marionette der Ereignisse hörte sie einfach weiter zu, wie Freitag und Ehrlinspiel Frage um Frage stellten, sich danach erkundigten, wovon Schindler lebte, was dieser mit geerbtem Haus, etwas Geld und seinem geringen Lebensstandard beantwortete. Erst bei der Frage, wo Sarah Kramer sich aufhielte, wurde Karo wieder richtig aufmerksam – denn Schindler sprang auf, und sein Stuhl fiel krachend um. »Lassen Sie Sarah da raus!«
»Setzen Sie sich«, sagte Freitag. Und Ehrlinspiel stellte fest: »Sie lieben Sarah Kramer noch immer.«

Schindler stieß die Luft aus und ließ die Schultern hängen. Mit nur einem Arm wirkte er wie ein Häufchen Elend – was er garantiert nicht war.
»Sie haben Sarahs Mutter getötet«, setzte Ehrlinspiel noch eine Behauptung drauf, »damit Frau Kramer, befreit von der lieblosen Mutter, endlich in das Dorf zurückkehrt, in ihr Elternhaus, zu Ihnen.«
»Nein! Es ist schlimm genug, dass Georg …«
»Geben Sie mir Ihr Handy.« Ehrlinspiel stand auf und ging um den Tisch herum zu Schindler. Er überragte ihn um einen halben Kopf.
»Wozu?«
Er streckte Schindler die Hand hin. »Ihr Handy, bitte. Sie bleiben bis morgen um Mitternacht unser Gast.«
»Das dürfen Sie nicht. Ich habe nichts getan!«
»Grundgesetz Artikel hundertvier, Absatz zwei, ich zitiere: ›Die Polizei darf aus eigener Machtvollkommenheit niemanden länger als bis zum Ende des Tages nach dem Ergreifen in eigenem Gewahrsam halten.‹ Und bis dahin werden wir das tun. Mindestens.«
Schindler reichte Ehrlinspiel sein Mobiltelefon und setzte sich wieder hin.
»Wie haben Sie das eigentlich Lukas verkauft? Hat er an der Unfallstelle nicht bemerkt, dass ein schwerverletzter Mann mit quasi abgetrenntem Arm nicht auf den anderen Sitz klettern und sich anschnallen kann? Hat er Sie nie danach gefragt?«
»Sie wollen, dass ich einen Freund verrate? Nicht mit mir! Er wusste von alldem nichts. Ich habe es schon mehrmals gesagt: Fragen Sie Lukas doch selbst!«
»Es ehrt Sie, dass Sie ihn schützen. Hat er Sie vielleicht auch geschützt, damals? Und hat er jetzt damit gedroht, Sie aufflie-

gen zu lassen? Es ist Zeit, dass Sie uns Ihr Telefonat mit ihm wiedergeben. Wort für Wort. Und zwar die richtige Version! Sonst sitzen Sie nicht nur bis morgen um Mitternacht in einer Zelle. Was also haben Sie Lukas am Telefon gesagt?«

Schindler senkte den Kopf. »Fragen Sie ihn. Bitte. Er wird meine Aussage bestätigen.«

»Das kann ich nicht. Lukas ist tot.«

David Schindlers Augen wurden groß. Dann lachte er auf. »Ich fall nicht auf Ihre Tricks rein! Sie wollen mich doch nur testen.«

Niemand sagte etwas.

Schindler blickte von einem zum anderen. »Oder nicht?« Seine Stimme war leise. Zögerlich.

»Lass ihn in die Zelle bringen«, sagte Ehrlinspiel zu Freitag.

31

Als Ehrlinspiel um kurz vor einundzwanzig Uhr nach Hause kam, brannte kein Licht in seiner großen Dachgeschosswohnung. Er hatte Hanna seit dem Mittag, als er davongestürmt war, nicht angerufen. Hatte sie ohne Erklärung im Kaiserstuhl stehenlassen. *Lukas, Lukas,* hatte es in seinem Kopf gehämmert, und das tat es noch jetzt. Er sollte sich schämen. Doch er konnte nicht.

Erschöpft schaltete er die große Deckenlampe ein. Warmes Licht fiel über die Essgruppe und das Sideboard im Kolonialstil. Er ging in das Badezimmer, das seine Zwillingsschwester Finnja mit Tausenden kleiner blauer Mosaiksteinchen für ihn gefliest hatte. Es roch nach Hannas Lavendelbad, und er dachte daran, wie sie sich vor vielen Jahren in einem kleinen Schwarzwalddorf kennengelernt hatten. Sie hatte für einen Wanderführer recherchiert – er in dem Fall einer ermordeten Schwangeren ermittelt. Beide hatten in derselben schäbigen Pension gewohnt, in welcher der einzig angenehme Geruch Hanna Brocks Badeessenz gewesen war.

Moritz Ehrlinspiel drehte den Wasserhahn auf und schaufelte sich mit den Händen kaltes Wasser ins Gesicht. Es tat gut. Beseitigte den Schweiß und Staub des Tages und auch die salzigen Reste der Tränen, die ihm immer wieder in den Augen gestanden hatten.

Wieder war er in einen Fall in einem Dorf verwickelt, und er dachte nicht zum ersten Mal, dass sich hier ein Kreis schloss und auch seine Beziehung zu Hanna zu Ende gehen könnte. Er trocknete sich das Gesicht mit einem frischen Frotteetuch ab und lief noch einmal durch die Wohnung. Keine Hanna. Nirgends eine Nachricht. Aber was sollte ausgerechnet er sich beschweren.

Er entkorkte in der Küche eine Flasche Rotwein, schenkte sich ein Glas ein und ging durch das Wohnzimmer. Draußen regnete es in Strömen, die Auflagen seiner Dachterrassenmöbel tropften auf den Terrakottaboden. Im Schein der Straßenlaternen und anderen künstlichen Lichtquellen glänzten die Dächer der Stadt nass.

Er setzte sich auf das Sofa, streifte die Schuhe ab und stellte das Weinglas auf den kleinen Palisandertisch. Es war stickig in der Wohnung, doch das war ihm egal. Für einen Moment gingen Moritz' Gedanken zu Thomas Kramer. Auch der saß jetzt vermutlich allein zu Hause und wusste nicht, wo sich seine Frau befand. Sarah war noch immer nicht aufgetaucht. Aber sie war erwachsen. Konnte sich aufhalten, wo sie wollte.

Er sollte sich jetzt sofort bei Hanna melden. Seine Beziehung retten. Doch Moritz war sicher, dass jeder Versuch, ihr etwas zu erklären, in erneutem Streit enden würde. Und heute hatte sie jedes Recht, mehr als sauer auf ihn zu sein. Er hatte sich ihr gegenüber richtig mies verhalten – für eine kurze Erklärung vor seinem überstürzten Aufbruch hätte Zeit sein müssen, auch wenn er in einer Art Schockzustand gewesen war. Was sollte er Hanna sagen? Außer, dass es ihm leidtat? Dass es ihm aber noch mehr leidtat, dass Lukas tot war?

Früher hatte Hanna für alles Verständnis gehabt. Sie hatte viel akzeptiert, nachgefragt, war auf ihn eingegangen. Sie konnte sich immer gut einfühlen, fand immer die richtigen Worte, und er hatte geglaubt, in dieser Hinsicht viel von ihr gelernt zu haben. Moritz hatte sich der Illusion hingegeben, auch auf sie eingehen zu können. Doch wenn er ehrlich mit sich war, stimmte das nicht, denn in diesem Fall hätte er längst das Gespräch mit ihr gesucht. Was Freitag über sein früheres Verhalten gesagt hatte, traf auch heute noch auf Ehrlinspiel zu: Er ging Konflikten mit seinen Freundinnen immer aus dem Weg. Suchte lieber eine neue Frau, statt bestehende Spannungen zu lösen. Von wegen Einfühlungsvermögen.

Auch bei Lukas hatte er komplett danebengelegen. Hatte er irgendetwas von seinen Seelenqualen bemerkt? Davon, dass er labil war? Natürlich hatte der Kollege alles Private stets verborgen gehalten und nie Emotionen gezeigt. Doch hätte Ehrlinspiel nicht wenigstens ein kleines Anzeichen wahrnehmen müssen? Alles, was anders war als üblicherweise, nämlich dass Lukas aufbrausend auf Moritz' Fragen geantwortet hatte, hatte er auf den Tod seiner Mutter geschoben. Natürlich war der nicht spurlos an dem Eigenbrötler vorbeigegangen. Und da konnte man schon mal auf eine ungewohnte Art reagieren. Aber eine drohende Selbsttötung, die hätte er bemerken müssen!

Er trank einen Schluck Wein, doch der schmeckte schal, und beim Schlucken schien ihm die Brust eng zu werden. Also saß er einfach da und dachte über Verlust nach. Über Lukas, Hanna, seine beiden Kater … Es war keine gute Zeit, und ihm war klar, dass nur er selbst etwas daran ändern konnte.

Als ihm kühl wurde, wickelte er sich in eine Decke. Er würde einfach hier auf dem Sofa schlafen und sich vorstellen, dass Bentley und Bugatti, die Siamkater, sich zu ihm kuschelten, Hanna neben ihm säße und von einem gelungenen Tag mit Buchprojekten erzählte und dass alles gut war.

So wie früher.

Als er geglaubt hatte, sein Leben verliefe endlich in ruhigen Bahnen.

Als er sich auf dem Sofa umdrehte, fiel sein Blick auf den Boden. Mehrere Zeitungen lagen nur eine Armlänge entfernt von ihm neben Hannas Saxophon. Offenbar hatte sie da gesessen, wo er jetzt saß, und gelesen. Auch ihr Laptop lag auf dem Boden. Er nahm die Zeitungen auf. Einige waren zerlesen. *Hamburger Abendblatt* stand auf der obersten in dicken gotischen Buchstaben. Es war die Wochenend-Ausgabe. Moritz schluckte. Hanna, die Hamburgerin, liebte ihre Heimatstadt. Sie las nur selten gedruckte Zeitungen, fast alles, was sie interessierte, las sie online. Ehrlinspiel blätterte durch die Zeitung, und wie in einer bösen Vorahnung kam ihm das leise Rascheln schmerzhaft laut vor. Warum hatte Hanna eine Zeitung gekauft? Die Antwort fand er, als er bis zum Anzeigenteil geblättert hatte. Vier Wohnungsangebote waren mit blauem Stift eingekreist. Kurz war er versucht, in Hannas Laptop zu schauen. Doch er ließ es. Er wusste auch so, dass der Verlauf ihres Browsers ihm die Seiten der großen Immobilien- und Wohnungsportale anzeigen würde.

Donnerstag, 11. Februar 2016

Entchen sieht mich noch immer unverwandt an. Ich bin mir sicher, dass mein letzter Wunsch sie schockiert hat. »Wirst du es tun?«, frage ich sie und weiß, noch während ich spreche: Sie wird! Denn wer, wenn nicht Entchen, ist die Person, die Jenny schützen und gleichzeitig den Part der Botin übernehmen könnte. Ich würde gern lachen. Doch ich bin so unendlich müde. Seit Wochen habe ich nicht mehr so lang in diesem verfluchten Rollstuhl gesessen und geredet. Mein Kopf sinkt mir immer wieder auf die Brust, mein Mund ist trocken wie ein Staubtuch, und ich frage mich, ob meine Worte überhaupt noch bei Entchen ankommen.

»Haben Sie je mit Jenny darüber geredet? Über Ihre Schwangerschaft, die Chemo und was danach folgte?« Endlich reagiert Entchen wieder. Sie versteht mich, ich kann also noch verständlich sprechen.

»Jennys Welt würde in Scherben zerfallen«, sage ich.

»Also nein.«

»Sie soll ihren Frieden behalten und mit diesem David glücklich werden.«

»Finden Sie das fair? Jenny ein Leben lang zu belügen?«

»Ist Krebs fair?«

»Das eine hat mit dem anderen nichts zu tun.«

Die Leuchtstoffröhre flackert noch immer in diesem verhassten Aufenthaltsraum. Es macht mich wahnsinnig. Oder sind es meine Augen, die mir einen Streich spielen? Das letzte Aufflackern vor dem Tod? »Der Krebs hat mir alles genommen. Und natürlich hat meine Krankheit mit Jenny zu tun.«

»Es ist bald dreiundzwanzig Uhr. Die Nachtschwester wird kommen und Sie ins Bett bringen. Gibt es noch etwas zu sagen?«

»Ich liebe Jenny.«

Entchen hebt die Augenbrauen.

Draußen ist es mittlerweile so schwarz wie in einem Sarg, nur noch

zwei Straßenlaternen sind eingeschaltet und kennzeichnen die Einfahrt zur Notaufnahme neben dem Parkplatz. In den Krankenhausflügeln gegenüber brennt nur in einzelnen Fenstern noch Licht, ein bläuliches, unruhiges Licht verrät, wo jemand schlaflos im Bett liegt und seine Angst mit billigen Fernsehsoaps zu vergessen versucht. Genau so, wie ich es damals getan habe. *Was für ein starkes Mädchen.* Diesen Satz der Ärztin habe ich mir mantraartig vorgebetet, nachdem ich mit den Blutungen hierhergebracht worden war und Jenny trotz aller bösen Prognosen des Onkologen überlebt hatte. »Wäre meine Chemo erst nach der vierzehnten Schwangerschaftswoche eingeleitet worden, wäre Jenny nicht gefährdet gewesen«, sage ich jetzt zu Entchen. »Das behaupten zumindest neue Studien. Damals wusste keiner etwas davon, und die Chemo war zudem weit weniger schonend für das Ungeborene. Bei mir startete die Therapie in der zehnten Woche. In der dreiundzwanzigsten lag ich dann unversehens mit Blutungen in der Klinik. Fixiert auf das winzige Leben in mir, für das ich bedingungslose Liebe empfand.«
»Sie haben Mattis aus Ihrem und Jennys Leben ausgeschlossen.«
»Es war keine Absicht«, verteidige ich mich. »Es ist einfach passiert, ich konnte nicht anders. Alle meine Gefühle waren auf Jenny konzentriert. An Heiligabend lag ich im Bett und habe mir irgendwelche scheinheiligen Fernsehsendungen mit Chören und Predigten angesehen, habe durch die Kanäle gezappt. Die Frau im Bett neben mir durfte für einige Stunden nach Hause. Mattis hatte ich angerufen und ihm gesagt, dass ich Ruhe brauche und er nicht kommen soll, auch nicht heute. Er hat geweint. Er sagte, er habe sich mit dem Geschenk extra Mühe gegeben. Es hat mich kaum berührt.« Ich sehe Entchen an. Ihre Augen werden schmal. »Du denkst, ich bin ein schlechter Mensch, nicht wahr? Kalt und ohne Mitgefühl.«
»Sind Sie das?«
Ich ignoriere die Frage. »Ich war ganz allein in dem Krankenhauszimmer. Es war gut so. Mir war nicht nach anderen Leuten. Später

lief irgendwo ein historischer Bibelfilm. Ich habe das Kopfteil des Bettes hochgestellt und wie gebannt auf das Jesuskind geschaut, konnte mich nicht sattsehen an dem winzigen Baby, das da auf dem Bildschirm vor mir schrie. Immer wieder stellte ich mir vor, wie Jenny bald bei mir sein und mit einem dünnen Stimmchen schreien würde. Ich war so voller Vorfreude auf die Kleine, dass ich nichts anderes mehr wahrgenommen habe. Nicht die Frauen, die im Lauf der Tage in den anderen Zimmern starben, nicht Mattis' Weinen am Telefon, nicht die Warnungen des Onkologen, mit der Vorfreude mehr als sparsam umzugehen. Gerade ihn habe ich jeden Tag mehr gehasst. Am Nachmittag des Heiligabends war er noch einmal vorbeigekommen. Er stand an meinem Bett und hat wieder seine Brille abgenommen, hat mich angesehen und gefragt, ob das Baby sich noch bewege. Ich wäre am liebsten aufgesprungen, hätte ihm seine dämliche Brille aus den Händen gerissen, sie zu Boden geschmettert und zertrampelt.«

»Weil Sie im Grunde wussten, dass er mit seinen Bedenken recht hatte.«

»Meine Hände lagen fast immer auf meinem Bauch. Jenny ging es gut. Sie hat gestrampelt.« Ich verstumme. Denke an die Tage nach Weihnachten, zwischen den Jahren. An die Rauhnächte, die ich als Kind so gemocht hatte. Meine Mutter hatte mir immer erzählt, dass sich in den zwölf Nächten zwischen Heiligabend und Dreikönig das Tor zu der Anderswelt öffnen würde und die Geister die Herrschaft übernahmen. Dass man sich vor dem Bösen hüten müsse. Dass der Traum jeder dieser Nächte einen der kommenden zwölf Monate voraussagen würde. An Heiligabend, als ich irgendwann vor dem Fernseher eingeschlafen war, habe ich geträumt, dass Jenny als blutiger Klumpen aus mir herausfiele, platsch, und dann auf weißen Fliesen durch einen kleinen Raum schlitterte. Ich bin schweißgebadet aufgewacht, das dünne Krankenhaushemd klebte nass und kalt auf meiner Haut. Die erste Rauhnacht! Der erste Traum. Er stand für den Januar. Panik ergriff mich, und ich tastete nach dem Klingelknopf, doch er rutschte mir immer wieder aus der Hand. »Bitte, bitte helft mir«, flüsterte ich in das leere Zimmer. Natürlich kam niemand.

»Ihr starkes Mädchen. Sie wollte sich ins Leben strampeln«, holt Entchens quäkende Stimme mich aus den Erinnerungen an diese Horrornacht, und ich spüre, dass mir eine Träne über die Wange läuft. Verdammt. Ausgerechnet vor Entchen. Hoffentlich kommt sie nicht auf die Idee, mich jetzt anzufassen oder mir wie einem Kind über den Arm zu streicheln als Trost. Aber nichts dergleichen passiert.

»Wir haben nur noch wenige Minuten«, sagt Entchen stattdessen. »Wie ging es weiter?«

Ich mache es kurz, ich will den Alptraum loswerden. »An Silvester bekam ich Wehen. Ganz plötzlich. Ich hatte im Leben noch nie solche Schmerzen.« Ich ringe nach Luft. »Ich hab mich schreiend aufgerichtet, die Decke rutschte über den Bettrand zu Boden, und ich sah das Blut. Genau wie zehn Tage zuvor auf dem Schaffell.« Wieder muss ich eine Pause machen, die Luft will einfach nicht in meine Lunge hinein. Ich höre es leise rasseln, wenn ich atme. »Draußen gingen die ersten Raketen hoch, färbten den Himmel bunt. Meine Bettnachbarin rief die Schwester und den Arzt, und als sie in ihren weißen Kitteln ins Zimmer gerannt kamen, sprühten rote und grüne Funken durch das Schwarz der Nacht, es krachte, heulte und zischte, und ich wimmerte. Der Arzt gab mir eine Spritze, ich kam in den OP-Saal, aber ich weiß nichts mehr davon. Ich erinnere mich nur an den nächsten Tag, als ich wieder bei Bewusstsein war. An den ersten Tag des neuen Jahres.« Mein Kopf sinkt mir auf die Brust, nur mühsam kann ich ihn noch einmal heben. Dankbar, dass Entchen mir keine mitleidsvolle Hilfe angedeihen lässt, sondern nur da ist, bringe ich Jennys Geschichte zu Ende. »Mein Onkologe stand an meinem Bett. Er behielt die Brille auf. ›Wo ist mein Mädchen‹, habe ich geflüstert. ›Ich will Jenny sehen. Ich will meine Kleine im Arm halten. Bitte. Bringen Sie sie mir.‹

Und der Onkologe hat gesagt: ›Ihre Tochter hat die Räume gewechselt. Sie hat es nicht geschafft. Es tut mir sehr leid, Frau Peters. Jennifer ist tot.‹«

32

Montag, 25. Juli 2016

Sie lehnte an der Wand und zitterte. Die Angst lag wie ein heißes Tuch über ihren Schultern und zog sich bis zu ihren Lenden hinab. Sie konnte nur schwer atmen. Was war passiert? Jennifer betrachtete die Polizistin, die für sie beide kochte. Vor einer halben Stunde war Karolina Baumann nach Hause gekommen, nass bis auf die Knochen, hatte zwei Plastiktüten auf die Arbeitsfläche gewuchtet und Gemüse, eine Packung Milch und ein Huhn in den Kühlschrank gelegt.

Die Untersuchung gestern war ein Alptraum gewesen. Der Rechtsmediziner bat sie, sich in einem kleinen Raum mit einer Liege ganz zu entkleiden, und tastete sie von oben bis unten ab, hatte jeden Zentimeter Haut angesehen, ihr in den Mund geschaut, die Augenlider hochgezogen und wissen wollen, ob David sie vergewaltigt habe. Sie hatte verneint, aber dennoch hatte er auch zwischen ihren Beinen nach Spuren gesucht. Der Mann mit dem hellen Ziegenbärtchen, ein Professor Larsson, hatte während der halben Stunde nur wenig geredet, eigentlich nur gefragt, genickt, Fotos ihres Gesichts und der Verletzungen gemacht, während die dunkelhäutige Polizistin vor der Tür gewartet hatte.

Die Frau war nett gewesen. Schon auf der Fahrt vom Dorf nach Freiburg, bis vor das helle Backsteingebäude mit den großen Fenstern, vor dem auf einem blauen Schild *Institut für Rechtsmedizin* stand, hatte Karolina Baumann leise mit Jenny gesprochen. Jenny hatte nicht auf die Worte geachtet, aber es hatte sie beruhigt. Nach der entwürdigenden Untersuchung hatte Frau Baumann Jenny zu sich nach Hause gebracht, ihr

Tee gekocht und sie in ihr Bett gelegt und war noch einmal weggegangen. Jenny hatte den restlichen Tag und die ganze Nacht geschlafen. Nicht vor Erschöpfung, sondern wegen des Diazepams, das ihr der Rechtsmediziner zur Beruhigung gespritzt hatte. Warum Baumann sie zu sich mitgenommen hatte, war Jenny ein Rätsel. Aber sie war dankbar dafür.
»Wie geht es Ihnen heute?«, fragte Baumann und drehte sich kurz zu Jenny um, während sie weiter in einem Topf rührte, aus dem es nach Curry und Kreuzkümmel duftete. Sie sprach mit demselben mecklenburgischen Zungenschlag wie Jenny selbst. Dass sie überhaupt einen Topf irgendwo hervorgekramt hatte, wunderte sie. Die Wohnung war leer bis auf das Bett, einen Zweitürer, einen Klapptisch und zwei Stühle im Schlafzimmer, die Einbauküche und stapelweise Umzugskisten überall. Im Wohnzimmer hatte die Polizistin auf einer Decke in einem Schlafsack übernachtet, um Jenny nicht zu stören. Garantiert nicht bequem. Doch für Jenny war alles besser gewesen, als in Davids Haus zu schlafen. Obwohl er noch bei der Polizei in Gewahrsam war.
Sie strich sich über die Jeans, weil sie nicht wusste, wohin mit den Händen. »Ich bin okay.« Was sollte sie sagen? Smalltalk machen? »Sie waren nicht lang bei der Arbeit.« Erst gegen elf Uhr hatte Baumann die Wohnung verlassen, und jetzt war es kurz vor vierzehn Uhr.
Baumann zerteilte eine Zwiebel in kleine Ringe, und der scharfe Geruch trieb Jenny die Tränen in die Augen. »Das wird bestimmt lecker«, fuhr sie fort, als die Polizistin nicht antwortete. »Ich kann nicht gut kochen. Aber wenn ich irgendwie helfen kann … Hübsche Wohnung, übrigens, und wenn sie bald eingerichtet ist, ist es bestimmt gemütlich.«
Baumann gab die Zwiebeln in eine Pfanne, es zischte und brutzelte, und drehte sich um. »Ich bin erleichtert, dass Sie

noch hier sind. Ich hatte befürchtet, Sie würden ins Dorf zurückkehren, während ich weg bin.«
Jenny schüttelte den Kopf. Auf dem kleinen Stück Rasen vor dem Küchenfenster hüpfte eine Amsel im Regen herum.
»Wollen Sie die Wohnung haben?«
»Was?« Jenny verstand nicht.
»Sie könnten den Mietvertrag übernehmen. Ich hoffe nicht, dass Sie zu Schindler zurückgehen.«
»Sie ziehen aus? Sie sind doch noch nicht mal richtig eingezogen.«
»Ich habe hier nichts mehr.«
»Aber Ihre Arbeit …«
Die Amsel pickte an einer Stelle immer wieder auf das Gras ein.
»Ich bin beurlaubt.«
»Warum?« Deswegen war sie also nur wenige Stunden weg gewesen. Sie hatte eingekauft. Nichts weiter.
»Weil ich jemanden schützen wollte. Ich hab's verbockt.«
»Ich habe hier in Freiburg und im Dorf auch nichts mehr. David war alles.«
Baumann nickte langsam, als denke sie nach.
Die Amsel zog einen Regenwurm aus der Erde.
Dann richtete Baumann den Blick aus ihren schwarzen Augen direkt auf Jenny. Fast schämte Jenny sich, so ungeschminkt und nur mit einem T-Shirt und Jeans bekleidet hier herumzulaufen. Die Frau sah so viel besser aus als sie selbst, sie strahlte Kraft und Ruhe aus, und alles wirkte wohlgeformt an ihr. Die mandelförmigen Augen, ihre hohen Wangenknochen, die Brüste, die in einem engen bunten Top steckten, und die kurvigen Hüften unter einem weiten Rock. Karolina Baumann brauchte kein Make-up, kein Krafttraining oder Dessous, um sexy auszusehen. Verlegen strich Jenny sich eine blonde Haarsträhne hinters Ohr.

Baumann wandte sich kurz dem Herd zu, gab alles aus den Töpfen in einen großen Tontopf und schob ihn in den Ofen. »Lassen Sie uns ins Wohnzimmer gehen.« Sie holte eine Flasche Orangensaft aus dem Kühlschrank, verschwand im Schlafzimmer und kam mit zwei Gläsern und großen Sitzkissen zurück. »Ich hab noch nicht einmal das Geschirr ganz ausgepackt.« Jetzt lächelte sie. »Geschweige denn die Dinge, die ich nicht fürs alltägliche Leben brauche.« Sie legte die Kissen in die Mitte des Zimmers, stellte die Gläser und die Flasche dazwischen und schenkte beiden ein. »Setzen Sie sich doch.«

Die Frauen nahmen im Schneidersitz Platz. Jenny war überrascht, wie bequem die Kissen waren. »Sie wirken so ernst. Ist es wegen David? Ist er schon wieder zu Hause?«

»Er ist noch bei uns. Bei meinen Kollegen. Sofern nichts weiter gegen ihn vorliegt, kann er heute Nacht um null Uhr gehen. Haben Sie noch Sachen in seinem Haus, die Sie brauchen? Dann holen wir die nachher.«

»Meine Yamaha. Und meine Kleidung. Ich hab nicht viel.«

»Okay, das soll natürlich nicht dort bleiben.« Baumann trank. »Es wird neue Unwetter geben. Die Vorhersagen sind dramatisch.«

»Können wir meine Sachen noch vor dem Unwetter holen? Ich will nichts zurücklassen.«

Karolina Baumann sah sie lang an. Ihr Blick war mitfühlend und auch traurig, und wieder musste Jenny an gestern denken, als Baumann neben ihr auf dem Badewannenrand gesessen und verletzlicher als sie selbst gewirkt hatte.

»Doch, Sie lassen etwas zurück.«

»Was denn? Wir fahren mit Ihrem Wagen ins Dorf, ich packe schnell alles ein, Sie fahren dann mit dem Auto und ich mit dem Motorrad wieder hierher. Und keine Sorge, ich werde Ihnen nicht lang zur Last fallen.«

»Frau Peters, ich kannte Ihre Mutter. Angelika Peters.«
»Echt jetzt? Woher?«
»Ich habe bei ihr gearbeitet. Im Hotel. Vor sehr langer Zeit. Damals waren Sie noch nicht einmal geboren.«
»Sie kommen aus Bad Doberan? Daher reden wir so ähnlich.«
»Aus der Nähe.«
»Meine Mutter ist vor kurzem gestorben. Mitte Februar erst.«
Baumann sah sie wieder mit diesem intensiven Blick an, und einen Moment dachte Jenny, sie wolle etwas sagen, doch sie wandte sich ihrem Saftglas zu und drehte es in den Händen. Nach einer längeren Pause sagte Baumann leise: »Das tut mir leid. Hatten Sie ein gutes Verhältnis zueinander?«
Jenny zögerte. Hatten sie eine gute Beziehung gehabt, ihre Mutter und sie? So genau hatte sie darüber noch nie nachgedacht. Sie hatte sich immer nur nach einem normalen Leben mit einem Vater, einer gesunden Mutter und Freundinnen gesehnt, am besten in der Stadt, wo man ins Café, in die Disco und zum Shoppen gehen konnte. Stattdessen hatte Jenny immer wieder ihre krebskranke Mutter versorgt, manchmal über Monate. Das unheilbare Non-Hodgkin-Lymphom war mehrmals ausgebrochen, und ihre Mutter hatte immer gesagt: »Mein Schalentier schläft nur. Manchmal wacht es auf und verlangt nach einer Chemo. Eines Tages wird es wach bleiben und mich töten.« Während und nach jeder Chemotherapie hatte Jenny für Angelika gekocht, die Bettwäsche gewechselt, ihr Medikamente aus der Apotheke geholt, Infusionen gelegt. Die Ärzte hatten sie gut angelernt. Jenny hatte sich in den schlechten Phasen ihrer Mutter herumkommandieren lassen wie Hotelpersonal, hatte aber alles entschuldigt, weil Angelika ja todkrank war und starke Schmerzen aushalten musste. Für Jenny war all das normal gewesen, fast schon Alltag. Als Jugendliche war sie für die Mutter da – anstatt dass sich die

Mutter um ihr Kind gekümmert hätte. Sie war immer mehr Pflegerin als Tochter gewesen.
Bis zu Jennys zehntem Lebensjahr war es ihrer Mutter noch gutgegangen. Das Hotel war fast immer ausgebucht gewesen, und Jenny hatte es geliebt, um die fremden Leute herumzutanzen und ihnen in dem stets blumengeschmückten Frühstücksraum Kaffee und Brötchen zu servieren. Es war wie ein Spiel gewesen, und ihre Mutter hatte Jenny oft geküsst und gelobt.
Bis das erste Rezidiv zugeschlagen hatte.
Ihre Mutter war wie verwandelt gewesen, hatte das Personal beschimpft, so dass einige Angestellte kündigten, und nach und nach blieben dann auch die Gäste aus. Zwei Jahre später war das Hotel nur noch eine Absteige für Rucksacktouristen. Jenny und ihre Mutter lebten dort, verbrauchten das letzte ersparte Geld. Angelikas Zustand wurde kontinuierlich bedenklicher, während Jennys Sehnsucht nach Freiheit, Freunden und einem unbeschwerten Leben wuchs. Sie steigerte sich in Träume von reichen Männern, von einem fröhlichen Leben als VIP, von Liebe und Sorglosigkeit hinein.
Ihre Träume hatten sie gerettet.
Die Erfüllung war mit David gekommen.
Vermeintlich.
»Wir hatten ein ungewöhnliches Verhältnis«, antwortete Jenny jetzt auf die Frage Baumanns. »›Gut‹ ist nicht das passende Wort. Nicht gut als Mutter und Tochter. Aber gut als Patientin und Pflegerin.«
»Eine verlorene Jugend. Ihre Mutter hätte eine professionelle Hilfe ins Haus holen sollen. Keine Heranwachsende kann so etwas leisten.«
»Meine Mutter war nie so warmherzig. Jedenfalls nicht mehr, nachdem die Krankheit wieder ausgebrochen war. Trotzdem hat sie mich sehr geliebt.«

»Sie verteidigen sie, obwohl sie Ihnen die Jugend genommen hat.«
»Ich habe das nicht so empfunden. Aber wenn ich jetzt darüber nachdenke ... Sie haben irgendwie schon recht.« Jenny wurde es leicht übel. Die Frau legte den Finger direkt in die Wunde. »Vielleicht sehe ich sie zu verklärt.«
»Wie hat sie Ihnen ihre Liebe denn gezeigt?«
Jenny biss sich auf die Lippen. »Sie hat es gesagt. Und sie hatte anfangs ja durchaus viel mit mir unternommen. Wir waren auf dem Spielplatz und am Strand Muscheln suchen und haben im Geisterwald Verstecken gespielt. Sie hat sich erst später so verändert. Als ich in die Realschule kam. Da wurde sie distanzierter.« Sie erinnerte sich an die Sehnsucht, die sie empfunden hatte. Ihre Schulkameraden, die von ihren Eltern nach dem Unterricht abgeholt worden waren, die in der Pause dick belegte Schulbrote auspackten, die Freunde nach Hause einladen durften und nach den Ferien vom Urlaub in der Wüste oder in einer aufregenden Großstadt erzählten. Jennys Übelkeit wurde stärker, und zum ersten Mal spürte sie so etwas wie echten Unmut auf Angelika. Sie versuchte, dieses Gefühl zu unterdrücken. »Sie hat immer um das Hotel gekämpft, bis zum Schluss. Ich glaube, das hat sie alle Kraft gekostet. Und dass sie nicht mehr richtig auf die Beine kam, hat ihr den Lebensmut genommen. Sie war verbittert. Sie konnte nichts dafür.«
»Es ist richtig, sie konnte nichts für die Krankheit. Aber sehr wohl dafür, dass Sie es mit ihr so schwer hatten. Ihre Mutter hat keine Verantwortung übernommen.«
»Warum machen Sie sie so schlecht? Sie tun mir weh damit.«
»Das weiß ich, und ich tue es nicht gern. Aber ich will, dass Sie wieder einen Blick für die Realität entwickeln. Sie sind eine hübsche junge Frau. Sie sind empathisch und fürsorglich.«
»Und total naiv.«

»Das glaube ich nicht.« Baumanns weiße Zähne blitzten auf. »Sie haben jetzt jede Chance, Ihr Leben zu sortieren. Ganz ehrlich anzuschauen, was war. Damit abzuschließen. Und dann nach vorn zu sehen. Ich weiß, das klingt wie ein Klischee. Aber auch Klischees entspringen nicht dem Zufall.«

»Anschauen, was war? Ich bin immer nur für andere dagewesen. Ich hab mich ausnutzen lassen. Das werde ich nie wieder los.«

»Es wird nicht leicht werden. Aber natürlich werden Sie das los. Scheitern ist in Ordnung. Auch mehrmals scheitern ist okay. Trauern, weinen, schreien … alles ist erlaubt. Aber dann geht es weiter.«

Jenny war schon wieder den Tränen nahe. »Warum sagen Sie mir das alles? Wieso helfen Sie mir?«

»Weil ich egoistisch bin.«

»Sorry, aber ich versteh Ihr Psychogetue echt nicht.«

»Es gibt da etwas in Ihrem Leben, das auch mich betrifft. Ich schleppe es schon viel zu lang mit mir herum.«

»Können Sie das mal für Dummies erklären?«

»Ich bin erst seit kurzem in Freiburg. Sie sind auch noch nicht lang hier. Seit März?«

Jenny nickte.

»Ich bin nicht ganz zufällig hierhergekommen.«

»Haben Sie auch einen Kerl kennengelernt, der Sie betrogen und verprügelt hat? Verbindet uns das?«

Karolina Baumann umfasste ihr Glas mit beiden Händen und ließ den Orangensaft darin kreisen. »Einen Kerl in der Art gibt es. Aber nicht hier, sondern in Rostock.«

»Sie sind vor ihm abgehauen.«

Sie sah auf. Schwieg. Schließlich sagte sie: »Ihre Mutter hat mich gebeten, hierherzukommen. Am Abend vor ihrem Tod.«

33

Sarahs Knöchel schmerzte stark, als sie sich in dem kleinen Zelt aufsetzte und den Fuß dabei belastete.
Es war bereits stockfinster, und aus dem Tal Richtung Freiburg war ein dumpfes Donnergrollen zu hören, das vermutlich bald heraufziehen würde. Die Vögel zwitscherten aufgeregt – mitten in der Nacht war das kein gutes Zeichen. Sie musste mehrere Stunden geschlafen haben. Hoffentlich zog das Gewitter vorbei.
Sie hatte damit gerechnet, dass David am gestrigen Abend noch einmal kommen würde. Doch er war nicht erschienen. Dabei hatte er doch gesagt, er sehe am Abend nach ihr, falls sie nicht zu ihm ins Dorf käme. Normalerweise setzte er seine Ankündigungen auch immer in die Tat um. War er vielleicht in der Nacht hier gewesen und hatte sie nicht wecken wollen? Oder am Abend, und sie hatte seinen Besuch verschlafen? Kaum vorstellbar, sie hätte ihn gehört. Und er hätte bestimmt eine Nachricht hinterlassen. Bei dem aufziehenden Unwetter hätte er wahrscheinlich sogar erneut versucht, sie zum Mitkommen zu überreden.
Das Donnergrollen wurde lauter.
Sarah ließ das Display ihres Handys aufleuchten. *23:19.* Der Akku hatte nur noch sieben Prozent Kapazität. Bestimmt würde David bald auftauchen.
In dem Korb, den er gestern Mittag mitgebracht hatte, fand sie abgepacktes Pumpernickelbrot. Sie aß eine Scheibe und trank etwas Wasser dazu. Kurz überlegte sie, das Handy wieder einzuloggen und David eine SMS zu schicken. Doch sie wagte es

nicht. Thomas ließ sie garantiert polizeilich suchen, und ihr Handy wurde überwacht. Ihr Mann würde es fertigbringen, sie in die Psychiatrie einweisen zu lassen. Zum Wohl der ach so heilen Familie. Und vielleicht hatte er sogar recht. Mit jeder Stunde wurde Sarah unsicherer, ob sie sich viele Dinge tatsächlich nur zusammenphantasierte. Angefangen bei der Nacht, in der ihr Vater gestorben war. Das viele Blut, ihr Gesicht an seiner Brust, als sie auf dem Gehweg neben ihm gekniet und gedacht hatte, sein Herz müsse noch schlagen. Er war doch so warm gewesen, ihr Papa. Hatte ihre Kinderseele sich die Details nur ausgedacht? Oder hatte das Ereignis sie traumatisiert und ihre Wahrnehmung verändert? Und warum erinnerte sich Lukas nicht an ihre Qualen? Und einige Jahre später: Hatte sie sich das Schreien des neugeborenen Babys auch nur eingebildet? Auch das war nachts gewesen. Sarah hatte schluchzend oben in ihrem verschlossenen Zimmer gelegen, das schrille Weinen war bis zu ihr heraufgedrungen. Kurz danach hatte ihre Mutter die Haustür zugeschlagen, und es hatte eine gespenstische Stille geherrscht. Völlig in Panik hatte sie nach David geschrien. *David, hilf mir, hilf, David, wo bist du, rette mich!* Sie brauchte jemanden, der ihre Not linderte. Natürlich war niemand gekommen, und Sarah war irgendwann in einen traumlosen Schlaf der Erschöpfung gefallen.

Am nächsten Morgen war alles wie immer gewesen. Sie wachte auf mit einem Gefühl, als sei ihr Schädel in Scherben zersprungen. Wie in Trance ging sie, nur mit einem riesigen Shirt am Körper, nach unten. Ihr Zimmer war nicht verschlossen gewesen. Ihre Mutter stand in der Küche, kochte Marmelade ein und fragte, ob Sarah einen Kakao wolle. »Setz dich, mein Schatz. Du siehst müde aus. Hast du nicht gut geschlafen?« Sie sah ihre Mutter an, und noch nie war sie ihr so hässlich, so fett, so ekelhaft faltig erschienen wie in diesem Moment. Eine Hexe, hatte Sarah gedacht und sich ausgemalt, was die Mutter über diese Nacht wohl in das schwarze *Schandtatenbuch* eintragen würde, das sie seit Jahren führte. Böses. *Sarah hat wieder in ihrem Zimmer geheult und getobt, statt mir zu helfen, und phantasiert sich Dinge über ein Baby zusammen. Meine Tochter ist verrückt.* So in etwa würde der Eintrag lauten. Bei Lukas dagegen würden die Seiten leer bleiben. Wie immer.

Sie begriff nicht, wie ihre Mutter überhaupt so reden konnte, so fröhlich am Herd stehen, so normal, so optimistisch – nach allem, was mit dem Vater passiert war und dem, was sie jetzt wegen Sarah erdulden musste. Sie hatte sich geschämt. Sie hatte der Mutter unendlich viel Kummer bereitet. *Du bist schuldig,* sagte sie sich mantraartig vor! Was war schon ihre eigene Qual gegen die ihrer Mutter?

Hatte es all diesen Horror wirklich gegeben? Außer in ihrem kindlich-jugendlichen, kranken Kopf?

Sarah kroch aus dem Zelt in die völlige Schwärze hinaus. Blätter und Geäst schoben sich in ihre Hosenbeine. Sie bemerkte es kaum. Über ihr näherte sich das Donnergrollen, und jetzt sah sie auch die Blitze, die in immer kürzeren Abständen Zickzackmuster über den Tannenwipfeln malten. Einige leuchteten durch die Bäume hindurch, andere waren hinter dem dichten Grün verborgen und ließen nur die Baumspitzen für Sekunden silberweiß aufflammen.

Im Grund war David der einzige Mensch, der ihr immer geglaubt hatte und ihr noch heute glaubte. Der sie nicht als verrückt abstempelte und auch von dem früheren Schwur am Weiher wie von einem realen Geschehen sprach. Der Schwur, mit dem sich Lukas, David und sie Stillschweigen über den Tod ihres geliebten Vaters auferlegt hatten. Drei Wochen nach

Georgs Unfalltod, als David gerade aus dem Krankenhaus entlassen worden war, waren sie in der Nacht hier heraufgelaufen. Keiner hatte geredet. Nur ihre Schritte und das Rauschen und Rascheln des Waldes hatten sie begleitet. Herbstluft hatte ihre Gesichter gekühlt. Am Ufer hatten sie sich im Dreieck aufgestellt und in der Mitte einander die linken Hände gereicht.

Lukas hatte den Schwur zuerst gesprochen, seine Worte waren rauh in die Nacht aufgestiegen, belauscht nur von den Tieren, Sarah und David. Dann hatte Sarah Lukas' Worte wiederholt. Zuletzt David. »Ich schwöre euch Treue und Verschwiegenheit bis ans Ende meines Lebens. Was uns verbindet, gehört nur uns. Kein anderer Mensch wird je davon erfahren. Dafür bürge ich mit meinem Leben.«

Ein Blitz erhellte sekundenlang die Szenerie, Baumstämme und Laub leuchteten auf, und fast im selben Moment ließ ein ohrenbetäubender Donner Sarah auffahren. Verdammter Mist! Vielleicht hatte David ja eine SMS geschickt und erklärt, warum er nicht kam? Aber auch die würde sie nicht abrufen können, ohne sich einzuloggen. Sie wusste nur: Sie konnte unmöglich hierbleiben. Sie musste zumindest den Kilometer bis zu ihrem Auto schaffen.

Ja, das würde sie versuchen.

Im Auto wäre es trocken, und bestimmt würde kein Mensch bei diesem Wetter nachts am Parkplatz auftauchen und sie überfallen. Morgen früh könnte sie dann endgültig entscheiden, wie es weiterging. Hätte sie nur auf David gehört und wäre mit zu ihm gegangen.

Sie kroch zurück ins Zelt, wickelte als Stütze einen dünnen Pullover fest um ihren Knöchel, verknotete ihn, nahm Handy und Autoschlüssel in die Hand und humpelte durch das Unterholz in Richtung des Waldweges, der zum Parkplatz führte.

Jeder Schritt war Schmerz, und ihre einzige Orientierung bildeten die Blitze, die das vertraute Terrain für wenige Augenblicke taghell erleuchteten.
Da kam der Regen. In dicken Tropfen prasselte er auf die Tannen. Nach wenigen Minuten drang das Wasser durch die Zweige, und Sarah war nass bis auf die Haut. Den Geruch nach feuchtem Holz und Laub nahm sie kaum wahr, und bei jedem Schritt tastete sie nach Bäumen oder Ästen, an denen sie sich abstützen konnte. Sie steckte das Handy und den Wagenschlüssel in die Hosentasche, um besser voranzukommen. Ihre Arme mussten mittlerweile völlig zerkratzt sein, und als ein Ast ihr ins Gesicht schlug, schrie sie kurz auf, taumelte, ging weiter. »Nicht aufgeben«, sagte sie laut vor sich hin, stolperte und fiel, »es sind nur noch ein paar hundert Meter.« Mühsam zog sie sich auf die Beine, und jetzt liefen die Tränen zusammen mit dem Regen über ihr Gesicht. Dann knickte sie erneut um, so fest, so hart, dass sie glaubte, an dem Schmerz zu sterben. Sie lag auf dem Boden, und im nächsten Blitz sah sie es. Ein Stück Knochen ragte unter dem verknoteten Pullover aus ihrem Knöchel hervor. Blut sickerte heraus. Panisch keuchte sie, erbrach auf den Boden. Sie brauchte Hilfe! Wimmernd fummelte sie in ihrer Hosentasche herum, bis sie das Handy zu fassen bekam. Sie schaltete es ein. Nur noch vier Prozent Akku-Kapazität. Ihre nassen Finger suchten Halt auf dem ebenfalls nassen Display, wollten den Code zum Einloggen tippen. Vergeblich.
Das Auto! Im Auto hatte sie Papiertaschentücher. Da konnte sie das Handy und ihre Hände trocknen. Sie musste zum Auto. Weinend robbte sie auf dem Boden weiter, Meter für Meter, ignorierte Blitze, Donner und Regen, die Steine, die sich in ihre Handflächen und das Gesäß bohrten, und die wachsende Panik. Da, endlich, da war der Pfad. Er bestand fast nur aus

Matsch, ihre Hände rutschten mehrmals weg, doch das war egal, er würde sie zu ihrem Auto führen.
Es schien ihr eine qualvolle Ewigkeit, bis der Pfad in den offiziellen Waldweg mündete, sich verbreiterte und endlich in den Parkplatz überging. Wie von Sinnen lachte sie auf, als im Licht der Blitze ihr Renault fast zum Greifen nahe vor ihr auftauchte. Sie robbte schneller, spürte nur noch die Hoffnung, bald ins Trockene zu kommen und den Notruf wählen zu können, und als sie das Auto erreichte, griff sie erleichtert und unendlich dankbar nach dem Türgriff, zog sich an ihm hoch auf das unverletzte Bein und schob die Hand in die Hosentasche.
Sie war leer.
Kein Schlüssel.
Keine Rettung.
Sie hatte den Schlüssel vermutlich verloren, als sie das Handy aus der Hosentasche gezogen hatte. Irgendwo da draußen im Wald.

34

Dienstag, 26. Juli 2016

Als Karo erwachte, war ihre Entscheidung gefallen. Sie hatte höchstens zwei Stunden geschlafen, gequält von unruhigen Träumen und dem Wissen, dass nur sie Klärung in den Fall bringen konnte. Sie kroch aus dem Schlafsack, in dem sie auch heute im Wohnzimmer übernachtet hatte, um Jennifer Peters das Bett zu überlassen.

Aus der Küche hörte sie die Kaffeemaschine gurgeln, und als sie, noch im Schlafanzug, den Kopf durch die Tür streckte, sagte Jennifer: »Ich habe uns Frühstück gemacht.« Auf dem Klapptisch standen zwei Teller und Tassen, ein Brotkorb mit duftendem Toast und die Butter und Marmelade, die Karo gestern gekauft hatte. Offenbar hatte Jennifer im Schlafzimmer den Karton mit den letzten Küchenutensilien gefunden, den Klapptisch und die beiden Stühle aufgebaut und sich so nützlich gemacht.

»Danke.« Karo versuchte ein Lächeln. »Ich gehe nur rasch duschen.« Als sie kurz danach in frischer Kleidung in die Küche kam, fragte Jennifer ohne Umschweife: »Erzählen Sie mir, wie meine Mutter früher war? War sie … anders als am Ende ihres Lebens? So für Sie als Außenstehende?«

»Mutter sein ist sehr schwierig, glaube ich.«

»Glauben Sie? Haben Sie denn Kinder?«

Karo griff nach einem Brötchen und legte es auf ihren Teller. Doch sie hatte keinen Hunger. Im Gegenteil: Ihr Unterleib begann wieder zu schmerzen. Allein die Erinnerung an den Verlust verursachte ihr körperliche Qualen.

Gestern Abend, als sie Jennifer offenbart hatte, dass es Angelika Peters' letzter Wunsch gewesen war, dass Karo nach Freiburg käme, hatte sie nur den kleinsten Teil der Wahrheit gesagt: dass Angelika damit hatte sicherstellen wollen, dass es Jenny »mit diesem David«, wie sie gesagt hatte, gutginge. Dass jemand nach ihrer Tochter sah. Den großen Teil der Wahrheit und das, was Jennifer Peters mit Edith Felber verband, kannte die junge Frau nicht. Noch nicht. Karo musste behutsam vorgehen. Persönlich. Musste die Brücke von ihrem eigenen zu Jennifers Leben schlagen.

Es war Zeit.

Zeit für schonungslose Offenheit.

Sie hatte nichts mehr zu verlieren. *Sie können mit dem, was ich Ihnen erzählt habe, frei umgehen oder schweigen. Sarah weiß nichts von alledem. Passen Sie gut auf sie auf,* hatte Lukas vor der Raststätte zu ihr gesagt und war aus dem Volvo ausgestiegen. Deutlicher konnte man einen Suizid nicht ankündigen. Und was hatte sie, Karo, getan? Nichts. Im Auto gesessen und ihm nachgesehen, wie er ging, um sich zu erschießen. Jetzt musste sie endlich handeln. Es gab niemanden mehr, der sie dafür hassen würde. Außer vielleicht Jennifer Peters. Aber auch die hatte ein Recht auf die ganze Wahrheit.

»Ich habe mein Kind verloren«, begann Karolina Baumann. »Deswegen war ich in der Klinik, in der ich Ihre Mutter nach fast fünfundzwanzig Jahren wiedergetroffen habe.«

»O nein! Tut mir leid. Das muss echt schlimm sein.«

»Sehr. Ich hatte ein Verhältnis mit einem ranghohen, verheirateten Beamten aus Mecklenburg-Vorpommern und wurde schwanger von ihm. Mit zweiundvierzig. Das war brisant genug. Und ein Risiko. Seine Frau, eine renommierte Richterin, hätte einen öffentlichen Skandal daraus gemacht. Ihr Gatte und ein Verhältnis mit einer Farbigen! Und dann schwängert er sie auch noch! Aber das Ganze hat eine für ihn sehr praktische

Wendung genommen.« Wieder sah Karo die Bilder der Nacht vor sich, als ihr Kollege sie zusammengetreten hatte, im Gestrüpp zwischen den Häusern. »Zu der Zeit habe ich versucht, Beweise gegen rechtsextreme Gewalttäter zu finden. Sie hatten bereits mehrere Ausländer angegriffen und schwer verletzt, einen tödlich.«

»Typisch Meckpomm.«

»Vielleicht auch das. Aber das Schlimmste war: Jede Spur endete bei einem meiner Kollegen.«

»Bei so einem Psychoberater?«

»Nein, bei einem Polizeikommissar. Ich hab mich gut mit ihm verstanden, er war sogar mehrmals bei mir im Büro und hat Rat gesucht wegen seiner Eheprobleme. Ich war zu der Zeit nicht mehr als Ermittlerin eingesetzt, sondern schon als polizeiliche Konfliktberaterin. Also habe ich mehr oder weniger privat ermittelt. Als ich dann ahnte, dass er an den rechtsradikalen Gewalttaten beteiligt war, habe ich ihm die Chance gegeben, aus der Sache auszusteigen, und ihm versprochen, ihn nicht auffliegen zu lassen, falls er mir seine Mittäter nennt. Er sagte, das sei ein faires Angebot, und er werde mir am nächsten Tag die Liste mit den Namen geben.« Karo schaute aus dem Küchenfenster. Draußen war es düster, und Jennifers Yamaha stand triefend im strömenden Regen im Vorgarten. »Wenn eine von uns naiv ist, dann bin ich es.«

»Warum? War er gar nicht beteiligt?«

»Er hat mich am Abend abgepasst. Ich war zu Fuß unterwegs nach Hause und wollte mir überlegen, wie es weitergeht. Allein mit Kind in meinem Alter und der Job, das ging nicht. Meine Mutter und mein Stiefvater würden helfen. Aber es gab viel zu organisieren. Und was würde aus meinem Liebhaber und mir werden? Er bestand auf einer Abtreibung, aber das kam für mich keinesfalls in Frage. Ich war in Gedanken versunken, als der Kollege mich plötzlich ansprach. Das war am vierten Februar dieses Jahres. An einer Ecke bei einer Straßenlaterne. ›Hey, Karolina.‹ Auf seiner Daunenjacke lagen ein paar Schneeflocken.« Sie schluckte schwer. »Dann hat mich jemand von hinten gepackt und in ein Gebüsch gezerrt. Sie waren zu dritt. Sie haben mich geknebelt, während der Kollege noch grinsend unter der Laterne stand und dann zu uns kam. Der Reihe nach haben sie mich vergewaltigt. Nur der Kollege selbst nicht. ›Dreckige Brut, bei dir hol ich mir keine Syphilis‹, hat er gesagt und mich immer wieder seitlich in den Bauch getreten, während ein fetter Kerl mit Stirnband um die Glatze noch auf mir lag.«

Jennifer Peters schlug die Hand auf den Mund. »Wie furchtbar. Ich weiß gar nicht, was ich sagen soll. Das ist ja hundertmal schlimmer, als wenn David mir eine scheuert.«

»Die meisten fangen wie David an.« Karo schlug die Beine übereinander. All das jemandem zu erzählen, tat gut. Auch wenn das, was sie noch hinzufügen musste, Jennifers Leben für immer verändern würde.

Als ahne sie etwas, fragte Jennifer: »Warum erzählen Sie mir das eigentlich alles?«

»Weil auch Edith Felber ein Kind verloren hat. Sie wurde mit vierundvierzig Jahren noch einmal schwanger. Sie musste das Kind weggeben. Sie war Witwe und hatte kaum Geld. Sie hätte das Baby nicht großziehen können. Und sie hat bis zu ihrem Tod nie erfahren, wie es dem Kind ging.«

»Was hat das mit mir zu tun?«

»Sie haben mich gefragt, was Sie hier in Freiburg oder oben im Dorf zurücklassen würden, wenn Sie jetzt gingen. Ich sage es Ihnen: eine Halbschwester – Sarah. Einen Schwager – Thomas, und einen Neffen und eine Nichte. Und einen Halbbruder, der sich gestern das Leben genommen hat.«

35

Kriminalhauptkommissar Ehrlinspiel hatte keine Ahnung, weshalb Karolina Baumann ihn in Idris' Cafébar treffen wollte. Er hatte weder Lust, durch den Starkregen vom Polizeipräsidium bis in die Innenstadt zu radeln – mit dem Dienstwagen dort einen Parkplatz zu finden, war ausgeschlossen –, noch, sich ihre Rechtfertigungen anzuhören. Andererseits konnte er sich nicht erklären, weshalb sie die halblegale Aktion mit Aschaffenburg auf ihre Kappe genommen und ihn damit vor Reimers Zorn und dienstlichen Konsequenzen gerettet hatte. Und das wollte er unbedingt wissen. Also saß er Punkt siebzehn Uhr an einem der Holztische direkt am Fenster des Cafés. Es war recht ruhig, bei dem Wetter gingen die Leute nach der Arbeit lieber nach Hause statt in ein Café.

Baumann kam nur wenige Minuten nach ihm. Sie klappte den Regenschirm zu und steckte ihn in den Schirmständer bei der Eingangstür. »Hallo«, sagte sie nur und setzte sich über Eck zu ihm. Sie trug eine weite blaue Bluse und eine farblich passende Jacke darüber, dazu eine braune Hose. Ihre Augenlider waren geschwollen, und sie war nicht geschminkt. Entweder hatte sie geweint oder miserabel geschlafen – wie Ehrlinspiel selbst, nachdem Hanna und er knapp zwei Tage nicht miteinander geredet und dann ergebnislos über ihr gemeinsames Leben, und was daraus werden sollte, diskutiert hatten.

»Hallo, Frau Baumann.«

Er hatte Hanna versprochen, sich mehr Zeit für sie zu nehmen – sie hatte ihm nicht geglaubt und erklärt, sie wolle zurück nach Hamburg. Heute Abend würde sie zu ihrer Freundin Kora fah-

ren und sich bis zum Wochenende ein paar Wohnungen in bezahlbaren Hamburger Gegenden ansehen. Ehrlinspiel hatte es wortlos zur Kenntnis genommen.
»Ich bin Ihnen ein paar Informationen schuldig.«
»Jetzt erst?«
Sie lächelte gequält, als Idris an den Tisch kam.
»Die neue Kollegin des Kommissars.« Der Syrer strahlte. »Ein alkoholfreies Bier?« Idris' Gedächtnis bezüglich der Vorlieben seiner Gäste war phänomenal. Baumann nickte. Ehrlinspiel bestellte Cappuccino. Idris verbeugte sich leicht und ging.
»Es geht um Lukas Felber.« Baumann sah ihn an. »Er hat mir vor seinem Tod etwas erzählt, das ich Ihnen gleich hätte sagen sollen.«
Ehrlinspiels Kehle wurde eng. Gleichzeitig wurde er wütend. Baumann hatte ihm also doch etwas verschwiegen. »Hat er Ihnen gesagt, dass Sie uns nach seinem Tod hinhalten und die Ermittlungen behindern sollen?«
»Als ich hier in Freiburg angefangen habe, bin ich von anderen Voraussetzungen ausgegangen. Ich habe Rostock verlassen, weil ich dort mit, sagen wir, einigen privaten Dingen nicht mehr klarkam. Ich wollte weg. Damit Sie das verstehen, muss ich ein wenig ausholen.« Sie erzählte ihm die Geschichte ihres verlorenen Kindes und die von Angelika Peters, der Mutter von Schindlers Ex-Freundin Jennifer Peters.
Er hörte zu, fragte sich, worauf das hinauslaufen sollte, und sah sie ungläubig an, als sie ihren Bericht von einem Abend in einer Klinik, in der sie mit der krebskranken Peters im Aufenthaltsraum gesessen hatte, mit den Sätzen beendete: »Jennifer ist nicht Angelika Peters' leibliche Tochter. Sie ist das Kind von Edith Felber. Felber hat ihr drittes Kind direkt nach der Geburt verkauft.«
Ehrlinspiel schlug mit der Hand auf den Tisch. »Sind Sie ver-

rückt geworden, Baumann! Sie wussten das die ganze Zeit! Und Sie haben kein Wort gesagt!«

»Es tut mir leid.«

Zorn stieg in Ehrlinspiel auf. »Es tut Ihnen leid? Das soll genügen? Das wird Konsequenzen haben.«

Einige Leute waren in das Café gekommen, und plötzlich wurde es um sie herum still. Die wenigen Gäste sahen zu den beiden Polizisten hinüber.

»Diese Liebespaar-Statue«, redete Ehrlinspiel leise weiter. »Das Geld …«

»… ist vermutlich das, was Frau Felber für das Kind bekommen hat. Für Jennifer.«

Er sank auf dem Stuhl zurück. Was er da hörte, war zu viel. »Sie haben seit Wochen die Unwissende gespielt. Sie haben gemeinsam mit uns überlegt, woher das Geld stammen könnte. Warum es in der Statue war. Das wird Sie den Kopf kosten. Endgültig.«

»Das ist mir klar.«

»Und Ihnen ist als Kriminaloberkommissarin« – er betonte das letzte Wort ironisch – »auch klar, dass der illegale Verkauf eines Babys ein Mordmotiv erster Güte ist? Dass wir den Täter oder die Täterin wahrscheinlich längst gefasst hätten, wenn Sie, mit Verlaub, Ihr Maul aufgemacht hätten?« Er holte tief Luft, um nicht zu explodieren. »Und all das hat Ihnen Angelika Peters so detailliert erzählt? Einer Wildfremden?« Jetzt erst bemerkte Ehrlinspiel, dass Idris ihnen längst Bier und Cappuccino serviert hatte. Glas und Tasse standen unangetastet auf dem Tisch, der Schaum beider Getränke hatte sich schon fast aufgelöst.

»Angelika Peters hatte ein Hotel. Ich habe dort vor der Ausbildung als Zimmermädchen gejobbt. Während ihrer Schwangerschaft musste eine hochaggressive Chemo eingeleitet werden. Dabei hat sie das Baby verloren und konnte dann auch keine Kinder mehr bekommen. Für sie war alles zerstört. Ein Leben ohne Kind war undenkbar für sie. Sie hat den Tod ihres ungeborenen Babys nie überwunden.« Baumann machte eine Pause und sah sich im Café um. Die Gespräche um sie herum waren wieder aufgenommen worden, niemand achtete mehr auf Baumann und den Hauptkommissar. »Edith Felber hat nach Angelikas Schicksalsschlag in dem Hotel Urlaub gemacht«, sprach Baumann weiter. »Den einzigen ihres Lebens. Lukas und Sarah waren noch klein, und Frau Felber hatte sich mit allem übernommen. Ihr Mann Georg hat sie eine Woche an die Ostsee geschickt.«

»Sie kannten auch Edith Felber? Persönlich?« Am liebsten hätte Ehrlinspiel Baumann gepackt und gegen die Wand geschlagen. Da suchten sie über Wochen vergebens nach irgendeiner verwertbaren Spur, und jetzt, wo Lukas tot und Sarah Kramer noch immer verschwunden war, kam diese Frau mit so einer haarsträubenden Geschichte ums Eck.

»Ich habe sie nur ein paar Mal gesehen, als sie in Bad Doberan war. Wir haben ›Guten Morgen‹ und ›Hallo‹ gesagt. Mehr nicht. Sie saß manchmal mit Angelika Peters zusammen auf der Hotelterrasse. Sie schienen sich gut verstanden zu haben. Ich habe mir nichts dabei gedacht. Mein Job war es, die Zimmer sauber zu halten und ab und zu beim Service zu helfen. Peters hat sich oft persönlich um die Gäste gekümmert. Vor allem, wenn sie allein unterwegs waren. Ich hab erst bemerkt, dass Edith Felber wieder abgereist war, als ihr Koffer weg war und ich das Zimmer für neue Gäste herrichten musste. Sie hat zehn D-Mark Trinkgeld dagelassen. Das war viel. Normalerweise habe ich immer drei bis fünf Mark auf dem Nachttisch oder dem Bett vorgefunden. Wenn überhaupt.«

»Und auf der Terrasse haben die beiden dann ausbaldowert,

dass Felber ihr nächstes Kind an Peters verkauft, weil die keine eigenen mehr bekommen konnte.«

»Es ist die Hölle, ein Kind zu verlieren.«

»Aber es rechtfertigt in keinster Weise, ein anderes zu kaufen. Kinder kann man zur Adoption freigeben. Aber doch nicht wie Ware an Fremde verticken! So etwas ist … verdammt noch mal, Baumann!«

»Die beiden haben nichts ausbaldowert. Sie hatten erst Jahre später wieder Kontakt. Frau Felber war Witwe, schwanger und pleite. Sie hatte sich mit irgendeinem Mann aus dem Dorf eingelassen. In ihrer Not rief sie Frau Peters an, denn sie wusste, wie sehr die sich ein Kind wünschte. Sie würde eine gute Mutter sein.«

»Das glaub ich jetzt nicht.« Ehrlinspiel starrte die Konfliktberaterin an, die diese Bezeichnung nicht verdient hatte.

»Ich weiß erst davon, seit ich im Februar mein eigenes Baby verloren und die todkranke Peters in der Klinik wiedergesehen habe. Sie hat mich noch immer Entchen genannt. Wegen meiner schnatternden Stimme. Wie gesagt: Wir haben nur einen Abend zusammen verbracht. Es war in dem kahlen Aufenthaltsraum zwischen der Gynäkologie und der Palliativstation.«

»Lebt Peters noch?«

»Sie starb am Morgen nach unserem Gespräch. Ihr letzter Wunsch war es, dass ich Edith Felber ausrichte, dass es ihrer Tochter gutgeht. Und sie bat mich inständig, Jennifer nichts davon zu sagen, sollte ich sie finden. Denn sonst würde Jennys Welt zusammenbrechen.«

»Daran können wir uns nicht halten.«

Baumann presste die Lippen aufeinander.

»Wer weiß noch von der Sache?« Er ahnte Böses.

»Lukas Felber wusste es. Ich habe ihm auf der Rückfahrt von Aschaffenburg von seiner Halbschwester und deren Verkauf durch seine Mutter erzählt. Kurz bevor …« Tränen traten in ihre Augen. »Und vor einer Stunde habe ich Jennifer Peters informiert.«

»Sie haben *was*? Peters ist vor diesem Hintergrund eine Hauptverdächtige! Wer, verflucht noch mal, sagt Ihnen, dass Jennifer Peters von ihrer leiblichen Mutter nicht längst wusste und diese aus Rache getötet hat?«

»Jennifer wusste es nicht. Ganz sicher nicht.«

»Weibliche Intuition, ja?«

»Auch. Aber in erster Linie hat Jennifer Peters ein wasserdichtes Alibi.«

»Sie kann sich mit Sarah oder Lukas zusammengetan haben. Vergeltung der Geschwister an der Mutter, die die Kinder ein Leben lang einander vorenthalten hat. Hat Lukas sich deswegen getötet? Was hat er Ihnen erzählt?«

»Lukas war in Südfrankreich. Sarah war bei ihrem Mann und den Kindern. Die drei Geschwister scheiden nach allen bisherigen Ermittlungen aus.«

»Wie hat Jennifer Peters auf Ihre Offenbarung reagiert?«

»Sie war aufgewühlt, aber es hat sie nicht so sehr getroffen, wie ich befürchtet habe. Ansonsten wäre ich nicht hier. Sie packt gerade ihre Sachen und geht dann zurück an die Ostsee.«

»Sie sind im Dorf bei ihr gewesen, obwohl Sie suspendiert sind.« Es war nur eine Feststellung, schon fast resigniert. Was würde Baumann noch alles offenbaren? Welche Dinge, von denen jedes einzelne einen Rausschmiss rechtfertigte?

»Jennifer Peters ist nicht bei Schindler oben. Sie ist in Sicherheit.«

»Wo?«

»Bei mir zu Hause. Sie wird aber nicht abreisen, bevor sie mit Ihnen gesprochen hat.«

Ehrlinspiel stöhnte auf. »Sie erklären mir knapp drei Wochen nach einem Mord, dass Jennifer Peters die Tochter des Opfers ist. Dass Sie das von Beginn an wussten. Dass Edith Felber Jennifer illegal verkauft hat. Und natürlich haben Sarah und Lukas von alldem nichts mitbekommen.« Ehrlinspiel beugte sich weit über den Tisch und zischte: »Wollen Sie mich verarschen, Baumann?«

»Lukas kam in dieser Zeit nicht in das Dorf.«

»Und Sarah war mit der Pubertät beschäftigt und hat den Bauch ihrer Mutter natürlich nicht gesehen.«

Baumann schloss kurz die Augen. »Sarah litt laut Lukas Felber schon immer an psychischen Problemen. Sie wurde nicht gut behandelt von ihrer Mutter. Und Lukas hat ihr nicht immer so geholfen, wie er es hätte tun können. Er hat sie im Stich gelassen. Das ist eines der Dinge, die er mir noch anvertraut hat. Das hat ihn sehr belastet. Ich vermute, dass Edith Felber Sarah eingeredet hat, sie habe sich das mit der schwangeren Mutter nur eingebildet. So wie sie sich angeblich vieles eingebildet hat.«

»Und alle Nachbarn dazu. Gottverdammt, Baumann! Das ist ein Dorf! Da bleibt eine Schwangerschaft nicht unbemerkt. Es sei denn, die Frau verkriecht sich über Monate im Haus. Und das fällt mindestens genauso auf.«

»Vielleicht ist sie ja drin geblieben. Oder hat sich unauffällig gekleidet, mit weiten Oberteilen und …«

»… und als das Kind auf der Welt war, hat Felber sich ins Auto gesetzt und in einer Nacht-und-Nebel-Aktion das Neugeborene nach Bad Doberan gefahren.«

Baumann schüttelte den Kopf, und ihr Haar fiel sanft in ihr Gesicht. Sie sah so schön und traurig aus und versagte gleichzeitig auf ganzer Linie. Fast hätte sie Ehrlinspiel leidgetan. »Angelika Peters war zur Zeit von Felbers Schwangerschaft wieder in der Klinik. Allein die Aussicht auf ein Baby gab ihr noch Kraft. Sie hat die erneute Chemo durchgestanden. Wieder zu Hause, hat sie mich eines Abends beiseitegenommen und ist mit mir in ihre privaten Zimmer gegangen. Ich sollte Platz nehmen. Es war wunderschön eingerichtet, mit grüngestreiften Sofas und vergoldeten Spiegeln und ...«

»Die Einrichtung interessiert mich nicht.«

»Sie bat mich, mit ihrem Wagen nach Freiburg zu fahren. Ganz früh am Morgen. Am Abend sollte ich dort sein. Sie gab mir die Adresse eines Autohauses irgendwo in einem Industriegebiet. Um dreiundzwanzig Uhr würde ich dort eine Dame treffen, die mir ein Kind übergibt. Ihren Namen wusste ich nicht. Mit der Übergabeadresse händigte Peters mir einen Umschlag aus. Ich habe nie hineingesehen, aber ich wusste, dass Geld darin war. Viel Geld.«

»Baumann, Sie haben nicht wirklich ...«

»Doch.« Sie blickte auf den Tisch hinab. »Meine Familie und ich hatten nichts. Ich träumte von der Polizeischule und meine Mutter von einer größeren als einer Einzimmer-Plattenbauwohnung. Mein Stiefvater war liebevoll, aber genauso arm.«

»Wie viel haben *Sie* dafür bekommen?«

»Zehntausend D-Mark.«

»Und Edith Felber?«

Sie sah wieder auf. »Ich weiß es nicht. In der Statue waren noch 223 000 D-Mark. Also war es vielleicht ursprünglich eine Viertelmillion? Eine halbe? Peters hatte genügend Geld. Nach dem ... Deal war es aber fast weg. Es hat nicht mehr gereicht, um das Hotel am Laufen zu halten, vor allem nicht im Winter, wo kaum Gäste kamen. Die fällige Renovierung konnte nicht bezahlt werden, der Herd und die Industriewaschmaschine gingen kaputt ...«

»Wie lief die Übergabe ab?«

»Ich bin den ganzen Tag auf der Autobahn gewesen. In der

Nacht habe ich vor dem Autohaus mit Werkstatt gewartet, eingeparkt zwischen ein paar Wagen, die zur Reparatur dort standen. Es war völlig unauffällig. Ich starrte abwechselnd auf die Straße und die Neuwagen, die in grellem Licht in der erleuchteten Halle standen. Eine halbe Stunde später näherten sich Scheinwerfer. Das Auto bog langsam auf das Gelände des Autohauses ab und parkte etwas entfernt von mir. Eine Frau stieg aus. Sie kam mir vage bekannt vor. Aber ich war mir nicht sicher, ob und woher ich sie kannte. Ich stieg ebenfalls aus, und sie kam auf mich zu.

»Edith Felber?«

»Ja. Sie übergab mir einen Korb mit einer dicken Decke und dem Bündel darin. Sie hat nicht einmal geweint. Ich habe ihr den Umschlag gegeben, sie hat kurz hineingesehen. Das war's.«

»Wann genau war das? Jahr, Tag?«

»In der Nacht vom siebten auf den achten April 1993. Am nächsten Vormittag war ich wieder an der Ostsee. Angelika Peters hat das Kind weinend vor Freude aus dem Korb gehoben, es an sich gepresst und in den Armen gewiegt und immer ›Jenny, meine Jenny, meine Kleine, ich wusste, dass du nicht tot bist‹, geflüstert. Es war richtig unheimlich. Ich habe sie zurückgelassen und bin nach Hause gefahren. Danach bin ich nicht mehr zur Arbeit bei ihr gegangen und habe sie auch nie wiedergesehen. Hinterfragen wollte ich lieber nichts. Ich wollte einfach nur mein eigenes Leben und auch mal ein bisschen Glück haben.«

»Und Geld.«

»Ich wollte alles ausblenden, was ich wusste und in was ich involviert war. Das half. Bis zum Abend des elften Februar dieses Jahres. Als ich Angelika Peters schon mehr tot als lebendig im Rollstuhl in diesem kahlen Aufenthaltsraum erkannt habe.

Da hat sie mich dann gebeten, Jennifers leiblicher Mutter auszurichten, dass es dem Kind gutgehe und Jennifer eine wundervolle Tochter gewesen sei. Erst da habe ich auch Edith Felbers Namen erfahren.«

»Und dank der illegalen zehntausend Mark konnten Sie die Ausbildung bei der Polizei machen.«

»An der Fachhochschule für öffentliche Verwaltung, Polizei und Rechtspflege in Rostock, ja. Ich war eine der Ersten dort nach der Wende. Ich wollte gleich in den gehobenen Polizeivollzugsdienst. In Mecklenburg-Vorpommern heißt das Laufbahngruppe zwei, eins. Einstiegsamt. Ich war keine schlechte Polizistin.«

»Aber jetzt sind Sie die miserabelste, die ich kenne. Sie wissen nicht zufällig auch noch, wer Edith Felber in der Werkstatt eingeschlossen und getötet hat? Und wo Sarah Kramer sich aufhält?«

»Nein.«

»Ich weiß nicht, was ich mit Ihnen machen soll.« Ehrlinspiel fühlte sich gleichzeitig hellwach und unendlich erschöpft. »Sie haben mir, auf gut Deutsch gesagt, den Arsch gerettet, indem Sie die Tour nach Aschaffenburg Reimer gegenüber als Ihre Aktion ausgegeben haben. Warum?«

»Ich bin eh draußen. Mit meinem Schuldenkatalog bin ich der größte Schandfleck für die Polizei. Wieso sollten Sie, den ich längst hätte informieren müssen, einen Nachteil davon haben?«

»Wenn Sie glauben, dass ich mich durch ein Verschweigen Ihrer Verfehlungen revanchiere, muss ich Sie enttäuschen«, sagte er und dachte: Obwohl ich genau das gern tun und alles hinter mir lassen würde. Einfach nach Hause gehen und schlafen. Nichts denken, nichts mehr erledigen und ermitteln müssen, nur noch Ruhe und Frieden.

»Ich glaube überhaupt nichts. Und natürlich erwarte ich keinesfalls, dass Sie mich in irgendeiner Weise decken. Ich hatte anfangs gedacht, ich könnte Sie auf eine Spur bringen. Hinweise geben, ohne mein Versprechen gegenüber Angelika Peters zu brechen. Aber das war nicht richtig. Jennifer wird mit der Wahrheit leben können. Ich kann es mit der Lüge nicht.«
»Die Erkenntnis kommt reichlich spät.« Er blickte nach draußen, wo die Autos durch zentimeterhohes Wasser fuhren und nur vereinzelt Menschen mit Schirmen mehr rannten als gingen. »Ich werde Reimer und die Kollegen verständigen. Außerdem die Oberstaatsanwältin.« Er würde Sarah Kramer, ihren Mann, Jennifer Peters und Schindler vernehmen müssen. Und dieses Mal so lang, bis er die Wahrheit kannte, und wenn er alle in U-Haft nehmen musste. Das würde er bei Lorena Stein jetzt durchsetzen.
»Das weiß ich.«
»Aber vorher sagen Sie mir, was das alles mit Lukas zu tun hat.«
»Wie meinen Sie das?«
»Sie sagten zu Beginn unseres Gespräches, es gehe um Lukas Felber.«
»Das stimmt.« Jetzt erst trank sie von ihrem Bier. »Er hat nicht nur Sarah im Stich gelassen.« Dann berichtete sie ihm alles, was Lukas ihr auf dem Raststättenparkplatz erzählt hatte. Wenige Minuten bevor er sich und Jagger erschossen hatte. Es war die Geschichte eines Kriminaltechnikers, der – wie Karolina Baumann selbst – mit einem Verbrechen aus Verzweiflung in seinen Beruf gestartet war.

36

Thomas Kramer lief seit fast einer Stunde in der Wohnung hin und her. Rastlos, voller Sorge um Sarah und voller Wut auf sich selbst. Emma und Jonas waren nebenan bei den Jakobs, die gestern Abend aus ihrem kurzen Urlaub in der Schweiz zurückgekehrt waren. Das Verlangen nach einem Glas Wodka war groß. Aber er war kein Trinker. Alkohol war für ihn lediglich eine kurzfristige Notlösung, die ihn ebenso kurzfristig von seinen Problemen ablenkte. Immer wieder blieb er vor dem gerahmten Bild im Flur stehen, das Sarah und ihn auf dem Rathausplatz in der Innenstadt zeigte. Sie in einem rotgolden changierenden Kleid, er im anthrazitfarbenen Anzug, im Hintergrund die historische Fassade des Rathauses, aus dem sie frisch verheiratet durch die roten Torbögen in die Sonne getreten waren. »Wo bist du, Sarah«, sagte er immer wieder, und mit jeder Minute wuchsen sein schlechtes Gewissen und die Angst, dass seine Frau sich etwas angetan haben könnte.

So hatte er all das nicht geplant.

Wie hatte er nur so ein Idiot sein und Sarah aus der Wohnung wegschicken können!

Sie war labil. Ediths Tod hatte sie erneut aus der Bahn geworfen. Er hätte es wissen müssen. Natürlich war sie nicht zu ihrem Psychiater gegangen. Was, zum Teufel, hatte er erwartet, was sie tun würde? Um ihre Mutter weinen, sich mit voller Kraft um die Kinder kümmern, und dann, als sie vor Verzweiflung nicht mehr konnte und die Kinder nicht mehr im Griff hatte, brav in die *Kreuzblume* gehen und einige Tage

später einsichtig für ein paar Monate in die psychiatrische Klinik ziehen?
»Denk nach!« Er schlug sich gegen die Stirn.
In einem Hotel war sie nicht. Die Polizei hatte alles überprüft und bisher weder Sarah noch ihren Wagen gefunden – aber wohl auch nicht intensiv gesucht, wenn er das richtig verstanden hatte, als dieser Kommissar Ehrlinspiel erst gestern Nachmittag wieder angerufen und nach ihr gefragt hatte. Wozu suchen. Sie war nicht verdächtig. Sie war erwachsen und konnte sich aufhalten, wo und so lang sie wollte. Nach Informationen der Polizei war auch ihr Handy seit ihrem Verschwinden nicht mehr im Netz eingeloggt gewesen. Das beunruhigte ihn am meisten.
In Ediths Haus war Sarah nicht. Mehrmals war er bereits dort gewesen. Freunde von Sarah kannte er keine. Weil sie ihr Handy bei sich hatte, konnte er in ihrem Adressbuch auch nicht nach Telefonnummern von Bekannten suchen. Ihr PC war passwortgesichert. Ihre Dateien, ihre E-Mails oder Accounts bei Facebook, Instagram und Twitter waren nicht einsehbar. Ohnehin war sie dort kaum aktiv gewesen, der letzte Eintrag auf ihrem Facebook-Profil war mehrere Wochen alt und drehte sich um das Abholzen eines Waldstückes an der Schweizer Grenze, wo wertvolle Hölzer geerntet werden sollten. Vielleicht hatte sie geplant, für ihre Werkstatt dort Material zu kaufen?
Er sah zum gefühlt fünfhundertsten Mal auf sein Smartphone. Kein entgangener Anruf, keine SMS, keine WhatsApp-Nachricht von Sarah.
Wo würde sie hingehen?
Wo?
Erschöpft setzte er sich in einen Sessel und schaute in den Garten. Sein Blick fiel auf den Teich, der so voll war, dass er

bereits auf den Rasen überlief. Der Sturm beugte die Lärche, und obwohl es erst kurz nach siebzehn Uhr und Sommer war, war es düster und kalt draußen. Er blinzelte. Teich. Irgendwo in ihm regte sich ein Gedanke, ein Hinweis, doch wenn er ihn greifen wollte, verschwand er wie Regentropfen im See.

Er stand auf und trat an die Terrassentür. Der Gedanke kam nicht zurück.

Hoffentlich war Sarah in Sicherheit. Nicht schutzlos dem neuen Unwetter ausgeliefert. Am Leben!

Wieder lief er hin und her. Und da! Plötzlich kam der Gedanke zurück. Teich! Weiher! Es war am Tag ihrer Heirat gewesen, als Sarah ihm gesagt hatte, dass sie nun Mann und Frau seien und dass sie ihm jetzt ihren magischen Ort zeigen würde. Natürlich! Der Weiher beim Dorf. Wo sie sich geborgen gefühlt hatte.

Aufgeregt riss er seine Jacke vom Haken, schlüpfte, noch während er durchs Treppenhaus in die Tiefgarage rannte, hinein und fuhr nur Minuten später über den Schlossbergring. Die Scheibenwischer bewegten sich schnell und rhythmisch, als er endlich die Stadt verließ, durch Günterstal und auf den *Schauinsland* hinaufraste, viel zu schnell, viel zu riskant. Auf der nassen Serpentinenstraße spiegelten sich die Scheinwerfer. Sarah hatte ihm kurz nach der Hochzeit den Weiher gezeigt. Es war ein warmer Frühlingstag gewesen, Libellen waren um das Schilfrohr geflogen, Frösche hatten gequakt, und er wusste nicht, ob der betörende Duft von Sarah oder von den für ihn fremden Pflanzen auf der Lichtung gekommen war. »Mein magischer Ort«, hatte Sarah gesagt. »Hier ist Friede.«

Würde er den Platz wiederfinden? Er war oberhalb des Dorfes gewesen, das wusste er noch. Thomas schaltete vom vierten in den dritten Gang, als er endlich das Ortsschild passierte. Sturzbachartig kam ihm schlammiges Wasser entgegen. Dann die Straßensperre. Kurz vor den ersten Häusern. Eine rotweiß gestreifte Barrikade. *Vollsperrung*, stand zwischen blinkenden Lichtern darüber. Er lenkte das Auto durchs Gras rechts vorbei. Blitze zuckten über den Himmel, und er hoffte, der Porsche Cayenne würde mühelos durchkommen. Ganz ruhig, sagte er sich und packte das Lenkrad fester. Gleich rechts lag die zerstörte Werkstatt, nur noch zwei und eine halbe Wand standen, und mit Entsetzen sah er, dass von dem Hang, in den sie gebaut gewesen war, erneut Schlamm in die Ruine hineinlief. Er schluckte schwer. Sah Ediths Gesicht vor sich auftauchen.

»Sarah«, flüsterte er und blickte links zu Ediths Haus. Weder ihr Auto stand dort, noch brannte Licht. Im Nebenhaus, bei Schindler, war oben ein Fenster schwach erleuchtet. Bis auf ein weiteres Haus, in dem Licht brannte, schienen alle Gebäude menschenleer zu sein. Ein Geisterdorf. Wie in der Todesnacht von Edith. Würde er Sarah bei diesem Wetter beim Weiher finden? Ihr magischer Ort war eine Chance. Eine kleine, verrückte. Auch wenn er schon nicht mehr daran glaubte, sie dort wohlauf anzutreffen. Und was, wenn … wenn Sarah ins Wasser gegangen war?

Er hatte ihren Schmerz um Edith völlig unterschätzt. Wenn sie sich etwas angetan hatte, war es allein seine Schuld. Er gab Gas.

Am Ende des Dorfes schlitterte er über einen Gehweg an der zweiten Straßensperre vorbei und weiter den Berg hinauf. Irgendwo links im Wald musste der Weiher liegen. Dreizehn Jahre war er mit Sarah verheiratet, und genauso lang war es her, dass er mit ihr dort gewesen war. Das erste und einzige Mal.

Der Regen trommelte auf das Autodach, der Motor brummte, und Thomas befürchtete, dass er nicht mehr weit würde fahren können, weil die Straße bereits überflutet war. Langsam, um den Halt auf dem Asphalt nicht zu verlieren und keine Abzweigung zu übersehen, fuhr er weiter. Nach wenigen Minuten zweigte ein schmaler Teerweg nach links ab. Erleichtert folgte er ihm. Die Scheinwerfer schnitten in das hohe, triefende Gras rechts und links des Weges, der jedoch nach ein paar hundert Metern endete. Er stieg aus, war Sekunden später durchnässt, und der Sturm zerrte an seiner Jacke. »Sarah?« Nur ein Trampelpfad führte von hier Richtung Wald. »Sarah?« Es war die falsche Abzweigung gewesen. Sarah und er waren bis zu dem Weiher mit dem Auto gefahren, da war er sich ganz sicher. Fluchend stieg er wieder ein. Zum Wenden war kein Platz, und so rangierte er Meter für Meter rückwärts.

Wieder auf der Straße, suchte er nach der nächsten Abzweigung. Schließlich entdeckte er einen Feldweg und bog erneut links ab. Der Wagen rumpelte durch tiefe Pfützen, Schlamm und Kies spritzten bis zum Fenster hinauf, doch er kam bis zum Waldrand – und nicht weit dahinter lag die Lichtung mit der Wiese, die zu dem Weiher hin abfiel.

Endlich.

Sarah!

Bitte. Sei hier!

Kramer hielt an und schaltete den Motor ab. Augenblicklich war alles in völlige Dunkelheit gehüllt. Nur die Blitze erhellten immer wieder für Sekunden das Wasser.

Er nahm die Pannen-Stablampe aus dem Handschuhfach, stieg aus und schlug die Tür zu. »Sarah«, schrie er und umklammerte mit einer Hand fest seine Jacke. »Sarah!« Doch seine Rufe wurden von dem tosenden Wind und dem Donnergrollen geschluckt. Er schaltete die Lampe ein und rannte im Lichtkegel hinunter zum Ufer. Der Regen lief ihm in den Kragen und die Schuhe. Seine Augen gewöhnten sich allmählich an die Finsternis. Der Weiher lag tiefschwarz vor ihm und sah im Starkregen aus wie die Haut eines stachligen Ungeheuers. Aussichtslos, Sarah hier zu finden. Wo sollte sie auch sein? War eine Hütte in der Nähe? Holzstapel, die mit Folien abgedeckt waren, unter denen man Schutz suchen konnte? Blödsinn! Wenn Sarah einen Unterschlupf gesucht hatte, dann sicher nicht hier draußen im Unwetter. Und wenn sie doch … ertrunken war?

Tränen liefen ihm über die Wangen.

Das alles war seine Schuld.

Er leuchtete den Weiher ab. Ein unruhiges Schwarz, am Rand Bäume, die sich ächzend über das Schilf bogen. »Sarah!« Irgendetwas musste er tun. Er musste wiedergutmachen, dass er seine eigene Frau verjagt hatte, anstatt sie liebevoll bei der Hand zu nehmen und mit ihr zum Arzt zu gehen. Wenn sie tot wäre, würde er nie wieder ein glücklicher Mensch sein können. Nicht einmal ein unglücklicher. »Sarah!«

Wie lang er am Ufer stand und rief, wusste er nicht. Er ging ein Stück nach links, bis zum Beginn des Schilfes, dann nach rechts. Keine Chance. Resigniert lief er zum Auto zurück. War hier nicht doch irgendwo eine Hütte gewesen? Ein paar Schritte noch. Um eine oder zwei Wegbiegungen gehen und die Umgebung kontrollieren.

Er stolperte den Waldweg entlang, leuchtete nach links und rechts, doch alles sah gleich aus. Bäume, Unterholz. Schwärze. Schwer atmend drehte er um. »Sarah!« Ein Stück entfernt von seinem Wagen zweigte noch ein Weg ab. Ein letzter Hoffnungsschimmer. Er lief ihn taumelnd entlang – und fand sich unvermittelt auf einem Parkplatz wieder. Nur ein Auto stand dort. Ein silberner Renault. »Sarah!« Er rannte zu dem Wagen. *FR-SK* begann die Nummer. Er schluckte. Rüttelte an der Fahrertür. Verschlossen. Thomas leuchtete hinein. Leer. Sarah

war hier! Er hatte sich nicht getäuscht. Er trat einen Schritt zurück, als sich etwas um seinen Fuß verfing. Er schaute zu Boden, leuchtete. Es war ein Pullover seiner Frau.
Schweiß brach ihm aus. »Sarah!« Thomas drehte sich um, blickte in alle Richtungen. Er musste die Polizei anrufen. Hilfe holen. Der Wald musste abgesucht werden. Hunde. Hundertschaften. Taucher. Ein Hubschrauber mit Wärmebildkamera.
»Bitte, bitte«, flehte er leise und zog sein Handy aus der Hosentasche. Während er nach der Nummer von Kommissar Ehrlinspiel suchte, hämmerte der Tag vor dreizehn Jahren in seinem Kopf, als sie am Ufer gestanden hatten und sie zu ihm sagte: »Das ist der Ort, an dem ich mit David glücklich war. Unser magischer Ort des Vertrauens. Wir waren immer nur zu zweit hier. Ich zeige ihn dir als Beweis meiner Liebe und Offenheit dir gegenüber, Thomas. Als Beweis dafür, dass mein altes Leben abgeschlossen ist. Ich werde nicht mehr hierherkommen.«
Wir waren immer nur zu zweit hier. Da war sie. Ehrlinspiels Nummer.
Wir waren immer nur zu zweit hier. Jetzt wusste er es. Sarah hatte sich bei ihrem Ex versteckt. David Schindler. Bei ihm hatte doch auch Licht gebrannt. Natürlich! Sarah hatte gewusst, dass Thomas sie suchen würde. Also hatten die beiden ihren Renault hier geparkt und dabei den Pullover verloren. So musste es sein. Aber das ließ er nicht mit sich machen. Diesem Schindler würde er seine Frau nicht überlassen. Sarah gehörte ihm! Und er würde sie nicht mehr hergeben, wenn er sie fände!
So schnell er konnte, rannte er zu seinem Auto, gab Gas, dass die Räder durchdrehten, und raste zum Dorf hinunter.

37

Ich schwöre, ich hab nichts davon gewusst!« Jenny konnte nicht mehr aufhören zu weinen.

Eine schwarzgelockte Polizistin, die sich als Josianne Schneider aus der Soko *Werkstatt* vorgestellt hatte, und ihr Chef, ein Herr Reimer, sahen sie an. Sie saßen in Reimers Büro, so groß wie ein Saal. Vor einer halben Stunde war Karolina Baumann mit Ehrlinspiel in ihre Wohnung zurückgekehrt. Der Hauptkommissar hatte Jenny ins Polizeipräsidium mitgenommen und war dann verschwunden. »Nicht die leiseste Ahnung, dass Angelika Peters nicht Ihre leibliche Mutter war?«, fragte Schneider.

»Nein!« Sie schluchzte auf. Sie konnte das alles nicht glauben. »Wer … wer ist mein Vater?«

»Das wissen wir nicht. Offenbar ein Mann aus dem Dorf, mit dem Ihre … Edith Felber sich eingelassen hat.«

»Ein One-Night-Stand?«

»Wir kennen den Mann nicht und auch nicht die genaueren Umstände.«

»Kann man ihn finden?«

»Das wird schwierig werden. Aber er ist natürlich ein wichtiger Zeuge.«

»Wo ist Frau Baumann? Kann sie nicht herkommen?«

»Frau Baumann arbeitet derzeit nicht.« Reimers Augen waren klein, als er sie fixierte.

»Ich weiß schon, aber …«

»Sie werden mit uns vorliebnehmen müssen. Also von vorn: Wir wissen, dass Ihr Freund uns mehrmals belogen hat. Sein

Alibi ist falsch. Er hat Sie geschlagen. Erzählen Sie uns etwas über das Verhältnis von Edith Felber zu David Schindler.«

»David hat nie über sie geredet. Sie mochten sich nicht. Wenn sie sich begegnet sind, haben sie einander nur zugenickt, das war's.«

»Trauen Sie ihm zu, Ihre Nachbarin ermordet zu haben?«

»Ich … ich weiß nicht. Momentan kann ich nicht denken. Warum glauben Sie, dass er es war?«

»Wir glauben nicht. Wir suchen Beweise.«

»Wusste er davon, dass ich … dass Edith Felber meine Mutter war und mich verkauft hat? Er war damals immerhin schon« – sie rechnete nach – »so um die zwanzig. Er hätte doch sehen müssen, dass Frau Felber schwanger war?«

»Glauben Sie, dass er es wusste? Dass er Frau Felber aus Rache dafür getötet hat?«

Jenny erschrak. Daran hatte sie gar nicht gedacht. »Ehrlich gesagt, ich kann das nicht beantworten. Aber was sollte er für ein Motiv gehabt haben? Und selbst wenn er es gewusst hätte, hätte doch auch Frau Felber gewusst, wer ich bin? Oder nicht? Warum war sie dann so unfreundlich zu mir? Außerdem haben wir uns zufällig kennengelernt, David und ich.«

»Sagt er.«

Jenny schwirrte der Kopf. Sie verstand nichts mehr. »Und Sarah Kramer? Sie hat doch bei ihrer Mutter gewohnt, hätte die Schwangerschaft bemerken müssen. Hat sie es auch gewusst?«

»Wenn Sie uns sagen, wo Ihre Halbschwester ist, werden wir sie fragen.«

»Was soll das heißen?«

»Sarah Kramer ist seit einigen Tagen verschwunden.«

Jenny sackte in sich zusammen. Ihre vermeintliche Mutter war tot, ihre leibliche Mutter ebenso, ihr Vater unbekannt, ihr Halbbruder Lukas Felber war tot, David ein Schläger, die

Halbschwester verschwunden. Wobei: Halbschwester! Sie sollte blutsverwandt mit dieser Frau sein, die jahrelang mit David gevögelt hatte und die sie vermutlich noch immer mit ihm betrog! Wer blieb ihr denn noch? Gab es nicht einen einzigen Menschen, dem etwas an ihr lag? Der ihr helfen, sie auffangen würde? Der sie liebte und respektierte und ehrlich zu ihr war? Angelika Peters hatte ihr verstorbenes Baby durch sie, Jenny, ersetzt; David hatte sie nur genommen, weil er Sarah vermutlich nicht haben konnte. Sie fühlte sich wie ein Stück Müll. Recycelt. Ersatz für ein Original, das unerreichbar war. Jenny sah Josianne Schneider an. Am Sonntag hatte Sarahs Auto im Wald gestanden. Neben Davids. »Kann Sarah Kramer bei David sein?«

»Wir haben, wie Sie ja wissen, Herrn Schindler aufgrund Ihres Anrufes am Sonntagnachmittag vorläufig festgenommen. Außer Ihnen und ihm war niemand im Haus. Herr Schindler war bis Montag um Mitternacht bei uns in Gewahrsam.«

»Aber Kramers Auto!«

»Auto?« Reimer übernahm.

»Das stand am Sonntag irgendwo im Wald neben Davids Wagen. Deswegen war ich doch so sauer, ich dachte, die beiden … Und dann habe ich bei Ihnen angerufen und erzählt, dass David … dass er ein Lügner ist und …« Sie konnte nicht weitersprechen.

Reimer stand auf. »Sie haben Herrn Ehrlinspiel bei Ihrem Anruf aber nicht gesagt, dass Sie Sarah Kramers Wagen gesehen haben, oder?«

»Nein. Ich wusste ja nicht, dass Sie sie suchen! Ich hab nur gesagt, dass David lügt und keine Immobiliengeschäfte macht. Ich wollte ihm eins auswischen, weil ich dachte, er betrügt mich mit dieser Sarah.«

»Und Sie sind sicher, dass es Sarah Kramers Auto war?«

»Ganz sicher. Ein silberner Renault Espace. Die Nummer hatte ihre Initialen. FR-SK. Ich hatte sie mit diesem Renault schon bei Edith Felber gesehen.«

»Wo genau im Wald stand Kramers Wagen?«

»Irgendwo oberhalb des Dorfes links im Wald. Ich kenne mich dort nicht aus, ich war spazieren und hatte mich verlaufen.«

»Sie bleiben vorläufig hier«, sagte Reimer zu Jenny und nickte Josianne Schneider zu. Die schnappte ihr Telefon und verließ Reimers Büro.

38

Ehrlinspiel bremste. »Verdammt noch mal!« In der Kurve nach der Holzschlägermatte lag ein Baumstamm quer über der Fahrbahn.

Nur noch knapp zwei Kilometer bis zum Dorf und jetzt das! Wenige Meter weiter erkannten Freitag und er im Scheinwerferlicht einen zweiten Baum, der ebenfalls über der Schauinslandstraße lag. Rechts und links waren Wald und Böschung, ein Umfahren der Bäume war unmöglich.

»Wir müssen zu Fuß weiter!« Ehrlinspiel griff nach seiner Umhängetasche. Noch immer war er schockiert über Baumanns Enthüllungen zu Lukas.

»Nein. Wir rufen die Feuerwehr, die sollen die Stämme wegräumen.«

»Bis die hier sind, sind wir bei Schindler. Falls der sich nicht längst abgesetzt hat. Samt Sarah Kramer.« Vor wenigen Minuten hatte Josianne Schneider angerufen. Frau Kramers Renault stand oben im Wald. »Kramer ist vermutlich die ganze Zeit im Dorf gewesen. Sie hat noch was mit Schindler, sagt Jennifer Peters.«

»Bist du nicht bei Verstand, Moritz! Das ist lebensgefährlich!«

»Falls Schindler und Kramer von dem verkauften Kind wussten, dann haben sie vermutlich gemeinsam den Tod Edith Felbers geplant. Sarah, weil sie ihrer Schwester beraubt wurde, und Schindler, weil er sie liebt und ihr helfen wollte.«

»Nach fast einem Vierteljahrhundert?«

»Vielleicht hat es einen konkreten Auslöser gegeben? Erneuten Streit deswegen. Auf jeden Fall sind Schindler, Lukas und

Sarah in Georg Felbers Tod verwickelt. Sie haben alle gelogen. Komm jetzt, wir müssen los.«
»Die Bäume brechen wie Strohhalme. Die können uns erschlagen.«
Ehrlinspiel blickte in die Dunkelheit hinaus. »Wir haben keine andere Wahl.«
»Genügt es nicht, dass Lukas tot ist? Du bleibst hier!«
Ehrlinspiel sah zu seinem Freund, dessen Adlernase sich im Profil schwach vor der Nacht abzeichnete. Der Regen trommelte laut auf das Dach des Mercedes, und die sturmartigen Böen brachten das Auto immer wieder leicht zum Schaukeln.
»Lukas hat sich umgebracht, weil er seinen Vater auf dem Gewissen hat. Das kannst du nicht mit der Situation hier vergleichen. Ich werde mich nicht umbringen, keine Angst.«
Freitag seufzte. »Wir versuchen es.« Er kontrollierte seine Dienstwaffe, nahm eine der *NiteCores TM28* und reichte die andere Ehrlinspiel. 6000 Lumen. Damit sollten sie zumindest keine Sichtprobleme haben.
Sie öffneten die Türen, der Sturm riss sie ihnen fast aus der Hand. »Rechts entlang«, schrie Ehrlinspiel gegen das gewaltige Rauschen und Prasseln an und kämpfte sich gebückt bis an den Straßenrand vor, wo sie etwas Schutz fanden.
Schritt für Schritt stiegen sie zunächst am Straßenrand, dann auf einem Waldweg den *Schauinsland* hinauf, und trotz Spezial-Regenkleidung waren sie nach wenigen Minuten durchnässt.
»Wir gehen quer durch«, rief Ehrlinspiel und drehte sich kurz zu Freitag um, der wenige Meter hinter ihm war. Sie verließen den Weg und kämpften sich durch den Wald, zwischen krachenden Ästen, Blitz und Donner hindurch. Immer wieder dachte Ehrlinspiel an das, was Lukas Karolina Baumann erzählt hatte.

Es war Sarahs elfter Geburtstag gewesen. Der vierzehnte September 1989. Lukas hatte an diesem Donnerstag seine Abschlussprüfungen in Psychologie, Soziologie und Einsatzwissenschaft bestanden. Natürlich hatten sie gefeiert, die anderen Absolventen und er. Ein paar Gläser Sekt, Bier, danach noch ein Joint. Sie waren in Schwenningen von Kneipe zu Kneipe gezogen. Aber Lukas wollte unbedingt noch zu Sarah. Ihr gratulieren. Sie liebte ihn abgöttisch, und er wollte sie überraschen, indem er nicht erst am Wochenende nach Hause kam. Also fuhr er los. Gut gelaunt, geradezu euphorisch. Schließlich hatten sie beide etwas zu feiern.

»Hast du noch die Orientierung?«, schrie Freitag.

»Ja.« Es war noch gut ein Kilometer. Einfach weiter. Nicht denken, nur vorankommen. Schnell und unbeschadet. Sarah war seit Tagen dort oben. Wahrscheinlich machte sie gemeinsame Sache mit Schindler. Oder aber er hatte ihre Mutter getötet, Sarah war dahintergekommen, und er hatte sie nun in seiner Gewalt.

39

Seine Faust landete mitten in Schindlers Gesicht. »Wo ist sie? Sie mieses Dreckstück!«
Schindler taumelte einige Schritte nach hinten in den Hausflur und presste sich die Hand auf die Nase. »Was soll der Scheiß!« Blut lief ihm übers Gesicht.
Thomas Kramer trat in den Flur und schlug die Haustür zu. Es roch muffig, und seine Kleidung klebte nass und kalt an ihm, doch das alles interessierte ihn nicht. »Störe ich beim Vögeln?«
Er musterte Schindler von oben bis unten. Bis auf Boxershorts war er nackt. Seine Brust war leicht behaart. Thomas holte erneut aus, doch Schindler war schneller und versetzte ihm mit der Linken einen harten Schlag in den Magen.
Thomas stöhnte auf, krümmte sich zusammen, und schon schlug Schindler ihn hart in den Nacken. »Jetzt machen Sie mal halblang, Herr Rechtsanwalt.«
Thomas richtete sich auf. »Sarah ist *meine* Frau.«
»Das ist mir bekannt.«
»Ist sie hier?« Sein Bauch schmerzte bei jedem Atemzug.
»Sehen Sie sich ruhig um.«
Thomas versuchte, ruhig zu atmen. Das Licht im Flur war nicht sehr hell, doch er erkannte vergilbte Tapeten und eine alte Messinggarderobe, und geradeaus in der Küche standen ein Tisch mit abgeplatzter Resopalplatte und Schränke, die vermutlich schon seit Jahrzehnten ihr Dasein hier fristeten.
»Wo ist das Wohnzimmer?«
»Sie werden es finden. So groß ist mein Haus nicht.«

Misstrauisch begutachtete Thomas seinen Konkurrenten. Schindler war trotz des fehlenden Armes eindeutig muskulöser und stärker als er selbst. Zögernd ging er an Schindler vorbei und sah in die angrenzenden Räume. Ein Wohnzimmer mit fleckigem Sofa auf einem abgewetzten Teppich, ein Fernseher; gegenüber eine Kammer mit Konservendosen, Wasch- und Putzmitteln. »Oben?« Da hatte vorhin Licht gebrannt!
»Fühlen Sie sich ganz wie zu Hause.« Schindler lehnte sich betont lässig in den Türrahmen der Küche. Sein Gesicht war blutverschmiert. Es schien ihn nicht zu stören. »Ich warte hier auf Sie.«
Eilig ging Thomas die Treppe hinauf. Schaute in das Schlafzimmer, das Badezimmer und einen weiteren Raum, der bis oben hin mit alten Möbeln, einigen Bildern und Kartons vollgestellt war. Vermutlich Sachen von Schindlers Eltern, die er nie weggeworfen hatte. Sarah hatte einmal so etwas erwähnt. Er sah unter das Bett, hinter den Duschvorhang, in jeden Winkel. Sarah war nicht hier. Auch gab es keinerlei Spuren wie ein Kleidungsstück, eine zweite Zahnbürste oder Schuhe von ihr. Thomas wurde es übel. Er ging wieder hinunter.
Schindler saß unten auf der Treppe und hatte zwei Dosen Bier neben sich gestellt. »Hat Sarah Sie verlassen? Oder warum suchen Sie sie hier? Sie scheinen schon länger unterwegs zu sein.« Schindler grinste und deutete mit dem Kinn auf Thomas' verschlammte und nasse Kleidung.
»Sarah ist verschwunden. Das wissen Sie doch sicher.«
»Nehmen Sie Platz, Herr Rechtsanwalt.«
Thomas setzte sich zwei Stufen über Schindler. Wie er diese betont ironisch-lässige Art von Schindler hasste!
»Sie hat Sie verlassen.« Er reichte Thomas eine Dose Bier.
»Nein. Ich wollte, dass sie zu ihrem Arzt geht. Aber sie wollte nicht.«

»Warum zum Arzt?«
»Sie ist seelisch labil. Sie war schon immer so. Das müssen *Sie* doch am besten wissen.«
»Sie kennen Sarah schlecht.«
»Ach ja?« Zorn stieg in Thomas auf. »Aber Sie sind der Experte für ihre Psyche, richtig?«
»Wenn Sie so wollen.«
»Ich will überhaupt nichts, ich will nur Sarah zurück!«
»Aber Sarah will Sie nicht zurück, richtig?«
Thomas trank die halbe Dose Bier in einem Zug aus. »Ich habe keine Ahnung, was sie will. Sie ist durcheinander. Sie ist nicht mehr … bei Sinnen.«
»Sie hatte eine Scheißkindheit.«
Kramer rutschte auf der Stufe etwas nach vorn, sie knarrte. »Wie meinen Sie das?«
»Edith Felber war eine bösartige Frau. Sie konnte Sarah nicht lieben.«
Thomas lachte auf, Schmerz durchzog seinen Bauch. »So ein Quatsch! Ich habe Sarah und meine Schwiegermutter zig Mal zusammen erlebt. Edith war die Güte in Person. Sarah hat sie unendlich geliebt.«
Jetzt lachte Schindler auf. »O ja. Edith konnte ungemein freundlich sein, wenn sie wollte. Und das wollte sie immer dann, wenn Fremde dabei waren.«
»Was soll das heißen?« Leise Zweifel an seiner eigenen Wahrnehmung nisteten sich in Thomas' Kopf ein.
»Edith hat Sarah nichts gegönnt. Sie hat sie nie in den Arm genommen, ihr nie hübsche Kleidung gekauft, ihre Poster von der Wand gerissen und sie gezwungen, das aufzuhängen, was Frau Mutter für angemessen hielt. Rick Astley über dem Schreibtisch? Keine Chance. Ein Sinfonieorchester musste dort hängen. Weil Edith auf Klassik stand. Rote Ballerinas zum

dreizehnten Geburtstag? Nein, braune Halbschuhe musste sie tragen. Das zog sich durch alle Lebensbereiche. Sie hat zum Beispiel auch immer Lukas' Lieblingsessen gekocht, ihn verwöhnt und gelobt. Was Sarah mochte und sich wünschte, hat die Alte einen Dreck interessiert. Sogar, als Lukas längst nicht mehr hier gewohnt hat, gab es immer Pommes und Gulasch. Und sonntags Marmorkuchen. Sarah hasst Gulasch. Sie liebt Pfannkuchen und Äpfel und Obstkuchen. Edith hat nie Pfannkuchen oder einen ihrer Lieblingskuchen gebacken.«

»Hat Sarah Ihnen das erzählt? Ihr Psychiater sagt, sie hat all diese Sachen nur erfunden.«

»Sie musste mir nichts erzählen.« Schindler stand auf. »Kommen Sie!«

Thomas folgte ihm in die kleine Kammer. Ein etwa zwanzig mal zwanzig Zentimeter großes Fenster war hinter den Putzmitteln versteckt.

Schindler schob sie beiseite. »Bitte schön.«

Thomas schaute durch das Fenster. Obwohl es stockfinster war und der Regen dicht wie ein Vorhang fiel, war ihm sofort klar, dass man von hier in Felbers Wohnzimmer, die Küche und einen Teil der Diele sehen konnte. Nach links reichte der Blick bis zur Werkstatt. Gänsehaut lief ihm über den Rücken.

»Sie haben alles beobachtet.«

»Tag und Nacht. Ich liebe Sarah.«

Thomas drehte sich um. Er hatte sich nicht getäuscht. David hatte Sarah nie vergessen können. Seine Haut prickelte am ganzen Körper.

»Dafür sorgen Sie sich aber ziemlich wenig um Sarahs Verschwinden. Sie wissen, wo sie ist.«

»Ihr wird nichts passieren. Ich kenne sie. Ich wette, sie ist irgendwo in einer Pension außerhalb der Stadt.«

»Ist sie nicht. Die Polizei hat alles überprüft.«

Statt einer Antwort verließ Schindler die Kammer und blieb im Flur stehen.
Thomas folgte ihm. »Sarah ist psychisch krank. Auch wenn Sie das nicht wahrhaben wollen. Sie hat behauptet, vor drei Jahren ein Kind verloren zu haben. Da begann auch ihre Depression. Später hat sie zugegeben, dass das nicht gestimmt hat. Glauben Sie mir, sie bildet sich Sachen ein oder erfindet sie absichtlich. Auch wenn das« – er deutete Richtung Fenster in der Kammer – »stimmen sollte und Edith nicht immer die beste Mutter war.«
»Sarah bildet sich nichts ein. Und sie erfindet nichts. Vor drei Jahren hatte sie Streit mit Edith. Ganz bösen Streit. Edith war keine Mutter. Sie war ein Monster. Hat Sarahs Seele gebrochen.«
»Haben Sie den Streit vor drei Jahren auch beobachtet?«
Schindler nickte.
»Was noch?« Jedes Wort fiel Thomas schwer.
Wieder grinste Schindler.
»Wo ist sie?«
Schindler fixierte ihn. »Sie werden sie nicht mehr zurückbekommen.«

* * *

Ich ersticke. Das war das Erste, was sie dachte, als sie wie in Trance zu sich kam. Sie versuchte, die Augen zu öffnen. Sie waren verklebt. Finsternis. Sie wollte atmen. Doch etwas lag schwer auf ihr, so schwer, dass ihr Brustkorb zu brechen drohte. Bewegen konnte sie sich auch nicht. Nicht nur auf, sondern auch neben ihr lag etwas, und Sarah war eingekeilt.
Schrei, sagte sie sich. Doch dieses schwere Zeug lag auch auf ihrem Gesicht. Es war weich und feucht und klebte auf ihren

Lippen. Es roch vertraut, einordnen konnte sie es allerdings nicht. Ihr war übel, vom Magen bis in die Speiseröhre zog sich säuerlicher Geschmack, und ihr Kopf fühlte sich an wie ein Karussell, das sich immer schneller drehte.

Was war passiert?

Wo war sie?

Panik stieg in ihr auf, mischte sich mit dem säuerlichen Geschmack und setzte sich wie ätzende Flüssigkeit in ihrer Speiseröhre fest. Sie wollte sich drehen, weil sie ihre Arme und Beine kaum spürte. Wollte atmen, etwas sehen, nach Hilfe rufen. War sie gefesselt? Nur wenige Zentimeter, und sie steckte erneut fest in diesem weichen, schweren Zeug.

Sie lauschte. Da! Regen! Ein Donner. Alles dumpf.

Sie war im Wald gewesen. Im Zelt. Ja, genau! Lag sie im Zelt? Aber was lag auf ihr?

Und warum schmerzte ihr Knöchel so furchtbar?

Ihr Mund war trocken, sie hatte Durst. Sie musste trinken, um wieder denken zu können.

Plötzlich bewegte sich etwas. Direkt neben ihr. Sie hielt den Atem an. Dann hörte sie es. Jemand atmete fast neben ihrem Ohr.

Im Wald war sie von jemandem gepackt worden. Mit Gewalt. Und betäubt. Sie erinnerte sich. Aber nicht daran, wer und wo genau es gewesen war.

Die Panik breitete sich in Sarahs ganzem Körper aus. Flutete von ihrer Brust in den Bauch und Unterleib, hinauf in Hals und Kopf und bis in die Zehen und Fingerspitzen. Und während sie noch Angst hatte, so stark zu zittern, dass sie sich verriet und der Mann neben ihr bemerken könnte, dass sie zu sich gekommen war, glitt sie schon wieder in ein undurchdringliches, traumloses Schwarz hinüber.

40

Da!« Freitag richtete den Lichtkegel auf den Asphalt. »Die Straße zum Dorf!«

Ehrlinspiel keuchte. Unter der Regenkleidung schwitzte er, an Händen und Füßen war ihm eiskalt. Nur noch wenige hundert Meter. Das Unwetter wütete hier oben weitaus heftiger als in der Stadt. Auf der Straße führte ein schlammiger Sturzbach Äste und Müll mit sich, sogar einige Dachziegel waren im Lichtkegel ihrer Polizeilampen zu sehen. Bis zu den Waden wurden ihre Beine umspült, und der orkanartige Sturm riss an ihrer Kleidung. Die Straßenlaternen waren ausgegangen. Vermutlich war der Strom unterbrochen. Sie kämpften sich rechts der Straße weiter, wo die ehemalige Werkstatt lag.

Vor dem Werkstatthof blieb Ehrlinspiel stehen. Freitag lief auf ihn auf. »Was ist?«

»Lampen aus.« Er wies nach links über die Straße. Aufgeregt und erleichtert zugleich. »Bei Schindler brennt Licht.«

»Der Typ scheint vor keinem Unwetter Angst zu haben.«

»Los, komm.«

Sie eilten weiter, überquerten die Straße.

»Verdammt! Da steht doch Thomas Kramers Auto!«, rief Ehrlinspiel. Rasch rief er auf der Dienststelle an. »Wir brauchen hier oben Verstärkung. Die Straßen sind nicht mehr befahrbar. Bäume liegen quer. Lasst euch was einfallen.«

Sie rannten zu Schindlers Haustür, stellten sich rechts und links davon auf, jeder mit seiner entsicherten Dienstwaffe in den Händen. Dann klingelte Ehrlinspiel.

* * *

Als Sarah zum zweiten Mal wach wurde, schmerzte ihr Kopf etwas weniger. Doch der Druck auf ihrer Brust hatte nicht nachgelassen. Auch der Geruch war intensiver geworden, ein wenig vertraut, aber dennoch fremd, und je länger sie ihn einatmete, desto übler wurde ihr davon. Sie lauschte. Regen. Noch immer. Auch das Atemgeräusch neben ihr war noch da. Lauter jetzt, fast ein Keuchen. Und dann spürte sie auch die warme Luft auf ihrer Wange. Sie schauderte. Wagte es nicht, sich erneut zu bewegen.

Wie lang lag sie schon hier? Eine Stunde? Einen Tag? Zwei Tage?

Sie hatte Durst, schrecklichen Durst. Ihr Mund fühlte sich an wie mit Staub gefüllt, und das Geräusch des Regens, des Wassers, machte sie fast verrückt.

Dann hörte sie Schritte. Doch nichts weiter passierte. Hatte sie sich getäuscht? Bildete sie sich wieder Dinge ein?

Ja, sie war im Zelt gewesen und hatte versucht, zu ihrem Auto zu kommen. Sie hatte den schmerzenden Knöchel mit ihrem Pullover verbunden. Und dann …? Sie wollte zu David. Genau, zu David! Jetzt fiel es ihr ein. David war gut zu ihr. Bei ihm konnte ihr nichts passieren.

David konnte sie voll und ganz vertrauen.

Doch sie war nicht bei David.

Wieder eine schwache Bewegung neben ihr. Etwas Hartes stieß gegen ihr Bein, und sie musste einen Schrei unterdrücken. Das Bild des Knochens, der aus ihrem Fußknöchel ragte, trieb ihr sauren Mageninhalt in die Speiseröhre, in den Mund.

Nicht schreien, nicht bewegen, nicht laut atmen!

Jetzt wurde ein Schlüssel in einem Schloss gedreht. Metall auf Metall, *klack, klack*. Augenblicklich wurde das Prasseln des Regens zum Tosen, und ein kühler Luftzug strich über ihren Arm. Sarah lag da wie versteinert vor Angst. Ihr Herz schlug

so schnell und hart, dass sie glaubte, es übertöne das Wüten der Natur vor ihrem Gefängnis.
So musste ihre Mutter sich gefühlt haben kurz vor ihrem Tod. Eingesperrt. Verzweifelt. Allein. Und doch war jemand da gewesen und hatte sie eingeschlossen. Nicht daran denken, betete sie leise, blende es aus, konzentriere dich auf dein eigenes Überleben. Schwindel erfasste sie.
Dann hörte sie seine Stimme. »Sarah!«
Und sie wusste, dass sie für ewig gefangen sein würde.

41

Heute beehrt mich anscheinend ganz Freiburg.« Schindler stand in Boxershorts im Flur, in den aus dem Wohnzimmer ein spärlicher Streifen Licht fiel. Blut lief aus seiner Nase bis über das Kinn. Sein Blick war auf die Waffen gerichtet. »Die brauchen Sie nicht.« Er trat zur Seite.

»Wo ist Thomas Kramer?« Ehrlinspiel hielt seine *Heckler & Koch* weiter in den Händen und dirigierte Schindler ins Haus.

»Er sucht immer noch nach seiner Frau, nehme ich an.«

»Sein Auto steht auf Ihrem Hof.«

Schindler zögerte eine Sekunde. »Dann ist er wohl zu Fuß losgezogen.«

»Hatten Sie Streit?« Die Nase hatte er sich garantiert nicht selbst blutig geschlagen.

»Er dachte, Sarah sei hier.«

»Und da ist ihm die Hand ausgerutscht. Sie sind wirklich ein perfektes Team.«

Schindler sagte nichts.

»Wo ist Sarah Kramer?«

»Fangen Sie jetzt auch damit an?«

»Ihr Wagen steht oben im Wald.«

»Dann müssen Sie im Wald nach ihr suchen. Sie ist nicht hier.«

»Hören Sie, verdammt noch mal, mit Ihrer Überheblichkeit auf, Schindler! Sie stehen unter Verdacht, Edith Felber getötet zu haben. Außerdem haben Sie uns über den Unfall, bei dem Georg Felber ums Leben kam, belogen. Und sicherlich ist Ihnen bekannt, was drei Jahre nach Georgs Tod bei Felbers nebenan passiert ist. Was Edith getan hat.«

Letzteres war ein Schuss ins Blaue, aber vielleicht hatte Ehrlinspiel ja Glück.
»Ich habe Ihnen erzählt, wie der Unfall abgelaufen ist. Was Edith später angestellt haben soll, entzieht sich leider meiner Kenntnis. Außer, dass sie Sarah schlecht behandelt hat. Auch das wissen Sie von mir.«
»Sie sind am vierzehnten September 1989 nicht mit Georg Felber unterwegs gewesen. Sie waren mit Sarah Kramer im Wagen. Und *Sie* haben Georg Felber überfahren. Sarah und Sie haben das mit Lukas' Hilfe vertuscht.«
Schindler presste kurz die Lippen aufeinander. »Wer hat Ihnen das erzählt? Lukas kann's wohl nicht gewesen sein. Und Sarah auch nicht, denn die suchen Sie ja.«
Ehrlinspiel ging nicht auf ihn ein. »Freitag, binde ihn fest.«
Freitag dirigierte Schindler, die Waffe auf ihn gerichtet, in die Küche, in der wie im Wohnzimmer ein paar Teelichter brannten. Der Strom war vermutlich im ganzen Ort unterbrochen. Freitag drückte Schindler auf einen Stuhl und fesselte ihn mit einer Handschelle an die Heizung.
»Hey, was soll der Scheiß!«
»Sie hatten nur in einer Sache recht, Schindler. Sie wurden tatsächlich von der Straße abgedrängt.«
»Sag ich doch! Okay, ich war mit Sarah im Auto, aber der Rest stimmt!«
»Komm!« Ehrlinspiel nickte Freitag zu.
»Sie müssen es doch wissen! Jemand hat bestätigt, dass wir abgedrängt wurden«, schrie Schindler ihnen nach, »ich habe nicht gelogen!«
Gemeinsam durchsuchten sie das Haus von oben bis unten, während Schindler fluchte und immer wieder beteuerte, dass er die Wahrheit sage und weder Sarah noch ihr paragraphenscheißender Ehemann hier seien.

Er hatte recht. Weder von Sarah noch von ihrem Mann gab es eine Spur. »Wir müssen draußen suchen«, sagte Ehrlinspiel, als sie im letzten der drei kleinen Kellerräume zwischen Holzkisten standen. Er roch modrig. Wasser drang bereits durch die Fenster und sammelte sich auf dem Betonboden.
»Zu zweit? *Da* draußen? Das kannst du vergessen.«
»Kramer kann nicht weit sein. Das Blut in Schindlers Gesicht ist noch feucht, und er hätte es sicher abgewaschen, wenn Zeit gewesen wäre.«
»Verstärkung ist unterwegs.«
»Wenn Sarah Kramer nicht hier und nicht in ihrem Auto ist …«
»Komm, wir gehen noch mal zu Felbers Haus rüber.«
Sie stiegen ins Erdgeschoss hinauf und rannten durch den Regen zum Nachbarhaus. Zwei Schüsse, und die Haustür sprang auf. »Frau Kramer. Polizei! Sind Sie hier?«
Freitag leuchtete in den Dorfladen, in dem Kisten mit vergammeltem Gemüse standen, in den Regalen reihten sich volle Flaschen und Gläser aneinander. Eingelegte Gurken, Marmeladen, Buttermilch, auf der dicker grüner Schimmel schwamm. Trostlos. Er ging hinein, doch es gab keine Versteckmöglichkeit außer hinter dem Verkaufstresen, und dort war nichts.
Raum für Raum durchsuchten sie das Lager im Keller, das auch bereits mit Wasser vollgelaufen war, dann das Obergeschoss und den Dachboden. Nichts.
Sie suchten im Garten, in den Geräteschuppen, dann gingen sie zurück zu Schindler. Er saß auf seinem Stuhl, den Unterkiefer leicht vorgeschoben.
Ehrlinspiel und Freitag bauten sich vor ihm auf. »Wenn Sie wenigstens eine Ihrer Arschbacken retten und Hafterleichterung bekommen wollen, dann reden Sie jetzt.«
Schindler starrte die Polizisten an. »Wir haben damals eine

Spritztour gemacht. Sarah hat es sich so sehr gewünscht. Es war ihr Geburtstag. Sie hat den Schlüssel von Georgs Transporter vom Schlüsselbrett geklaut, bevor sie angeblich ins Bett gegangen ist. Georg war manchmal abends unterwegs. Hat in der Werkstatt ein paar Bier getrunken und ging dann spazieren, bevor er zu Edith rübermusste. Also haben wir seinen Wagen genommen und sind losgefahren. Auf dem Rückweg kam uns das Auto mit aufgeblendeten Scheinwerfern entgegen und zog auf unsere Fahrbahn. Dieses Arschloch ist richtige Schlangenlinien gefahren. Ich musste ausweichen und … und da war plötzlich Georg auf dem Gehweg. Der dumpfe Schlag … es … es war grauenhaft.« Schindler senkte den Blick. »Dann hab ich nur noch Schmerz gespürt und bemerkt, wie das Blut aus meinem Oberarm sickerte, und ich hab mein eigenes Fleisch und die Sehnen im Licht der Straßenlaterne gesehen. Ich weiß nicht, was dann genau passiert ist, ich war zu benommen, und plötzlich war Lukas da und …« Schindler verstummte. Blickte wieder zu Ehrlinspiel und dann zu Freitag.

Schließlich flüsterte er: »Lukas! Lukas war nicht zufällig am Unfallort!«

Ehrlinspiel schaute auf Schindlers schwarzes Haar und den nackten Oberkörper. Er schwieg.

»Lukas war es, der uns entgegenkam! Hab ich recht?«

Der Kriminalhauptkommissar nickte.

»Dieser verdammte Hurensohn! Er hat das alles gar nicht für Sarah und mich vertuscht. Er hat es für sich selbst manipuliert. Für seine Scheißkarriere und sein Ego. *Er* hat Georg getötet!«

»Wenn Sie so wollen. Aber er hat auch Ihr Leben gerettet. Vielleicht, damit Sie jetzt seine Mutter töten konnten?«

Schindler riss an der Handfessel. Es klirrte. »Ich hab kein Motiv. Das haben wir doch schon alles durchgekaut.«

»Sie wollten Sarah helfen, ihre Schwester zu finden. Als Edith nicht reden wollte, haben Sie sie getötet.«
Schindler riss die Augen auf. »Sarahs Schwester? Was reden Sie da?«
»Sie sind ein hervorragender Schauspieler. Leider kann ich Ihnen nichts mehr glauben.«
Draußen klirrte etwas laut. Vielleicht herabfallende Dachziegel oder ein Fenster, das zu Bruch gegangen war.
»Sarah hat keine Schwester!«, schrie Schindler.
»Doch.«
»Verdammt noch mal, glauben Sie mir doch wenigstens ein einziges Mal.«
»Sagen Sie uns einfach, wo Sarah ist. Dann fragen wir sie selbst. Eine schwangere Mutter übersieht man ja nicht einfach so.«

* * *

»Sarah! Sarah!« Seine Stimme klang dumpf. Unwillkürlich zitterte Sarah. Sie war verloren. Bilder tauchten in ihrer Erinnerung auf, schnell, grell, als zöge ihr Leben an ihr vorbei.
Sarah hört eine Stimme. Jemand sagt ihr, dass Lukas tot ist. Sie schreit und lacht gleichzeitig, kniet auf dem matschigen Boden, tastet nach dem Autoschlüssel, der nicht da ist. Er will ihr nur Angst machen. Er packt sie am Arm, zieht sie über den Boden. Sie reißt sich los und kriecht zurück zum Auto. Ihr Knochen steht direkt über dem Sprunggelenk heraus.
Tage zuvor: Sie liegt zu Hause in der Badewanne, Thomas will sie ins Hotel abschieben. Er sagt ihr, dass ihre Mutter tot ist. Ehrlinspiel sagt: ermordet! Sie sieht Ediths Gesicht vor sich. Weiß, rund. Edith will ihr die Werkstatt nicht überlassen.
Zwei Jahre vorher: Sie sitzt in der gelbgestrichenen Praxis von

Eickhoff. Erzählt von einem Streit mit der Mutter, nicht aber von dem Auslöser dafür. Sie sagt nicht, dass Edith das Baby verleugnet. Dass Sarah sie ein letztes Mal danach gefragt hat. Dass Ediths Augenlider wie so oft angeschwollen sind und sie einen ihrer theatralischen Heulkrämpfe vorgeschoben hat.
Einige Jahre früher: Sarah ist vierzehn Jahre alt, eingesperrt in ihrem Zimmer. Die Mutter hat der Lehrerin mehrmals erklärt, dass Sarah unter Wahnvorstellungen leidet, dass sie krank sei und nicht zum Unterricht kommen könne. Unten schreit das Baby, und Edith schlägt die Haustür zu. Stille. Sarah hat Schmerzen, denkt an die letzten Tage, in denen ihre Mutter immer wieder David angeschrien hat, der fast jeden Tag kam und klingelte, der zu Sarah wollte. »Geh nach Hause, Krüppel! Sarah ist krank. Wir brauchen dich nicht. Mörder!« Sarah weint, das Kopfkissen ist nass. Monate vorher: David und sie sitzen auf der Wiese, am Ufer des Weihers. Jeden Tag. Schilf, leises Rauschen der Bäume, Duft nach Algen und Wiese. Sie lieben sich. Mit dem Herzen und dem Körper.
Drei Jahre zuvor, ihr elfter Geburtstag: Sie rast mit David im Transporter ihres Vaters ins Dorf zurück. *Don't worry, be happy,* singt Bobby McFerrin. *Papa!*
»Wir gehen jetzt, Sarah«, unterbrach seine Stimme ihren inneren Film. Er fasste sie an, seine Hand berührte kalt ihre Stirn und strich ihr über die Wange. Sie erbrach und bekam keine Luft mehr, das weiche, stinkende Zeug klebte in ihrem Mund, und jetzt erkannte sie den Geruch. Es war der Gestank nach Tod.
Ihr wurde schwindelig, die Luft blieb ihr weg. Schwärze hüllte sie ein, und dann wurde es hell. So hell und schimmernd klar wie früher die Sonne auf der glatten Oberfläche des Weihers. Sie flog empor, hin zu ihrem magischen Ort, der ihr immer schon Kraft und Frieden gegeben hatte.

42

Ehrlinspiel lief wieder und wieder vor Schindlers Haus auf und ab, der Regen schlug ihm hart ins Gesicht. Noch immer stand Thomas Kramers Auto da, und vom Hang gegenüber schoben sich Schlammmassen über die Straße. Im Licht der Blitze sah er, dass die Reste von Felbers Werkstatt zusammengebrochen waren.

Die Verstärkung würde Stunden brauchen.

Streng dich an, denk nach. Wo kann Sarah sein? Wo ihr Ehemann?

Hier würde noch in dieser Nacht alles zu Bruch gehen oder unter Wasser stehen. Keine Chance für Mensch und Tier da draußen.

Mensch und Tier!

Kurz zögerte er, dann rannte er ins Haus zurück.

»Wo sind eigentlich Edith Felbers Schafe?«, fragte er Schindler. »Lukas hatte sie versorgt, aber jetzt …«

Schindler verzog leicht den Mund. »Dass Sie jetzt an Schafe denken! Aber keine Sorge. Ich hab ihnen Heu gegeben.«

»Wo ist der Stall?«

»Sie brauchen sie nicht zu füttern.« Schindler atmete tief durch, und Ehrlinspiel glaubte, eine leichte Unsicherheit in seiner Stimme wahrzunehmen.

Freitag warf dem Hauptkommissar einen Blick zu. Er dachte offenbar dasselbe.

Vielleicht war das eine Möglichkeit.

Vielleicht irrte Ehrlinspiel sich nicht.

Wie hatte Jennifer Peters gesagt? David hatte ihr nie geholfen.

Nie etwas im Haus getan, immer nur seine angeblichen Geschäftstermine vorbereitet. Wer so mit seiner Freundin umging, den würden die Schafe der verhassten Nachbarin wohl kaum interessieren. Oder doch?
Wieder lief er vors Haus. Normalerweise blökten die Tiere, wenn sie unruhig waren, was bei dem Unwetter sicher der Fall war. Doch das Toben der Natur war zu laut und würde alles übertönen. Dennoch … Aufgeregt schaltete er die starke Taschenlampe ein. Dann lief er los.

* * *

»Moritz!«
Ehrlinspiel blieb stehen. Hatte jemand ihn gerufen? Er war den Hügel hinter dem Haus hinaufgelaufen, immer wieder ausgerutscht. Er spürte seine Finger und Zehen kaum noch, so kalt war der Regen. Egal. Er musste weiter.
Dann sah er es. Ein Licht bewegte sich am Waldrand, unruhig schaukelte es hin und her, verschwand, blitzte wieder auf, dann war es weg.
Er schaltete seine eigene Lampe aus und kämpfte sich gegen den Sturm weiter vorwärts zu der Stelle, an der er das andere Licht gesehen hatte. Endlich entdeckte er während eines Blitzes den Verschlag aus Brettern. Er stand auf einer Erhebung, um die die Wassermassen herumliefen. Bei jedem Schritt versank Ehrlinspiel in der Wiese, rutschte ein Stück zurück. Er keuchte. Zog seine Dienstwaffe und ging weiter. Aus einem Rechteck, das die Tür zu dem Stall sein musste, drang Licht.
Langsam näherte er sich.
Er roch nasse Wolle.
Dann stand er an der Tür. Augenblicklich wurde ihm übel. In dem Stall lagen mehrere Tiere übereinander, eines bewegte

sich noch schwach. Unter ihm ragte Sarah Kramers Kopf heraus. Auf den verendeten Tieren kniete Thomas Kramer, die Hände auf Sarahs Wangen gelegt.

Ehrlinspiel hob die Waffe. »Lassen Sie sie los!«

Überrascht schaute Kramer zur Tür. »Ich habe sie gefunden«, sagte er. »Sie ist tot. Meine Frau ist tot.«

43

Sonntag, 31. Juli 2016

Sarah Kramer war fast so blass wie das weiße Kissen. Sie schaute Ehrlinspiel an. Ihre Augen waren gerötet.

Der Kriminalhauptkommissar saß auf einem Besucherstuhl neben ihrem Bett. Das zweite Bett im Zimmer war leer. Kurz nachdem er Sarah gefunden hatte, war ein Team des Technischen Hilfswerkes eingetroffen und hatte sie in die Uniklinik Freiburg gebracht. In den ersten zwei Tagen nach ihrer Rettung hatte sie mit dem Tod gekämpft. Inzwischen war sie stabil. Ihr Fuß würde vermutlich nie wieder richtig beweglich werden.

»David ist kein böser Mensch. Er hat sich nur nicht in der Gewalt«, sagte sie leise.

»Herr Schindler hat Sie betäubt und eingesperrt. Sie haben dem Falschen vertraut und ihm Ihr Versteck im Wald verraten. In der Nacht des neuen Unwetters ging er direkt aus der Zelle in der Kriminalpolizeidirektion zu Ihnen.«

»Ich hatte den ganzen Abend und den davor auf ihn gewartet. Dann wollte ich mich zum Auto retten. Und dort war er dann plötzlich. Er hat mich in den Arm genommen und mir ins Ohr geflüstert, dass alles gut werden würde. Er war so … liebevoll. ›Ich hab dich mit dem Herzen gern‹, hat er gesagt. Wie früher, als ich ein Teenager war. Er hat mir erklärt, dass Lukas sich … erschossen hat. Dass er bei der Polizei deswegen festgehalten worden war und dass wir jetzt schnell nach den Schafen sehen mussten, weil Lukas das seit Tagen nicht mehr hatte tun können und er, David, auch nicht. Und dann würden wir zu ihm nach Hause gehen. Ich habe ihn gefragt, was mit seiner Freundin ist, dieser Jennifer. Und er sagte, die sei weg.«

»Er hat Sie betäubt und zu den Tieren gesperrt, denen er Frostschutzmittel verabreicht hatte, damit sie still sind. Er wusste, dass wir Sie suchen. Er hätte Sie nie zu sich nach Hause mitgenommen. Ich weiß nicht, wie er sich das vorgestellt hat.«

»Er war besessen von mir. Das ist mir klargeworden, als er mich weggezerrt und eingesperrt hat. Er hat nicht über die Zukunft nachgedacht.« Sie verstummte. »Sind sie tot. Die Schafe?«

»Zwei haben noch gelebt. Der Tierarzt musste sie einschläfern.«

»Lukas hat sich gut um sie gekümmert.« Erneut begann sie zu weinen, wie schon seit einer Stunde immer wieder.

Ehrlinspiel hatte ihr erzählt, was passiert war, was Karolina Baumann ihm anvertraut hatte.

Als Lukas in der Nacht des vierzehnten September 1989 ins Dorf gekommen war, hatte er laut gesungen. Das entgegenkommende Fahrzeug hatte er in seinem Rausch zunächst nicht gesehen, und als er registrierte, dass er viel zu weit auf der linken Fahrbahn fuhr, war es zu spät: Der andere Wagen wich aus.

Eine Sekunde.

Ein dumpfer Aufprall.

Ein Knall.

Im selben Moment war er nüchtern. Fuhr im Schock noch einige hundert Meter weiter. Bremste. Saß im Auto. Zitterte. Minutenlang musste er dagestanden haben. Erst dann drehte er um und fuhr langsam zurück.

Als er ausgestiegen war, lag sein Vater vor ihm auf dem Gehweg. Sarah klammerte sich an ihm fest, redete unverständliche Wörter, weinte, sagte immer wieder: »Papa, Papa, steh auf«, und wischte über Georgs Gesicht. Lukas nahm Sarah in den Arm, und sie schluchzte, dass sie schuld sei, sie wollte doch nur eine heimliche Geburtstagstour mit David machen und hatte den Autoschlüssel vom Schlüsselbrett geklaut, und dann

war David zu schnell gefahren, und ein Auto war entgegengekommen, und David musste ausweichen, und auf dem Gehweg war Papa und dann die Mauer und … Sie konnte nicht mehr sprechen.
In den ersten Sekunden hatte Lukas nicht verstanden, bis er David im Auto entdeckte. Er war bei Bewusstsein, doch das Blut pumpte aus seinem Oberarm, der fast ganz abgetrennt war. Lukas band den Arm mit dem Abschleppseil und einem Stück Holz, das er darunter verkeilte, ab. Er setzte David auf den Beifahrersitz, schnallte ihn an und rannte dann los, um Hilfe zu holen. Als er zurückkam, hatten sich schon Leute versammelt, und Sarah kniete wieder neben Georg. Behutsam zog er sie weg. »Schsch, komm, gleich ist ein Arzt hier und hilft Dad.«
Dass jede Hilfe zu spät war, wusste Lukas zu diesem Zeitpunkt bereits. Auch, dass er nie Polizist werden würde, wenn herauskam, dass er den entgegenkommenden Wagen gefahren hatte. Er war der einzige Mensch auf der Welt, der es wusste. Und der damit leben musste, den Tod seines Vaters auf dem Gewissen zu haben. Also hatte er alles manipuliert. Hatte Sarah und David in dem Glauben gelassen, er sei zufällig vorbeigekommen und habe nur um der Liebe zu Sarah und der Freundschaft zu David willen den wirklichen Hergang verschwiegen.
Georg war zu Fuß unterwegs gewesen, wollte anscheinend für sich sein. Niemand hatte an Davids Geschichte mit den Krippenfiguren gezweifelt oder sie überprüft. Edith wusste meist nicht, wo Georg abends war. Ob er auslieferte, im *Lämmle* beim Bier saß, arbeitete oder sich die Beine vertrat.
Als nach Ediths Tod alles neu untersucht wurde, hatte Schindler, wie er mittlerweile zugegeben hatte, Lukas gedroht. Wenn Lukas sein falsches Alibi auffliegen ließe, würde er die Sache

mit dem Unfall publik machen. Das hätte Lukas die Karriere gekostet. Seine Seele hatte der Kriminaltechniker schon viel früher verloren. Er hatte gelogen, manipuliert, Sarah im Stich gelassen und der übergriffigen Mutter ausgeliefert.

Schuld, wohin er sah.

Kein Ausweg mehr.

Nur der Tod.

»Lukas war ein guter Kollege«, sagte Ehrlinspiel. »Egal, was er getan hat, ich kannte ihn als loyalen, freundlichen und kompetenten Mann.«

Sarah schloss kurz die Augen. »Wo ist David?«, fragte sie dann. »Lukas hat mich nicht geliebt. Aber David liebt mich. Er konnte nichts für den Unfall. *Ich* hatte ihn überredet. Er war so verknallt in mich. ›Ich hab dich mit dem Herzen gern‹, hat er an dem Abend gesagt.« Nach einer Pause fuhr sie fort: »Ich hab mich mein Leben lang schuldig an Papas Tod gefühlt. David auch. Er wollte mich nicht mehr hergeben. Der Unfall hat uns verbunden.«

»Und das haben Sie fast mit Ihrem Leben bezahlt. So wie Ihre Mutter. Sie stand ihm im Weg.«

Sie blinzelte. »Wo ist er?«

»In U-Haft. Er hat den Mord an Ihrer Mutter noch nicht gestanden.« Skeptisch betrachtete er Sarah Kramers Mienenspiel. Um ihre Mundwinkel war ein leichtes Zucken zu erkennen. »Können Sie sich denken, warum er Ihre Mutter getötet hat?«

Sie schüttelte den Kopf. »Er war es nicht.«

»Das wissen Sie so sicher?«

Ein Nicken.

»Weil Sie wissen, wer es war.«

Sarah Kramer antwortete nicht.

»Wollen Sie Ihre Schwester sehen? Sie wartet draußen.«

Ruckartig hob sie den Kopf. »Wen?«
»Ihre Schwester. Halbschwester, genauer gesagt. Wussten Sie nichts von ihr?«
Sie sank auf das Kissen zurück. »Ich habe keine Halbschwester.«
»Das sagt Schindler auch.«
Sarah blickte zur Zimmerdecke, als suche sie dort nach einer Antwort, die sie längst kannte.
Ehrlinspiels Verdacht, dass sie von der Schwester wusste, verstärkte sich. Und auch die Vermutung, dass David und sie deswegen Edith Felber getötet hatten. Einem Mann gegenüber, der einen fast umbringt, verhielt man sich nicht so loyal, wie Sarah Kramer es gegenüber Schindler tat. »Wer soll die Frau sein?«, fragte sie.
»Jennifer Peters.«
Sarah öffnete den Mund und schloss ihn wieder. Dann kam ein Gurgeln aus ihrer Kehle. »Diese … Davids Freundin?«
Sarah schien mit jedem Wort blasser zu werden.
»Soll ich sie hereinholen?«
Eine gefühlte Ewigkeit verging. Dann flüsterte Sarah: »Ich verstehe nicht.«
Ehrlinspiel erzählte Sarah Kramer davon, wie sich Edith und Angelika Peters in deren Hotel kennengelernt hatten, von Peters' Verlust des eigenen Kindes wegen der Chemotherapie, vom Verkauf Ediths Kindes an die verzweifelte Peters und davon, dass David Jahre später im selben Hotel wie Edith einige Tage verbracht und dabei Jennifer kennengelernt hatte. »Ihre Mutter hatte David auf den Ort an der Ostsee hingewiesen. Sie hatte davon geschwärmt.«
Sarah schloss die Augen. »David hat öfter mal ein paar Tage irgendwo verbracht, wo es ruhig und schön war. Er liebt die Natur.«

Ehrlinspiel sagte nichts. Schindler war brutal und schlug zu, wenn es sein musste. Und schlimmer. Da half auch die Liebe zur Natur nicht viel.
Sarah öffnete die Augen. Mit fester Stimme sagte sie: »Holen Sie Jennifer herein.«

* * *

Als Jennifer ins Zimmer trat, wurde Sarah von den unterschiedlichsten Gefühlen überflutet: Erleichterung, Angst, Liebe und Abscheu. Erleichterung darüber, dass sie diejenige endlich gefunden, die sie ihr Leben lang gesucht hatte. Angst, weil das gemeinsame Glück nur von kurzer Dauer sein würde. Liebe zu Jennifer. Abscheu gegenüber ihrer Mutter.
»Hallo«, sagte Jennifer und lächelte.
»Hallo«, sagte Sarah.
Ehrlinspiel stand an der Tür. Sarah beachtete ihn nicht.
»Ich denke, wir können uns jetzt duzen, oder?« Zögerlich trat Jennifer ans Bett. »Auch wenn es echt blöd ist, wenn ein Typ mit beiden Schwestern rummacht. Aber ich bin fertig mit David. Ich schwöre es!«
Jennifer trug eine rostfarbene Hose und eine helle Bluse dazu. Nichts Nuttiges, nichts Aufgetakeltes war mehr an ihr. Ihre blaugrünen Augen und das helle Haar ähnelten Sarahs Augen und Haaren, und Sarah stellte sich vor, wie Emma in rund zwanzig Jahren aussehen würde. Sie vermisste ihre Kinder. Sie würde sie verlieren, für viele, viele Jahre. Genauso, wie sie Jennifer verloren hatte.
»Warum sagst du nichts?«, fragte Jennifer. »Soll ich lieber gehen?«
»Nein, nein, bleib.« Sie konnte den Blick nicht von dieser neuen Jennifer abwenden.

»Wir haben keine so tolle Mutter gehabt, oder? Ich meine, die hat mich einfach verkauft! Stell dir das mal vor! Und ich weiß nicht mal, wer mein Vater ist.«

»David ist dein Vater.«

Jennifer taumelte zurück.

»Und ich bin nicht deine Halbschwester. Ich bin deine Mutter. Edith hat mich eingesperrt, als ich schwanger war. Trotz des Risikos, denn im Dorf wurde geredet. Auch die Lehrerin hat mehrmals angerufen, doch meine Mutter hat immer einen Weg gefunden, allen klarzumachen, ich sei verrückt und würde mir Sachen einbilden, würde oft Tobsuchtsanfälle bekommen und mich dann wieder über Wochen irgendwo verkriechen und keinen Ton sagen. Alle haben es irgendwann geglaubt und sie auch noch bemitleidet, weil sie jedes Mal in Tränen ausbrach, um zu demonstrieren, wie sehr sie wegen mir gelitten hat. Wegen meiner psychischen Krankheit. Die Lehrer in Freiburg haben Gute-Besserung-Karten geschickt, die Nachbarn fragten täglich im Dorfladen nach mir – bis irgendwann niemand mehr meinen Namen in den Mund nahm. Es war allen unangenehm. Schweigen war da die weitaus einfachere Strategie.«

Sarah schluckte. Sie hatte so oft am Fenster gestanden und die Kunden ihrer Mutter in den Laden kommen sehen, hatte dem Bus nachgeschaut, der die anderen Kinder nach Freiburg zur Schule gefahren und am Nachmittag zurückgebracht hatte. Hatte an der Tür gelauscht und manche Bösartigkeiten und Lügen aufgeschnappt, die ihre Mutter – zusammen mit der Marmelade, dem Gemüse und ihrer Buttermilch – an die Dorfbewohner verkaufte.

»Edith Felber hat dich mir direkt nach der Geburt weggenommen. Sie wollte kein Kind von David in ihrem Haus. Sie hasste ihn. Und die Schande, mit vierzehn Jahren ein Kind zu bekommen … Außerdem war sie pleite. Es war also *die* Lösung.

Deine Großmutter hat mich nie geliebt. Ich war nur freundlich zu ihr, weil ich glaubte, am Tod deines Großvaters schuld zu sein und ihr damit schweres Leid zugefügt zu haben. Und weil ich immer gehofft habe, aus ihr herauszubekommen, was mit dir passiert ist.« Sarah versuchte ein Lächeln. »Deine Großmutter war eine Hexe.«
Jennifer schüttelte hart den Kopf. »David? Du?« Sie trat einige Schritte zurück und übergab sich auf den Boden. »Ich hab mit meinem eigenen Vater …«, brachte sie noch heraus, dann stürzte sie an Ehrlinspiel vorbei aus dem Zimmer.

44

Ehrlinspiel trat an Sarahs Bett.

Sie wandte sich ab und blickte zum Fenster hinaus, in den Park der Klinik. Der graue Himmel war wolkenbedeckt, die Baumkronen bogen sich leicht im Wind. Das Wetter war seit vorgestern, als Lukas beerdigt worden war, unverändert.

»Sie haben Ihre Mutter getötet«, sagte Ehrlinspiel.

»Sie hat mir alles genommen. Mein Leben lang habe ich versucht, mein Baby zu finden. Davids und mein Kind. In der Nacht der Geburt war sie in meinem Zimmer. Es dauerte Stunden, bis die Kleine endlich da war. Die Schmerzen haben mich fast umgebracht. Ich wollte einen Arzt. Aber sie sagte, das sei nicht nötig. Dann, endlich, der erste Schrei. Ich war glücklich.« Sarah Kramer schluckte schwer. »Meine Mutter wickelte das Neugeborene in ein Tuch und ging hinaus. Ich hörte das Baby weinen, und dann kam sie zurück mit einem Glas Wasser. Ich schrie sie an, ›Mein Baby, wo ist es, ist es ein Mädchen oder ein Junge? Bring es mir, bitte, bitte.‹ Ich habe sie angefleht. Aber sie ging einfach wieder hinaus. Ich hab mich aus dem Bett geschleppt, wollte meiner Mutter folgen, doch die Tür war wieder abgeschlossen. So wie all die Monate zuvor. Dann hab ich die Haustür auf- und zugehen hören, das Auto meiner Mutter wurde gestartet, und sie fuhr davon. Ich wurde schrecklich müde und muss weinend eingeschlafen sein.

Am nächsten Morgen war mir übel, und ich fühlte mich wie betäubt. Die Tür meines Zimmers war offen. Ich bin nach unten gegangen, und da stand meine Mutter in der Küche, kochte auf dem alten Herd Marmelade ein. ›Willst du einen Kakao?‹, hat sie gefragt. ›Setz dich, mein Schatz. Du siehst müde aus. Hast du nicht gut geschlafen?‹«

Ehrlinspiel schauderte. Was musste Sarah Kramer in all den Jahren ausgehalten haben. Dinge, die sie zur Mörderin der eigenen Mutter hatten werden lassen.

»Lukas habe ich nichts davon gesagt. Denn am Weihnachtsfest zuvor hatte ich ihm von meiner Schwangerschaft erzählt. Ich war so froh, dass er einige Tage da gewesen war. Aber er hat mir nicht geglaubt. ›Du willst doch nur, dass ich David und dich hier raushole‹, hat er gesagt und mir zugezwinkert. ›Aber du bist erst vierzehn. Du musst noch etwas warten mit einem eigenen Leben und einem Job.‹ Er hat mich auf die Stirn geküsst, und das war's. Am nächsten Morgen ist er abgereist.« Tränen liefen ihr übers Gesicht. »Ich habe mehr als dreiundzwanzig Jahre lang gehofft, eine Spur meines Babys zu entdecken oder mit meiner Mutter darüber reden zu können. Ich wusste bis jetzt nicht einmal, ob es ein Mädchen oder ein Junge war. Ohne meine Schuld an Papas Tod hätte ich längst … Ihre Hilfe gesucht. Wäre zur Polizei gegangen. Aber so … Meine Mutter hat immer behauptet, ich leide unter Wahnvorstellungen. Sie hat die Existenz meines Kindes komplett geleugnet. Manchmal habe ich selbst schon gedacht, ich sei verrückt.

Vor drei Jahren habe ich in einem letzten Versuch noch einmal das Gespräch mit ihr gesucht. Ich bin mit Jonas und Emma im Dorf gewesen. Emma war gerade in den Kindergarten gekommen. Sie hat dort oft von der ›Oma‹ erzählt. Ich hatte gehofft, wenn meine Mutter das hört, dann … dann ließe sie sich zumindest auf eine Aussprache ein.«

»Aber das hat sie nicht.«

»Wir saßen im Garten, es war im August. Ein gelber Sonnenschirm war aufgespannt, und meine Mutter hat den Kindern kalte Buttermilch gebracht. Sie tollten auf der Wiese hinter dem Haus herum. Zuerst haben wir, wie immer, über andere geredet: die Nachbarn, den Wirt, wer im Dorf gestorben war. Dann kam Emma angelaufen und sagte: ›Oma, ich hab den anderen von deinen weichen Schafen erzählt.‹ Meine Mutter hat sie angelächelt und auf ihren Schoß gehoben. Und ich fragte: ›Wo ist mein Baby?‹ Sie setzte Emma unsanft zu Boden und fuhr mich in harschem Ton an: ›Hör auf mit deinen Spinnereien! Es gibt kein Baby. Geh endlich zum Psychiater.‹ Emma begann zu weinen. Ich konnte sie nicht trösten, schaffte es nicht, sie in den Arm zu nehmen. ›Du bist eine Hexe‹, habe ich zu meiner Mutter gesagt, und dann geiferte sie los. Beschimpfte mich als undankbar und hysterisch, krank, egoistisch, ich solle mir ein Beispiel an Lukas nehmen, und ich dürfte eigentlich gar keine Kinder haben. Als ich wiederholte, ›Du Hexe‹, kam ihr Spielchen mit dem Weinkrampf. Das hatte sie gut drauf. Da konnten Sie zusehen, wie ihre Augenlider anschwollen. Bis dann wie auf Knopfdruck die Tränen über ihr Gesicht liefen und sie leise jammerte. Sie sei so allein, und Georg fehle ihr so sehr, und seit seinem Tod sei sie nie wieder glücklich gewesen, und nur ich, die Tochter, würde das nicht verstehen, und ich müsse mehr für sie da sein, sie sei schließlich die Witwe und so weiter.« Sarah verstummte.

»Und dann?«

»Ich bin mit den Kindern nach Hause gefahren. Kurz danach fiel ich in die Depression. Denn an dem Tag war mir klargeworden: Ich würde mein Kind nie finden. Noch nicht einmal erfahren, ob es überhaupt noch lebte. Also habe ich eine Therapie bei Doktor Eickhoff gemacht. Er ist wirklich gut. Aber ich habe ihm nie erzählt, was tatsächlich passiert ist. Dass ich ein Kind geboren und meine Mutter es mir geraubt hatte. Thomas schlug in der Zeit vor, dass ich wieder arbeiten solle.

Für die Seele und so. Als Holzschnitzerin. Das liebte ich wirklich, und der Gedanke gefiel mir. Nach fast drei Jahren Therapie dachte ich, ich hätte es geschafft und könnte Papas Werkstatt übernehmen. Ich hielt mich für stabil genug, es mit meiner Mutter aufzunehmen, oder besser gesagt: um friedlich gegenüber von meinem Elternhaus arbeiten zu können.«

»Und woran scheiterte es? Was geschah in der Nacht des Unwetters?«

»Meine Mutter rief mich an dem Tag an. Sie sei allein, und ich solle kommen, falls das Haus überschwemmt würde.«

»Sie hat nie behauptet, bei Lukas zu sein.«

»Nein.«

»Und dann haben Sie die Gelegenheit genutzt.« Ehrlinspiel wünschte, er würde Kramers Geständnis nicht hören müssen. Er dachte an Schindler. Seine Aussagen über Edith Felber stimmten zu hundert Prozent mit Sarahs Worten überein.

»Sie hat gesagt, wenn ich nicht käme, würde sie mir die Werkstatt doch nicht überlassen. Und ich könne meine Zukunftspläne einpacken. Ich war völlig aufgewühlt. In dem Moment habe ich sie so sehr gehasst. Alles, was ich als Kind und Jugendliche geliebt hatte – meine Musik, David, mein Baby und jetzt die Werkstatt: Sie hat mir nichts gegönnt. Mir alles genommen. Also habe ich Thomas und den Kindern beim Abendessen ein paar meiner Schlaftabletten in die Getränke gemischt. Beim Kuscheln auf dem Sofa sind alle eingeschlafen.«

»Und Sie sind ins Dorf gefahren.«

Sarah nickte. »Ich hatte keinen Plan. Nur diesen Hass in mir, den ich längst überwunden glaubte. Und ich wusste, dass die Nacht kein gutes Ende nehmen würde. Als ich ankam, war sie nicht im Haus, doch die Haustür stand offen. Vor dem Haus lag ein Pantoffel von ihr, auf der Straße im Matsch der zweite.

Sie musste zur Werkstatt gegangen sein. Ich bin hinübergelaufen bis zum Hof und hab mich hinter einem Auto versteckt. Und da war sie, ich erkannte ihre Silhouette vor der weißen Eingangstür. Ich habe mich gefragt, was sie mitten in der Nacht bei dem Wetter dort wollte. Das Schloss austauschen, weil ich nicht sofort nach ihrem Anruf gekommen war? Unwahrscheinlich. Aber es war mir egal. Sie ging hinein. Der Hang war schon ins Rutschen geraten. Der Sturm wurde mit jedem Augenblick stärker, ich war total durchnässt. Mit dem aufkommenden Orkan wuchs mein Hass. Ich konnte ihn in mir spüren, er schwoll an, breitete sich aus, heiß und nagend, und als sie die Tür von innen zuzog, bin ich bis zur Werkstatttür gegangen. Noch immer wusste ich nicht, was ich eigentlich wollte. Dann sah ich: Der Schlüssel steckte. Er war wie eine Einladung. *Komm, komm, dreh mich um, dann bist du erlöst.*«

Ehrlinspiel nickte. Er konnte Sarah Kramer verstehen. Es war nicht das erste Mal, dass das juristische Opfer der eigentliche Täter oder die Täterin war. Ein guter Richter würde das berücksichtigen. »Und Ihr Mann hat nichts geahnt, als Sie wieder zu Hause waren?«

»Ich denke nicht. Ich bin zurückgefahren, es war nicht leicht, aber ich bin durchgekommen. Sofort habe ich die nasse, dreckige Kleidung in die Waschmaschine gesteckt, mir einen Schlafanzug angezogen und bin zu Thomas, Emma und Jonas aufs Sofa gekrochen. Sie wurden in der Nacht wach, dann sind wir alle ins Bett gegangen.«

»Wollen Sie mit Ihrem Mann reden und ihm selbst alles erklären? Oder soll ich es tun?«

Thomas Kramers Welt würde zusammenbrechen. Er hatte seine Familie schützen wollen, vor allem seine Kinder. Er hatte keine Ahnung, was seine Frau durchgemacht hatte. Es war ein Fehler gewesen, sie wegzuschicken, doch er hatte ihn erkannt und nach Sarah gesucht. Ehrlinspiel war sicher, dass er alles gegeben hätte, um die Familie wieder zu einer harmonischen Gemeinschaft zu machen. Doch dazu gab es nun keine Gelegenheit mehr. Nicht in den nächsten Jahren. Sarah würde ins Gefängnis gehen. Selbst bei einem milden Urteil musste sie mit einigen Jahren rechnen.

Ihre Antwort bestätigte seine Einschätzung: »Thomas wird die Scheidung einreichen und mir die Kinder wegnehmen. Mit einer Mörderin kann er nicht leben. Reden Sie mit ihm, bitte. Ich kann ihm nicht mehr in die Augen sehen.«

45

Freitag, 5. August 2016

Das Signal der WhatsApp-Nachricht ging um kurz nach vierzehn Uhr ein. Ehrlinspiel sah vom Monitor auf, auf dem er den gerade fertig gewordenen Bericht zum Fall Felber noch einmal überflog.

Die Nachricht stammte von Hanna. Er öffnete sie. Sie war lang. Vor elf Tagen schon war Hanna zu ihrer Freundin Kora nach Hamburg gefahren. Zwei Mal hatten sie telefoniert, doch es schien, als sprächen sie zwei verschiedene Sprachen, und beide Male beendeten sie das Gespräch frustriert und mit unschönen Worten.

Ehrlinspiel las. *Lieber Moritz, ich habe gestern einen Mietvertrag bekommen. Die Wohnung ist ein Traum. Aber Hamburg hat sich verändert.* Ehrlinspiel schloss kurz die Augen. Sah Hannas Gesicht vor sich und die störrische dunkle Haarsträhne, die ihr stets ins Auge fiel. Sah ihre winzigen Lachfältchen an den Augenwinkeln. In letzter Zeit hatte er oft gedacht, dass sich Sorgenfalten daruntergemischt hatten. Er scrollte auf dem Touchscreen nach unten. *Hamburg fühlt sich nicht mehr nach zu Hause an. Oder bin ich es, die sich verändert hat und hier kein Zuhause mehr sehen kann?* »Das hast du, Hanna«, flüsterte Ehrlinspiel. *Ich habe es nicht geschafft, den Vertrag zu unterschreiben. Den Sommer über werde ich bei Kora bleiben. Hab dich lieb, auch wenn wir keine gemeinsame Ebene finden. Hanna.*

Er starrte auf sein Smartphone. Las ein zweites Mal. Legte das Telefon neben die Rechnertastatur und trat ans Fenster. Das rote Laub der Blutbuche leuchtete purpurn im Sonnenschein.

Was bedeutete Hannas Nachricht? Die irrige Hoffnung hatte ihn getragen, dass sie am Wochenende zurückkäme – allerdings begleitet von der Angst, sie für immer zu verlieren. Würde das passieren? Die Brust wurde ihm eng. Er war versucht, Hanna sofort anzurufen. Doch sie würde nicht ans Telefon gehen. Und selbst wenn: Ein Gespräch würde sie derzeit nicht weiterbringen. Er musste seinen eigenen Weg gehen. Das tun, was ihm guttat. Was ihm Frieden und ein kleines Glück brachte.

Die Melodie seines Handys unterbrach seine Gedanken. Hanna, dachte er und fuhr herum, riss das Handy vom Tisch. Doch es war eine unbekannte Nummer. »Hallo?«

»Tierkrematorium Freiburg«, sagte eine warme Frauenstimme. »Spreche ich mit Moritz Ehrlinspiel?«

»Ja.«

»Wir haben Ihren Hund Jagger nach der Untersuchung durch das Chemische und Veterinärmedizinische Untersuchungsamt kremiert. Wir hoffen, Sie kommen mit dem Verlust gut zurecht?«

»Danke«, sagte er, »es ist der Hund eines Freundes. Kann ich Jagger abholen?«

»Sehr gern. Alternativ können wir Ihnen oder Ihrem Freund die Urne auch zuschicken.«

»Kann ich gleich kommen?« Er war im Büro fertig. Konzentrieren konnte er sich ohnehin nicht mehr.

»Natürlich. Die Adresse haben Sie?«

»Ja. Ich bin in gut einer halben Stunde da.«

* * *

Er fuhr vom Krematorium zurück in den Stadtteil Wiehre, parkte vor seinem Haus, ließ die kleine grüne Urne mit Jaggers Asche im Auto und ging direkt in den Keller. Der Kratzbaum von Bentley und Bugatti stand zerlegt neben zwei Katzentoiletten und den -transportboxen im Eck. »Hinauf mit euch«, sagte Ehrlinspiel und schulterte den ersten sisalumwickelten Stamm. »Ihr werdet noch gebraucht.«

Drei Stunden später stand der riesige Kratzbaum im Wohnzimmer neben der Terrassentür. Genau dort, wo Hannas Saxophon gestanden hatte. Er hatte ihre Sachen sorgfältig verpackt und in den Keller getragen. Sie wären schnell wieder oben – oder nach Hamburg geschickt. Die Katzentransportboxen warteten im Auto. Der Kühlschrank war gefüllt mit Rinder- und Hühnerstückchen, im Schrank standen Mineralien-, Vitamin- und Taurinpulver. Das Rezeptbuch, in dem er seine selbstkreierten Katzenmahlzeiten sorgfältig notiert hatte, lag auf der Arbeitsplatte vor dem Fenstersims. Bugatti hatte Stunden dort gesessen und das Treiben auf der Straße beobachtet. Bentley hatte das Sofa bevorzugt. Für die Eingewöhnungszeit war auch der Vorratsschrank mit Dosenfutter verschiedener Sorten bestückt.

Wenn nicht mit Hanna, dann würde er für sich selbst einen Neuanfang machen. Den Sommer nutzen. Sich wieder im Leben einrichten.

Lang stand der Kriminalhauptkommissar an der Terrassentür und sah hinaus. Beobachtete den glühenden Sonnenuntergang über den Dächern und den verblühten Zierkirschen, die seine Straße säumten. Als das letzte Glimmen sich im dunklen Nachtblau aufgelöst hatte, legte er sich für ein paar Stunden hin.

Im Morgengrauen fuhr er los. Die Straßen waren leer, und auf dem Friedhof herrschte wunderbare Stille. Die Luft war feucht und kühl. Lukas' Urnengrab verschwand unter welken Blumen, daneben lagen drei Kränze mit weißen und goldenen Grußbändern. An der Beerdigung hatten fast nur Kollegen

teilgenommen. Außerdem seine Ex-Frau Sabine und ein paar Menschen, die Moritz nicht kannte. Lukas hatte nicht viele Freunde gehabt. Auf einem der weißen Bänder standen in goldener Schrift auch Moritz' und Freitags Namen.
Wer würde sich um das Grab kümmern?
Den Grabstein aussuchen?
Wer um das Grab seiner Eltern?
Sarah Kramer wollte nicht, dass ihr Bruder bei den Eltern lag. Deshalb war Lukas auf dem Hauptfriedhof bestattet worden.
Vorsichtig stellte Ehrlinspiel Jaggers Urne und die Tasche neben dem Holzkreuz ab und räumte die welken Blumen zur Seite. Sie rochen schon modrig.
Dann nahm er die kleine Schaufel aus der Tasche und grub ein tiefes Loch. Vorsichtig stellte er Jaggers Urne hinein. »Asche zu Asche«, flüsterte er, schaufelte das Loch zu und setzte darüber die beiden kleinen Rosensträucher, die er mitgebracht hatte. Nachdem alles erledigt war, schaute er auf die Rosenknospen und dachte an die vielen schönen Momente, in denen Lukas durch Jagger geradezu aufgeblüht war. Als die Sonne ihre ersten warmen Strahlen durch die Bäume sandte, stand er auf. »Macht's gut, ihr zwei.«
Die Tasche in der Hand, ging er über die Wege zwischen den Gräbern hindurch zurück zum Auto. Seine Schritte knirschten im Kies.
In zwei Stunden öffnete das Tierheim. Zeit, noch irgendwo einen Cappuccino zu trinken und ein Croissant zu essen.

EIN JAHR SPÄTER

Sarah betrachtete David über den zerkratzten Tisch hinweg. Der Gefängnisbeamte wartete in der Schleuse zwischen dem Besucherraum, in dem sie saßen, und dem Zellentrakt.

»Ich bin seit zehn Tagen draußen«, sagte David. »Danke, dass du meinen Besuch akzeptiert hast. Ich habe, ehrlich gesagt, nicht damit gerechnet, als ich den Antrag bei der Strafvollstreckungskammer gestellt habe.«

Sie nickte. Sie würde dieses triste Gebäude mit den kahlen Mauern und dem Stacheldraht, den sie durch das Fenster sah, nicht so schnell verlassen. Acht Jahre. Bei guter Führung konnte sie in vier Jahren draußen sein.

»Ich hab noch knapp zwei Jahre Bewährung«, sagte er.

Wieder nickte sie.

Er zog ein handygroßes Gerät aus der Tasche und steckte ein Kabel mit zwei Ohrstöpseln hinein. Einen reichte er Sarah, den anderen schob er in sein rechtes Ohr.

Sarah tat es ihm gleich. Rick Astley. *Take me to your heart.* Sie schluckte.

»Deine Haare gefallen mir. Kurz steht dir«, sagte David und sah sie mit seinen dunklen Augen intensiv an. »Wie geht es unserer Tochter? Sie verweigert den Kontakt zu mir.«

Sarah lächelte wider Willen. Jennifer schrieb ihr regelmäßig Briefe. Sie war an die Ostsee zurückgegangen und richtete das Hotel von Angelika Peters wieder her, so gut sie konnte. »Es geht ihr gut.« Vier Jahre bei guter Führung. Dann würde sie an die Ostsee zu ihrer ältesten Tochter ziehen. *If you knew what I'm feeling, you would not say no,* sang Rick Astley. Sie nahm

den Ohrstöpsel heraus. Sie wollte nicht erinnert werden. Nicht an die Stunden vor dem Tod ihres Vaters. Nicht an das Grauen. Überhaupt nicht an die Vergangenheit.
»Ich werde auf dich warten. Das weißt du.« David lächelte.
»Wir werden nicht wieder zusammen sein. Es ist zu viel passiert.«
Er senkte den Blick. »Ich hab dich gedeckt.«
Sie sah ihren Jugendfreund an. Sie hatte es geahnt. »Du hast mich gesehen in der Nacht, als ich meine Mutter eingeschlossen habe.«
»Ja. So wie ich immer alles gesehen habe, was du getan hast.«
»Man nennt das auch Stalking.«
»Blödsinn. Ich hätte dich verraten können. Aber das hätte ich nie übers Herz gebracht.«
»Es hätte nichts geändert. Nur beschleunigt. Die Dinge sind, wie sie sind. Und wir werden uns nicht wiedersehen.« Sarah sah ihm die Trauer und Enttäuschung an. Das leichte Zucken um die Mundwinkel, die hängenden Schultern.
»Wirst du zu Thomas zurückgehen?«
»Nein.« Wie sie vermutet hatte, hatte er die Scheidung eingereicht und wollte ein Umgangsverbot mit Emma und Jonas erwirken. Ob Letzteres vor Gericht durchkäme, war offen. »Er liebt mich, aber er kann nicht mit einer Mörderin zusammenleben, sagt er.«
»Sagt der Anwalt in ihm.« David machte eine Pause und nahm seinen Ohrstöpsel ebenfalls heraus. »Ich werde da sein, wenn du mich brauchst.«
»David, nein. Du hast mich gefangen, eingesperrt und fast umgebracht. Du hast mit unserer Tochter geschlafen. Monatelang! Du hast sie geschlagen.«
»Ich wusste doch nicht, dass ich Jennys Vater bin! Ich bin einfach in das Hotel gefahren, von dem deine Mutter direkt nach

ihrem Urlaub dort so begeistert erzählt hatte. Urlaub! Niemand hat gewusst, dass Edith später unsere Tochter dorthin verkauft hat! Ich hätte doch nie …«
»Bitte, lass es! Endgültig.«
»Ist das dein letztes Wort?«
»Ja.«
»Warum hast du mich dann überhaupt hier nach Bühl in den Frauenknast kommen lassen?«
»Weil ich dir genau das persönlich sagen wollte. Ich möchte nicht den Rest meines Lebens darauf gefasst sein müssen, dass du plötzlich auftauchst und Ansprüche stellst. Fang ein neues Leben an, David. *Dein* Leben. Ohne mich und ohne das vergebliche Warten auf Dinge, die nie eintreten werden.«
»Das kann ich nicht.«
»Du wirst es lernen.«
Sarah dachte an Jennifers letzten Brief. Sie hatte zwei Zimmer des Hotels renoviert und wollte als Nächstes den Frühstücksraum herrichten. Sie hatte Fotos beigelegt. Die Wände waren zum Teil mit gelb-weiß gestreiften Tapeten tapeziert, Bilder von Möwen vor blauem Himmel zierten die weißen Flächen, und die Betten und Tische waren hell lasiert. Jennifer war handwerklich sehr geschickt. Das machte Sarah stolz.
Hilfe erhielt ihre Tochter von Karolina Baumann. Die beiden waren noch immer in Kontakt, und bis zum Ende ihrer Suspendierung war die polizeiliche Konfliktberaterin einige Wochen bei ihren Eltern, die nicht weit von Jennifer entfernt wohnten, an der Ostsee zu Besuch gewesen. Jeden Tag hatte sie bei Jennifer mit angepackt. Im Gegenzug hatte Jennifer Karo Baumann eine Woche dabei geholfen, deren Freiburger Wohnung einzurichten. Die beiden telefonierten täglich. Baumann arbeitete weiter bei der Freiburger Polizei – auch wenn die Untersuchungskommission skeptisch gewesen war. Sie hatte ihre

Chance bekommen. »Es ist Zeit für unseren Abschied.« Sarah drückte den Knopf auf dem Tisch, der den Wachmann hereinrief.
David stand auf. An der Tür drehte er sich ein letztes Mal um. »Ich hab dich mit dem Herzen gern. Und ich werde auf dich warten.«
»Du wolltest nie mit mir in der Stadt leben. Du dachtest, das Dorf genüge mir. Obwohl du wusstest, dass Edith nicht gut zu mir war. Dass sie meine Seele gebrochen hat, schon lang bevor sie mir Jenny nahm. Du hast mich nicht mit dem Herzen gerngehabt. Du wolltest mich nur besitzen.« Sarah stand auf, als der Beamte hereinkam. »Adieu, David.«
Er trat durch die rechte Tür der Schleuse hinaus, die zum Ausgang in die Freiheit führte. Nicht aber in die innere Freiheit. David ging, ohne ein Geräusch zu machen. Nichts war zu hören, als er hinter der Stahltür verschwand und diese schließlich leise ins Schloss fiel. Als habe er sich beim Hinausgehen aufgelöst.
Sarah nickte dem Beamten zu, der sie durch einen langen Flur und eine Treppe hinauf zu ihrer Zelle begleitete. Dort legte sie sich auf das schmale Bett mit der blauen Polyesterdecke, die sich immer ein wenig klebrig anfühlte. Sie schaute an die Zimmerdecke mit der eingelassenen kleinen Leuchte und dachte an die Zukunft.
An ihre neue Chance. Ein Leben fernab des Dorfes, fernab vom Tod ihrer Eltern und fernab von Lukas' Grab. Ein Leben mit ihrer ältesten Tochter Jennifer. Sarah vermisste Emma und Jonas schrecklich. Schon jetzt. Es tat ihr körperlich weh, in der Brust, im Bauch. Aber irgendwann würde sie auch die beiden wiedersehen und ihnen alles erklären können.
Vielleicht konnten sie ihr verzeihen.
Irgendwann.

DANKSAGUNG

Viele wunderbare Menschen haben mich in den letzten Monaten unterstützt und motiviert.

Kriminalhauptkommissar und Opferschutzkoordinator Karl-Heinz Schmid, Polizeipräsidium Freiburg. Du öffnest mir immer wieder die Türen zur Kriminalpolizeidirektion – im wahrsten Wort- und im übertragenen Sinn. Du machst mich mit Kollegen bekannt. Zögerst nie, mir auch die komplexesten Fragen sogar kurz vor Mitternacht zu beantworten. Und findest jeden Manuskriptfehler, wenn's um saubere Ermittlungstaktik geht. Es ist eine Bereicherung, mit dir zu arbeiten und dich schon drei Jahrzehnte zum Freund zu haben.

Erster Polizeihauptkommissar im Ruhestand Ernst Lederle, ehemaliger Hauptamtlicher Konfliktberater, und Kriminalhauptkommissarin Sabine Strittmatter, Hauptamtliche Konfliktberaterin, Polizeipräsidium Freiburg. Sie haben mich mit den menschlichen und fachlichen Voraussetzungen sowie der Ausbildung zum polizeilichen Konfliktberater vertraut gemacht. Und mir so manch mögliche (selbstverständlich fiktive) Szene aus dem Berufsalltag beschrieben. Bei Karolina Baumann ist das wohl nicht alles angekommen. Mea culpa ;)

Cordula Kiefer, Jörg Friedrich, Annett Kalisch und Sylvia Koopmann: Euer Feedback zum vorab gelesenen Manuskript ist ein Geschenk. Ich wünsche mir sehr, dass ihr auch bei Ehrlinspiels nächstem Fall wieder im Testleserboot seid. Ein

Extradank geht an Cordula: Absolut ehrlich, durchdacht und zeitaufwendig sind deine Romane zum Roman. Auf die Fortsetzung freue ich mich!

Ille Unruh, Seelenfreundin und Kämpferin gegen »meine Schalentiere Hodgkin und Non-Hodgkin«. Möge es dir jeden Tag gutgehen und deine Berliner Schnauze uns noch viele Jahre zum Lachen bringen. Wir brauchen dich noch – nicht nur als Informantin zum Thema »Figuren mit Schalentier«! :-)

Dr. Peter Hammans, Lektor, Verlag Droemer Knaur, und Ilse Wagner, freie Redakteurin. Mit eurer herzlichen Art und Kompetenz steht ihr mir seit vielen Jahren zur Seite. Es ist mir immer wieder ein Vergnügen.

Meine Leserinnen und Leser. Denn ohne euch wäre jedes Buch nichts. Danke für die vielen E-Mails, Chats und Gespräche, für Kritik und Lob. Und für die oft gestellte Frage: »Ist das alles komplett erfunden?« Ja, ist es. Das Dorf, die Personen und die Handlung sind fiktiv; falls jemand sich selbst, andere Menschen oder Gegebenheiten wiederzuerkennen glaubt, dann irrt er – jede Ähnlichkeit wäre purer Zufall.

Petra Busch, im Juni 2017

www.petra-busch.de